OPÉRATION ARÈS

Robert Ludlum, maître incontesté du suspense, est l'auteur de plus de vingt romans, vendus à plus de deux cents millions d'exemplaires à travers le monde et traduits en trente-deux langues. Il lance le personnage de Jason Bourne en 1980 avec *La Mémoire dans la peau*, premier volume d'une série ininterrompue de triomphes internationaux qui a été adaptée au cinéma avec Matt Damon dans le rôle principal. Robert Ludlum est décédé en 2001.

Kyle Mills est né en 1966 dans l'Oregon. Auteur de thrillers fasciné par le monde de l'espionnage, la plupart de ses livres mettent en scène le personnage de Mark Beamon, agent du FBI.

Paru dans Le Livre de Poche :

L'ALERTE AMBLER
LE CERCLE BLEU DES MATARÈSE
LE COMPLOT DES MATARÈSE
LE DANGER ARCTIQUE
LA DIRECTIVE JANSON
L'HÉRITAGE SCARLATTI
LA MÉMOIRE DANS LA PEAU
LA MORT DANS LA PEAU
LA MOSAÏQUE PARSIFAL
LE PACTE HOLCROFT
LA PROGRESSION AQUITAINE
LE PROTOCOLE SIGMA
LA STRATÉGIE BANCROFT
LA TRAHISON PROMÉTHÉE
LA TRAHISON TRISTAN
LA TRILOGIE JASON BOURNE : LA MÉMOIRE DANS LA PEAU / LA MORT DANS LA PEAU / LA TRAHISON DANS LA PEAU
UNE INVITATION POUR MATLOCK

En collaboration avec Eric van Lustbader :

LE DANGER DANS LA PEAU
LE MENSONGE DANS LA PEAU
LA PEUR DANS LA PEAU
LA POURSUITE DANS LA PEAU
LA TRAHISON DANS LA PEAU

En collaboration avec Gayle Lynds :

LE CODE ALTMAN
OBJECTIF PARIS
OPÉRATION HADÈS

En collaboration avec Patrice Larkin :

LE VECTEUR MOSCOU
LA VENDETTA LAZARE

En collaboration avec Philip Shelby :

LE PACTE CASSANDRE

ROBERT LUDLUM
KYLE MILLS

Opération Arès

ROMAN TRADUIT DE L'ANGLAIS (ÉTATS-UNIS) PAR FLORIANNE VIDAL

GRASSET

Titre original :
THE ARES DECISION

Publié par Grand Central Publishing en 2011.

ISBN : 978-2-253-17604-6 – 1re publication LGF

1

Nord de l'Ouganda depuis les airs
12 novembre – 0203 GMT + 3

Entre le vent qui hurlait dans ses oreilles et l'obscurité régnant autour de lui, Craig Rivera perdait la notion de l'espace et du temps, ne distinguait plus la réalité du fantasme. Il se disait que les astronautes étaient peut-être soumis à la même sensation de vide sidéral. Peut-être avaient-ils l'impression, tout comme lui en ce moment, que Dieu se cachait quelque part à la limite de leur champ visuel.

L'écran à son poignet diffusait une lueur verdâtre. Les lettres s'affichaient en alphabet cyrillique mais le marquage chiffré de l'altitude et des coordonnées lui rappelait l'instrument fourni par le gouvernement, qu'il utilisait à l'entraînement.

Le corps de Rivera s'inclina légèrement et pivota vers le nord. Il tombait comme une pierre. Une chute de quinze mille pieds. Une tiédeur moite faisait doucement fondre le gel sur sa peau, autour du masque à oxygène. En bas, dans les ténèbres, d'infimes points lumineux commençaient à éclore, ici et là.

Des feux de camp.

Le GPS confirma sa position, à la verticale de la zone de largage. Il se coucha sur le dos, pour le plaisir de contempler les étoiles et de fouiller le ciel d'encre à la recherche de l'avion.

Ils étaient seuls. Ça au moins, c'était clair depuis le départ.

Il ignorait presque tout du pays vers lequel il tombait à la vitesse de cent quatre-vingts kilomètres à l'heure et de l'homme qu'il était censé localiser, Caleb Bahame. Un terroriste doublé d'un assassin d'une telle cruauté que les renseignements officiels à son sujet ressemblaient à un ramassis de légendes populaires dignes des pires films d'horreur. Pourtant, certains de ces récits sonnaient vrai, avec des détails difficiles à inventer. Par exemple, on savait de source sûre qu'il ordonnait à ses hommes de passer au feu leurs machettes avant de démembrer les enfants. Des photos étaient là pour l'attester. On savait aussi que les blessures ainsi cautérisées prolongeaient interminablement l'agonie des petites victimes.

L'existence de tels individus conduisait à douter de la perfection divine – Dieu commettait-il des erreurs ?, se demandait Rivera. Cette mission était-elle directement inspirée par Sa volonté ?

Pour l'heure, ce genre de considérations philosophiques n'était pas prioritaire. En tant qu'être humain, Bahame ne valait peut-être pas grand-chose mais il ferait sans doute une cible parfaite. Hypothèse que Rivera envisageait de vérifier sous peu. Avec plusieurs chargeurs, de préférence.

Après un autre coup d'œil sur l'altimètre, il donna un coup de reins et passa sur le ventre. À travers ses grosses lunettes de protection, l'océan vert de la canopée luisait sous les étoiles. Quelques secondes plus tard, l'altimètre vira au rouge. Rivera tira sur la sangle de son parachute. Comme aspiré dans un vortex étourdissant, il fut projeté vers une clairière encore invisible à ses yeux mais dont les geeks des renseignements affirmaient la présence.

Quelques mètres seulement le séparaient du sol quand il repéra la zone d'atterrissage. Il la visa, toucha terre brutalement et se rattrapa dans un roulé-boulé magistral. Après avoir regroupé sa toile, il courut se mettre à couvert dans la jungle, posa son sac à dos, y pêcha des lunettes à vision nocturne et un fusil.

Tenir cet AK-47 usagé lui procura une étrange sensation. Il balaya du regard la ligne des arbres, tendant l'oreille pour mieux percevoir la série de bruits sourds produits par ses coéquipiers qui atterrissaient à trente secondes d'intervalle. Il compta jusqu'à quatre puis activa son micro de gorge.

« Mode silencieux. Tout le monde va bien ? »

Ce type de saut n'avait rien d'anodin, et la part de risques était grande. Dès que tous ses hommes eurent répondu positivement, il sentit son estomac se dénouer.

Sans un bruit, Rivera s'enfonça dans la jungle. Le bourdonnement des insectes et le piaillement des oiseaux tropicaux remplacèrent le rugissement du vent. Ils avaient choisi cette zone en raison de son relief accidenté où nul n'aurait songé à bâtir une maison. Au bout d'une vingtaine de kilomètres de marche à pied, il maudirait certainement ceux qui avaient fait ce choix mais pour l'instant, il était bien content que personne ne surgisse devant eux en brandissant une machette rougie au feu.

Les membres de son escouade se rangèrent en file indienne, espacés comme à l'entraînement, et partirent vers le nord. Rivera avançait derrière un petit homme musclé vêtu d'un sweat-shirt noir dont les manches coupées révélaient des bras striés de peinture verte. Sa mitraillette israélienne passait tranquillement d'une main à l'autre. Un homme ordinaire aurait trébuché à chaque pas, sur ce sol inégal. Lui, il semblait glisser comme sur un tapis roulant. Mais bien sûr, ce n'était pas un homme ordinaire. Aucun d'entre eux ne l'était.

Leur équipement, leur tenue étaient un mélange d'éléments disparates, fabriqués aux quatre coins du monde. Ils ne portaient aucun tatouage ni aucune marque susceptible de les identifier – même leur dentition avait été modifiée pour qu'on ne sache pas d'où ils venaient. S'ils se faisaient prendre ou tuer, ils disparaîtraient sans fleurs ni couronnes. Leur famille, leurs amis n'auraient même pas droit à des récits héroïques, pour se consoler. Rien qu'une petite pierre sur une tombe vide.

« On approche du point de rendez-vous, dit l'homme qui ouvrait la marche, d'une voix légèrement déformée par l'oreillette de Rivera. Encore dix mètres. »

La file s'éparpilla dans la jungle. Ils venaient d'atteindre une surface de terre calcinée, comme frappée par la foudre peu de temps auparavant. À travers le feuillage, Rivera observait les troncs noircis quand il repéra un Ougandais de haute taille, debout au milieu des cendres. Il se tenait immobile. Seule sa tête bougeait. Au moindre bruit, elle tournait tantôt à droite tantôt à gauche comme si des décharges électriques jaillissaient encore du sol.

« On y va », ordonna Rivera dans son micro.

Il les avait vus à la manœuvre des centaines de fois mais quand ses hommes se fondirent dans la végétation, il ressentit un élan de fierté. Ces types auraient pu en remontrer à n'importe qui, SAS, Shayetet 13, ou même à l'armée du diable.

Quand les fantômes en treillis se matérialisèrent autour de lui, l'Africain lança un petit glapissement ; puis il glissa un bas sur sa tête. « Enlevez vos lunettes de vision nocturne, dit-il avec un fort accent. On était d'accord là-dessus.

— Pourquoi ? » demanda Rivera. Il arracha ses lunettes et fit signe à ses troupes de l'imiter. Cette étrange condition faisait en effet partie de l'accord.

« Vous ne devez pas voir mon visage, répondit l'homme. Bahame voit par vos yeux. Il lit dans les pensées.

— Donc tu le connais ? » demanda Rivera.

L'Ougandais n'était qu'une silhouette sombre mais ses épaules s'affaissèrent lorsqu'il répondit : « Il m'a enlevé quand j'étais gosse. J'ai combattu dans son armée pendant longtemps. J'ai fait des choses inavouables.

— Mais tu t'es enfui.

— Oui. J'ai suivi une famille qui s'était réfugiée dans la jungle après l'attaque de leur village. Je ne voulais pas leur faire de mal. J'ai juste couru. J'ai couru pendant des jours.

— Il paraît que tu sais où le trouver. »

Comme il ne répondait pas, Rivera sortit de son sac à dos une pochette en nylon remplie d'euros et la lui tendit. L'Ougandais s'en saisit mais resta silencieux, les yeux rivés sur l'argent.

« J'ai six enfants. L'un d'eux – mon fils – est très malade, reprit-il.

— Eh bien, tu devrais pouvoir l'aider avec tout ce fric.

— Oui. »

Rivera prit le bout de papier que l'homme venait de lui tendre et fit glisser les lunettes de vision nocturne de son front à ses yeux, le temps d'examiner la carte tracée à la main. Très détaillée, elle correspondait plus ou moins aux clichés satellites de la région.

« J'ai rempli ma part du marché », dit l'Ougandais.

Rivera acquiesça, fit volte-face et allait se remettre à couvert quand l'homme le saisit par l'épaule.

« Tirez-vous, dit-il. Dites à ceux qui vous envoient que vous ne l'avez pas trouvé.

— Pourquoi je ferais ça ?

— Il dirige une armée de démons. Rien ne leur fait peur. Rien ne peut les tuer. Certains disent même qu'ils savent voler. »

Rivera écarta la main de l'homme et disparut dans la jungle.

L'armée du diable.

2

Au large des côtes d'Afrique orientale
12 novembre – 0412 GMT + 3

« Il faut que vous compreniez, amiral, que c'est précisément grâce au règne ruineux d'Idi Amin Dada que l'Ouganda est devenu un pays si exemplaire. Nous avons accompli des progrès remarquables – en termes économiques, politiques, médicaux. Mais le monde ne le sait pas. Il ignore le chemin parcouru. Raison pour laquelle les donateurs reprennent leurs billes. Et maintenant, voilà que certains problèmes que nous étions en passe de résoudre sont en train de refaire surface. »

Charles Sembutu cracha la fumée d'un cigare tiré de la réserve particulière de l'amiral Jamison Kaye et se remit à pontifier sur la dette morale que le monde avait contractée envers le pays qu'il gouvernait.

Kaye demeurait impassible. À force de travail sur lui-même, il avait acquis le talent de cacher son mépris envers les politiciens. Il avait grandi dans une famille de fermiers du Kentucky sans le sou. Ces gens n'avaient jamais demandé d'aide à personne, même dans les pires moments. Quand il était enfant, son vieux briscard de père lui avait répété jusqu'à plus soif qu'on ne devait compter que sur soi-même. Soit on s'en sortait tout seul, soit on restait dans sa merde.

« Vous saisissez donc l'importance de notre action, amiral. Vous mesurez l'ampleur de la menace.

— Oui, monsieur le Président. »

Sa femme lui reprochait la sévérité avec laquelle il jugeait les hommes politiques et, en général, elle avait raison. Mais pas cette fois-ci. Sembutu s'était emparé de l'Ouganda à la suite d'un coup d'État sanglant où l'ancien président, sa famille et un millier de ses partisans avaient trouvé la mort.

On frappa discrètement à la porte. Le capitaine qui entra fut gratifié par son supérieur d'un regard empreint de reconnaissance.

« La transmission fonctionne, messieurs. Veuillez me suivre, je vous prie. »

Le centre de contrôle était enfoui dans les profondeurs d'une carrière – un espace restreint, conçu pour surveiller des événements qui n'étaient censés paraître dans aucun journal.

Les deux femmes assises devant les consoles informatiques sophistiquées se levèrent d'un bond quand l'amiral et son hôte ougandais entrèrent. Un geste signifiant repos leur fit réintégrer leurs sièges.

« Ce sont des vues prises par vos soldats ? » demanda Sembutu en désignant les cinq moniteurs allumés dont chacun projetait une lueur verdâtre. Des images embrumées de la jungle africaine défilaient lentement sur les écrans.

« Chaque commando est équipé d'une caméra accrochée à son uniforme. Ces images nous parviennent par satellite », expliqua Kaye.

Pendant que Sembutu s'approchait pour déchiffrer les noms des soldats griffonnés au bas de chaque moniteur, Kaye composa un numéro sur une ligne sécurisée.

À chaque sonnerie, il sentait croître son malaise. Pour lui, la violence était la condition naturelle de l'Afrique – dans ces pays, ce n'était pas la guerre qui éclatait de manière sporadique, mais la paix. Envoyer ses gars régler une situation qu'ils ne maîtrisaient pas totalement et qui, à son avis, ne concernait nullement l'Amérique, lui rappelait trop la Somalie. Mais il n'avait pas son mot à dire. La présente mission n'avait rien de commun avec ces opérations insensées issues du cerveau enfiévré d'un quelconque décideur planqué au fond du Pentagone. Vraiment rien.

Après un léger déclic, la voix inimitable de Sam Adams Castilla retentit.

« Oui, amiral ?

— Ils ont pris contact. Ils avancent.

— Aucun blessé à déplorer durant le saut ?

— Non, monsieur le Président. Pour l'instant, tout se passe comme prévu. »

3

Nord de l'Ouganda
12 novembre – 0609 GMT + 3

Les premières lueurs de l'aube filtraient à travers la canopée, dissipant l'obscurité qui leur avait servi de couverture. En quelques enjambées, le lieutenant Craig Rivera dépassa l'homme qui marchait devant lui pour prendre la tête de l'escouade jusqu'à ce que la grisaille du crépuscule laisse enfin place au grand jour.

Déjà, la condensation sur les feuilles commençait à s'évaporer, produisant une brume qui lestait les vêtements et encombrait les poumons. Parvenu au sommet d'un monticule rocheux, il se laissa tomber à plat ventre. Plus d'une minute passa. Son regard scrutait la masse des branchages, à la recherche d'une silhouette humaine. Rien. Juste le miroitement infini des feuilles détrempées.

Il repartit puis s'arrêta en entendant une voix grésiller dans son oreillette : « Regarde là-haut. »

Appuyé contre un tronc épais, Rivera leva les yeux : « Que se passe-t-il ?

— Bahame pourrait nous tomber dessus à tout moment en nous balançant des grenades avec son cul. »

Dans le silence, il perçut le rire discret des hommes les plus proches de lui. Rivera se remit en marche et, histoire de les calmer, leur intima : « Maintenez la discipline. N'oubliez pas ce qui est arrivé aux autres. »

Voilà environ six mois, l'Union africaine, croyant avoir localisé Bahame, avait envoyé un groupe de soldats à sa recherche. On n'avait plus aucune nouvelle d'eux, à part une bande audio.

Rivera ne l'aurait jamais avoué devant ses hommes mais cet enregistrement le hantait encore. Au début, on entendait la voix des soldats qui discutaient tranquillement, quelques tirs contrôlés puis, tout à coup, le chaos : des cris de panique, des rafales de fusils-mitrailleurs, les hurlements des assaillants… comme des rugissements de bêtes fauves. Et finalement, la chute des corps, les grognements des hommes en lutte, le gargouillis du sang dans les gorges.

À la fin de la bande, ses hommes et lui avaient réagi en minimisant l'affaire. C'était prévisible. Une chose pareille n'arriverait jamais à des soldats aguerris comme eux. Les troupes de l'Union africaine ? Des amateurs ! C'était bien eux qui avaient fui devant des girl scouts au Cameroun, n'est-ce pas ? Et leur mascotte ? Un caniche en peluche !

En tant que chef d'escouade, Rivera avait eu le droit de consulter les dossiers des soldats morts. Ces types n'étaient pas des pervenches congolaises en treillis, comme l'un de ses hommes l'avait suggéré après quelques bières, mais des commandos chevronnés patrouillant dans un environnement qui leur était familier.

Rivera leva le poing, s'accroupit et tourna le canon de son AK vers l'éclair fauve qui venait de scintiller entre les arbres. Derrière lui, il n'entendait rien mais savait que ses hommes se déployaient en dispositif de défense.

Allongé sur le ventre, il se mit à ramper, contrôlant son souffle et ses gestes pour ne pas agiter les buissons. Il lui fallut plus de cinq minutes pour parcourir vingt mètres. Finalement la jungle s'éclaircit. Il émergea aux abords d'un petit village.

Tout avait brûlé, hormis le mur en paille tressée de la hutte qui se dressait devant lui. Des cadavres calcinés s'entassaient, impossible de les dénombrer avec précision tant ils étaient entremêlés. Quarante, peut-être. Les infos étaient exactes. C'était bien le pays de Bahame.

Un grognement étouffé retentit dans son dos, puis un bruit sourd, comme celui d'un corps heurtant le sol. En jurant entre ses dents, il pivota sur lui-même, le doigt sur la détente.

« Désolé, chef. J'ai rien pu faire. Elle m'a foncé dessus. »

La femme recroquevillée contre un arbre tendait les mains devant elle dans un geste de frayeur. Son regard apeuré passait d'un homme à l'autre tandis que l'escouade émergeait des fourrés, comme une bande de génies sylvestres.

« Vous voyez qui c'est ? demanda l'un d'eux sans lever la voix.

— Il y a un village, par là, répondit Rivera. Du moins, il y en avait un avant le passage de Bahame. Elle a dû lui échapper. Je suppose qu'elle a passé les derniers jours planquée dans les parages. »

Sur le bras de la femme, une entaille s'infectait. L'une de ses chevilles formait un angle absurde vers la droite ; on devinait les os brisés sur le point de percer la peau encore intacte. Rivera tenta vainement de lui donner un âge : sa peau avait la couleur et la consistance d'un vieux pneu mais la femme paraissait robuste, avec ses bras musclés et ses dents blanches bien alignées. La vérité c'est qu'il ne savait rien d'elle et n'en saurait jamais rien.

« Qu'est-ce qu'on va faire d'elle ? demanda l'un des hommes.

— Vous parlez anglais ? » articula Rivera.

Elle lui répondit dans sa langue maternelle. Dans le silence, sa voix résonnait comme un vacarme. Il lui plaqua la main sur la bouche et lui fit signe de se taire. « *Vous ne parlez pas du tout anglais ?* »

Quand il ôta sa main, elle baissa d'un ton sans abandonner son dialecte.

« Qu'est-ce que vous en dites, chef ? »

Rivera fit un pas en arrière. Une goutte de sueur salée roula sur ses lèvres, s'infiltra dans sa bouche. Il n'en disait strictement rien. Mieux valait en référer au poste de commandement. Cela dit, il savait pertinemment ce que lui répondrait l'amiral Kaye – qu'il n'était pas sur le terrain, que c'était à lui de décider.

« Vu ce qui est arrivé à son village, elle doit pas trop aimer Bahame.

— Ouais, abonda un autre. Mais il leur fiche une telle trouille que les gens d'ici n'osent pas lui dire d'aller se faire voir. Ils le prennent pour un magicien.

— Alors, qu'est-ce que vous en pensez ? fit Rivera.

— Si on la laisse partir, qui sait si elle ne parlera pas ? Bordel ! Quand je pense qu'on ne peut même pas lui conseiller de la boucler. »

Il avait raison. Qu'avait dit leur contact ? Que Bahame voyait par les yeux des gens ? Les légendes ont toujours un fond de vérité. Les habitants de la forêt avaient sans doute si peur de lui que même ceux qui le haïssaient le tenaient au courant de tout, espérant ainsi gagner ses faveurs.

« On pourrait l'attacher à l'arbre et la bâillonner », dit un autre.

C'était stupide. Ils étaient en train de perdre du temps et en plus, ils étaient à découvert.

« Chef ?

— On ne peut pas l'attacher à un arbre. Elle mourrait de soif et se ferait dévorer par les bêtes. »

L'homme debout derrière elle dégaina silencieusement son poignard. « De toute façon, elle ne fera pas de vieux os, toute seule ici. On devrait lui rendre ce service. »

Rivera resta immobile un long moment. Devant ses hommes, ce n'était pas une chose à faire, l'indécision ne constituant pas une qualité particulièrement valorisante, dans son métier.

En cas de doute, il fallait automatiquement s'en référer au manuel. Mais hélas, il ne se souvenait pas d'avoir lu quoi que ce fût sur ce genre de situation, à savoir l'exécution de sang-froid d'un civil innocent.

« On dégage », dit-il en se retournant pour rejoindre le village incendié. Dans le cas fort improbable où il cognerait à la porte du Paradis, il avait déjà assez d'explications à fournir sans devoir ajouter à la liste de ses péchés le meurtre d'une femme sans défense.

4

Sud de la Namibie
12 novembre – 1358 GMT + 2

Le docteur Sarie Van Keuren retira sa main en grimaçant. Elle venait de saisir une branche épineuse par inadvertance. Il n'était pas tombé une goutte de pluie depuis des semaines. La terre assoiffée de la pente qu'elle gravissait soutenait difficilement ses cinquante-quatre kilos.

Ignorant le sang qui roulait sur sa paume moite, elle se hissa tant bien que mal jusqu'à la caméra vidéo posée sur un pied, au sommet de la butte.

D'un souffle, elle fit voler la poussière qui salissait l'objectif puis se retourna vers le buisson feuillu sur lequel la caméra était braquée. Malgré la clarté du soleil africain, elle mit quelques secondes à repérer la bestiole qui l'intéressait, perdue au milieu des feuilles et des baies. Une fourmi détachée de sa colonie.

Normalement, les individus de cette espèce étaient des fouisseurs de couleur noire et de taille modeste. Pas celle-ci. Depuis qu'elle était habitée par un minuscule parasite, son aspect et son comportement avaient changé. Son abdomen, gonflé et rouge vif, imitait à merveille les baies qui l'entouraient. Pire encore, le parasite ayant affecté son cerveau, la fourmi agissait bizarrement. Elle avait grimpé tout en haut du buisson, mordu dans une tige et elle était restée coincée là, à exhiber son gros ventre vermeil.

Au début, elle avait tenté de se libérer en poussant de ses six pattes pour s'arracher à la tige. Mais à présent, la paralysie commençait à l'envahir ; son envahisseur microscopique dévorait ses nerfs.

Sarie chercha dans le bleu délavé du ciel les oiseaux que le parasite tentait d'attirer par ce stratagème. Ce nématode incapable de se déplacer par lui-même se développait uniquement dans les viscères des volatiles. Un processus admirable en tout point. Sauf bien sûr, si vous étiez une fourmi.

Van Keuren s'assit et serra ses genoux contre elle pour se réfugier le plus possible dans l'ombre de son chapeau à large bord. En dessous, le paysage aride s'étendait à l'infini dans toutes les directions. Le seul signe indicateur du monde moderne était son Land Cruiser en panne, au bas de la butte.

Elle voulut calculer le nombre d'espèces qu'elle avait découvertes au fil des ans, mais son esprit revenait toujours à la première d'entre elles. Cela faisait vingt-cinq ans cette semaine que son père était rentré à la maison avec un magnétoscope légèrement cabossé et une boîte de cassettes vidéo – un luxe inouï dans la communauté paysanne namibienne où elle avait grandi. Elle avait juste huit ans à l'époque, et ces films pour enfants l'avaient littéralement fascinée. Elle avait passé des heures à les visionner, examinant chaque détail, mémorisant chaque mot. Puis l'ennui venant, elle avait fouillé dans la boîte pour prendre une vieille copie d'*Alien*. Son père avait eu beau lui répéter que ce film lui donnerait des cauchemars, elle l'avait quand même regardé, pétrifiée par la créature qui s'agrippait au visage des gens pour pondre en eux.

Qui aurait pu penser qu'un film d'horreur caché au fond d'un carton déclencherait une obsession qui guiderait sa vie ? Dieu merci, c'était *Alien* et pas *Rocky*. Sinon, à l'heure qu'il était, elle serait probablement en train de se battre sur un ring.

Le soleil baissait mais pas la température. À vue de nez, il devait faire plus de 45 degrés. Mieux valait se retrancher dans l'ombre de la camionnette.

Descendre était plus facile. La terre sèche se dérobait sous ses pieds. Elle se laissa glisser jusqu'en bas, humidifia un chiffon, colla son visage devant le rétro extérieur, écarta ses cheveux blonds et entreprit d'essuyer la poussière et le sel collés autour de sa bouche.

Malgré son grand chapeau aux allures de sombrero mexicain, la peau de son visage avait viré au rouge brique et son nez pelait. Sa famille habitait la Namibie depuis des générations mais ses ancêtres lui avaient légué ce teint clair si peu commode sous ces latitudes mais dont sa mère avait été si fière.

Renonçant à améliorer son apparence, elle fourragea dans une glacière remplie de glace fondue et sortit de quoi se préparer un gin tonic. Voilà six jours, deux prospecteurs passant dans le secteur lui avaient promis de prévenir le garage Toyota de Windhoek. Elle aurait pu rentrer avec eux. Maintenant, elle regrettait de ne l'avoir pas fait. Elle était du genre têtu. C'était parfois une bonne chose mais la plupart du temps, son caractère lui causait des problèmes.

Sarie s'adossa à son véhicule et se laissa glisser le long du métal chaud. La roue arrière était un peu plus fraîche. Elle avait de l'eau pour un jour seulement mais elle connaissait une source à quelques kilomètres de là. Ses réserves de nourriture tiendraient plus longtemps. De toute façon, ce n'était pas un souci. En cas de besoin, elle trouverait toujours de quoi manger dans la nature. Son vrai problème c'était le gin dont il ne restait que deux doigts au fond de la bouteille. Et cela, c'était parfaitement intolérable.

Elle fronça les sourcils en soupirant. Au coucher du soleil, elle s'en irait. Elle n'avait pas le choix. La route était à deux jours de marche. Après, elle attendrait que quelqu'un passe, ce qui prendrait encore une journée. Elle avait dû noter quelque part « ne pas oublier d'acheter un téléphone satellite », mais qu'avait-elle fait de ce papier ? Elle avait dû le fourrer dans la boîte à gants avec tous ses autres pense-bêtes inutiles.

Elle entamait son troisième verre quand une silhouette se dessina dans le lointain, déformée par la chaleur. D'abord elle crut que l'alcool lui donnait des hallucinations mais très vite, la tâche tremblotante se stabilisa. Un être humain. Sarie passa le bras par la vitre ouverte de sa camionnette, attrapa un fusil et colla son œil sur la lunette de visée.

C'était un garçon d'environ seize ans dont la peau, tannée par le soleil, avait presque viré au noir obsidienne. Il marchait pieds nus et ne portait qu'un short large et un sac de toile en bandoulière.

Elle termina son verre en l'honneur du visiteur, savourant avec bonheur la sensation de chaleur le long de sa gorge.

« Howzit [1] ! dit-elle quand le garçon fut à portée de voix. Si tu trimballes un alternateur dans ce sac, mon frère, tu es mon héros. »

Il s'arrêta devant elle et la regarda d'un air à la fois pénétré et confus. Elle essaya l'afrikaans, sans plus de succès, et finit par retrouver quelques mots de ngonda appris au contact des ouvriers de la ferme familiale.

« Oui, répondit le gamin, en hochant la tête d'un air las. Les mécaniciens de Windhoek l'ont donné à mon père et il m'a dit de vous l'apporter. »

Elle ouvrit la glacière surchauffée, lui tendit un Coca et un casse-croûte puis grimpa à l'arrière du 4 × 4 pour chercher ses outils.

« Reste à l'ombre. Avec un peu de chance, on pourra partir avant la nuit. »

1. Salut en anglais d'Afrique du Sud.

5

Ouganda du Nord
12 novembre – 1739 GMT + 3

Le lieutenant Craig Rivera mit un genou en terre. Il examina de nouveau la carte dessinée à la main puis balaya la jungle du regard. La végétation était moins dense par ici, les arbres poussaient à environ trois mètres les uns des autres et le sous-bois formait une mer dont les vagues leur arrivaient à mi-cuisses. Pas difficile à traverser mais on avait vu mieux pour ce qui était de la discrétion.

Il jeta un coup d'œil vers son coéquipier le plus proche – il le repéra au ras du sol, immobile comme une pierre. Le reste de l'équipe était parfaitement invisible, même pour son œil exercé.

« On approche, dit Rivera dans son micro. Quelqu'un a un problème ? »

Négatif pour tous.

Ils marchaient depuis quinze heures non stop ou presque. Rivera remerciait le ciel d'avoir subi cet entraînement harassant avec ses hommes, en Floride. La philosophie de son officier supérieur était la suivante : « Si tu veux affronter le monde réel, exerce-toi deux fois plus longtemps, deux fois plus fort, et sous une température de dix degrés de plus que la normale. » Des opérations comme celle-ci justifiaient toute cette souffrance.

« Tout le monde sur le qui-vive. On y va. »

Sur la carte, le camp qu'ils cherchaient couvrait une surface assez étendue. Le matériel de guerre était dissimulé sous un filet de camouflage et la plupart des soldats de Bahame dormaient à même le sol. Sur la bordure extérieure, il avait posté des enfants armés de fusils d'assaut légers – de la chair à canon censée le prévenir du danger. Le cercle défensif suivant était composé d'adultes plus expérimentés. Et enfin, on avait la garde personnelle du chef de la guérilla.

S'ils découvraient le camp ennemi, les soldats américains avaient pour ordre de pénétrer discrètement la ligne de défense extérieure à la faveur de l'obscurité, de s'enterrer et d'attendre que Bahame se présente à portée de fusil. Malheureusement, ce plan laissait trop de place au hasard. Le terrain présentait-il des cachettes permettant d'ajuster leurs tirs tout en restant à couvert ? Encore plus important, disposeraient-ils d'une voie de repli suffisamment dégagée pour qu'ils puissent se tirer vite fait après avoir plombé un type que ses propres troupes croyaient d'essence divine ?

Toutes ces questions, il devrait les résoudre seul, au jugé. En l'absence de tout renseignement fiable, que faire d'autre à part se jeter dans la bataille en laissant libre cours à son imagination ?

Les arbres devant lui s'éclaircissaient toujours plus. Rivera repéra une souche portant une marque d'outils.

D'un geste, il ordonna une halte, s'allongea sur le ventre et se remit à ramper jusqu'à apercevoir un sentier en contrebas.

La piste herbeuse large de cinq mètres serpentait à travers la forêt. Ceux qui l'avaient tracée avaient dû veiller à ce qu'elle soit invisible depuis le ciel. Il se dissimula entièrement sous un buisson et suivit des yeux le sentier qui courait vers le sud. Rien ne bougeait sauf une vache solitaire broutant des fleurs.

« J'ai trouvé la route, murmura-t-il dans son micro de gorge. Nous avancerons en parallèle, vers… Attendez. Je vois un truc. »

Une jeune fille apparut au détour du sentier. Elle était nue. Une chaine d'un mètre de long pendait à son cou. Elle courait. Ses gémissements entrecoupés de hoquets faisaient un bruit étonnamment fort. Rivera ne comprenait pas les mots qu'elle prononçait entre chaque sanglot.

La vache cessa de brouter mais au lieu de regarder la fille, se tourna vers l'endroit d'où elle venait. Quand la bête se mit à marteler le sol en balançant des petites ruades nerveuses, signes d'indécision, des tourbillons de poussière s'élevèrent de sa croupe.

Parfaitement immobile, Rivera attendait que la fille disparaisse pour sortir à découvert. Mais au lieu de poursuivre son chemin, elle s'écroula dans les fourrés, à trois mètres de lui, et se mit à fouiller la végétation avec des gestes frénétiques, comme si elle cherchait quelque chose.

Un moment plus tard, la cause de sa frayeur apparut au détour du sentier, une centaine de mètres vers le sud.

On aurait dit que toute la population d'un petit village s'était rassemblée là. Ces gens couraient si vite, avec des gestes si éperdus, qu'ils tenaient à peine debout. Le sang qui leur couvrait le visage se mêlait à la sueur, dégoulinait sur leurs vêtements, leur corps. Les adultes venaient en tête suivis des enfants et des vieillards, moins rapides mais tout aussi déterminés.

« Ennemis par le sud », murmura Rivera dans son micro.

Les feuilles au-dessus de lui s'écartèrent. Il empoigna la fille et la plaqua au sol en lui collant la main sur la bouche. Elle eut beau se débattre, elle était trop frêle et trop épuisée pour se dégager.

De sa main libre, il appuya de nouveau sur le micro. « Trente-cinq, peut-être quarante en tout. Pas d'armes visibles. Reculez. On n'intervient pas dans cette bagarre. »

Il allait s'extirper des buissons quand il s'arrêta net. Voyant la foule courir dans sa direction, la vache voulut se réfugier sous les arbres mais trop tard. Un groupe de cinq personnes fit un léger détour, heurta l'animal de plein fouet et le renversa. Fasciné par ce spectacle, Rivera remarquait à peine la fille qui se tortillait sous lui et le tirait par la manche comme pour l'inciter à fuir.

La vache cherchait à se redresser mais les villageois pesaient de tout leur poids sur elle en hurlant de rage. Puis ils commencèrent à frapper la pauvre bête avec les poings, les pieds. Leurs dents s'enfoncèrent dans sa chair. Un homme vêtu d'un short couleur camouflage reçut de violents coups de sabots au visage et s'écroula dans la poussière. Rivera le crut mort mais un moment plus tard, le vit ramper pour se jeter de plus belle sur l'animal agonisant.

Rivera se releva et, sans lâcher la fille, rebroussa chemin à toute vitesse. Ils n'avaient pas fait cent mètres quand il entendit craquer les buissons du sous-bois. La troupe hystérique s'était lancée à sa poursuite.

Il y eut une rafale de mitraillette quelque part devant lui. Un deuxième fusil cracha, puis un autre encore. Sous le crépitement rassurant de la fusillade, il entendait moins la clameur inhumaine de ses poursuivants. Rivera sentit se dissiper le début de panique qui s'était emparée de lui.

Ses gars ne rataient jamais leur cible. Jamais.

Trouvant une position de défense entre deux gros arbres, il s'arrêta et se retourna pour prendre la mesure de la situation à travers le viseur de son AK.

Ils avaient renoncé à le poursuivre, préférant s'en prendre à ses hommes qui, contrairement à lui, occupaient des positions fixes, plus faciles à atteindre. Rivera vit la masse humaine se diviser en deux pour mieux encercler les soldats qui les arrosaient. Ceux qui échappaient aux balles ne se souciaient pas des morts et des blessés ; ils les dépassaient, sautaient par-dessus, focalisés sur les tireurs. Parfois, un individu blessé à mort essayait à tout prix de se relever comme s'il ne comprenait pas ce qui lui arrivait.

Quatre villageois se précipitèrent sur son second. Ils n'étaient plus qu'à une quinzaine de mètres. Parmi eux, Rivera repéra un enfant de six ans à peine et une femme avec une fracture ouverte au bras. Préférant viser l'un des adultes valides qui cavalaient devant, il inspira et bloqua sa respiration avant de presser la détente. Sa cible s'écroula mais les trois autres poursuivirent leur course folle et renversèrent son vieux pote. Le bruit de l'impact se répercuta à travers la jungle.

Rivera voulut tirer une autre rafale mais c'était impossible. Il ne voyait plus rien, à part une masse de chairs entremêlées, l'éclair d'une lame de couteau, un flot de sang. Son ami – un homme aux côtés duquel il s'était battu et entraîné pendant plus de cinq ans – ne quitterait jamais cette jungle maudite.

« On s'arrache ! », cria-t-il dans son micro.

Quand ses hommes sortirent à découvert, il fit de son mieux pour ralentir leurs poursuivants.

Il vit Donny Praman foncer vers un fossé où il espérait sans doute se protéger, avec sur les talons une grosse femme ensanglantée, vêtue d'une robe traditionnelle en lambeaux. D'abord, Rivera ne fit pas attention à elle. Puis tout à coup, il cligna les paupières, croyant que ses yeux lui jouaient des tours. La femme obèse courait plus vite que le soldat.

Il tira une rafale mais dans sa confusion, rata sa cible. Un bout d'écorce se détacha, près de l'épaule de la femme.

Ses hommes tiraient dans tous les sens ; leurs cris trahissaient la rage impuissante qui les possédait. Rivera affermit sa position et visa. Il allait presser sur la détente quand la grosse femme sauta sur le dos de Praman. Ils dévalèrent ensemble une pente escarpée.

Derrière Rivera, la fille se remit à pleurer et à jacasser. Mais il l'entendait à peine tant il était sidéré. Il venait de voir une femme obèse renverser un soldat avec lequel il avait combattu pendant des années. Le plus solide d'entre eux, sans doute.

D'un bond, la fille s'interposa devant son fusil en lui désignant quelque chose au loin. Il suivit son doigt et vit que ses tirs avaient attiré l'attention de cinq Africains qui se ruaient maintenant vers lui. Ventre à terre.

Rivera fit feu. L'homme de tête s'écroula. Les deux suivants trébuchèrent sur son corps et tombèrent sans même regarder par terre. Ils ne craignaient pas de se blesser sur les pierres et les branches qui jonchaient le sol. Non, au contraire, leurs yeux restaient braqués sur Rivera et la fille.

De nouveau, il épaula mais sans trop d'espoir. Les deux hommes s'étaient déjà relevés. Trois autres arrivaient par l'est.

Rivera prit la fille par le bras et s'enfuit en laissant ses hommes derrière lui. De toute façon, leurs tirs et leurs cris s'espaçaient de plus en plus. Quelques secondes plus tard, les armes se turent complètement.

6

Sud Dakota, USA
12 novembre – 0830 GMT – 7

Le docteur Jonathan Smith feuilletait tranquillement une liasse de graphiques pendant que l'infirmière lui rendait compte de l'état de santé de ses patients. Il leva les yeux vers elle – pour qu'elle voie qu'il l'écoutait mais aussi pour admirer la cascade de cheveux roux qui couvraient ses épaules, et sa peau d'ivoire discrètement mouchetée de son.

« Jon Boy ! »

Le docteur Derek Canter apparut au bout du couloir et se précipita vers lui, le souffle rauque. Le halo gris auréolant son crâne dégarni tressautait au même rythme que son ventre. Trop grands pour sa pointure, ses richelieus à petits trous claquaient sur le lino. Il avait vraiment l'air d'un clown entre deux tours de piste. Une raison entre mille pour expliquer l'affection qu'éprouvaient à son égard les enfants malades de ce service hospitalier.

« Derek. Tu tombes bien. J'avais besoin de te voir, dit Smith. Hier, je faisais mes courses au supermarché et le gérant m'a redit que je n'avais pas besoin de payer.

— Je leur ai parlé, JB, mais le fait est que ton argent ne vaut rien ici. Diable, j'ai hâte de faire mon chèque au percepteur cette année. »

Smith se renfrogna. Cette situation le dépassait. La patronne du vieux motel de campagne où il logeait lui apportait chaque soir un dîner amoureusement mitonné et pas plus tard qu'hier, quand il avait grillé un stop devant le poste de police, le shérif s'était contenté de sourire et de lever le pouce d'un air taquin.

Canter se tourna vers l'infirmière penchée sur l'épaule de Smith. « Alors, comment ça se passe, Stacy ?

— Je pense qu'on est tiré d'affaire.

— Même Tina ?

— Elle va nettement mieux depuis la nuit dernière. »

Canter frappa dans ses mains et repartit à fond de train. Sa voix se répercuta sur les murs. « Je me demande s'il y a une ligne pour les pourboires sur la déclaration d'impôts. Que quelqu'un appelle mon comptable ! »

En riant sous cape, Smith retourna à ses courbes de température.

« Il commence à neiger », dit Stacy d'une voix si tendue qu'il leva les yeux vers la fenêtre. Les flocons ne tombaient pas très serrés. Pas de quoi inquiéter une fille qui avait passé sa courte vie dans cette petite ville du Sud Dakota.

« La conduite est dangereuse quand on n'a pas l'habitude, poursuivit-elle. Je pourrais vous ramener à votre hôtel, ce soir… »

Il posa les graphiques sur le comptoir et chercha sur son visage le début d'une ride. Comme il n'en trouvait pas, il essaya de lui donner un âge. Sans doute dans les vingt-cinq ans – dix-neuf de moins que lui.

« Oh, et je ne vous ai pas dit, Jon, mon frère dirige le meilleur restaurant de la ville. On pourrait s'y arrêter et manger un morceau en chemin. »

Elle devait le croire beaucoup plus jeune qu'il n'était. Ses épaules larges, ses hanches étroites faisaient illusion. Fort heureusement, elle ignorait les efforts toujours plus importants qu'il devait déployer pour que cela continue. Ses épais cheveux noirs coupés court mettaient en valeur son teint naturellement hâlé et, malgré les conditions brutales auxquelles il la soumettait régulièrement, la peau de son visage n'était pas trop abîmée.

Par réflexe, Smith répondit non – le style de vie qu'il avait choisi ne cadrait guère avec les histoires sentimentales. Mais par ailleurs, l'idée de dîner avec une femme belle et intelligente le séduisait davantage qu'une soirée devant la télé à regarder des rediffusions, d'autant plus que son hôtel ne recevait qu'une seule chaîne.

« Ils servent des steaks ? », se reprit-il.

Un grand sourire illumina le visage de Stacy sans toutefois engendrer la moindre patte d'oie. « Comme vous n'en avez jamais mangé.

— Alors, marché conclu », lança Smith en se dirigeant vers la petite salle de quarantaine improvisée, aménagée au fond du complexe.

Au bout du couloir, Smith se glissa entre les bandes du rideau en plastique puis franchit les doubles portes.

« Comment nous portons-nous, aujourd'hui ? »

Huit enfants occupaient les lits alignés le long des murs. Certains jouaient à des jeux vidéo en attendant qu'on les renvoie chez eux, d'autres étaient trop faibles pour s'asseoir.

« Bonjour, colonel Smith », répondirent-ils dans un chœur parfait à force d'exercice quotidien.

Il s'assit sur un tabouret à roulettes et d'un coup de pied, glissa gracieusement vers le lit d'une fillette qui venait d'entrer en classe de sixième. « On me dit que tu t'accroches, Tina. »

Elle toussa. On voyait bien qu'elle essayait de donner le change. « Je me sens bien mieux qu'hier.

— Parfait. Tu m'en vois ravi », dit-il en enfilant une paire de gants pour palper ses nodules lymphatiques.

Passer son enfance au sein d'une petite communauté soudée pouvait avoir de très bons côtés, parfois, mais à chaque médaille son revers. Dans cette ville, habitait une femme charismatique persuadée que son fils était devenu autiste à cause des vaccins. Elle s'était lancée dans une campagne malheureusement couronnée de succès, incitant ses voisins à refuser ou retarder la vaccination de leurs enfants.

Le premier cas de rougeole s'était déclaré voilà environ un mois, chez un garçon de six ans vivant dans un ranch au nord. Il l'avait refilée à ses camarades de classe. La vitesse de propagation de l'épidémie avait surpris tout le monde. Mais cela n'avait rien d'étonnant quand on savait que le taux de vaccination avait chuté jusqu'à atteindre un chiffre inférieur aux normes garantissant l'immunité grégaire.

Après le décès d'une petite fille suite à des complications, le personnel médical dépassé par les événements avait lancé des appels désespérés au gouvernement et aux Centres de contrôle des maladies. La nouvelle s'était répandue jusqu'à Fort Detrick où Smith, spécialiste des maladies infectieuses, exerçait pour le compte de l'armée. Cela faisait trop longtemps qu'il ne s'était pas trouvé au chevet d'un patient, aussi se porta-t-il volontaire.

« Comment va mon cou ? demanda Tina en levant vers lui un regard rempli d'espoir.

— Très bien. Tu entres en convalescence, c'est officiel.

— Vraiment ?

— Juré craché. »

Son téléphone portable sonna. Il le trouva au fond de sa poche, vérifia l'écran et fronça les sourcils quand il vit une série de traits et un petit symbole crypté.

« Qui est-ce ? demanda Tina.

— Ma mère, mentit Smith sans se troubler – talent qui datait de l'époque où il travaillait pour les renseignements militaires. Et tu sais bien qu'on doit toujours répondre aux coups de fil de sa maman, n'est-ce pas ? »

7

Nord de l'Ouganda
12 novembre – 1853 GMT + 3

Son fusil n'avait plus de cartouches. Sans ralentir sa foulée, le lieutenant Craig Rivera le laissa tomber et sortit un pistolet du holster qu'il portait à la hanche. Il faillit trébucher sur des cailloux recouverts par un tapis de lianes. En se rattrapant, il s'autorisa un regard en arrière. Ils étaient encore quatre à le poursuivre et ils se rapprochaient. Galvanisée par la terreur, la jeune fille qui courait près de lui avait tenu bon jusqu'à présent mais elle commençait à faiblir, l'épuisement prenant le pas sur l'adrénaline.

Il toucha en pleine poitrine un homme vêtu d'un polo sanglant du Manchester United puis souleva la fille épuisée dans ses bras tout en ordonnant mentalement à ses jambes de s'activer malgré les crampes.

C'était inconcevable et pourtant, les gens qui le pourchassaient couraient plus vite qu'il n'avait jamais couru – même au mieux de sa forme. Le poids de la fille était un handicap supplémentaire. Dans quelques secondes, tout serait terminé pour lui. Espérant semer ses poursuivants, Rivera obliqua sur la droite et s'enfonça dans un bouquet d'arbres aux feuilles larges comme des oreilles d'éléphant.

La végétation humide fouettait son visage, gênait sa vision et compromettait son équilibre. La fille se mit à hurler et à se tortiller. Ils n'étaient plus qu'à quelques pas derrière lui. Il ne s'en sortirait pas.

Rivera sentit une main crochue se refermer sur sa nuque. Au même instant, la pénombre de la jungle laissa place à la lumière aveuglante du soleil. Il n'entendait plus ses pas, ni ceux de ses ennemis. Il tourbillonnait dans le vide. Son esprit s'efforça de remettre les images dans le bon sens – les taches rouges et brunes des gens qui tombaient avec lui, le vert de la jungle, le bleu du ciel.

La douleur de l'impact le surprit. Étant donné la hauteur de sa chute, il aurait cru mourir sur le coup. Une eau fangeuse bouillonnait autour de lui. Il ne voulait pas lâcher la fille mais il avait toujours autant de mal à distinguer le haut du bas.

Très vite, ses poumons se mirent à brûler, mais il décida d'attendre le tout dernier moment pour refaire surface. Quand il émergea, ses ennemis avaient disparu sauf un qui brassait l'eau avec de grands gestes désordonnés, incapable de garder la tête au-dessus de l'écume. Les autres semblaient avoir coulé.

Rivera regarda d'où il était tombé. Au sommet de la falaise haute d'une vingtaine de mètres, les villageois fous étaient alignés en rangs d'oignons. Ils le dévoraient des yeux mais n'osaient pas sauter.

Il se tourna en aval de la rivière et, par la même occasion, assura sa prise autour du corps de la fille dont la tête lui toucha la poitrine. Lorsqu'il vit l'oblique de son cou il la laissa filer dans le flot et la regarda s'éloigner.

Là-haut, les Africains suivaient son avancée depuis le bord de la falaise, tout en cherchant un passage pour descendre. Il aurait voulu gagner la rive opposée mais le courant trop puissant le rabattait vers le centre, avec les autres débris flottants.

Un tronc immergé le heurta violemment par-derrière. Il bascula, passa sous l'eau. Il tentait de se dégager à coups de pied quand il s'aperçut que sa jambe gauche ne répondait plus. Sa bouche s'emplissait d'eau, ses poumons commençaient à s'engorger. Il n'arrivait pas à rejoindre la surface.

Il voyait le soleil, il imaginait sa chaleur mais plus il se débattait plus la lumière s'éloignait. Soudain, il vit le lac où il allait nager avec sa famille quand il était petit. Ses frères étaient là, ils barbotaient à côté de lui. Il se sentait si fatigué. L'heure du repos avait-elle sonné ?

D'un air impassible, Charles Sembutu regardait l'amiral Kaye aboyer ses ordres aux opératrices manipulant les terminaux d'ordinateur. Trois écrans venaient de passer au noir. Un autre ne montrait plus que le bleu du ciel. Sur le cinquième, une main blanche inerte tenait le manche d'un couteau fiché dans la gorge d'un enfant.

« Est-ce qu'on peut savoir ce que fiche Rivera ? demanda Kaye refusant d'admettre l'évidence.

— Silence radio, monsieur. Même chose pour la transmission vidéo. »

Il se pencha sur le dossier d'une opératrice. « Repassez la dernière séquence prise par sa caméra. Au ralenti, cette fois. »

Elle ralluma le moniteur dédié à Rivera. Des feuillages giflaient l'objectif, des Africains couraient. Puis, la chute.

« Monsieur, il s'agit sans doute de la rivière qui passe au fond du ravin. Nos clichés satellites confirment la présence d'un cours d'eau coulant d'est en ouest près de l'endroit où l'escarmouche a débuté. Il n'est sûrement plus en vie. Puis-je transmettre ses dernières coordonnées à l'équipe d'extraction ? »

Kaye détourna les yeux. Sembutu croisa son regard mais cacha sa fureur. D'habitude, quand une personne le décevait, sa vie s'achevait rapidement et d'une manière très désagréable. Mais de tels expédients étaient inenvisageables lorsqu'on avait affaire aux Américains.

Pourtant, s'il avait marché, ce scénario consistant à laisser des étrangers le débarrasser d'un homme que le monde entier haïssait, pour s'en attribuer ensuite tout le mérite, n'aurait eu que des avantages pour lui. En un temps record, il aurait neutralisé l'individu qui menaçait son pouvoir tout en passant pour un héros aux yeux de la population rurale soumise aux razzias de Bahame.

Malheureusement les Américains avaient tout fait foirer. C'était à prévoir. Malgré son savoir-faire, la première armée du monde était trop empêtrée dans ses principes et son absurde code de l'honneur pour obtenir des résultats positifs sur le continent africain.

À présent, il n'avait plus le choix. Il devrait consentir à s'allier aux Iraniens. Il jouait un jeu dangereux mais le temps n'était plus aux hésitations. L'armée de Bahame progressait vers le sud. Elle atteindrait bientôt une position lui permettant de lancer une attaque à grande échelle sur la capitale de l'Ouganda. Il fallait agir.

Mais en s'armant d'une extrême prudence. Si les Américains découvraient le projet des Iraniens et sa propre implication, il y avait fort à parier que leurs représailles anéantiraient son pays. Pour lui, ce serait la mort ou la fuite.

Kaye recula d'un pas hésitant. Ce faisant, il démontrait sa faiblesse. Pourquoi s'inquiéter pour un simple soldat sans importance ?

« Non, dit l'amiral. Dites à l'équipe d'extraction de rester au point de rendez-vous.

— Mais monsieur. Il est probablement…

— Vous m'avez bien entendu, lieutenant. On attend soixante-douze heures. Et après, on évacue. »

8

Washington, DC, USA
12 novembre – 0900 GMT – 5

Le président Sam Adams Castilla étira ses jambes et posa les pieds sur une table basse en pin massif qui venait de sa résidence de gouverneur, à Santa Fe. La décoration du Bureau Ovale avait évolué depuis qu'il y avait emménagé. Au fil du temps, les cadeaux reçus lors de ses voyages officiels avaient remplacé ses propres meubles de style ranch, comme autant de signes indicateurs de ses hautes responsabilités.

« Des questions, monsieur ? »

Lawrence Drake, le directeur de la CIA, était assis face à lui dans un fauteuil à oreillettes offert par les Français – lesquels seraient bien capables de leur déclarer la guerre si jamais ils voyaient le tissu indien dont Castilla l'avait recouvert.

« Au sujet de la Corée du Nord ?

— Oui, monsieur. »

Castilla prit un air concentré. Plus le temps passait plus ces briefings censés lui fournir des informations top secret lui paraissaient obscurs et déprimants. La

Chine, la Russie, Israël, le Moyen-Orient – autant d'éléments incroyablement complexes mêlés dans un tout carrément inconcevable.

« Non. Poursuivons, Larry. Quoi d'autre ?

— L'Iran. »

Castilla se rembrunit davantage. Aujourd'hui, un seul sujet l'intéressait ; mais il n'arrivait décidément pas. D'un geste impatient, il autorisa le DCI à lui présenter les derniers développements.

« Très bien, monsieur. La manifestation anti-gouvernementale de la semaine dernière à Téhéran a rassemblé plus de dix mille...

— Des victimes ?

— Bien que nos renseignements soient un peu flous, nous estimons qu'il y a eu une bonne centaine de blessés. Deux morts avérés – une personne a été piétinée après des tirs de grenades lacrymogènes par les forces gouvernementales et une autre a succombé à ses blessures alors qu'elle était à l'hôpital, après avoir subi une agression de la part des brigades anti-émeutes.

— J'ai vu la vidéo sur CNN, dit Castilla. Sacré chaos pour un pays qui adore l'ordre. »

Drake acquiesça d'un air grave. « Personne n'avait prévu que l'Iran s'enflammerait si vite, monsieur. L'ayatollah Khamenei ne cesse de durcir sa politique de lutte contre l'opposition. On nous rapporte que sa police secrète s'en prend aux familles des dissidents jusqu'au quatrième degré de parenté. Les cousins. Et d'après des rumeurs, une purge se prépare contre certains fonctionnaires soupçonnés d'être trop libéraux. Nous avons vu cela des milliers de fois au cours de l'histoire. Quand la parano atteint ces sommets, la chute n'est jamais bien loin.

— Oui mais quand ? Un ordre d'idée ?

— Difficile à dire. Il y a trop de variables et ce pays demeure très opaque, vu d'ici. Cela étant dit, je ne serais pas surpris de voir la chose se produire d'ici à dix-huit mois. »

Castilla inspira à fond puis relâcha lentement son souffle. « Je ne peux pas dire que leur départ me chagrinera. »

Drake pinça les lèvres. Castilla le remarqua.

« Quoi ?

— Monsieur ?

— Je connais cette expression, Larry. Alors dites-moi quoi.

— L'ennemi de notre ennemi n'est pas nécessairement notre ami.

— Farrokh. »

Drake se soucia peu de cacher l'aversion qu'il ressentait en entendant prononcer le nom du leader de la résistance iranienne. « Les sanctions que nous avons mises en place se sont avérées efficaces mais, chose plus importante, le gouvernement est carrément privé du soutien des jeunes et des intellectuels. En plus, voyons les choses en face, fabriquer une bombe nucléaire sans l'accord de ces deux franges de la population peut se révéler une sacrée perte de temps.

— Mais Farrokh, lui, a le soutien de la jeunesse et des intellectuels.

— Oui monsieur. En ce qui le concerne, nous ne savons pas grand-chose, sauf que la technologie n'a pas de secrets pour lui – particulièrement la téléphonie sans fil et internet. Sa manière d'utiliser la musique des artistes alternatifs du Moyen-Orient et les documents vidéo pour mobiliser ses partisans ferait pâlir la plupart de nos conseillers en communication politique. Pourtant, nous ne devons pas perdre de vue que son message n'est pas pro-occidental. Il veut le changement mais fondamentalement, c'est un nationaliste.

— Allons, Larry. Vous n'allez pas me dire qu'une démocratie progressiste en Iran serait pire que le régime des mollahs. »

Drake ne répondit pas tout de suite. Castilla lui laissa le temps. Dès sa prise de fonction, il avait insisté sur le fait que chacun était libre – ou plutôt obligé – de parler sincèrement entre les murs du Bureau Ovale. Dans l'administration qu'il dirigeait, la voie la plus directe vers le licenciement consistait à lui fournir des informations politiquement correctes qu'il serait ensuite contraint de recracher devant une caméra.

« Monsieur, en règle générale, les fondamentalistes sont des individus rétrogrades qu'on peut facilement monter les uns contre les autres, isoler, corrompre. Farrokh est différent. Si jamais il accède au pouvoir, il se peut que l'Iran franchisse allègrement les limites technologiques qui l'empêchent aujourd'hui de devenir une puissance nucléaire. Mais ce n'est pas tout. Jusqu'à présent, Khamenei s'est servi de l'instabilité régionale pour accroître l'influence de l'Iran, avec un succès mitigé d'ailleurs. Les gens se méfient des Iraniens et les sunnites n'ont pas très envie de voir progresser le pouvoir chiite. Or, ceux qui souhaitent ébranler le statu quo – et je ne parle pas seulement des libéraux et des progressistes – considèrent Farrokh comme le leader le moins susceptible de créer des divisions. Sous son gouvernement, nous risquons de voir le Moyen-Orient s'unifier et faire bloc contre nous, un peu comme à l'époque des Soviétiques. Mais avec une arme bien plus efficace…

— Le pétrole.

— Oui, monsieur. »

Castilla s'enfonça plus profondément dans le canapé en cuir.

Farrokh était un fantôme. Pour tout dire, la plupart des services de renseignements doutaient fort de son existence, préférant le considérer comme être virtuel dissimulant les vrais acteurs de la résistance iranienne. Castilla avait trop roulé sa bosse en politique pour adopter ce point de vue. Un groupement composite était incapable de prendre les rênes du pouvoir – seuls les individus y parvenaient. Et ces rênes, le mystérieux Farrokh avait clairement l'intention de s'en emparer.

La situation avait de quoi faire frémir. La région paraissait instable mais en réalité, c'était bien pire. Les Iraniens finançaient tous les groupuscules qui leur plaisaient ou qui luttaient contre les États-Unis. Les Israéliens avaient le doigt sur le bouton et les quelques gouvernements musulmans encore stables incitaient les USA à intervenir militairement, via des réseaux clandestins. Bien évidemment, si jamais l'Amérique attaquait l'Iran, ces mêmes gouvernements les remercieraient du bout des lèvres tout en proclamant haut et fort le jihad contre les envahisseurs chrétiens.

« Le diable, on le connaît, n'est-ce pas ? finit par dire Castilla.

— À mon avis, nous devons considérer qu'une prise de pouvoir par Farrokh peut se révéler contraire à nos intérêts. Par conséquent, je préconise que nous agissions sur… »

Castilla l'arrêta d'un geste. « Nous avons déjà abordé le sujet, Larry. Je ne vais pas empêcher tout un pays de sortir du Moyen Âge en me basant uniquement sur des "peut-être" et des "si". Le changement comporte une part de danger mais il ouvre également certaines opportunités. Renoncer à instaurer des relations acceptables avec un Iran démocratique, tout en favorisant la poursuite de la gabegie qui règne actuellement, relève d'une attitude trop défaitiste à mon goût.

— Est-ce du défaitisme, monsieur le Président ? Ou bien du réalisme ? »

Castilla croisa les mains sur son ventre dont le volume semblait changer en fonction de la dose de stress qu'il subissait. « J'ai l'impression que lorsque vous ignorez quoi faire, vous êtes du genre à ne rien faire du tout. Bon, passons à la suite.

— Mais monsieur…

— La suite, Larry. »

Comme d'habitude, le visage de Drake demeurait impénétrable – un masque qui mettait Castilla mal à l'aise. Le Président avait le don de percer à jour ses interlocuteurs. Quand il n'y arrivait pas, cela le rendait nerveux.

« Le dernier point de notre ordre du jour concerne la question ougandaise. »

Castilla posa les pieds par terre et se pencha en avant pour mieux se concentrer sur le DCI. « Savons-nous ce qui s'est passé, finalement ?

— Apparemment, il leur est arrivé la même chose qu'aux troupes de l'Union africaine quand elles ont tenté de débusquer Bahame. Tout nous porte à croire que notre escouade a été anéantie. Toutefois, il se peut que le commandant s'en soit sorti. Nous avons des gars là-bas. Ils l'attendent. Mais honnêtement, je crois que c'est une perte de temps…

— C'est quoi cette histoire de fous ? réagit Castilla sur un ton se situant juste au-dessous du hurlement. Personne ne l'a vu mourir et il n'est pas question de l'abandonner.

— Je n'ai jamais dit cela, monsieur. »

Le Président se mit à contempler le tapis. Il avait envoyé ces soldats là-bas contre l'avis de tous et malgré le dégoût qu'il ressentait à frayer avec Charles Sembutu. Mais les atrocités perpétrées par Caleb Bahame avaient pris un tournant si grotesque qu'il n'était plus question de fermer les yeux.

« Je suis désolé, se reprit Castilla. Je sais bien que vous n'aviez pas l'intention de dire cela, Larry. Et je sais aussi que vous désapprouvez cette opération depuis le départ. »

Castilla se réinstalla à son aise dans le canapé. Drake le regarda faire. Les politiciens adoraient les initiatives ne prêtant pas à conséquence, les déclarations d'intention destinées à caresser les électeurs dans le sens du poil sans changer la réalité de manière assez tangible pour encourir des critiques. Malgré son allure impressionnante, Castilla n'était pas différent de ses pairs. Or, dans la vraie vie, on devait accepter de jouer et de perdre. Et parfois d'envoyer des hommes au casse-pipe.

« Avez-vous vu la vidéo ? » dit enfin le Président.

Drake ravala la colère qu'il sentait monter en lui. Kaye. Cet amiral à la manque, ce politicard ni lard ni cochon lui avait brûlé la priorité en envoyant directement à la Maison-Blanche les images enregistrées par les caméras des cinq soldats.

« Oui monsieur. Je les ai eues ce matin.

— Avez-vous jamais vu un truc pareil ? Mais qu'est-ce qui se passe dans cette jungle ? Vos hommes vous ont-ils donné une explication ? »

Drake réfléchit longuement avant de répondre. Les renseignements qu'il fournissait à la Maison-Blanche sur la situation en Ouganda étaient soigneusement calibrés. Il s'en tenait au strict minimum pour ne pas avoir l'air de confisquer l'information. Malgré cela, le Président avait tenu à les embarquer dans cette aventure aussi vaine qu'incongrue. Castilla en savait-il davantage que ce que la CIA consentait à lui révéler ? Possédait-il d'autres sources ?

« Oh, excusez-moi, monsieur. Une explication, vous disiez ? »

Castilla fulminait, et à juste titre. « Notre meilleure équipe opérationnelle a été rayée de la carte par une poignée d'Africains désarmés dont la plupart ressemblaient fort à des femmes et des enfants. Vous ne croyez pas que cela nécessite un tant soit peu d'éclaircissements ? »

Rien dans le comportement du Président ne laissait soupçonner qu'il se doutait de quelque chose. Sur la base de cette dangereuse supposition, Drake décida de se lancer.

« Non monsieur, je ne crois pas. Bahame a été averti de leur arrivée et il a envoyé des soldats les intercepter.

— Des soldats ? Ce n'était pas des soldats, Larry.

— Avec tout mon respect, je ne suis pas d'accord. Nous savons parfaitement que Bahame constitue son armée en razziant des villages puis en enrôlant de force les habitants. Ces gens doivent choisir entre mourir et se battre pour lui. Dans le contexte africain, ces méthodes n'ont rien de nouveau. »

Comme tous ceux qui avaient visionné cette vidéo, Castilla ne s'en remettait pas. Drake tenta de tirer parti du désarroi momentané du Président.

« Monsieur, Bahame est un être malfaisant et vous avez fait tout ce qui était en votre pouvoir pour aider les Ougandais. Je suis désolé pour eux mais il s'agit là d'un problème africain. Que pouvons-nous faire de plus ? Envoyer un bataillon ? Ni l'Union africaine ni le président Sembutu n'approuveraient une telle initiative. Et même si nous parvenions à les convaincre, où trouverions-nous les effectifs nécessaires ? Nous avons déjà suivi cette route, monsieur, et elle ne mène nulle part.

— Donc, d'après vous, rien ne cloche dans ces enregistrements ?

— Désolé, monsieur, mais je persiste à croire que nos hommes se sont battus à un contre huit avec une bande de villageois ayant subi un lavage de cerveau. Ils prennent Bahame pour un Dieu. Dans ce genre de situation tactique, la survie d'une petite escouade repose sur sa capacité à terroriser l'ennemi – en abattant un maximum d'adversaires, on fait fuir les autres. En l'occurrence, ce dispositif n'a pas fonctionné.

— Que recommandez-vous ?

— On enterre nos morts et on passe à autre chose. »

Castilla hocha la tête sans répondre.

« Est-ce tout, monsieur ?

— Ouais, c'est tout. Merci, Larry. »

De nouveau seul, le Président Castilla se posta derrière l'une des fenêtres du Bureau Ovale pour regarder le ciel. De gros nuages se massaient au-dessus de Washington. Il ne se retourna pas lorsque la porte latérale s'ouvrit. « Tu as entendu ?

— Oui.

— Et alors ?

— Je t'ai remis cette vidéo parce que je savais que tu voudrais la voir, Sam. Mais pour une fois, je dois avouer que Larry n'a pas tort. »

Castilla finit par poser les yeux sur Fred Klein qui s'asseyait. Il semblait avoir pris dix ans en l'espace de quelques mois – ses cheveux avaient reculé de deux ou trois centimètres et il avait tellement maigri qu'il nageait dans son costume. Le statut d'ami et confident du président des États-Unis n'était pas de tout repos.

« Je les ai envoyés se faire tuer, Fred. Et maintenant tout le monde s'empresse de les oublier.

— Personne ne veut oublier. Mais le combat est perdu d'avance.

— Tu as passé l'essentiel de ta carrière dans les services secrets, Fred. As-tu déjà vu un truc aussi dingue que cette vidéo ? »

Klein ôta ses lunettes et se mit à les essuyer sur sa cravate. « Certes non.

— Quelque chose cloche là-dedans, reprit Castilla en s'installant sur le canapé face à son ami. Je veux que tu remues ciel et terre. Sers-toi de toutes tes relations. Utilise toutes tes ressources. Mais je dois savoir ce qui s'est passé, Fred. J'ai envie de dormir la nuit. »

Un sourire presque imperceptible vacilla sur les lèvres de Klein qui n'en finissait pas d'essuyer ses verres.

Castilla plissa les paupières. « Bon Dieu, je déteste quand tu me regardes comme ça. »

9

Cap-Occidental, Afrique du Sud
12 novembre – 1701 GMT + 2

Dans la lumière de l'après-midi, on apercevait au loin la ville de Paarl et les dômes de granit qui la cernaient. Des ceps de vignes alignés comme à la parade sillonnaient la campagne et se perdaient parmi les collines ondulantes.

Sarie Van Keuren tourna le volant de son Land Cruiser et passa sur une route secondaire peu fréquentée. Le soleil l'éblouit. Malgré sa fatigue, elle n'avait pu se résoudre à passer la nuit à Springbok. Vingt et une heures, trente tasses de café et un gigantesque sac de saucisses plus tard, elle se trouvait à moins d'un kilomètre de chez elle.

Elle ralentit, bifurqua sur un sentier de gravier et s'arrêta devant le mur ancien qu'elle avait passé deux ans à restaurer. Quand elle appuya sur le bouton, le portail fleuri s'ouvrit sur une ferme de style Cape-Dutch aux murs soigneusement chaulés.

Ses amis ne comprenaient pas pourquoi elle s'obstinait à vivre seule dans ce qu'ils appelaient

« l'arrière-pays ». Elle aussi se posait parfois la question. Tous les six mois environ, elle prenait la décision de s'établir au Cap et d'oublier définitivement les quarante-cinq minutes de route qu'elle faisait tous les jours jusqu'à l'université, mais elle n'arrivait jamais à décrocher son téléphone pour appeler un agent immobilier.

Parmi les nombreuses raisons qui l'empêchaient de partir, il y en avait deux majeures. Elles étaient justement en train de contourner la maison ventre à terre pour venir la retrouver. Dès qu'elle coupa le contact, les chiens sautèrent sur sa portière déjà bien éraflée par des années d'un traitement semblable et se disputèrent l'honneur de passer le premier la gueule par la vitre baissée. Sarie se rejeta en arrière mais pas assez vite pour éviter l'intrusion d'une langue mouillée dans son oreille. « Halla ! Ingwe ! Assis ! »

Au lieu d'obéir, ses deux ridgebacks rhodésiens redoublèrent d'aboiements joyeux. Elle dut caler son pied contre la portière et pousser pour arriver à l'ouvrir. Puis elle descendit en tenant au-dessus de sa tête un casier rempli de flacons contenant des spécimens de fourmis toujours suspendues à leurs pédoncules, et se fraya un chemin jusqu'à sa porte.

Elle posa le tout près de la pile de courrier entassé sur un buffet ancien par le gardien et s'agenouilla pour dire bonjour à ses chiens tout en s'efforçant d'échapper à leurs babines baveuses.

« Mandisa vous a donné à manger, aujourd'hui ? Non ? OK, on va s'en occuper. Un peu de patience, sales petits voyous. »

Ses amis n'avaient peut-être pas entièrement tort, songea-t-elle en allant chercher un gros sac de croquettes dans le cellier. Vivre dans ce pays ne lui posait aucun problème. Ce qui péchait, c'était qu'elle y vivait seule. Elle n'éprouvait aucune difficulté à s'abstraire totalement dans son travail. Dans ces moments-là, elle oubliait tout le reste. C'était bien beau, mais que lui resterait-il à l'arrivée ?

*

Caché dans le fossé d'irrigation, Dembe Kaikara passa un œil au niveau du trottoir pour observer la maison d'en face. Entre les barreaux du portail, il vit une femme occupée à décharger son 4 × 4. Elle faisait des allers-retours, les bras chargés d'appareils de prise de vues, de matériel de camping et autres équipements scientifiques.

Quand on lui avait parlé d'une professeure d'université, il s'était imaginé une vieille dame voûtée avec des cheveux gris et d'épaisses lunettes – le portrait craché de la religieuse belge à la mine austère qui avait autrefois débarqué dans son village pour leur apprendre à lire et à pratiquer la religion de l'homme blanc.

Sarie Van Keuren était à mille lieues de cette vieille bique. Même de loin, il voyait se dessiner les muscles fermes de ses bras et pouvait apprécier la grâce athlétique de ses mouvements. Comme le Land Cruiser, ses cheveux étaient couverts de poussière mais une fois lavés, ils retrouveraient cette blondeur pâlie par le soleil, qu'il trouvait si exotique.

Elle se débattrait. Il sentait déjà son corps nerveux sous le sien. Elle emploierait pour se libérer toute la force dont elle se savait dotée, jusqu'à ce qu'elle comprenne enfin et succombe à son pouvoir. Plus tard, quand elle ne leur servirait plus à rien, peut-être la lui donneraient-ils en récompense de sa loyauté.

Kaikara se retrancha dans le fossé, sortit un téléphone de sa poche et composa un numéro préenregistré.

« Oui.

— Elle est là.

— Et la route ?

— Pas de circulation. Pas d'autres maisons à moins d'un kilomètre. Ce sera facile.

— Rien n'est jamais facile ! »

La soudaine colère dans la voix de son interlocuteur lui fit monter l'adrénaline. « Ce n'est qu'une femme. Je n'ai jamais échoué depuis que je travaille pour vous. Et je n'ai pas l'intention de commencer.

— Attends qu'il fasse nuit et qu'elle dorme. »

La voix avait repris un ton normal. Kaikara poussa un discret soupir de soulagement. « Je comprends.

— Le code du portail est quatre-trois-neuf-six. Tu as noté ? »

Il sortit un pistolet et avec le canon, traça les chiffres dans la poussière, comme la religieuse belge le lui avait enseigné. « Oui, c'est bon. »

10

Comté du Prince George, Maryland, USA
13 novembre – 1112 GMT – 5

Jon Smith se pencha sur le volant de sa Triumph de 1968, en approchant son visage du pare-brise de telle manière que les nombreuses caméras cachées on ne savait où puissent l'identifier. Un instant plus tard, une porte blindée maquillée en portail ordinaire s'ouvrit de l'intérieur. Il pénétra au ralenti dans les jardins luxuriants de l'Anacostia Seagoing Yacht Club, d'après l'inscription figurant sur la pancarte.

Après avoir slalomé entre les bâtiments administratifs, il déboucha sur une longue jetée abritant plusieurs bateaux parfaitement entretenus. En fait, personne ne s'en servait jamais. On les sortait de temps à autre pour donner l'impression que la marina fonctionnait comme toutes les autres du comté.

L'organisation Covert-One avait pris une telle ampleur qu'elle possédait à présent des locaux à part entière. Smith avait du mal à s'y faire. À l'origine, quand le Président avait autorisé sa création, elle comportait une poignée d'agents indépendants, commodément dépourvus d'attaches personnelles et désireux de mettre en commun leurs divers domaines de compétence. Pour la financer en toute discrétion – cet aspect-là n'avait pas changé –, on détournait l'argent du contribuable destiné à d'autres projets et agences gouvernementales moins clandestines.

Covert-One avait pâti tout à la fois de son succès et des erreurs commises par les agences de renseignements classiques. Le Département de la Sécurité intérieure, créé après le 11 Septembre pour soi-disant rationnaliser la communication entre les principaux services, avait au contraire engendré une situation conflictuelle au sein d'une bureaucratie paralysée par les guerres de territoire, les luttes politiques et les sinécures.

Seule C1 possédait la capacité unique d'agir vite et efficacement, sans passer par le processus d'approbation officiel et les guéguerres administratives. Ce qui en faisait une arme formidable, bien que totalement illégale, dans l'arsenal du Président.

« Jon, dit Fred Klein en se levant pour lui serrer la main par-dessus son bureau tout simple. Je suis désolé de t'arracher à tes gamins.

— Pas de problème. Ils sont tous sortis d'affaire et j'ai convaincu l'un de mes amis du CDC de garder la maison en mon absence. Alors de quoi s'agit-il ? »

Bizarrement, on aurait dit que Klein ignorait comment aborder le sujet. Il se rassit, sortit une pipe de son tiroir et l'alluma. Un système d'aération placé dans le plafond démarra et se mit à aspirer la fumée.

« Honnêtement, j'hésite. Je ne crois pas qu'il soit judicieux de nous engager là-dedans, Jon. Comme tu le sais, je passe ma vie à *éviter* d'impliquer Covert-One. »

Smith hocha la tête. Le secret entourant leur organisation était à la fois oppressant et nécessaire. Chaque fois que Klein dépêchait un agent sur le terrain, il prenait le risque de s'exposer lui-même – ce qui serait un désastre tant pour l'administration que pour le pays dans son ensemble.

« Je suppose que le Président n'a pas l'intention de nous laisser en dehors de cela.

— Il a pris le mors aux dents et je le connais depuis assez longtemps pour savoir qu'il ne lâchera pas. J'espère juste que cette stupide opération se terminera vite et sans bruit. » Il se ménagea une pause. « Le nom de Caleb Bahame te dit quelque chose ?

— Le guérillero africain qui se prend pour Dieu ? Il a constitué une armée essentiellement composée d'enfants dont il se sert pour répandre le chaos dans le nord de l'Ouganda.

— Je suis impressionné. Mais tu ignores une chose. Nous avons récemment envoyé une équipe des opérations spéciales sur ses traces.

— Bien, dit Smith. Ce Bahame n'est pas un enfant de chœur. Ils l'ont attrapé ? »

Klein tira sur sa pipe et recracha la fumée. « L'escouade a été balayée en l'espace de quelques minutes. Leur commandant, un SEAL nommé Rivera, a pu s'échapper. Il a passé deux jours à ramper dans la jungle pour rejoindre le point d'extraction.

— Je n'étais pas au courant.

— Personne n'est au courant. Le Président joue sa crédibilité sur cette affaire. Les Américains en ont marre de voir leurs enfants mourir dans des combats inutiles. Et dis-toi que le casse-tête moyen-oriental n'est rien face à la situation de l'Afrique subsaharienne.

— Si cet engagement est aussi impopulaire que tu le dis, que faisons-nous là-bas ?

— Ces derniers temps, Bahame remporte victoire sur victoire. Chaque jour, ses troupes s'emparent d'un nouveau village – et le rayent de la carte. La vague de panique risque de déstabiliser non seulement l'Ouganda mais aussi le Kenya et la république démocratique du Congo. Sur le plan humanitaire, il s'agit d'un cauchemar dépassant toute imagination. Et le Président estime que nous avons le devoir moral d'intervenir.

— Je ne peux pas dire que je désapprouve, répliqua Smith. Mais quelle est la position de Covert-One ? Ce genre d'intervention est plutôt du ressort des Nations unies ou de l'Union africaine. »

Klein pianota sur son ordinateur puis le fit pivoter afin que Smith voie les cinq vidéos dont le défilement commençait en simultané.

Il les regarda attentivement jusqu'à la fin puis s'enfonça dans son siège, comme s'il avait besoin de mettre un peu de distance entre l'écran et lui. Il avait passé la moitié de sa vie à s'extirper de situations impossibles mais jamais au grand jamais il n'avait dû affronter une horreur pareille.

« Seigneur, finit-il par murmurer.

— Tu en dis quoi ?

— Attends que je digère. »

Klein hocha la tête. Il comprenait. « J'ai dû les visionner au moins vingt fois et je peux te dire que je ne suis pas plus avancé. D'abord, j'ai cru à un phénomène d'hypnose collective. Tous les comptes rendus s'accordent sur un point : à côté de Bahame, Charles Manson n'est qu'un aimable plaisantin. Au début, je pensais à une mise en scène. Un genre de sacrifice rituel pour stimuler ses troupes. Il les badigeonne de sang et après, il les lâche dans la nature. Maintenant je n'en suis plus si sûr.

— Pourquoi ?

— J'ai placé nos analystes sur l'affaire. Ils sont tombés sur des conversations entre Iraniens, au sujet de Bahame. Un truc concernant une arme nouvelle.

— C'est du solide ? demanda Smith.

— Non. Trop court, trop ambigu. À force de creuser, on a trouvé un autre élément d'information, issu d'une source iranienne moins fiable – il y est question de Bahame et d'une éventuelle compensation, un échange de bons procédés.

— La CIA, la NSA ont-elles quelque chose ?

— Rien n'indique qu'elles soient au courant de ce lien. Dans le cas contraire, elles s'en fichent royalement. »

Smith regarda derrière Klein le globe terrestre tourné du côté de l'Afrique. Curieusement, le monde du renseignement souffrait non pas d'un manque de données mais de leur profusion. Et comme les moyens en hommes étaient limités, il fallait bien définir des priorités. Dès lors, pourquoi s'étonner qu'une dépêche laconique évoquant les exactions d'un obscur chef de guerre ougandais se retrouve au bas de la pile ? En Afrique, tout le monde marchait sur la tête, c'était bien connu.

« Tu as montré ces films à des spécialistes ? demanda Smith.

— Non, à part toi.

— Je suis microbiologiste, Fred, pas psychologue. Je ne connais pas grand-chose à l'hystérie collective.

— Soit, mais dis-moi quand même s'il pourrait s'agir de cela, à ton avis ? »

Smith haussa les épaules. « Pense au rasoir d'Occam – l'explication la plus simple est souvent la meilleure. Nul besoin d'étudier l'histoire à la loupe pour comprendre ce dont sont capables les humains. Sinon, nous serions au chômage, toi et moi.

— D'accord mais promets-moi d'y réfléchir, insista Klein. Avec un peu de chance, tu confirmeras l'hypothèse psychologique et tout s'arrêtera là.

— Puis-je avoir une copie de ces vidéos ?

— Je demanderai à Maggie de t'en transmettre une avant ton départ pour l'aéroport.

— L'aéroport ?

— Le SEAL survivant a été admis à l'hôpital de Camp Lejeune. Je me suis dit que tu voudrais lui parler.

— Mon supérieur m'a demandé de regagner Fort Detrick, Fred. Les gens savent que j'ai quitté le Sud Dakota et tu connais les militaires. Ils vont me questionner. »

Klein adopta une expression ennuyée et se pencha sur la droite pour voir le bureau de son assistante par la porte ouverte. « Maggie ! »

Maggie Templeton travaillait pour lui depuis des lustres. En dehors de Klein, c'était la seule personne à avoir une vision exhaustive des opérations Covert-One. Elle apparut un instant plus tard et tendit à Smith une enveloppe Kraft grand format.

« Voilà pour vous, Jon. Vous trouverez à l'intérieur une autorisation d'absence illimitée, signée par le général Stapleton, des billets d'avion et des informations sur le contact qui vous attendra au terminal de Wilmington. Ah oui, il y aussi des réservations d'hôtel et une clé USB contenant les vidéos que vous souhaitiez. Oh, j'allais oublier… » Elle fit demi-tour et revint deux secondes après avec un uniforme de l'armée encore enveloppé dans le film plastique du pressing.

« Maggie, vous êtes vraiment une femme exceptionnelle. »

Elle sourit. « Dépêchez-vous. Votre avion n'attendra pas. »

11

Cap-Occidental, Afrique du Sud
14 novembre – 0102 GMT + 2

Sarie Van Keuren observait son père – ses épaules larges, sa combinaison de travail, le chapeau de cow-boy qu'il s'était acheté lors d'un voyage en Amérique, ses yeux bleus délavés qui semblaient tout voir, tout comprendre.

Il se tenait devant leur grange, avec à la main un outil de ferme tranchant qu'elle ne voyait pas nettement. Elle voulut s'élancer vers lui mais le sol se dérobait sous ses pas. Ses jambes s'activaient en vain, comme si la force de gravité avait tout à coup disparu. Ses pieds patinaient sur la terre fertile.

Puis il s'approcha. Elle lui ouvrit les bras. Soudain il s'arrêta. Impuissante, elle fixait ses petites mains tendues vers lui, leur peau douce dépourvue des marques dues aux années de travail dans la brousse africaine.

Il souleva l'énorme lame et la brandit au-dessus de sa tête. Un rayon de soleil lui arracha un éclair puis la faux s'abattit sur le cou de Sarie en décrivant un arc de cercle. Les bras levés pour se protéger, elle poussa un grand cri.

Sarie se redressa dans son lit, le souffle court, puis elle reconnut sa chambre. Autour d'elle, les objets flottaient dans la lueur de son radio-réveil. D'une main tremblante, elle essuya la sueur qui baignait son front. Son cœur battait la chamade.

Elle n'avait pas fait ce rêve depuis des années et c'était la première fois qu'il se terminait ainsi. D'habitude, son père se retournait et disparaissait dans le lointain sans écouter ses cris, sans voir qu'elle lui courait après – pas besoin de s'appeler Freud pour savoir ce que cela signifiait. Mais cette version-là, comment pouvait-on l'interpréter ?

Persuadée qu'elle ne retrouverait pas le sommeil de sitôt, Sarie attrapa un pantalon de jogging et descendit à la cuisine où elle inspecta rapidement le contenu du réfrigérateur. Les quelques gorgées de jus d'orange qui restaient au fond d'une bouteille la calmèrent un peu mais, pour réintégrer le temps présent, c'était insuffisant.

Elle ferma les yeux et s'efforça de faire le vide en elle, comme elle l'avait appris. Peine perdue. Parfois, le passé refusait de reposer en paix.

Elle revoyait son père en train de secouer la porte de l'armoire verrouillée où il rangeait ses fusils. Elle entendait le rire cruel des hommes qui s'étaient introduits par effraction chez eux. Elle avait heurté le sol si violemment que ses cris étaient restés coincés au fond de sa gorge lorsque les intrus avaient arraché ses vêtements.

Son père s'élançait pour lui porter secours quand une sorte de gourdin s'abattit sur sa nuque. Il roula par terre. Pendant un temps infini, ils s'acharnèrent sur lui jusqu'à ce qu'il ne bouge plus. À ce moment-là, Sarie était en état de choc. Elle voyait la main de sa mère, tendue vers elle, pendant qu'on les violait toutes les deux, encore et encore. Mais, comme dans le rêve, ses membres étaient lourds, son esprit englué.

Finalement, les hommes s'en allèrent après avoir raflé tout ce qu'ils pouvaient transporter. Sarie ne reprit conscience que sous la caresse du soleil à travers la vitre. Ses parents allongés par terre la regardaient de leurs yeux vitreux où se reflétait la clarté du matin.

Elle avait appelé la mort. Elle aurait tant aimé les rejoindre dans ce paradis dont ils lui parlaient tous les dimanches. Mais son cœur de douze ans continua de battre.

Nue, couverte de sang, elle réussit à se traîner hors de la maison. Ses blessures au pelvis et son genou déboîté l'empêchaient de marcher. Quand les ouvriers agricoles qui partaient au travail l'aperçurent au loin, ils coururent vers elle à travers champs. Les hommes rugissaient de fureur, les femmes hurlaient de désespoir.

Peu après, leur ferme namibienne fut vendue, on envoya Sarie au Cap, chez sa tante, pour qu'elle reçoive une éducation convenable. Depuis, cette femme douce et merveilleuse l'avait quittée elle aussi.

Sarie souffrait rarement de la solitude. Aussi fut-elle surprise d'y être soudain confrontée. Peut-être à cause de ce silence. Où étaient passés les chiens ? Quand elle se levait la nuit, ils en profitaient toujours pour se manifester bruyamment.

« Halla ? Ingwe ? appela-t-elle en allant ouvrir la porte de derrière. Il reste des *boerewors*. Venez vous régaler. »

Quelque chose bougea dans l'obscurité. Sarie s'agenouilla et ouvrit les bras. Parfois, la caresse baveuse d'un brave toutou suffisait à résoudre vos problèmes.

La force de l'impact la projeta en arrière mais les chiens n'y étaient pour rien. La silhouette d'un homme s'encadrait sur le seuil. Elle se jeta de côté, roula sur elle-même et dans le même élan s'élança vers le salon.

L'homme se précipita, la rata de peu et atterrit sans douceur sur le vieux parquet. Elle l'entendit jurer.

Elle voulut courir vers le canapé, quelques mètres plus loin, mais l'homme lui attrapa le pied. Sans chercher à récupérer son équilibre, elle se laissa choir vers l'avant, une main tendue.

Dans le holster coincé sous le canapé, se trouvait l'une des nombreuses armes cachées un peu partout dans la maison. Elle ne ferait pas la même erreur que son père.

Ses doigts effleurèrent le métal froid mais elle n'eut pas le temps de dégrafer la courroie. Déjà, une main puissante se refermait sur sa cheville.

Aussitôt, Sarie roula sur le dos et décocha une ruade dans le bas-ventre de son agresseur, un peu au hasard. Par miracle, son pied nu trouva sa cible. L'homme lâcha prise et lança une nouvelle bordée de jurons dans un dialecte qu'elle ne reconnut pas.

Elle courut vers une petite table d'angle où elle dissimulait un pistolet .22, encore plus petit que le précédent. Son cœur résonnait dans sa poitrine. Elle aurait préféré une arme plus impressionnante mais une balle en pleine face, même de petit calibre, produisait toujours l'effet escompté.

De nouveau, elle arriva une fraction de seconde trop tard. Cette fois, l'homme lui saisit la jambe. Peu après, elle se sentit soulevée. Le ventilateur au plafond tournait toujours. Elle l'accrocha de l'épaule quand elle s'envola par-dessus le canapé avant d'atterrir sur un vieux fauteuil qui bascula dans un grincement.

L'homme, dont elle ne percevait que la silhouette dans la pénombre, voulut se jeter sur elle mais glissa sur le plancher poli par un siècle d'allées et venues.

Coupée du reste de la maison, Sarie fila vers la cuisine, s'empara d'un couteau et fit volte-face. Il était là, devant elle. Sarie leva le couteau et l'abattit sur son assaillant. Elle sentit la lame pénétrer dans sa chair. Au même instant, un avant-bras musculeux s'enroula autour de sa gorge. L'arrière de son crâne heurta violemment le comptoir carrelé. Elle glissa et se retrouva par terre, presque assommée. Luttant pour ne pas s'évanouir, elle regardait l'homme reculer en chancelant, les yeux braqués sur le couteau qui dépassait de son flanc. Elle le vit l'extraire. La douleur explosa dans sa tête. Elle grinça des dents. C'était un éplucheur. Dans sa panique, elle avait pris le plus petit couteau du bloc.

Quand il fondit sur elle, elle n'eut même pas la force de lever la main pour détourner la lame sanglante qui s'approchait.

L'homme la lui colla sur le cou en hurlant. Ses postillons lui arrosaient le visage.

« Pourquoi tu gueules ? Ferme-la et achève-moi », fit-elle d'une voix étrangement lointaine.

Il recula. Sa rage était telle qu'il avait du mal à rassembler ses idées. Il lâcha le couteau et ramassa un lampadaire qu'il brandit au-dessus de sa tête, comme son père l'avait fait avec la faux, dans le rêve. Mais au lieu de lui défoncer le crâne avec, il hésita et le laissa choir.

Un instant plus tard, elle sentit qu'on la tirait par les cheveux. Il la fit sortir de la maison par la porte de devant. Sa main engourdie tenait encore l'avant-bras de l'homme.

Le peu d'énergie qu'il lui restait s'envola dès qu'elle vit ses chiens morts dans l'allée. Elle n'opposa aucune résistance quand il la traîna sur l'asphalte et la mit sur le ventre. Elle perdit conscience quelques secondes puis se réveilla pour replonger ensuite. Entre deux évanouissements, elle crut entendre le bruit d'un ruban adhésif qu'on déroulait. Puis elle sentit qu'on lui attachait les poignets.

Peut-être avait-elle survécu par erreur, pendant toutes ces années. Peut-être le destin l'avait-il enfin rattrapée.

12

Camp Lejeune, Caroline du Nord, USA
13 novembre – 1826 GMT – 5

Le docteur Ronald Blankenship poussa la porte métallique et, suivi de Jon Smith, s'engagea dans un escalier désert de l'hôpital naval de Camp Lejeune.

« Comment se fait-il que Fort Detrick s'intéresse à un SEAL amoché ? »

N'obtenant pas de réponse, Blankenship s'arrêta et prit appui sur la rampe. « Enfin quoi, j'ai moi-même examiné le dossier médical du gamin. Il se porte comme un charme, si l'on fait abstraction de son aspect physique. J'avoue qu'il est plutôt abîmé. Mais à part cela, pas le moindre petit rhume susceptible d'éveiller la convoitise d'un chasseur de virus tel que toi. »

Smith se contenta de sourire aimablement.

« Ne me regarde pas comme ça, Jon. Tu veux que je t'aide ou quoi ? »

Les deux hommes se connaissaient depuis des années. Ils s'étaient rencontrés pendant leur internat. Ensuite, ils avaient servi dans des unités MASH un peu partout à travers le monde. Smith l'avait appelé depuis l'aéroport pour lui demander de ne pas ébruiter sa visite. Personne ne devait savoir qu'il venait s'entretenir avec le marine blessé.

Comble de l'ironie, ce n'était pas son appartenance à Covert-One qui posait problème, cette fois-ci, mais son travail quotidien auprès de l'USAMRIID, le groupe de recherches militaire sur les maladies infectieuses. Les opérations SEAL faisaient l'objet d'une classification allant au-delà du top secret, et pourtant l'équipe médicale qui soignait Rivera ne pouvait décemment ignorer qu'il revenait d'Afrique. La soudaine irruption dans leurs locaux d'un microbiologiste militaire, spécialiste des maladies mortelles et des armes biologiques, risquait de les surprendre.

« Ouais, et je t'en remercie, répondit Smith. Mais il n'y a pas grand-chose à dire. À mon avis, tout cela n'est qu'une nouvelle manière de gaspiller l'argent du contribuable. »

Blankenship fronça les sourcils et se remit à monter les marches. « Tu rempiles dans les services secrets, c'est ça ?

— Non.

— Allons, Jon. Je suis passé des unités MASH à trois gosses et une piscine qui fuit en emportant tout le fric que je dépense pour la réparer. Tu sais quelle est la chose la plus palpitante qui me soit arrivée le mois dernier ? Ma femme m'a dit qu'elle voulait quitter son boulot pour devenir artiste à plein temps. Je m'emmerde, Jon. Je t'en prie, donne-moi un os à ronger. Dis-moi comment c'est de l'autre côté. »

Smith articula : « Je te jure que je ne travaille pas pour les renseignements militaires.

— Et ce type n'a pas attrapé un virus ultrasecret qu'on essaierait à tort de nous cacher.

— Tu veux que je te dise ? Tu déconnes à pleins tubes, Ron. »

Blankenship enfonça la barre ouvrant la porte palière. Personne dans le couloir. « Tu as gagné, Jon. Comme toujours. Continue tout droit puis tourne à gauche. C'est la deuxième porte sur la droite.

— Je te revaudrai ça, Ron. »

Ils se serrèrent la main. Blankenship lui donna une bourrade sur l'épaule. « La prochaine fois que tu débarques ici, on prend un pot. Comme je sais que tu n'aimes pas discuter de l'actualité, on évoquera le bon vieux temps en se bourrant la gueule.

— Ça me va. Peut-être même que je piquerai une tête dans ta piscine, à condition qu'elle soit pleine. »

Son vieil ami fit une grimace et disparut dans la cage d'escalier, le laissant poursuivre son chemin dans le couloir. Smith trouva la porte indiquée, posa la main sur la poignée et attendit un peu, le temps de récapituler toutes les questions qu'il avait préparées. Il n'avait pas encore tout à fait décidé de la manière dont il aborderait le sujet.

Quand il finit par entrer, le jeune marine se leva.

« Repos, lieutenant. »

Au lieu de lui obéir, Rivera exécuta un salut martial en chancelant sur sa jambe plâtrée. « Bonsoir, mon colonel. »

Smith lui retourna son salut. « Bonsoir. Asseyez-vous, je vous prie. »

Le jeune homme s'exécuta. Smith prit le seul siège disponible et posa le dossier de Rivera sur la table qui les séparait. En plus de sa jambe cassée et de son bras gauche en écharpe, le jeune homme était méconnaissable. Son visage n'était qu'un assemblage d'hématomes et de points de suture.

En revanche, sa tenue était impeccable. Un uniforme retaillé en fonction de ses blessures et une arme de poing rutilante. Le soldat modèle.

« Merci de me recevoir si vite malgré les circonstances, dit Smith. Je sais par où vous êtes passé.

— Oui, monsieur.

— J'ai lu votre rapport mais j'aimerais que vous me racontiez tout cela avec vos propres mots.

— Toute mon escouade a été exterminée, répondit-il d'une voix amère. Sauf moi. Je crois qu'ils en ont fait un film. Allez le voir à l'occasion. »

Smith demeura impassible. Après un long silence, Rivera reprit la parole.

« Une gamine s'est mise à courir vers nous sur la route. Elle avait une meute de gens à ses trousses. À mon avis, elle nous avait vus arriver et elle voulait qu'on l'aide. Qu'on lui porte secours.

— Pourtant, ses poursuivants n'étaient pas des soldats ?

— Pas à proprement parler. On aurait plutôt dit des villageois de retour du marché.

— Étaient-ils armés ? »

Rivera secoua la tête d'un air piteux. « Non, il y en avait qui tenaient des bâtons. Je n'en suis pas sûr. Certains n'avaient même pas de vêtements. Ils étaient couverts d'un liquide rouge, comme du sang… » Sa voix se brisa ; son expression faciale se figea.

« Vous leur avez tiré dessus, intervint Smith pour le faire réagir.

— On ne voulait pas vraiment les tuer, monsieur. Juste les obliger à battre en retraite pour avoir le champ libre. Mais ils ne reculaient pas. On aurait dit qu'ils se fichaient pas mal de recevoir une balle. Ça leur faisait ni chaud ni froid. » Il s'interrompit. « Il paraît que vous savez qui nous sommes. Enfin, qui nous étions…

— Une unité d'élite composée de la fine fleur de nos forces spéciales.

— Exact. Et le meilleur d'entre nous était un type nommé Donny Praman. Il jouait au football au lycée, dans l'Ohio. Ce type était un genre de surhomme, et pourtant il en faut pour m'épater. Il n'avait peur de rien, il n'était jamais fatigué, jamais blessé, jamais malade. Et figurez-vous que j'ai vu une grosse bonne femme le terrasser sous mes yeux. Comment c'est possible, mon colonel ? Vous pouvez me le dire ?

— Je crains que non. Mais je compte bien le découvrir. Que s'est-il passé ensuite ? Après que Praman a été abattu ?

— Je n'en sais rien, fit-il de plus en plus amer. J'étais trop occupé à m'enfuir. »

Smith baissa les yeux sur le stylo qu'il faisait rouler d'avant en arrière sur la table du bout de l'index. « Auriez-vous pu les sauver, fiston ? »

Il savait que Rivera ne le quittait pas des yeux mais ne leva pas la tête.

« Qu'est-ce que ça change maintenant ?

— Ça compte. Si vous n'aviez aucune possibilité de leur venir en aide, alors votre devoir consistait à rester en vie pour rentrer faire votre rapport.

— Mon rapport ? Rapporter quoi ? Que j'ai laissé mon équipe se faire trucider par une bande de femmes et d'enfants désarmés ? Que je suis tombé dans une embuscade ?

— Calmez-vous, lieutenant.

— Vous m'avez l'air d'un dur à cuire, mon colonel. Mais avec tout le respect que je vous dois, vous n'êtes qu'un toubib. Vous n'avez aucune idée de ce dont nous sommes en train de parler. »

Smith poussa un léger soupir. Au contraire, il savait précisément ce dont ils étaient en train de parler. Au cours de sa carrière, lui aussi avait vu des amis mourir sous ses yeux. Ces scènes avaient hanté ses nuits blanches pendant des années – il les avait jouées et rejouées en essayant de leur trouver un autre dénouement. Mais les opérations auxquelles il avait participé étaient ultra classifiées. En théorie, même lui n'était pas autorisé à les connaître, faute d'avoir le niveau d'accréditation nécessaire.

« J'aurais dû la tuer, marmonnait Rivera en fixant le mur, comme s'il réfléchissait tout haut. Bahame leur avait sans doute signalé notre présence. J'étais responsable de la sécurité de mes hommes, et je me suis défilé.

— Abattre une femme blessée dont vous ignoriez la connexion avec votre cible était une décision difficile à prendre. À votre place, j'aurais fait comme vous.

— Je me fiche de ce que vous auriez fait à ma place ! cria Rivera. J'étais au commandement ! Cette grosse salope allait mourir, de toute façon. Et pour qu'elle puisse vivre encore quelques heures, j'ai regardé mes hommes se faire massacrer. Et après ça, je me suis tiré. Mais pas pour rentrer faire mon rapport. Pas pour tenter de prendre à revers ces fous qui massacraient mes copains. Non, je me suis tiré parce que je les ai vus. Je les ai regardés au fond des yeux et j'ai paniqué !

— Ça suffit ! » dit Smith en abattant ses deux poings sur la table.

Rivera respirait avec difficulté. L'une de ses plaies à la tête s'était rouverte. Un filet de sang suivait l'arête de son nez.

Le téléphone de Smith sonna. Il baissa les yeux sur l'écran. C'était Klein.

« Toutes ces considérations sont une perte de temps, dit-il en se levant. Je vais sortir pour répondre à cet appel. Cela vous laissera le temps de réfléchir. Peut-être retrouverez-vous des détails que vous auriez oubliés de mentionner dans votre rapport mais qui pourraient m'aider à comprendre ce qui s'est passé. Est-ce clair, lieutenant ? »

13

Cap-Occidental, Afrique du Sud
14 novembre – 0157 GMT + 2

Le compteur de vitesse du Land Cruiser indiquait 150 kilomètres-heure. Soudain, dans la lumière des phares, Dembe Kaikara aperçut le virage en épingle à cheveux. Il enfonça la pédale de frein et donna un coup de volant à gauche. Les pneus hurlèrent mais restèrent collés à la route.

La salope l'avait planté !

Sa main crispée appuyait sur la profonde entaille qu'il avait au flanc. Cette blessure n'était pas bien grave mais elle faisait mal et la douleur le mettait hors de lui.

Quand la chaussée devint plus étroite, il lâcha le volant, serra le poing et cogna sur le tableau de bord à plusieurs reprises. Ses ordres disaient de la conduire saine et sauve au point de rendez-vous. Et comme d'habitude, on lui avait fait comprendre que si jamais il ne les respectait pas à la lettre, le châtiment serait à la mesure de la faute.

Seulement voilà, elle l'avait bien cherché. Quand il lui expliquerait la situation, Bahame comprendrait et lui donnerait sûrement son argent. Après tout, elle n'était pas morte.

Une voiture apparut sur la voie d'en face. En ralentissant pour la laisser passer, il jeta un coup d'œil sur la banquette arrière. La femme ligotée avait repris connaissance ; ses yeux lançaient des éclairs.

Elle ne perdait rien pour attendre. Bientôt sa colère se transformerait en terreur. De sa jolie bouche, elle lui demanderait grâce, lui promettrait tout et n'importe quoi. C'est ce qu'ils faisaient tous, à un moment ou à un autre.

Il se replaça dans le sens de la marche et ralentit. Plus aucun phare à l'horizon. Du regard, il fouilla les ombres, espérant trouver un endroit où se garer. Un endroit assez écarté pour qu'on ne le voie pas depuis la route, si jamais une autre voiture venait à passer. Un endroit tranquille, sans personne pour les déranger.

Sarie cessa de tirer sur la bande adhésive entravant ses mains. Ayant retrouvé toute sa tête, elle comprenait qu'elle n'aboutirait à rien ainsi, sinon à s'arracher la peau des poignets.

Que voulait cet homme ? Les cambriolages à main armée étaient monnaie courante en Afrique mais visiblement, ce type n'était pas venu pour la voler. La preuve, il n'avait rien pris, à part son Land Cruiser – lequel représentait surtout un moyen pratique de transporter un otage.

Bien sûr, les agressions sexuelles étaient aussi monnaie courante, dans ce pays, mais pourquoi échafauder un scénario si compliqué ? Sa maison était isolée et il avait fait la preuve de sa supériorité physique.

Non. Il y avait autre chose. Comment avait-il pu franchir le portail et neutraliser le système d'alarme ? Quand elle songea à ses chiens, elle sentit monter des larmes qu'elle ravala aussitôt. Ce n'était pas le moment de craquer. Elle ignorait ce qu'on lui voulait, mais elle risquait fort d'y laisser la vie. C'était le moment ou jamais de se concentrer.

L'Africain se pencha par la vitre et freina d'un coup sec. Se laissant volontairement emporter par la secousse, Sarie roula sur le sol, juste derrière le siège du conducteur.

L'homme réagit aussitôt. Il se retourna et tout en conduisant, lui empoigna les cheveux de sa main ensanglantée. La colère ne faisait plus trembler sa voix. Elle ne saisissait toujours pas ce qu'il racontait mais son changement d'humeur s'expliquait facilement. Il avait gagné. Et il s'apprêtait à recevoir sa récompense.

Le gravier crissait sous les roues. Tout en parlant, il restait penché par la vitre et donnait des petits coups de frein, comme s'il cherchait quelque chose.

Sarie profita de sa distraction pour caler son dos à l'arrière du dossier, passa les mains sous le siège et tâtonna. Les leçons qu'elle avait tirées de la mort de son père ne s'arrêtaient pas au seuil de sa maison.

Malheureusement, l'arme cachée sous le siège du conducteur était à peine accessible puisque le holster était dirigé vers l'avant. Comment aurait-elle pu deviner que le jour où elle en aurait besoin, elle ne serait pas assise au volant mais coincée à l'arrière, les mains liées dans le dos ?

Elle serra les dents et à force de pousser sur ses jambes, réussit à gagner quelques centimètres. Cela faisait mal, elle avait l'impression que ses épaules allaient se déboîter et pourtant c'était insuffisant.

L'Africain poussa un cri de joie et appuya encore une fois sur la pédale de frein. Entraînée vers l'avant, Sarie crut que son coude allait se briser à l'angle du siège mais la soudaine décélération lui permit d'empoigner l'arme et de retourner le holster. Quand l'homme fit marche arrière, elle libéra le pistolet d'un coup sec. Malheureusement, la mire resta coincée dans les ressorts.

En essayant de le décrocher, elle s'aperçut que si elle insistait davantage, elle se casserait le bras. Submergée par une vague de désespoir, elle retira sa main et remonta les genoux sous le menton. Une bonne poussée. Il n'en faudrait pas davantage. Ce ne serait pas la première fois qu'elle se briserait un os. Une fracture n'était rien face à ce que ce type s'apprêtait à lui faire subir.

À trois j'y vais, se dit-elle. Une… Deux…

Les roues du Land Cruiser s'enfoncèrent dans une ornière. Il y eut une violente secousse et, tout de suite après, le claquement d'une détonation. L'odeur âcre de la poudre se répandit dans l'habitacle.

De là où elle se tenait, Sarie ne pouvait pas savoir si elle avait tiré dans la bonne direction. La balle avait peut-être traversé le siège sans faire de dégâts. C'est alors qu'elle perçut un gémissement assez sonore pour couvrir les cloches qui carillonnaient dans ses oreilles.

Il était blessé, enfin une bonne nouvelle. La mauvaise c'est qu'il n'était pas mort. En tout cas, elle ne comptait pas attendre qu'il revienne de sa surprise.

Ouvrir la portière du bout de l'orteil s'avéra plus facile que prévu. En revanche, s'extirper de sous la banquette posait problème. Elle se mit à se tortiller comme un ver. Une brise fraîche caressait sa peau. Petit à petit, elle parvint à se dégager. Bientôt, la liberté.

Sur le siège du conducteur, les gémissements de douleur se transformèrent en cris de colère. La portière s'ouvrit si violemment que le Land Cruiser se balança sur ses amortisseurs. Au moment où Sarie posa le pied dehors, elle entendit l'homme secouer la poignée de l'autre côté du véhicule. Constatant que la portière était verrouillée, il rugit d'exaspération.

Au lieu de réfléchir un instant et de passer par le siège du passager, il fracassa la vitre d'un coup de coude. Sarie venait juste de coincer les talons contre le marchepied dans un ultime effort pour s'extraire de la voiture.

Mais c'était trop tard. Encore une fois, l'homme l'empoigna par les cheveux. Elle sentit les bouts de verre dépassant du rebord de la fenêtre lui lacérer le dos. Impossible de résister. Mieux valait faire le contraire. Elle prit appui sur un siège et, d'un coup de pied, se projeta hors de la voiture en renversant l'homme par la même occasion.

Elle atterrit brutalement, ce qui ne l'empêcha pas de rouler sur elle-même et de se relever en se servant de son élan. Imbibée de sang, la jambe droite du jean de l'homme luisait sous le clair de lune.

Elle ignorait si la balle l'avait atteint à la jambe ou au cul mais dans un cas comme dans l'autre, il aurait du mal à marcher.

Visiblement, l'homme avait suivi le même raisonnement. Elle le vit chercher quelque chose dans son dos. Peu désireuse de savoir ce que c'était, elle se mit à courir, dépassa le rosier planté au bout de la rangée de pieds de vigne. Courir pieds nus, les mains liées dans le dos, n'avait rien de commode.

Le premier tir arracha un cep, à sa droite ; elle se pencha et bifurqua sur la gauche. Le deuxième projectile siffla tout près de son oreille. Ensuite, elle se fondit au milieu du vignoble. L'ayant perdue de vue, l'homme se mit à tirer n'importe où.

Finalement, hors d'haleine, elle se laissa tomber dans un fossé. L'homme vidait toujours son chargeur à l'aveuglette.

Terrée au fond de son trou, elle tremblait de l'entendre arriver en traînant la patte. Mais il n'en fut rien. Au loin, des voix criaient en afrikaans. Une seconde plus tard, le Land Cruiser s'éloignait en dérapant sur l'asphalte. Le groupe de fermiers qui approchait par l'est énumérait à haute voix la liste des armes qu'ils transportaient, au cas où l'on douterait de leur détermination.

À bout de forces, Sarie posa son front sur la terre humide. Elle venait d'échapper à la mort pour la deuxième fois de sa vie.

14

Camp Lejeune, Caroline du Nord, USA
13 novembre – 1932 GMT – 5

Jon Smith longeait le couloir désert donnant sur des pièces inoccupées.

« Tu as découvert quelque chose d'intéressant ? demanda Fred Klein au téléphone.

— L'entrevue a débuté de manière un peu chaotique. Le gamin est complètement chamboulé.

— Compréhensible. »

Il tourna au coin et repéra une salle de repos équipée d'un réfrigérateur. « Et toi ? Tes gars ont-ils déterré quelque chose ?

— Pas vraiment. Apparemment, un médecin juif réfugié en Afrique pendant la Seconde Guerre mondiale a fait mention d'attaques similaires.

— Il est encore de ce monde ?

— J'en doute. Pour l'instant, nous cherchons surtout à confirmer le renseignement et à localiser son dernier domicile connu, en Ouganda.

— Peut-on déduire de ses travaux les causes éventuelles de ces comportements ? Un agent chimique ? Biologique ?

— C'est prématuré. Nos gars viennent à peine de choper l'info. Ils vont remonter le plus loin possible. S'il y a quelque chose au bout, ils trouveront. »

Smith entra dans la salle de repos, ouvrit le réfrigérateur et s'apprêtait à sortir deux boîtes de Coca quand il avisa un pack de bières, tout au fond.

« Appelle-moi quand tu auras terminé le débriefing, poursuivit Klein. Même s'il est tard. Je veux être tenu au courant.

— Je te téléphonerai en repartant pour l'aéroport. »

Après avoir raccroché, il échangea deux bières contre un billet de dix dollars pris dans son portefeuille. Prescription du médecin.

Le décapsuleur étant introuvable, il ouvrit les bouteilles sur le rebord du comptoir et partit rejoindre Rivera, dans la ferme intention de se montrer plus efficace que tout à l'heure. Il devait l'aider à se concentrer. Mais comment ?

Smith avait beau être plus âgé et plus sage, rien ne prouvait qu'il aurait réagi différemment à sa place. Au cours de son existence, il avait vu mourir des gens qu'il essayait de sauver ; il avait assisté impuissant à l'agonie de la femme qu'il aimait, infectée par un virus sorti d'un cerveau malade. Il avait, en toute conscience, envoyé des hommes et des femmes dans des combats perdus d'avance.

On ne s'habitue pas à ce genre de choses. Au mieux, on s'arrange pour écarter ces images nuit après nuit et grappiller quelques heures de sommeil sans fantômes.

Il ouvrit la porte de la salle de conférences en brandissant les bières comme des trophées. « J'ai trouvé… »

La suite de la phrase resta coincée dans sa gorge. Rivera leva les yeux. Son arme était posée devant lui.

Smith lâcha les bouteilles, s'élança et atterrit sur la table au moment même où les bières se fracassaient par terre. Il avait réagi au quart de tour, plus vite que ne l'aurait fait la plupart des hommes ayant la moitié de son âge. Mais Rivera n'était pas la plupart des hommes.

Smith glissait encore sur la table quand le SEAL saisit le pistolet, le colla sous son menton et pressa la détente.

Le haut de sa boîte crânienne explosa. Les deux hommes tombèrent en même temps, dans un jaillissement de sang et de matière cervicale.

Smith eut le réflexe de vérifier le pouls de Rivera mais bien sûr, c'était inutile. Alors, il s'affala contre le mur et se cogna la tête dessus, encore et encore.

Il avait merdé sur toute la ligne. Il avait fait preuve d'un aveuglement impardonnable en restant braqué sur ses propres préoccupations au lieu de déchiffrer les signaux que Rivera lui avait envoyés et qui, maintenant, lui paraissaient évidents.

Le sang du jeune homme se répandait sur le sol. Bientôt, une flaque se forma autour du pied de Smith. Dans ce type de situation, on gardait toujours en mémoire une image, une sensation, qui restait gravée en vous pour toujours. Smith savait qu'il n'oublierait jamais l'odeur de cette foutue bière.

15

Langley, Virginie, USA
14 novembre – 0901 GMT – 5

En entrant, Drake trouva Brandon Gazenga occupé à feuilleter d'un geste fébrile les papiers posés sur ses genoux.

« Bonjour, monsieur. »

Drake lui renvoya son bonjour d'un hochement de tête, s'assit et brisa le cachet d'un dossier marqué *Strictement réservé au DCI.* « C'est finalisé ? demanda-t-il en tournant les pages.

— Oui, monsieur. Il s'agit de la dernière mouture. Il ne vous reste plus qu'à signer, et Dave aussi. »

À l'âge de six ans, Gazenga avait débarqué en bateau aux États-Unis avec ses parents. Très vite, cette famille d'émigrants congolais était devenue la parfaite illustration du rêve américain. Son père avait commencé par faire la plonge dans un restaurant et au bout de quelques années, s'était retrouvé à la tête d'une chaîne de bistrots servant de la cuisine africaine.

Malgré leur parfaite intégration, les parents de Brandon avaient veillé à ce qu'il n'oublie jamais ses racines. Il parlait couramment le kituba et plus jeune, il avait passé au moins un mois par an à Kinshasa, avec ses cousins.

Cette singularité culturelle et le diplôme d'études internationales qu'il avait obtenu à l'université de Yale, l'avaient désigné comme la recrue idéale. Et de fait, depuis qu'il travaillait pour la CIA, il avait enchaîné les succès. À ce jour, et malgré sa relative jeunesse, il faisait partie des meilleurs spécialistes de l'Afrique centrale.

Pourtant, quelque exceptionnelles que fussent ses compétences, Drake ne l'aurait jamais embauché dans l'opération clandestine dont il avait la responsabilité si le jeune homme n'avait possédé une qualité supplémentaire qui le rendait parfait à ses yeux. En fait, c'était la personnalité même de Gazenga qui avait motivé son choix.

Non seulement le jeune homme avait encore un pied dans une culture extrêmement hiérarchisée mais il avait passé sa courte vie à servir un père tout-puissant dont la mort récente l'avait privé de ses repères. Mieux encore, grâce à ses séjours réguliers à Kinshasa, il connaissait la misère, ce qui ne faisait que renforcer la profonde gratitude qu'il ressentait envers l'Amérique et les chances qu'elle lui avait offertes. Tout cela faisait de lui un individu relativement facile à manipuler pour peu qu'on sache s'imposer comme un tenant de l'autorité.

« Vous êtes bien certain que cela conviendra au Président et à son équipe ? »

Gazenga essuya discrètement la sueur qui perlait à la racine de ses cheveux. « Je pense avoir mis en avant les meilleurs arguments possibles, monsieur. En dehors de la vidéo, les gens ne connaissent des raids menés par Bahame que des légendes et les témoignages peu fiables des survivants. J'ai évoqué cet aspect-là dans les premiers paragraphes, en insistant sur les contradictions entachant les témoignages visuels, par ailleurs empreints de superstition. Le reste du dossier regroupe principalement les avis des psychologues et plusieurs descriptions de phénomènes similaires s'étant produits par le passé, avec en exergue l'exemple du Cambodge de Pol Pot, où les enfants soumis à un lavage de cerveau commettaient les pires des atrocités. J'ai terminé par une description des rituels tribaux africains comme les scarifications et la coutume consistant à répandre du sang de vache sur le corps des guerriers avant le combat.

— Et les Iraniens ?

— Évidemment, je n'en parle pas dans le rapport que nous allons remettre, mais j'ai inséré le sujet à la fin de votre exemplaire, sous forme de questions-réponses. J'ai épluché toutes les infos établissant un lien entre les Iraniens et Bahame que j'ai pu me procurer auprès des agences de renseignements du monde entier, et j'ai rédigé des propositions de réponses, au cas où le Président serait déjà au courant et souhaiterait des précisions. Franchement, ça n'a pas été trop difficile. Et pour cause, les données sont quasiment inexistantes. »

Drake survola un instant la partie du dossier concernant l'Iran et reposa le tout sur son bureau. « Encore de l'excellent travail, Brandon. Je n'en attendais pas moins de vous. »

Gazenga esquissa un sourire gêné et s'essuya le front une fois de plus. « Merci, monsieur. »

Pour mieux rentrer dans la peau du père, Drake le considéra par-dessus ses lunettes de lecture et fronça les sourcils. « Il y a un problème ? »

Il vit de la peur passer dans le regard du jeune homme. « Non, monsieur. Pourquoi cette question ?

— Parce qu'il s'agit d'une mission pénible. Hélas, nous n'avons pas le choix. Castilla a beau être un type franchement sympa, il reste un politicien. Je travaillais pour les services secrets américains depuis quinze ans déjà quand il a décidé de quitter son cabinet d'avocats et de briguer son premier mandat local. C'est nous les experts et, à ce titre, il nous revient de protéger le pays des courants d'air qui passent par les portes à battant du Congrès et de la Maison-Blanche.

— Oui, monsieur, je comprends. » Sa voix s'était affermie mais on décelait encore quelque chose dans le fond. Le doute.

« Vous avez pu le constater comme moi, Brandon : l'armée et le monde du renseignement n'ont jamais été aussi englués dans la politique et la bureaucratie. Les personnes censées nous gouverner font de plus en plus dans le grandiloquent et les effets de manche. C'est une preuve de faiblesse annonciatrice d'une nouvelle catastrophe. Ce pays est en soins intensifs et, bien que ça me fasse mal de l'admettre, nous survivons grâce à la perfusion venant du Moyen-Orient. Sans cette énergie, on crèvera la bouche ouverte.

— Je partage votre point de vue, monsieur, répondit Gazenga sans parvenir à convaincre Drake qui décida d'enfoncer le clou.

— Vous imaginez ce qui arrivera si nous laissons l'Iran se moderniser au point de devenir une puissance nucléaire ? Nous n'aurons plus aucun moyen de combattre leur influence au Moyen-Orient. Nous serons obligés de nous crêper le chignon avec le reste du monde pour avoir l'insigne honneur de baiser le cul perse jusqu'à la fin des temps. Là, nous disposons d'une occasion en or, Brandon, mais attention la fenêtre va bientôt se refermer. Nous devons faire comprendre aux hommes politiques que même si l'armée américaine n'a pas réussi à imposer nos valeurs au Moyen-Orient, elle n'en reste pas moins le plus formidable instrument de répression jamais inventé. »

Gazenga acquiesça. Il paraissait regonflé. Mais pour combien de temps ? Drake commençait à percevoir les limites de son influence sur le jeune homme. Et c'était sacrément emmerdant.

« Très bien. Ce sera tout, Brandon. Je lirai votre rapport en détail cette nuit et je vous ferai part de mes remarques. »

Visiblement soulagé, Gazenga se précipita hors du bureau. À peine eut-il passé le seuil que Dave Collen entrait d'un pas résolu par une autre porte.

« Tu as eu le temps de jeter un œil là-dessus ? demanda Drake en tapotant le dossier posé sur son bureau.

— Brandon me l'a envoyé ce matin. Parfait, comme d'habitude. Bon sang, il a presque réussi à me convaincre. »

Drake hocha la tête sans rien répondre, le regard collé sur le pan de mur vide en face de lui.

« Grâce à ce truc, Castilla va enfin nous lâcher la grappe, dit Collen. Pourquoi cet air sombre, alors ?

— C'est Brandon. Il commence à craquer.

— Au point d'envisager un remède radical ?

— Non. Pas encore. Mais, à mon avis, il risque de devenir gênant plus tôt que prévu. On ferait bien d'y songer. »

16

Aux environs de Bloemfontein, Afrique du Sud
14 novembre – 1620 GMT + 2

Quand la vieille Volkswagen passa sur un nid-de-poule, Dembe Kaikara fit la grimace. La secousse avait repoussé la balle contre l'os de la cuisse. Sa blessure aux côtes ne saignait plus. En revanche, celle qui lui perçait la jambe empirait de manière alarmante. Le mouchoir noué autour de la plaie était si serré qu'il ne sentait plus la pédale d'accélérateur sous son pied. Et pourtant son siège était imbibé de sang.

L'étroite piste poussiéreuse traversait un camp de nomades. Autour des bâtiments préfabriqués, on voyait de vieilles pancartes, des meubles au rebut, des bouts de fils de fer. Des individus assis dans l'ombre tournèrent la tête deux secondes sur son passage, puis se désintéressèrent de lui. Dans le coin, il fallait apprendre très tôt à s'occuper de ses oignons, sinon on n'atteignait pas l'âge adulte.

L'hémorragie lui causait des vertiges de plus en plus violents. Il avait eu du mal à se rappeler l'itinéraire qu'on lui avait enfoncé dans le crâne avant qu'il quitte l'Ouganda. Sur la droite, il aperçut un château d'eau. Il bifurqua péniblement pour quitter la route de terre sèche et craquelée.

Il avait bien songé à s'enfuir, mais pour aller où ? Il était entré illégalement en Afrique du Sud. Pas question de se faire soigner dans un hôpital : les blessures par balle étaient signalées aux autorités. En plus, Van Keuren avait certainement alerté la police. À l'heure qu'il était, ils devaient remuer ciel et terre pour le retrouver.

Non qu'il craignît particulièrement l'expulsion ou l'emprisonnement – il avait enduré bien pire depuis qu'il était né. Non, la seule chose au monde qu'il redoutait c'était Caleb Bahame. Il n'y avait pas moyen de lui échapper. Ce type voyait tout, savait tout. Et il vous envoyait ses démons.

Kaikara finit par s'arrêter devant une rangée de voitures de luxe qui contrastaient avec la misère environnante. Parmi les individus patibulaires juchés sur les capots, il reconnut le visage fin mais balafré de Haidaar – l'un des plus loyaux disciples de Bahame. Les autres étaient des dealers nigérians contrôlant les camps des alentours ; des types qui exerçaient leur métier à la barbe de la police sud-africaine. Des armes à feu en tous genres et quelques machettes rouillées étaient posées contre les pare-chocs, à portée de main.

Il y voyait trouble. En descendant de voiture, il faillit s'étaler par terre. Le dos collé contre la portière, il vit le sang ruisseler le long de sa jambe. Les Nigérians riaient fort mais pas assez pour couvrir les pas de Haidaar qui s'avançait vers lui. Kaikara trouva la force de soutenir son regard.

« Qu'est-ce qui t'est arrivé ?

— La femme était armée. Elle m'a tiré dessus. »

Les Nigérians s'esclaffèrent de plus belle et, comme si une telle malchance valait qu'on la célèbre, firent circuler une bouteille d'alcool.

« J'ai perdu pas mal de sang, reprit Kaikara d'une voix fluette qui l'étonna lui-même. Y a-t-il quelqu'un par ici qui pourrait me soigner ? »

Dans un ricanement, Haidaar ouvrit la portière arrière, rejeta la couverture étalée sur la banquette et recula d'un pas.

« C'est quoi, ça ? »

Kaikara se retourna vers le jeune couple qu'il avait agressé et tué pour lui voler sa voiture. « Van Keuren s'est enfuie. Il fallait que je me débarrasse de sa bagnole… »

Haidaar n'en revenait pas. Il resta muet quelques instants puis la peur sur son visage fit place à la colère. Il saisit Kaikara par le col, l'écarta de la portière et le projeta sur le sol jonché d'ordures.

« Tu l'as paumée en route ? hurla-t-il. Une femme t'a tiré dessus avec un flingue et tu l'as laissée filer ? »

Kaikara voulut se redresser mais il n'en avait pas la force. Il leva les mains comme un gosse qui a peur de recevoir des coups. « Elle était armée. Elle s'est enfuie. Je… »

Haidaar lui balança un coup de pied dans les côtes et quand l'autre se retrouva à plat ventre, posa sa botte sur la plaie qui saignait en haut de sa cuisse et appuya. « C'est pas passé loin de ton cul, hein, Kaikara ? À vue de nez, je dirais plutôt que c'est toi qui t'enfuyais. »

Attirés par la scène, les Nigérians se rassemblèrent autour d'eux, armes au poing. Quand l'homme à la machette s'avança, Kaikara retrouva l'usage de sa langue. Les mots jaillirent en rafale. « Non ! Je conduisais ! La salope avait dû planquer un flingue sous le siège. Elle… »

L'homme brandit sa machette. Kaikara voulut ramper pour l'éviter mais il était trop faible. Sa lente reptation avait quelque chose de ridicule.

« Arrête ! hurla Haidaar. Trouve-lui un médecin.

— Pourquoi ? s'étonna le Nigérian. Ce tas de merde ne mérite pas de vivre une minute de plus.

— Tu me vois annoncer à Bahame que la femme s'est barrée ? »

Kaikara mesura soudain l'énormité de son erreur. « Non ! C'est pas ma faute. J'ai toujours bien servi Bahame.

— Ta gueule ! » beugla Haidaar en lui balançant un autre coup de pied, moins violent celui-là. Il fallait à tout prix que Kaikara reste en vie. S'il parvenait à lui amener ce type, Bahame focaliserait sa rage sur lui. Sinon c'était lui, Haidaar, qui paierait les pots cassés.

« Allez chercher un toubib ! » répéta-t-il.

Malgré la douleur, Kaikara se mit à ramper comme un ver jusqu'à l'égout à ciel ouvert. Pendant que les Nigérians discutaient, il avait peut-être une dernière chance de s'enfuir. Si on l'avait laissé faire, il aurait préféré se noyer. Ou se percer le cœur avec un bout de verre qui traînait. Tout sauf retourner en Ouganda. Tout sauf comparaître devant Bahame.

« Nous, on fait passer des gens et des marchandises de l'autre côté de la frontière, dit l'un des Nigérians. On travaille pas dans un hôpital.

— Parfait, dit Haidaar. Je vais appeler Caleb pour lui dire que vous refusez de l'aider. Qu'il vous paie à rien foutre. »

Il y eut un court silence puis une dispute éclata entre les Nigérians. Kaikara en profita pour laisser traîner sa main. Quand elle passa sur le tranchant d'un fil de fer barbelé, il ne ressentit aucune douleur, juste de l'exaltation. Il l'arracha du piquet rouillé où il était enroulé et le porta à sa jugulaire. Une bonne entaille et plus personne ne s'aviserait de le sauver. Il serait libre.

À peine le métal rouillé eut-il touché sa peau qu'une main le lui arracha. Une seconde plus tard, on le traînait vers les véhicules alignés.

17

Comté du Prince George, Maryland, USA.
16 novembre – 1448 GMT – 5

« Bordel, mais qu'est-ce qui se passe ici ? » s'écria Fred Klein en s'arrêtant net sur le seuil de la salle. L'impressionnante batterie d'ordinateurs Covert-One et les écrans gigantesques encastrés dans les murs étaient tous éteints, les prises débranchées.

Jon Smith finit d'enrouler une bande adhésive autour du sac-poubelle qui couvrait la caméra de surveillance placée au-dessus de lui et sauta de la chaise où il était juché. « Marty est le meilleur informaticien du monde. Mais il est affligé d'une curiosité pathologique. Tu ne voudrais pas qu'il infiltre ton système…

— Ce n'est qu'une vidéoconférence, Jon. Notre système est entièrement compartimenté et nous bénéficions de ce qui se fait de mieux en termes de sécurité informatique. On m'a assuré que nos données étaient impossibles à pirater.

— Fais-moi confiance, je connais ce type. Autant agiter un chiffon rouge devant un taureau. Le seul moyen pour qu'il n'entende pas parler de toi et de

Covert-One consiste à supprimer tout ce qui ressemble de près ou de loin à de l'électronique. »

Klein haussa les épaules et pénétra dans la salle en dévisageant Smith d'un air inquiet. « Comment te sens-tu, Jon ? C'est horrible ce qui est arrivé à Rivera. Mais tu sais bien que ce n'est pas ta faute, n'est-ce pas ? »

Smith sourit sans conviction. Il n'en était pas si sûr. Et s'il n'avait pas répondu à l'appel de Klein ? Et si on avait laissé le jeune SEAL se reposer un peu avant de lui tomber dessus avec toutes ces questions ? Et s'il avait été un poil plus rapide ?

« Ouais, je vais bien, Fred. Merci.

— OK. On est prêts ?

— Quasiment. »

Smith s'assit devant une petite table, ouvrit l'ordinateur portable flambant neuf posé dessus, couvrit sa caméra intégrée avec un bout de ruban adhésif et le brancha sur l'un des immenses écrans de la salle. Puis il glissa une clé 3G dans la tranche pour éviter d'avoir à se connecter au réseau Covert-One.

Au lieu de l'écran d'accueil, s'afficha la photo du clown pervers tiré du film de Stephen King, *Ça*.

« Où étais-tu passé Jon ? dit Ça. J'attends depuis quoi ? Un an ? »

Smith fronça les sourcils en voyant le visage du clown se transformer en la bouille poupine de Marty Zellerbach. Comment faisait-il ?

« Désolé, mon pote. J'avais deux ou trois trucs à faire.

— Quoi ? Nettoyer ton four ? Tu te fous de moi ? Tu as vu cette vidéo ? C'est dingue, mon vieux ! Et je sais de quoi je parle. »

Zellerbach et lui se connaissaient depuis l'école élémentaire. À l'époque, c'était un gosse maladif aussi intelligent que perturbé. Aujourd'hui encore, il oscillait entre génie et psychose. Les deux enfants s'étaient liés d'une amitié improbable. Chose amusante, à force de défendre son camarade contre les gros bras qui prenaient sa folie pour de l'irrespect, Smith avait très tôt assimilé les rudiments du combat de rue.

« Dis donc, je ne te vois pas, Jon. Qu'est-ce qui se passe avec la caméra ?

— Elle a dû tomber en panne. »

Le visage sur le portable devint perplexe. « On m'annonce que tout fonctionne et pourtant, ta binette n'apparaît pas sur mon écran. Attends. Je vais réparer ça.

— Quelle importance, Marty ? Ma binette, tu la connais.

— Mais tout devrait marcher, normalement, pleurnicha-t-il. Je n'y comprends rien. Je ne vais pas me laisser enquiquiner par une webcam de merde. Ni maintenant ni jamais.

— Marty ! Concentre-toi, tu veux ? On réparera la caméra plus tard. Que dis-tu de la vidéo en question ?

— La vidéo. Oui ! La vidéo. Horrible ! Fascinant ! Je n'ai jamais rien vu de tel ! Tu imagines…

— Je te demande si tu as *appris* quelque chose ?

— De quoi tu parles ? Bien sûr que j'ai appris des choses. Alors, comme ça, tu vis dans le comté du Prince George, maintenant ? »

Klein haussa les sourcils en vérifiant d'un coup d'œil nerveux les sacs protégeant les caméras de sécurité. Smith désigna la clé 3G et articula silencieusement « antenne relais ».

« Non, je suis là pour l'après-midi, c'est tout. Nous parlions de la vidéo.

— Exact. » La tête de Zellerbach s'effaça, remplacée par une séquence où une femme ensanglantée se jetait sur l'un des hommes de Rivera. Une fois retravaillées, les images étaient bien plus nettes. Du coup, elles gagnaient encore en horreur. Smith dut se forcer à regarder la scène. Le marine n'avait pas eu le temps de réagir. Après l'avoir abruti de coups, la femme se mit à le déchirer littéralement.

« As-tu remarqué la vitesse à laquelle elle prend le dessus ? dit Zellerbach. On dirait que Praman bouge au ralenti. »

Klein lui décocha un regard sinistre auquel Jon répondit en haussant les épaules. Il n'avait pas dit à Zellerbach où se situait la scène, se contentant de lui indiquer vaguement les pistes à explorer. Mais quand on embauchait la crème des enquêteurs, on devait s'attendre à ce qu'il devine des choses qu'on espérait cacher.

« Ouais, Marty. J'ai remarqué, moi aussi. J'imagine qu'il était blessé ou complètement crevé après avoir parcouru des kilomètres en pleine jungle.

— Au contraire, mon frère. Ce type, c'était un vrai champion. Au lycée, il faisait partie des meilleurs receveurs du pays. Tu le savais ? Il aurait pu choisir l'université qu'il voulait et passer pro à la sortie de la fac. Pom pom girls. Top models. Lamborghini. Au lieu de cela, il s'est engagé dans l'armée. C'est proprement incompréhensible.

— Dieu seul sait ce qui l'a poussé à faire ce genre de connerie, répondit Smith d'un ton las.

— Je doute même que Dieu ait une idée sur la question. En fait, le problème est ailleurs. Cette femme bouge trop vite.

— Que veux-tu dire par là ?

— J'ai effectué des simulations. Eh bien, sa vitesse de déplacement est carrément inconcevable.

— Le monde réel et la simulation par ordinateur ne font pas toujours bon ménage.

— Archifaux, mais je savais que tu dirais ça. Donc j'ai créé une carte en 3D et je l'ai refilée à des entrepreneurs en bâtiment pour qu'ils la reproduisent sur un bout de terrain que je possède en Virginie de l'Ouest. Un truc genre course d'obstacles.

— Tu as fait ça ?

— Ce bout de jungle existe en vrai, maintenant.

— Mais cela fait seulement trois jours que je t'ai envoyé cette vidéo.

— Comme ils disent dans le sport automobile, la vitesse, ça coûte des sous. À quelle vitesse veux-tu aller ? Bref, je l'envoie où, la facture ? À toi directement ?

— Bien sûr, Marty. On fait comme ça.

— OK. Donc j'ai engagé le meilleur sprinter de l'équipe de Washington et je l'ai placé en situation. Je l'ai laissé s'échauffer comme il le souhaitait et après, j'ai enregistré sa meilleure performance.

— Et alors ? »

Une grille verte quadrilla l'image. La séquence reprit depuis le début. La silhouette filiforme figurant le champion était légèrement plus rapide que Pranam mais beaucoup moins que la femme. « C'est impossible, Marty.

— Je suis d'accord. Impossible mais vrai. J'ai la nette impression que cette matrone courant sur un terrain accidenté a battu le record du monde du cinquante mètres. »

Smith se mordilla l'ongle du pouce. Le tour que prenaient les choses ne l'enchantait pas du tout. « Et le sang ?

— Il n'a pas été appliqué à la manière d'un badigeon, si c'est bien le sens de ta question. » L'écran passa au noir un instant puis on vit un jeune Africain torse nu courir droit sur la caméra.

« Regarde comment est disposé le sang. Il part de la tête, s'écoule uniformément sur le torse et forme une rigole à la ceinture du pantalon. J'ai mis le chauffage à fond dans mon salon et je l'ai couplé avec un humidificateur pour imiter les conditions météo de cette journée, en Ouganda. Car je suis pratiquement sûr que la scène se passe en Ouganda. Puis je me suis tartiné de sang et j'ai couru autour de la pièce. »

Smith fronça les sourcils. Il venait de se représenter Marty Zellerbach, armé de son inhalateur, caracolant dans son salon à moitié nu, après avoir essoré un steak saignant sur sa tête. Cette vision le perturbait plus qu'il ne l'aurait cru.

« Tu sais, Jon, j'ai vécu une expérience physique carrément grisante. Jusqu'à présent, je croyais que les microbiologistes évitaient les modélisations par ordinateur parce qu'ils étaient trop nuls en informatique – je ne parle pas pour toi, bien sûr. Mais maintenant, je commence à comprendre que les expériences *in vivo* n'ont pas que des inconvénients.

— Je suis ravi de l'apprendre. Qu'as-tu découvert ?

— Que dès qu'on commence à transpirer, le sang se dilue et disparaît. À présent, je suis sûr qu'ils saignaient du cuir chevelu.

— Des entailles, peut-être ? Un genre de cérémonial ?

— Désolé, Jon, pas moyen de savoir exactement. J'ai nettoyé la vidéo autant que j'ai pu, mais la résolution est insuffisante pour déterminer s'il s'agit de blessures auto-infligées. C'est bien dommage. La prochaine fois, appelle-moi, je te fabriquerai des caméras dignes de ce nom.

— OK. Autre chose ?

— Juste une, dit Zellerbach tandis qu'une autre vidéo défilait au ralenti sur l'écran. Regarde au fond – le grand type avec des lunettes de soleil, celui qui tombe à plat ventre. »

Smith regarda l'homme s'affaler par terre et ne plus bouger.

« Il a reçu une balle ?

— Nullement – aucun impact. Maintenant, regarde cette série d'images fixes et l'heure affichée en bas de l'écran. J'ai tout comparé au poil près. » En effet, l'homme était resté au sol durant tout le temps de l'attaque. « Ce type ne remue pas un cil. Je suis pratiquement sûr qu'il est mort. En plus, il s'agit de la meilleure vidéo que nous ayons de ce phénomène. J'ai compté trois occurrences différentes.

— Si ce n'est pas une balle, alors quoi ?

— Rien, pour autant que je puisse dire. C'est ça qui est bizarre. Ils sont tombés raides morts, un point c'est tout. »

Smith pianotait sur la table. Pour éviter les blessures irréversibles et l'épuisement du corps, le cerveau empêchait l'accomplissement d'efforts physiques excessifs. Cette limite de sécurité pouvait être transgressée – on avait déjà vu des femmes soulever des voitures pour dégager leur enfant coincé dessous, ou des gens accomplir des prouesses sous l'influence de certains narcotiques, de l'épouvante – mais c'était rare.

« OK, merci Marty.

— Pas de quoi. Si jamais tu retombes sur un truc dans le même genre, pense à moi. Je m'en occuperai tout de suite. Incroyable. Dingue…

— Promis. Maintenant, je veux que tu détruises la vidéo et ton analyse.

— Pas de problème.

— Ne te contente pas de les détruire. Je veux qu'ils disparaissent totalement de ton système informatique. Comme s'ils n'avaient jamais existé. »

Zellerbach prit un air dérouté. « Bon. »

L'écran passa au noir. Smith éteignit l'ordinateur.

« Qu'est-ce que tu… », commença Klein. Smith venait de lui faire signe de se taire.

« L'ordinateur est éteint, Jon. »

Smith prit le portable et le cogna sur le coin du bureau jusqu'à ce qu'il tombe en morceaux. « Ne jamais sous-estimer Marty Zellerbach. »

18

Comté du Prince George, Maryland, USA
16 novembre – 1551 GMT – 5

« Alors comme ça, vous n'avez rien trouvé, Barry ? »

Jon Smith coinça le téléphone contre son épaule et regarda autour de lui. La pièce que Klein lui avait attribuée ne contenait qu'une chaise, un bureau et un bloc de papier – un espace utilitaire, à l'image de l'homme qui dirigeait Covert-One.

« J'en sais rien, Jon. L'hémorragie des follicules capillaires est un symptôme peu fréquent. Cela fait penser au scorbut mais le scorbut n'entraîne pas une telle perte de sang. Y a-t-il des symptômes associés ?

— Pas à ma connaissance », répondit Smith, irrité de devoir mentir. La science était par définition un espace de libre échange des idées. Et le fait de cacher la vérité à l'un des grands pontes de la Harvard Medical School n'était pas le meilleur moyen d'obtenir des réponses.

« Alors, je ne vois pas.

— Merci quand même. S'il vous vient une idée, vous avez mon numéro. »

Il raccrocha et raya le nom du professeur sur la longue liste qu'il avait rapidement dressée, laquelle couvrait une série de disciplines scientifiques allant de la toxicologie aux maladies infectieuses en passant par la psychologie. Et qu'avait-il récolté ? Un tas de suppositions, incroyablement érudites certes, mais des suppositions quand même.

Smith entendit frapper doucement sur l'embrasure de la porte. Il leva les yeux de son bloc. « Dis-moi que tu m'apportes de bonnes nouvelles, Star. »

La dénommée Star arborait un look de motarde rebelle peu en rapport avec son métier de documentaliste. Klein ne supportait pas son allure mais n'avait pas le choix : cette femme était au papier ce que Marty Zellerbach était à l'informatique.

« Je crois que j'ai tout trouvé, dit-elle d'une voix monocorde.

— Dieu merci. Je savais que tu y arriverais.

— Ouais… Le problème c'est que quand je dis "tout" c'est tout. » Elle lui montra deux malheureuses feuilles de papier.

— Juste ça ?

— Désolée, Jon. » Elle glissa la première page sur le bureau. « Est-ce que monsieur Klein t'a parlé du médecin allemand qui a répertorié des attaques similaires voilà soixante ans ?

— Ouais, mais sans me donner de détails. »

Elle colla son doigt sur le document et tapota. « Voilà une note rédigée par un professeur de Stanford après avoir passé deux mois à travailler avec feu le docteur Duernberg sur un projet, en Ouganda. Va directement au passage intéressant – le reste n'est que du bla-bla. »

Le passage en question, long de quelques lignes, évoquait la possibilité d'une infection parasitaire induisant un état de démence chez l'homme. Il se terminait en queue de poisson : le médecin juif s'attacherait à observer l'évolution du phénomène. Point barre.

« Duernberg est mort mais qu'est devenu ce brave professeur ?

— Pas de bol. Des requins l'ont mangé.

— Sans blague ?

— Sérieux. »

Smith se rencogna dans son siège. Un parasite. Intéressant mais peu probable. Il désigna l'autre feuille dans la main de Star. « Et ça, c'est quoi ? »

Un sourire s'épanouit sur son visage. « Le plat de résistance. Tu es bien assis ?

— Comme toujours. »

D'un geste emphatique, elle déposa la photocopie en noir et blanc devant Smith. Dans un style fleuri, l'article décrivait une tribu de farouches guerriers se battant à mains nues, le corps enduit de sang. Les villageois des alentours les croyaient possédés.

« Regarde au verso », dit Star.

Derrière, il découvrit la photo floue d'un Africain mort, revêtu d'un costume traditionnel, les cheveux imprégnés de sang séché, le torse couvert de rayures noires.

« Où as-tu trouvé cela ? demanda Smith tout excité.

— Dans les archives du *National Geographic*.

— Pouvons-nous contacter l'auteur du papier ? »

Elle prit un air peiné. « Tu n'as pas lu la date, n'est-ce pas ? »

Smith glissa le doigt jusqu'au bas de la page et s'arrêta sur la mention du 3 octobre 1899. Génial. Décidément, la piste des savants et explorateurs décédés continuait à s'allonger.

« Des progrès ? »

Fred Klein s'encadra sur le seuil, les bras croisés devant une cravate ayant connu des jours meilleurs.

Immédiatement, Star se dressa sur ses ergots. « Faut que j'y aille. Je vais vous laisser discuter tous les deux. »

Elle se dirigea vers la porte mais Klein, au lieu de s'effacer pour la laisser sortir, désigna l'anneau d'or qu'elle portait à la narine. « C'est nouveau ?

— Non monsieur. Je ne le mets que le vendredi. »

Klein retint une grimace et rétorqua, « Très seyant. »

Dans un grand sourire, Star se faufila entre son chef et le chambranle de la porte et s'esquiva prestement.

Les yeux plissés, Klein la regarda s'éloigner puis referma derrière lui. « Des pistes ?

— Pas vraiment, dit Smith. Star est tombée sur cet article mentionnant l'existence d'un parasite susceptible de causer des crises de démence, mais rien de très précis. Il y a aussi cette vieille photo d'un guerrier présentant les mêmes stigmates que les villageois qui ont attaqué nos SEAL. Cela ne prouve rien. Il pourrait s'agir d'un rituel ancien, ressuscité par Bahame.

— Des gens qui tombent morts sans raison apparente ? Des femmes qui battent des records de vitesse ? À mon humble avis, c'est plus qu'un rituel. »

Smith hocha la tête. « Sacrément bizarre, je l'admets. Mais il existe des précédents. Pense aux *berserkers* norvégiens, par exemple.

— Aux quoi ?

— Des guerriers vikings particulièrement redoutables. On a émis pas mal d'hypothèses sur leurs origines mais, selon toute probabilité, leur recrutement respectait des critères très stricts. On pense qu'il s'agissait de malades mentaux auxquels on faisait subir des rituels complexes, associés à l'absorption de drogues et d'alcool. En fait, ils présentaient des caractéristiques physiques comparables à nos Ougandais fous : force et vitesse surhumaines, insensibilité à la douleur, etc.

— Donc, d'après toi, Bahame les gaverait de cocaïne et d'images pieuses avant de les relâcher dans la nature ?

— Il y a d'autres explications mais c'est de loin la plus convaincante.

— Et la théorie du parasite ?

— Je n'écarte pas cette possibilité. Imaginons un porteur sain vivant dans une contrée presque inhabitée. Tous les cent ans environ, quelqu'un se fait mordre ou mange de la viande de brousse mal cuite et contracte la maladie.

— Elle aurait donc refait surface récemment – les hommes de Bahame vivent à l'écart, dans des zones peu peuplées. Bahame s'en rend compte et il invente une manière d'utiliser cette infection comme une arme de guerre. »

Smith sortit d'un tiroir un fichier contenant toutes les informations disponibles sur Caleb Bahame. Bien qu'il fût originaire d'un minuscule village perdu dans la jungle, son exceptionnelle intelligence lui avait valu d'entrer à l'université Makerere, à Kampala. Deux ans plus tard, il décrochait une bourse d'études et partait pour Londres où ses visions extatiques commencèrent à se manifester. Comme il devenait de plus en plus violent, les autorités britanniques l'avaient expulsé.

Ensuite, il avait vécu quelque temps du trafic de drogue. Au bout de deux ans, on perdait sa trace et cinq ans plus tard, il refaisait surface sous les traits d'un terroriste sanguinaire doublé d'un chef spirituel. Le Bahame d'aujourd'hui.

En tournant les pages, Smith tomba sur un dossier universitaire. « Il s'est inscrit en biologie mais n'a suivi que les cours d'introduction car c'est à cette époque qu'il a commencé à se passionner pour la religion. C'était un élève brillant pourtant…

— Serait-ce suffisant ?

— Bahame est psychotique mais pas stupide. Il devait savoir ce qu'il risquait si jamais quelque agent biologique se développait près de chez lui. En revanche, il est très probable qu'il ait découvert un hallucinogène naturel dans la jungle – surtout quand on connaît son passé de trafiquant de drogue. Mais tout cela relève de la supposition. Les comportements dont nous parlons sont très sophistiqués.

— Sophistiqués ? fit Klein d'un ton incrédule. Ces gens se comportent comme un troupeau de bêtes fauves.

— Peut-être bien mais ces fauves fonctionnent comme un groupe soudé et se respectent les uns les autres. Contrairement aux victimes de la rage ou aux personnes agissant sous l'emprise du LSD, leur comportement est extrêmement structuré et prévisible. Si je devais jouer mon va-tout, je dirais qu'il s'agit d'une hystérie collective de nature religieuse, renforcée par des narcotiques produits localement. »

Klein lui tendit le classeur qu'il tenait en main. « Tu seras heureux d'apprendre que les analystes de l'agence partagent ton point de vue. Voici un exemplaire du rapport que Larry Drake a remis à la Maison-Blanche. »

Smith mit de côté le dossier sur Bahame pour ouvrir le rapport de la ÇIA, un travail documentaire détaillé allant des rituels tribaux africains jusqu'à Pol Pot en passant par l'Allemagne nazie.

« Tout ce qu'il y a là-dedans me paraît fort censé, Fred. Le Président a-t-il posé des questions sur la possible implication des Iraniens ?

— Ouais.

— Et alors ?

— Larry s'y attendait. Il lui a fourni des explications parfaitement plausibles, basées sur la discussion que nous avons interceptée. Castilla est satisfait. Il nous demande de ne rien entreprendre.

— Bonne nouvelle, hein ? C'est ce que tu voulais ?

— Oui mais depuis que j'ai entendu l'analyse de ton copain au sujet de la vidéo, je n'en suis plus si sûr. Même s'il existe une chance sur un million pour que les Iraniens mettent la main sur ce truc et s'en servent, j'ai l'impression que nous ne pouvons pas rester les bras ballants. Il faut aller jeter un œil là-bas.

— Et le Président ?

— Je le vois cet après-midi pour étudier avec lui les conclusions de Zellerbach. Je compte lui demander de nous laisser les coudées franches. »

Smith ferma le dossier et regarda son supérieur. « Donc, si je comprends bien, je vais partir pour l'Afrique aux frais de la princesse. Mais je t'avertis, Fred : ce que je sais sur les parasites tiendrait sur une carte postale. Je vais avoir besoin d'aide.

— Quand tu auras un nom, tu le donneras à Maggie pour vérification.

— Je veux emmener Peter. »

Klein fit la grimace. « Nous avons des correspondants en Afrique avec qui je peux te mettre en contact.

— Je sais et je suis persuadé qu'ils sont bourrés de talent. Mais Peter possède une qualité qu'ils n'ont pas.

— Laquelle ?

— Il m'a sauvé la vie plusieurs fois. »

19

Téhéran, Iran
17 novembre – 1303 GMT + 3:30

Assis à l'arrière de la fourgonnette, Mehrak Omidi fixait, sur les écrans de surveillance, la foule des manifestants qui occupaient le centre de Téhéran.

Ils étaient bien plus nombreux que n'avaient prédit ses services de renseignements. La masse humaine avait non seulement envahi la place Azadi mais aussi les rues environnantes. La circulation était désormais impossible dans le quartier. Il ignorait si l'erreur des prévisionnistes était due à un dysfonctionnement du système de collecte de l'information ou si la manifestation s'était étendue de manière spontanée, attirant des individus qui passaient dans la rue. Malheureusement, il penchait pour la première solution. Cette action paraissait trop bien organisée.

Sur le côté ouest de la place, les troupes de sécurité avaient clairement besoin de renforts. Du coup, la foule gagnait en hardiesse. Un caillou vola et retomba sur un bouclier en Plexiglas. Devant l'absence de réaction, une bouteille suivit le même chemin.

La presse internationale avait été écartée mais il suffisait d'un téléphone portable ou d'un caméscope pour qu'un quidam se transforme en reporter. En tant que directeur du ministère des Renseignements, Omidi s'était efforcé de mettre en place un système de communications national facile à verrouiller, mais les techniques évoluaient à une telle vitesse qu'elles échappaient au contrôle du gouvernement. Pour tout dire, son personnel ne maîtrisait pas les nouvelles technologies de manière aussi intuitive que les membres de la résistance. Les jeunes en particulier exploitaient chaque nouvelle avancée dès qu'elle arrivait sur le marché.

La foule en colère se précipita sur le cordon de police. Les gaz lacrymogènes traçaient des arcs de cercle au-dessus des têtes. En retombant, les grenades faisaient fuir les manifestants sans toutefois créer les mouvements de débandade qu'on avait connus lors des précédentes émeutes, quelques mois auparavant. Omidi vit un groupe d'hommes transporter à bout de bras une femme blessée, vêtue d'un tchador. D'autres les précédaient pour dégager le passage. De toute évidence, quelque chose avait changé. Cette pondération, cette efficacité laissaient supposer que ces gens avaient suivi un entraînement.

Les premiers indices remontaient à un an environ. On avait vu des groupuscules tenir tête à la police, encourager les autres manifestants, les galvaniser pour qu'ils oublient la peur sur laquelle comptaient les forces de l'ordre pour compenser leur infériorité numérique. À présent, ces bandes organisées constituaient plus de la moitié des émeutiers. Une telle détermination ne pouvait se concevoir sans une structure de commandement – une main invisible menant ces vulgaires criminels comme autant de soldats disciplinés.

Aujourd'hui, cette main, on la connaissait – elle appartenait à un certain Farrokh. Et avec l'aide de Dieu tout-puissant, on n'allait pas tarder à la couper.

La foule chargea encore. Les manifestants avaient clairement l'intention d'enfoncer la partie la moins bien défendue du cordon de police. Le doigt d'Omidi s'attarda sur le bouton qui, une fois pressé, déclencherait une riposte mortelle, remplaçant les bâtons par des mitrailleuses. La foule qui avançait toujours réclamait la liberté et la démocratie à cor et à cri tout en se gardant de toute véritable provocation physique.

Comme prévu, le téléphone sonna au fond de sa poche de poitrine. Omidi respira à fond avant de décrocher.

« Oui, Excellence ? »

Le soupçon de panique qu'il perçut dans la voix du leader suprême iranien, l'ayatollah Amjad Khamenei, lui tordit l'estomac. Quelle abomination ! Khamenei était un grand homme, choisi par Dieu pour conduire la République islamique. Et pourtant, ces gens – ces gosses – lui crachaient dessus.

« Pourquoi n'agis-tu pas, Mehrak ? La foule s'en prend à tes hommes. Ils ont déjà franchi le cordon de sécurité. Tu dois les arrêter.

— Oui, Excellence, Je comprends. Mais notre po…

— Ils veulent nous détruire, remplacer la république par un gouvernement basé sur le péché et la corruption de l'Occident – et toi, tu restes les bras croisés.

Nous devons leur montrer que les croyants se battront jusqu'à la mort pour étouffer leur blasphème. »

Depuis la dernière réélection présidentielle, le mécontentement prenait de l'ampleur. Omidi lui-même avait vertement critiqué la manière dont le gouvernement avait bourré les urnes mais personne ne l'avait écouté. Pour lui, les résultats du scrutin ne devaient pas trop s'éloigner du plausible, au risque de paraître illégitimes. Khamenei ne partageait pas son avis. Il n'admettait pas qu'on puisse douter du soutien massif de la population à son régime.

On aurait facilement pu éviter le chaos post-électoral, duquel Farrokh était né – un jeune loup expert en technologie, très doué pour corrompre la jeunesse et répandre ses idées subversives.

On le cherchait activement mais jusqu'à présent, la police s'était cassé les dents. En fait, on avait longtemps douté de son existence. Puis, voilà un mois, alors que les recherches s'intensifiaient, on avait intercepté par hasard un e-mail non crypté envoyé par un membre de son proche entourage, une femme susceptible de l'identifier et de livrer des informations précises sur son réseau de résistance.

Il avait fallu user de persuasion. On avait mis à mort plusieurs membres de sa famille sous ses yeux. Et elle avait fini par tout avouer.

« Donne l'ordre de tirer sur la foule, insista Khamenei.

— Rien ne me ferait plus plaisir que de voir mourir ces lâches, répondit Omidi sans mentir. Leur révolte est un affront fait à Dieu. Mais en ce moment, une escalade de la violence serait contre-productive.

— Pourquoi ? Tu ne vas pas me dire que le monde nous regarde. Quel monde ? L'Amérique ? Les Juifs ? Fais ce que j'ai dit. »

Omidi soupira en silence. Il le lui avait déjà expliqué à maintes reprises mais le saint homme ne voulait pas comprendre que cette émeute leur permettrait de remonter jusqu'à Farrokh pour peu qu'on parvienne à tracer les communications. En revanche, éparpiller la foule renverrait le rat dans la tanière immonde où il se terrait.

« Excellence, je vous en prie… »

Les portières arrière de la fourgonnette s'ouvrirent brusquement. Son plus fidèle lieutenant apparut en contre-jour. Omidi sourit, remercia Dieu dans son for intérieur et répondit à l'ayatollah : « Nous l'avons repéré, Excellence. »

*

Mehrak Omidi examinait la demeure trapue, perchée sur un flanc de colline boisé. Il tourna ses jumelles vers l'antenne satellite qui s'élevait du toit puis les abaissa sur les arches et les piliers qui combinaient avec grâce architectures française et perse.

Caché parmi les arbres en bord de route, il écoutait ses hommes échanger des informations tout en investissant le pourtour de la maison. Dans le centre-ville, l'arrivée des forces d'assaut serait passée inaperçue. Dans cette campagne, l'arrestation de Farrokh était plus complexe à organiser ; en revanche, il risquait moins de leur filer entre les pattes. On avait bloqué les routes, envoyé des hélicoptères, dévié la circulation.

À Téhéran, Farrokh pouvait se fondre dans la cohue permanente. Ici, il était seul et à découvert.

Quand les trente hommes participant à l'embuscade eurent signalé qu'ils étaient prêts, Omidi escalada la colline à toute vitesse en se servant des branches pour s'aider. Les autres avaient du mal à le suivre bien qu'ils soient nettement plus jeunes. Il les entendait haleter derrière lui. À leur âge, il avait appartenu à une unité d'élite rattachée aux Gardiens de la Révolution. Aujourd'hui, il vivait comme s'il en faisait toujours partie, imposant à son corps et à son esprit une discipline rigoureuse pour mieux servir Dieu et son représentant sur terre, l'ayatollah Amjad Khamenei.

Avant de poser le pied sur la pelouse impeccable qui entourait la villa, Omidi s'immobilisa et porta la radio à sa bouche. « Maintenant ! »

On entendit gronder le moteur du véhicule qui remontait la longue allée à toute vitesse. Il freina, dérapa et s'arrêta devant l'entrée principale. Au même instant, Omidi s'élança sur la pelouse, sortit son pistolet et le brandit devant lui tout en courant rejoindre les hommes qui extrayaient un bélier d'assaut du fourgon.

Les doubles portes sculptées cédèrent dès le premier impact. Omidi suivit ses troupes à l'intérieur.

En temps normal, il aurait dirigé l'opération depuis son poste de commandement mobile, veillant à ne laisser aucun vide susceptible d'être exploité par l'ennemi, coordonnant les changements de tactique au fur et à mesure. Mais pas cette fois-ci. Cette fois-ci, il voulait participer. Il voulait assister à la reddition de Farrokh.

Une femme indécente vêtue à l'occidentale apparut au fond du vestibule en marbre. Elle poussa un cri de surprise mais n'eut pas le temps de leur demander qui ils étaient. Un coup de crosse la réduisit au silence. Omidi enjamba son corps inerte, franchit une arcade. Dix mètres plus loin, il vit deux petits enfants s'engouffrer par une porte ouverte.

Oubliant toute prudence, il se mit à courir le long d'un grand couloir décoré. Il avait passé plus d'une année de sa vie à traquer un fantôme. Cette période de malchance était sur le point de s'achever. Farrokh était là. Il le sentait.

Parvenu au bout du couloir, Omidi fit signe à ses hommes de le couvrir pendant qu'il s'introduisait dans la pièce adjacente. Il entra en balayant l'espace du regard à travers le viseur de son pistolet.

« Qui êtes-vous ? demanda le jeune homme dans les jambes duquel les enfants s'étaient réfugiés. Que faites-vous ici ? »

Agé d'une petite trentaine d'années, un peu enrobé, il portait des vêtements plus tape-à-l'œil qu'élégants. Malgré les efforts qu'il déployait pour la cacher, son visage poupin trahissait une peur intense. Une fois dépouillé de l'attirail électronique derrière lequel il adorait se cacher, le grand Farrokh ne payait vraiment pas de mine.

« Pas un geste ! hurla Omidi.

— Qui êtes-vous, insista-t-il. Est-ce que…

— Silence ! »

Les enfants braillaient. Omidi s'approcha et les désigna sans détourner son arme du visage de l'homme.

« Alors comme ça, quand le grand Farrokh n'a pas d'ordinateur sous la main, il se cache derrière des gosses ? dit Omidi pendant que ses hommes encerclaient le terroriste.

« Farrokh ? Vous êtes fou ? Je ne suis… »

Le Taser l'atteignit au milieu du dos. Comme prévu, il s'écroula en proie à d'horribles convulsions.

Omidi écarta les enfants, s'agenouilla et souleva la tête de Farrokh en l'empoignant par les cheveux. « Je sais parfaitement qui tu es. Et Dieu qui voit tout le sait aussi ! »

20

Près du parc national de Yosemite, USA
17 novembre – 1517 GMT – 8

La motoneige s'élança dans les airs. Jon Smith décéléra avant de retomber dans la poudreuse. Les flocons tourbillonnaient autour de lui, emplissaient sa bouche entrouverte, s'accrochaient aux petits poils de sa nuque. Les grands pins ponderosa devenaient plus nombreux. Il ralentit encore pour pouvoir slalomer entre les troncs. Ses yeux mirent un certain temps à s'adapter au contraste entre lumière aveuglante et obscurité.

Il ajusta légèrement sa trajectoire. Avec ses presque quatre mille mètres d'altitude, le mont Dana lui servait de point de repère. Smith repartit à travers la nature sauvage bordant le parc national de Yosemite.

Une harde de cerfs le regarda surgir des arbres en direction de la colonne de fumée qui barrait l'horizon. Il n'avait jamais parcouru ces montagnes par temps de neige. Aujourd'hui, il regrettait d'avoir tant attendu pour le faire. Le paysage était aussi spectaculaire – parois de granite rose, cascades gelées, forêt primaire – que tout ceux qu'il avait pu découvrir lors de ses voyages au long cours.

D'un autre côté, se déplacer dans cet environnement hostile n'était pas une mince affaire. Loin de là. La tasse de café la plus proche était à une journée de route, par beau temps. Et quand il faisait mauvais, on pouvait se transformer en congère humaine comme un rien.

La minuscule cabane en rondins d'où sortait la fumée se dessina dans le lointain. Smith rabattit sa capuche et enleva ses lunettes de soleil. L'homme qui le regardait venir de là-bas le reconnaîtrait plus aisément.

Quand il franchit la limite des cinq cents mètres, il coupa le moteur de la motoneige et continua à pied en s'enfonçant dans la couche immaculée, sans quitter des yeux le précipice dont il se rappelait qu'il bloquait l'accès frontal à la maison.

En peu de temps, il arriva au bord du gouffre qu'il longea par l'ouest jusqu'à une étroite passerelle ne portant aucune empreinte humaine mais de nombreuses traces laissées par un lion des montagnes. Voilà quelques années, Peter Howell s'était lié d'une étrange amitié avec le félin. Les deux dangereuses créatures avaient mutuellement consenti à ce voisinage occasionnel pour autant que l'un respectât le biotope de l'autre.

Smith dépassa un monticule neigeux ayant vaguement la forme du pick-up de Howell et s'engagea sur le pont glissant. Il aurait suffi d'un faux pas pour basculer dans le vide. Une chute assez longue pour qu'il ait le temps de voir sa vie défiler au moins deux fois.

La zone avait été récemment touchée par une tempête d'hiver précoce, assez rude pour entrer dans les annales. En glissant du toit, la neige avait complètement enfoui le côté nord de la cabane. Les restes déchiquetés d'une antenne satellite dépassaient de cette avalanche miniature, ce qui expliquait pourquoi il n'avait pas réussi à joindre son vieil ami par les moyens conventionnels.

« Tiens donc, ne serait-ce pas l'insaisissable Jon Smith ? clama sur sa gauche une voix à l'accent britannique. Alors, on se balade ? »

Smith se retourna. Un homme mince et buriné d'une petite cinquantaine d'années venait de surgir de derrière un arbre. Apparemment insensible au froid, il ne portait qu'un jean, un T-shirt blanc et un vieux chapeau de cowboy. D'une main, il tenait un fusil, canon vers le haut, crosse posée sur sa hanche.

À le voir ainsi, on se serait cru transporté cent ans en arrière. Peter Howell aurait pu vivre à cette époque. À maints égards, elle lui aurait mieux convenu. Ayant passé l'essentiel de sa carrière au sein du SAS, il avait combattu dans presque toutes les zones à risque de la planète, avant de raccrocher et de se recycler dans le métier de consultant, doux euphémisme. Smith savait pertinemment que le MI6 faisait partie de ses clients puisque les deux hommes s'étaient déjà croisés sur plusieurs missions confiées à Howell par l'agence britannique. En dehors des services secrets de sa Majesté, son carnet d'adresses était assez flou – divers gouvernements étrangers et peut-être une pincée d'espionnage industriel. Smith ne posait pas de questions. Howell, de son côté, faisait semblant de croire que Smith était un médecin militaire comme un autre.

« Ça fait un bail, Peter. Tu m'as l'air en forme.

— Vile flatterie. De ta part, ça ne me dit rien qui vaille. J'ai fait du feu. Pourquoi ne pas entrer, qu'on cause un peu ? »

La décoration de la cabane avait de quoi déconcerter. Seule l'énorme cheminée en briques indiquait qu'on était en pleine nature, dans l'Ouest américain. Autour du mobilier anglais, les rondins des murs disparaissaient presque sous les oriflammes, les armes anciennes et autres souvenirs des multiples échauffourées auxquelles il avait participé, sur toute la surface du globe.

Howell désigna un fauteuil en cuir éclairé par les flammes. Après s'être défait de sa combinaison, Smith s'y enfonça et tendit les mains vers l'âtre.

« Ne me dis pas qu'il s'agit d'une visite de courtoisie ? dit Howell en lui offrant un verre où il versa du Wyoming Whiskey.

— Alors comme ça, on n'a plus de droit de passer une journée avec un vieux pote ?

— Si j'ai bonne mémoire, la dernière fois que nous avons passé une journée ensemble, on m'a tiré dessus à plusieurs reprises et j'ai failli mourir dans un accident d'hélicoptère.

— Pour l'hélico, je n'étais pas responsable. C'était toi qui pilotais.

— C'est vrai. »

Smith se cala dans son fauteuil et se débarrassa de ses bottes. Le sang se remit à circuler dans ses orteils. « Il y a un truc qui ne tourne pas rond, en Afrique. Je vais aller voir de quoi il s'agit. J'ai pensé que ça te plairait de sortir de tes congères pendant deux semaines.

— Un petit séjour au soleil ? dit l'Anglais avec une pointe de sarcasme. Qu'est-ce qui cloche là-bas ? »

Smith sourit, ramassa la veste qu'il avait jetée par terre et en sortit une clé USB. « Le mot de passe est "Arès". »

Le soldat à la retraite inséra la clé dans un ordinateur portable et regarda défiler les images pendant que Smith sirotait son whisky.

« Le dieu de la guerre, vraiment », dit-il quand ce fut terminé. On le sentait impressionné. « Des SEAL ?

— Une équipe constituée d'agents opérant clandestinement et venant de plusieurs unités différentes.

— Des survivants ? »

Smith fut tenté d'évoquer le suicide du chef de l'escouade mais changea d'avis. « Non. »

Howell secoua la tête d'un air solennel. « L'Afrique. »

Il y avait dans sa voix un fatalisme que Smith ne lui connaissait pas – quelque chose qui ressemblait presque à de la peur.

« Il y a de fortes chances pour que ce mec ne soit qu'un gourou assez charismatique pour manipuler les plus superstitieux, les plus timorés de ses adeptes et les pousser à commettre des atrocités. D'un autre côté, certaines données non encore vérifiées conduisent à une autre version des faits : on pense à un agent biologique. L'armée estime qu'on devrait aller voir sur place.

— L'armée, répéta Howell en jouant le jeu à contrecœur. Et ils n'ont trouvé aucun soldat américain capable de t'accompagner ?

— Ils auraient pu mais tu sais combien j'apprécie ta compagnie. »

L'Anglais ne leva pas les yeux. Il fixait les flammes comme s'il y cherchait une réponse. « Jon, on aura beau se battre là-bas jusqu'à la fin des temps, on aura beau essayer de comprendre pourquoi l'Afrique est comme elle est, tenter de protéger les faibles contre les puissants, ça ne marchera jamais. Suis mon conseil. Reste à l'écart de ce truc.

— J'entends ce que tu me dis mais le type qui tire les ficelles là-bas – Caleb Bahame – joue dans une autre catégorie. »

Howell pivota sur son siège et, pour la première fois depuis le début de leur conversation, le regarda droit dans les yeux. « Bahame ?

— Ce nom t'évoque quelque chose ? »

L'Anglais reporta son attention sur le feu. « J'ai lu deux ou trois trucs à son sujet.

— Eh bien, je te garantis que ce que tu as pu lire ne t'a donné qu'un faible aperçu de la réalité sur le terrain. Tu as déjà mis les pieds en Ouganda ? »

Comme Howell ne semblait pas désireux de répondre, Smith combla le silence.

« Tu sais ce que je crois ? On va partir tous les deux faire trois petits tours dans la brousse ougandaise et on rentrera peinards à la maison. Cinquante mille tickets pour la mission la plus facile de ta carrière…

— Par tickets, je suppose que tu entends livres sterling. »

Smith sourit de toutes ses dents. « Toujours aussi dur en affaires. »

Howell fourragea dans sa tignasse grise puis s'occupa de son whisky.

21

Téhéran, Iran
18 novembre – 1500 GMT + 3:30

Mehrak Omidi s'arrêta devant la porte fermée. L'afflux d'adrénaline lui donnait un peu la nausée, sensation qu'il n'éprouvait que devant l'ayatollah Khamenei.

Ils se connaissaient depuis longtemps. À l'époque, Omidi faisait partie des Gardiens de la Révolution et l'imam Khamenei habitait une région reculée, au nord-est de l'Iran. Ayant vite perçu le potentiel du jeune Omidi, le saint homme l'avait pris sous son aile, lui prodiguant des conseils spirituels, surveillant sa carrière. Il lui avait même payé des études à l'étranger.

Quand Khamenei avait accédé aux plus hautes sphères du pouvoir, Omidi l'avait rejoint, d'abord en tant que secrétaire particulier puis sur divers postes à responsabilité. Et enfin, il lui avait confié le ministère des Renseignements. Malgré son succès indéniable et le respect qu'il inspirait à travers tout le pays, il ne s'était jamais vraiment senti à la hauteur de sa fonction. Mais c'était en train de changer. Il le fallait.

Avec l'âge, Khamenei s'amollissait. Tant qu'il s'agissait du passé, le vieil homme était parfaitement lucide mais dès qu'il tentait de percer l'avenir, il devenait myope. Omidi, qui le considérait comme un père, devait désormais se couler dans le rôle délicat que tous les fils finissent par endosser. Déjà, l'élève dépassait le maître et, dans les prochaines années, il devrait le guider vers un monde qui se refermait rapidement sur eux.

Après deux coups discrets et une réponse assourdie, il entra. Le bureau ne comportait ni meuble ni décoration d'aucune sorte. Juste des coussins en tapisserie jetés par terre.

« Excellence », dit Omidi en s'inclinant cérémonieusement.

Autrefois, la longue barbe de Khamenei était noir corbeau, son regard intense, presque surnaturel. À présent, ses poils grisonnaient sous son turban et des verres épais déformaient ses nobles traits.

L'homme assis près de lui se leva d'un bond, le visage marqué par la haine, mais se rassit avec obéissance dès que le religieux lui toucha le bras.

« Mehrak. C'est bon de te voir. Viens donc t'asseoir à côté de moi. »

Omidi s'exécuta en prenant soin d'incliner la tête d'un air contrit, pour éviter de croiser le regard furieux de l'homme rasé de près.

Ce dernier, un député modéré mais influent, s'appelait Rahim Nikahd. À force de ruse et d'ambition, il s'était construit l'image d'un homme assis à califourchon sur la barrière entre l'Iran traditionnel et les désirs toujours plus pressants de la rue.

Omidi enrageait de voir un être aussi extraordinaire qu'Amjad Khamenei s'avilir au contact d'un insecte comme Nikahd. Mais telles étaient les lois complexes de la politique. Aucun dirigeant n'était assez grand ni assez puissant pour oublier d'où provenait son pouvoir.

« Que fait cet homme ici ? finit par dire Nikahd. Pourquoi occupe-t-il un tel poste dans ce gouvernement ? Je…

— Chut. » De nouveau, Khamenei lui toucha le bras. « Calme-toi, mon vieil ami. »

Malheureusement, le fameux Nikahd n'était pas seulement membre du Parlement. C'était aussi le père du jeune homme qu'Omidi avait arrêté la veille.

« Mehrak doit affronter de nombreuses et lourdes responsabilités, poursuivit Khamenei. Et il a pris votre fils pour Farrokh.

— Farrokh ? Quelle bêtise ! protesta le député. Comment a-t-il pu commettre une erreur aussi stupide ? »

Cet individu parlait de lui – et l'insultait – comme s'il n'était pas là. Malgré sa fureur, Omidi gardait un silence respectueux.

« D'après ce que je comprends, Farrokh s'est servi de ses grandes connaissances techniques pour faire transiter ses communications par la maison de ton fils, reprit Khamenei. Il avait tout planifié et il espérait que cela te détournerait de moi. Et de Dieu.

— La femme de mon fils – la mère de mes petits-enfants – a été assommée à coups de crosse. Elle est dans le coma. Tu appelles cela de la compétence ? Ce type aurait pu au moins passer un coup de fil, juste pour vérifier qui habitait la maison qu'il comptait attaquer.

— Le temps manquait, Rahim. Farrokh nous a trop souvent filé entre les doigts. Et pour répondre à ta première question, Mehrak est ici parce qu'il a tenu à solliciter ton pardon en personne. »

Ce n'était pas tout à fait exact – en fait, c'était un pur mensonge – mais Omidi choisit de courber l'échine un peu plus bas, dans une attitude servile.

« Je t'en prie, poursuivit Khamenei. Pardonne-nous d'avoir fait souffrir ta famille. Je te le demande comme une faveur. »

Omidi gardait les yeux rivés au sol, soulagé de pouvoir ainsi cacher sa fureur au parlementaire adipeux assis en face de lui. Dans le monde de la politique, on n'oubliait jamais rien. Un jour, Khamenei devrait rembourser la dette contractée par Omidi. Farrokh lui avait joué un très mauvais tour et ce n'était pas la première fois.

Nikahd prit son temps pour répondre. Il réfléchissait à la manière d'un joueur d'échecs avant de déplacer une pièce maîtresse. S'il allait trop loin sur sa gauche, il se mettrait personnellement en danger mais s'il optait pour un virage à droite, la jeunesse le laisserait sur la touche, le jour où elle finirait par triompher.

« Pour vous, Excellence, je veux bien pardonner. »

Nikahd baisa la main que Khamenei lui tendait. « Je suis heureux d'avoir des hommes comme toi dans mon entourage, Rahim. Des hommes loyaux envers l'Islam. »

Comprenant que l'entrevue était terminée, Nikahd se leva et sortit non sans décocher un regard très explicite à Omidi, au préalable. S'il devait remporter la lutte pour le pouvoir qu'il menait depuis si longtemps, il veillerait à ce qu'Omidi et sa famille disparaissent.

Ils le regardèrent s'en aller. Khamenei attendit que la porte se referme pour s'adresser à son protégé.

« J'ai eu du mal à le convaincre, Mehrak. Nikahd est un homme puissant qui ne commet jamais d'erreurs. Je m'en suis fait un ennemi.

— Oui, Excellence.

— Tu as désobéi à mes ordres en ne tirant pas sur la foule – tu as encouragé les émeutiers en leur faisant croire que nous étions faibles et timorés. Et ensuite, ce…

— Je suis prêt à démissionner. »

Khamenei sourit finement. « Allons, tu sais bien que c'est impossible, Mehrak. Je ne fais confiance à personne d'autre que toi. Plus maintenant. »

Mehrak accueillit le compliment d'un hochement de tête. « Qu'il en soit fait selon votre bon plaisir, Excellence. »

Khamenei n'ignorait pas que les ennemis de la Révolution se terraient un peu partout mais ne mesurait pas bien l'étendue du phénomène – la mode occidentale, les jeux vidéo, internet étaient autant de cancers rongeant la société iranienne. Chaque jour, la marée devenait plus puissante et les gardiens de la foi plus âgés.

Plus personne ne soutenait ce gouvernement. Le programme nucléaire qui avait récolté une large adhésion populaire, voilà un an, avait succombé à la pression du monde extérieur. La jeunesse iranienne préférait les baladeurs MP3 et la liberté d'expression à la puissance et à la foi.

« Je te connais depuis toujours, Mehrak. Tu me caches quelque chose. »

Le ministre pesa ses mots avant de reprendre la parole. « Je suis dépassé, Excellence.

— Quoi ? Je ne comprends pas.

— Farrokh et sa bande manient les nouvelles technologies avec une adresse déconcertante. Je suis incapable de les battre sur ce terrain.

— Je n'attends pas de toi que tu saches tout, Mehrak. Seul Dieu le peut. Tu n'as qu'à constituer une équipe d'experts. Ils t'aideront à le coincer.

— Comment faire, Excellence ? Les experts dont tu parles se sont tous rangés du côté de la résistance. Je pourrais faire venir des consultants de l'extérieur mais comment leur faire confiance ? Le monde entier s'est ligué contre nous. Que se passerait-il si je leur donnais accès à des informations confidentielles pour découvrir ensuite qu'ils sont payés par la CIA ? Non, nous ne le battrons jamais sur son terrain. Aucune barrière n'empêchera les valeurs et les idées occidentales de nous envahir.

— Mais tu peux endiguer le flot.

— Aujourd'hui, oui. Plus ou moins. Mais demain ? Non. »

La confusion sur le visage de Khamenei faisait peine à voir. Pourtant, Omidi n'avait pas le choix.

« Que me dis-tu là, Mehrak ? Nous devrions renoncer ? Dieu serait impuissant devant les séductions infernales de l'Amérique ? Tu aurais dû tirer sur la foule. Tu aurais dû leur montrer la force de ta foi.

— Je ne pouvais pas tirer sur la foule, Excellence.

— Tu ne pouvais pas ? Mais pourquoi ?

— Parce que la loyauté de la police et de l'armée n'est pas totalement garantie.

— Si tu penses qu'il existe des traîtres dans leurs rangs, trouve-les et arrête-les.

— Ce n'est pas aussi simple que cela. Ces hommes aiment leur pays mais la plupart appartiennent à une autre génération. Ils ne se souviennent pas du Shah. Ils n'étaient même pas nés pendant la Révolution. Ils ne saisissent pas ce que représente la République islamique. Tout ce qu'ils voient, c'est une inflation à 30 %, l'isolement de l'Iran face au reste du monde et un chômage à deux chiffres. Si jamais certains d'entre eux s'alliaient aux manifestants, nous basculerions dans la guerre civile. Ne leur donnons pas ce prétexte.

— C'est à cause de Farrokh. Si nous…

— Farrokh n'a pas grand-chose à voir là-dedans, le coupa Omidi en osant hausser le ton. Malgré son importance, ce n'est finalement qu'une figure de proue. Même si nous le capturons – et je ne suis pas très optimiste sur ce point – d'autres reprendront le flambeau. »

Décidément, le vieil homme ne semblait pas comprendre un traître mot à tout cela. Omidi se remit à contempler le tapis. C'était dur de le voir ainsi diminué.

« Farrokh est un agent de l'Amérique, de la CIA. Il faut juste que la population comprenne que…

— Plus personne n'est dupe, Excellence. La politique de non-ingérence du président Castilla est finement menée. L'Occident est responsable de nos maux

– mais par le seul fait de son existence et de son attrait sur notre jeunesse. Il n'intervient pas directement. Et même s'il le faisait, cela ne changerait rien. Farrokh se présente comme un nationaliste qui ne porte pas l'Amérique dans son cœur.

— Dois-je comprendre que je suis impuissant dans mon propre pays, Mehrak ?

— Non, Excellence. Pas impuissant.

— Alors, quelle arme me reste-t-il ? »

Omidi leva les yeux vers l'ayatollah. « Caleb Bahame. »

Ils en avaient déjà parlé mais Khamenei s'était montré réservé.

« L'Ougandais. »

Omidi acquiesça, tira une enveloppe de sa poche et disposa sur le sol les photos qu'elle contenait. « Ces hommes ont été tués par les fidèles de Bahame, tout près de son camp. Les autres photos illustrent un article de journal américain rendant compte d'un accident qui se serait produit durant un entraînement où des agents des forces spéciales auraient trouvé la mort. »

Khamenei plissa les yeux à travers ses grosses lunettes. « Ce sont les mêmes.

— Oui, Excellence. Les Américains les ont envoyés pour assassiner ou capturer Bahame. Comme ils ont échoué, il fallait bien dissimuler les circonstances de leur mort.

— Donc ils savent quelque chose. Quoi ?

— Rien n'est sûr mais je ne pense pas qu'ils mesurent encore tout le potentiel de la découverte de Bahame. En tout cas, ça ne saurait tarder. Il faut agir maintenant sinon nous risquons de perdre notre capacité…

— … d'abattre les Américains et les Juifs, dit Khamenei en finissant sa phrase.

— Les abattre ne suffit pas, Excellence. Il faut déchaîner sur eux les feux de l'enfer pour que le monde entier comprenne enfin le terrible pouvoir de Dieu. »

Le saint homme resta un moment plongé dans ses pensées. « Je veux que tu t'y rendes en personne.

— Bien entendu », répondit Omidi en savourant discrètement sa joie de constater le revirement de Khamenei. Il y voyait la main de Dieu. La voie qu'il allait emprunter comportait de gros risques, mais il en était ainsi pour toutes les grandes missions. D'autant plus qu'il en attendait des récompenses infinies. La Révolution de 1979 n'était rien. La vraie révolution – celle qui recréerait le monde à l'image de Dieu – était en marche.

22

Le Cap, Afrique du Sud
20 novembre – 1612 GMT + 2

Jon Smith grimpa à petites foulées les marches de pierre puis se tourna vers le bâtiment hypostyle dominant le campus verdoyant de l'université du Cap. La montagne qui encadrait cette université vieille de près de deux cents ans semblait presque trop parfaite pour être vraie – un assemblage de taches grises et vertes sous un ciel uniformément bleu.

La température atteignait les 30 degrés mais la brise légère qui soufflait de Table Bay faisait onduler sa chemise en coton léger pendant que, à la recherche du Dr Sarie Van Keuren, il se frayait un passage parmi les étudiants chargés de sacs à dos.

Après avoir tourné quelque temps, il trouva enfin la porte qu'il cherchait et entra. Le labo, d'une propreté impeccable, correspondait tout à fait à l'image qu'il avait vue sur le site web de la faculté.

Il commençait à croire que Sarie Van Keuren n'y était pas quand un jeune homme musclé en polo de rugbyman s'écarta, révélant une femme debout derrière lui.

Certes, les photos du personnel enseignant étaient plus ou moins ressemblantes mais la sienne déformait carrément la réalité. L'élastique dans ses cheveux blonds peinait à maintenir en place les boucles de sa queue-de-cheval. Sur sa joue gauche, le léger hâle de son visage virait au verdâtre. Une vieille blessure qu'il n'avait pas remarquée sur la photo déformait son nez par ailleurs délicat et juste assez recourbé pour lui éviter de ressembler à une surfeuse californienne.

Elle leva les yeux de l'écritoire à pince qu'elle tenait en main. Espérant qu'elle n'avait pas remarqué son regard un peu trop insistant, Smith se dépêcha de la rejoindre.

« Puis-je vous aider ? dit-elle avec cet agréable accent nonchalant propre aux Sud-Africains.

— Docteur Van Keuren ? Je m'appelle Jon Smith.

— Colonel Smith ! Je commençais à croire que vous vous étiez perdu quelque part au-dessus de l'océan.

— Nous sommes restés bloqués sur le tarmac, à Londres. Du coup, nous avons eu deux heures de retard. »

Elle serra énergiquement la main qu'il lui tendit. Sous sa large blouse de laboratoire, on devinait les lignes athlétiques de son corps.

« Je suis heureuse d'être la première à vous souhaiter la bienvenue dans notre beau pays.

— Merci. C'est très aimable d'avoir accepté de me recevoir aussi vite. Chaque fois que je pose une question sur les parasites, on me cite votre nom. »

Elle ne releva pas le compliment. « Je n'aurais jamais osé repousser une requête venant de l'armée la plus puissante du monde. L'USAMRIID, n'est-ce pas ? Un chasseur de virus du Maryland ? Je ne connais que New York et Chicago mais j'aurais bien envie de visiter le Montana.

— Vous risquez de trouver le Montana un peu glacial, en ce moment.

— Mais la nature y est splendide, non ? Un pays au ciel immense. J'adore cette expression. » Elle agita les mains comme pour diriger une symphonie et répéta : « Un pays au ciel immense. Ça en dit long. »

Son élocution était charmante bien qu'un peu trop rapide, comme si elle manquait de temps pour dire tout ce qu'elle avait en tête.

« Je n'y ai jamais songé. Vous devez avoir raison.

— Mais vous n'êtes pas venu pour m'écouter papoter. Vous voulez qu'on parle parasites. Vous en avez un spécimen intéressant à me présenter ? »

Il regarda autour de lui et quand il fut certain qu'aucun étudiant ne se trouvait à portée de voix, répondit : « Voilà le hic. Je n'en suis pas sûr. Cela dépasse mon domaine de compétence.

— Bien sûr. Les virus… C'est bien dommage pour vous.

— Pardon ? »

Elle afficha un air contrit. « Eh bien, je veux dire, les virus ne sont que des petits sacs d'ADN, après tout.

— J'en déduis que vous n'en êtes pas fan.

— Oh, je ne veux pas me montrer blessante mais ils ne sont même pas vivants, techniquement parlant.

— Ils sont peut-être minuscules mais sacrément costauds, dit-il en ressentant soudain un besoin inexplicable de défendre son domaine de recherches.

— Oh, je vous en prie. Auquel faites-vous allusion ? La variole ? Parlez-moi plutôt de la malaria – ce méchant petit parasite a tué plus de gens que toutes les autres maladies confondues. En fait, on peut aller jusqu'à affirmer qu'il est la cause de la moitié des décès dans l'histoire de l'humanité. »

Elle le saisit par le bras et l'entraîna devant un énorme cube de verre, posé contre le mur du fond. « Permettez-moi de vous montrer quelque chose. »

Elle était bien plus forte que sa taille le laissait supposer. Il n'opposa aucune résistance.

« Je vous présente Laurel », dit-elle en désignant le poisson d'une trentaine de centimètres qui nageait autour de l'aquarium. « C'est un vivaneau rose de Californie. Tapotez le verre. Allez-y. Attirez son attention. »

Smith s'exécuta. D'un coup de nageoire, Laurel fila vers lui, la bouche ouverte.

Il réprima un mouvement de recul quand il vit une sorte de petite langouste jaillir de la gueule du poisson. « Mais qu'est-ce que c'est, bon Dieu ?

— C'est Hardy, fit-elle en souriant jusqu'aux oreilles. *Cymothoa exigua*. Quand il était jeune et beaucoup plus petit, il s'est introduit dans les ouïes de Laurel et s'est collé sur sa langue. Il a vécu quelque temps en pompant le sang de l'artère sublinguale. Puis la langue a fini par pourrir, disparaître, et Hardy a pris sa place. Le poisson ne ressent absolument aucune gêne. Ils passeront toute leur vie ensemble.

— Vous avez gagné, admit Smith. C'est franchement répugnant.

— Mais génial, n'est-ce pas ? » dit-elle en prenant un ver dans une boîte remplie de terre avant de le balancer au-dessus de l'aquarium.

Pendant que Smith la regardait nourrir le malheureux poisson, il ne pouvait s'empêcher de songer à sa fiancée, Sophia, avec laquelle il avait travaillé à Fort Detrick. Tout comme Sarie, elle s'était passionnée pour ses recherches. Une passion qui avait fini par la tuer.

« Colonel Smith ? Vous allez bien ? Je suis désolée. Hardy vous a troublé ? Il produit ce genre d'effet sur certaines personnes. »

Smith retrouva son sourire mais dut le travailler un peu pour le décrisper. « Non, Hardy ne me dérange pas. Y a-t-il une pièce où nous pourrions nous entretenir en privé ? Je crois que c'est à mon tour de vous surprendre. »

Les livres qui encombraient son minuscule bureau semblaient avoir pris la pluie et le soleil. La plupart étaient couverts de Post-it. C'était une vraie manie chez elle. Il y en avait partout, espacés d'à peine un centimètre. Il s'arrêta sur le seuil pour examiner un pense-bête traversé de points d'exclamation, censé lui rappeler une réunion s'étant déroulée deux ans plus tôt.

Sarie dégagea un coin de sa table et désigna la sacoche que Smith portait en bandoulière. « Votre spécimen est là-dedans ? Il vient du Maryland ?

— Non et non. »

Smith dirigea son attention vers une photo représentant Sarie et un vieil homme devant la dépouille d'une antilope ou d'un animal du même genre. Un fusil à la main, elle rayonnait de bonheur sous son grand chapeau de paille.

« Un élan ?

— Un koudou. Si vous avez l'occasion d'en goûter pendant votre séjour ici, n'hésitez pas. C'est super bon. » De nouveau, elle désigna la sacoche. « Vous faisiez allusion à un nouveau parasite ? Un truc que personne n'a jamais observé ? »

Il se mordit la lèvre. « Ce que je transporte là est top secret et…

— *Ja, ja,* chantonna-t-elle. Vous me l'avez dit au téléphone, colonel. À moins que vous ne préfériez docteur ?

— Jon.

— Jon. Les secrets sont nocifs pour l'âme. Pourquoi ne pas me le montrer tout simplement ? Je suis sûre que vous vous sentirez mieux après.

— Je dois insister sur le fait que mon gouvernement considère cette chose comme ultra confidentielle.

— Vous me faites languir, Jon. J'en transpire d'impatience. » Son ton se fit moqueur. « J'ai compris. Si je parle, vous serez obligé de me descendre.

— Je n'en suis pas absolument sûr mais c'est une option envisageable. »

Elle éclata de rire mais reprit vite son sérieux. Il n'avait pas l'air de plaisanter. Elle hocha la tête. « Parfait. Je jure sur la tombe de mon père. Maintenant, montrez-moi ça. »

Elle eut l'air étonné de le voir sortir un ordinateur portable et le poser sur son bureau. Mais sans attendre, elle alla baisser les stores et se pencha vers l'écran. La vidéo commençait à défiler.

Smith débarrassa une chaise des livres qui l'encombraient et s'assit un peu trop promptement, ce qui souleva un nuage de poussière. Le visage de la jeune femme venait de perdre ses couleurs.

« Trépidant », marmonna-t-elle quand ce fut terminé. Quelques instants passèrent avant qu'elle puisse émettre un autre son. « Qui sont les morts ?

— Aucune importance.

— Pour eux si. »

Il ne releva pas.

« Où ce film a-t-il été tourné ? Quelque part en Afrique centrale ?

— En Ouganda. Les hommes que vous avez vus avaient pour mission de capturer Caleb Bahame.

— Bahame ? dit-elle d'une voix tendue par la haine. Je suis navrée qu'ils ne l'aient pas trouvé. Trouvé et abattu. »

Il lui tendit un exemplaire du rapport de la CIA et les informations rassemblées par Star.

« 1899 ? dit-elle en feuilletant les documents. Je vois que vous mettez un point d'honneur à actualiser vos données. »

Il esquissa un demi-sourire. « Alors, qu'en pensez-vous, docteur ?

— Sarie.

— Sarie. Un parasite aurait-il pu causer ce genre de comportement ?

— C'est très possible. Susciter la violence chez les gens n'a rien de compliqué.

— Mais ils ne sont pas seulement violents.

— Vous voulez dire qu'ils ne s'attaquent pas les uns les autres ? »

Il était impressionné. Sa vivacité d'esprit était à la hauteur de sa réputation. « Exactement. Voilà pourquoi nous penchons plutôt pour l'action combinée de narcotiques et de suggestion mentale. Mais nous voulons en être sûrs.

— Que savez-vous au sujet du sang ?

— Ils n'en sont pas badigeonnés, si c'est cela que vous voulez savoir. Mais ils ont pu s'entailler le cuir chevelu dans un but cérémoniel.

— J'en doute. S'il s'agissait de scarifications, pourquoi les cacheraient-ils sous les cheveux ? Je verrais mieux une belle estafilade bien intimidante en travers de la poitrine. Et comme vous me dites qu'ils ne s'attaquent pas les uns les autres, j'opte pour une autre solution. Mettons qu'un parasite affecte leur cerveau, il aurait pu muter de telle façon que l'individu infecté puisse reconnaître ses semblables et leur ficher la paix. Il s'agirait d'une évolution considérable par rapport aux parasites qui achèvent leurs victimes dans une sorte de mêlée générale. Du point de vue du parasite, cela équivaut à un suicide.

— Pour que tout cela fonctionne, reprit Smith d'un air sceptique, il faudrait que le cerveau humain subisse des modifications spécifiques. C'est improbable.

— Oh non, détrompez-vous. Prenez le *toxoplasma gondii*, par exemple. Normalement, ce protozoaire parasite les chats mais il peut aussi contaminer d'autres espèces, dont les humains. Voyons ce qu'il produit sur les rats. Ces petites bêtes ont une peur panique de l'odeur émise par l'urine de chat – rien d'étonnant à cela, cette adaptation leur permet de survivre. Seulement voilà, les rats infectés par le *toxoplasma* sont non seulement indifférents à l'urine de chat mais elle les attire. Pas terrible pour les rats mais génial pour le *toxoplasma* qui retrouve son hôte préféré quand les rats se font croquer.

— Donc, si je comprends bien… hasarda Smith sans qu'elle cesse de parler – à lui ou à elle-même, impossible à déterminer.

— Et l'*Hymenoepimecis argyraphaga* ? Cette guêpe parasite attaque une certaine araignée du Costa Rica. Son œuf niche dans l'abdomen de sa victime et se nourrit de son sang. À la fin, il relâche une substance chimique qui pousse l'araignée à tisser une toile complexe servant à protéger la guêpe, pas à attraper de la nourriture. Il y en a un autre qui niche sous l'eau mais infecte les sauterelles. Pour lui, le seul moyen de se reproduire consiste à pousser une sauterelle au suicide par noyade. »

Malgré le peu d'espace libre, Sarie faisait les cent pas dans son bureau en s'arrêtant de temps à autre pour regarder une note particulièrement intéressante collée sur un mur ou un meuble. « Nous avons peut-être affaire à un parasite qui se développe dans le sang – d'où l'hémorragie du cuir chevelu.

— Et la violence, dit Smith.

— Exactement. Si le parasite se propage d'une victime à l'autre via le sang, il doit les pousser à attaquer un individu sain, pratiquer des coupures… Après, il ne lui reste plus qu'à passer en lui. C'est la même chose avec vos virus. Ils vous font éternuer ou tousser, ils vous donnent la diarrhée. Des stratégies simples pour sauter d'un hôte à l'autre.

— Alors quelle est votre conclusion ? Votre première idée.

— Je pense qu'il y a de fortes chances pour que vous ayez affaire à une sorte de pathogène. En me basant sur les documents que vous avez apportés et la complexité du comportement étudié, je dirais qu'il s'agit probablement d'un parasite. C'est vraiment incroyable ! On n'a jamais rien vu de tel dans l'espèce humaine. Je veux dire que le *toxoplasma* est assez courant chez l'homme mais son seul effet psychologique significatif consiste à faire de nous de mauvais conducteurs.

— Vous avez dit conducteurs ? »

Elle hocha la tête. « Il pourrait y avoir un rapport avec le goût du risque. Pas sûr à cent pour cent. Vous allez en Ouganda ?

— Après ce que vous venez de me dire, je pense que je n'ai pas le choix.

— Nous avons le temps de passer par chez moi ?

— Pardon ?

— J'ai besoin de prendre mon équipement avant de partir. »

Smith ouvrit la bouche pour protester mais s'abstint. Sarie connaissait parfaitement l'Afrique, c'était la plus grande parasitologue au monde et, d'après la photo sur le mur, elle savait tenir un fusil.

*

Assis dans l'herbe, sur le campus de l'université du Cap, Jim Clayborn observait discrètement l'étudiant iranien qui avait manifesté un intérêt prononcé et très louche pour le docteur Sarie Van Keuren.

Dans sa vision périphérique, il vit le jeune homme sortir son téléphone portable d'un geste décontracté. Au même instant, Van Keuren apparut, accompagnée d'un homme grand, d'allure sportive. Le colonel Jon Smith, d'après le contrat qu'il avait signé pour sa voiture de location. L'Iranien vola quelques clichés. Van Keuren serra la main d'un homme entre deux âges qui sentait l'agent secret britannique à des kilomètres.

Clayborn tapa un message sur son téléphone, le fit passer par un algorithme de cryptage puis l'envoya à Langley. Ils allaient sûrement râler, là-bas. Les choses avaient l'air de se compliquer.

23

Langley, Virginie, USA
20 novembre – 1035 GMT – 5

L'obscurité de la salle de conférences fut dissipée par une image projetée, représentant une série de jolis édifices sur un paysage de montagne fort pittoresque. Brandon Gazenga zooma sur les trois personnes qui se tenaient en haut des marches.

« De droite à gauche, nous avons le lieutenant colonel Jon Smith, médecin et microbiologiste attaché à l'USAMRIID. Il...

— Brandon, dit Lawrence Drake sans cacher son impatience. Dave et moi avons rendez-vous dans dix minutes. Qu'avez-vous de si important à nous montrer ?

— Oui, monsieur, je comprends. Mais d'après nos rapports, une semaine avant la prise de cette photo, le docteur Smith s'est rendu à Camp Lejeune pour interroger le SEAL ayant survécu à l'opération ougandaise. Apparemment, Smith était présent quand il s'est suicidé. »

Drake se pencha en avant. Il sentit les muscles de son ventre se contracter. « OK Brandon. Je suis tout à vous. Qui est la femme ?

— Sarie Van Keuren. Ce nom doit vous évoquer quelque chose.

— La parasitologue. Les Iraniens la surveillent encore ?

— Oui monsieur. Ils possèdent à peu près la même photo que nous.

— Et l'homme auquel elle serre la main ?

— On a eu du mal à l'identifier – il voyage sous un passeport argentin au nom de Peter Jourgan. En fait, il s'agit de Peter Howell. Ex-SAS, ex-MI6, aujourd'hui à la retraite. Il vit en Californie.

— S'il est à la retraite, fit Dave Collen, qu'est-ce qu'il fiche au Cap avec Van Keuren ?

— J'aurais dû dire en semi-retraite. Il exerce encore comme consultant mais pour qui ? Là, c'est le flou.

— Je suppose que vous avez fouillé les registres de l'armée, reprit Drake. Quels sont les ordres de Smith ?

— Il n'en a aucun. Officiellement, il est en congé.

— Tu parles. Il fait partie des renseignements militaires ?

— Il a été rattaché aux renseignements militaires autrefois, répondit Gazenga. Mais rien ne prouve qu'il le soit encore.

— S'il travaillait toujours pour eux, il ne serait pas venu en Afrique du Sud en compagnie d'un free lance britannique, répliqua Collen.

— Certes, dit Gazenga. Vous vous rappelez sûrement que Smith a joué un rôle dans l'opération Hadès. À l'époque, il collaborait avec l'USAMRIID. Après cela, il apparaît dans divers endroits sans qu'on puisse dire pourquoi ni comment.

— Quelqu'un l'a recruté après qu'il a fait tomber Tremont, précisa Drake.

— Je ne vois pas d'autre explication, monsieur.

— Qui ?

— Là, je nage. Je ne vois même pas par où commencer. S'il travaille en secret pour quelqu'un, je lui tire mon chapeau. Plus invisible, c'est impossible. »

Drake s'enfonça dans son fauteuil en scrutant les yeux bleu glacier de Smith. Qui avait eu la chance de recruter une pointure comme lui ? Qui donc s'intéressait à Caleb Bahame ? La réponse à ces questions risquait de l'emmener sur une pente très glissante.

« Où sont-ils maintenant ?

— En route pour l'Ouganda. »

Collen fit pivoter son siège vers son patron et dit à mi-voix : « Seigneur, Larry… »

Drake acquiesça en silence. « Je veux qu'on les suive, Brandon. Je veux savoir où ils vont, à qui ils parlent, tout ce qu'ils apprennent. Et en temps réel. Vous comprenez ?

— Oui, monsieur.

— Je veux aussi savoir pour qui ils travaillent. »

Gazenga hocha la tête. Il paraissait de plus en plus mal à l'aise.

« Avez-vous quelque chose à ajouter, Brandon ?

— Non monsieur.

— Mais si. Parlez. »

Gazenga hésita. On voyait ses yeux bouger dans la clarté du projecteur. « Ce que nous avons fait jusqu'à présent est…

— Légal ?

— Avec tout mon respect, j'allais dire *plausible*. Tout ce que nous avons dit sur les méthodes de Bahame et les intérêts iraniens est totalement rationnel et défendable du point de vue analytique.

— Mais ?

— Nous ignorons pour qui Smith travaille mais il tombe sous le sens qu'il est de notre côté…

— Êtes-vous en train d'émettre une recommandation ou seulement d'enfoncer une porte ouverte ? » s'énerva Drake.

Pour la première fois depuis qu'ils se connaissaient, Brandon semblait curieusement rétif. De la méfiance ?

« Dans un sens, ce pourrait être une occasion en or pour nous, monsieur. Jusqu'à présent, les Iraniens ont usé de prudence. Il se peut que l'arrivée d'un chasseur de virus américain les oblige à se découvrir, ce qui nous permettrait de connaître les intentions de Khamenei.

— Donc, d'après vous, nous devrions balancer par la fenêtre le travail de toute une année et laisser faire deux ressortissants étrangers et un médecin militaire américain dont nous ignorons la mission ? »

Brandon tenait bon. « Je pense que nous devons considérer…

— Les Iraniens poursuivent leur programme d'armement nucléaire, l'interrompit Drake, et on leur donne une petite tape sur la main. Maintenant que leur pays est déstabilisé, il pourrait très bien tomber entre les mains de Farrokh, lequel est dans les petits papiers de la communauté scientifique iranienne. Et qu'est-ce qu'on fait ? On reste plantés là. Et quand ils disposeront de têtes nucléaires capables d'atteindre nos côtes et que l'OPEC sera contrôlé depuis Téhéran, on continuera à les regarder sans rien faire. »

La détermination de Gazenga commençait à vaciller. Il sortit du faisceau du projecteur pour éviter que les autres s'en aperçoivent. « Si nous…

— Ce sera tout, Brandon, dit Dave Collen.

— Mais… Oui, monsieur. Merci. »

Pendant que le jeune homme quittait la salle en toute hâte, Drake songea que le monde était en train de subir de rapides et violentes modifications. La Russie et la Chine n'étaient pas aussi incontrôlables qu'on aurait pu le croire – ces deux pays pâtissaient d'un lourd système bureaucratique, leurs populations avaient des objectifs à long terme prévisibles et leurs armes aussi bien économiques que militaires demeuraient inférieures à celles dont disposait l'Amérique. L'Iran, c'était une autre affaire.

Drake désapprouvait la politique de non-ingérence de Castilla. Il prônait une guerre déguisée contre les Iraniens. La mort de deux physiciens nucléaires dans des attentats à la voiture piégée et le virus informatique Stuxnet ayant endommagé leurs centrifugeuses faisaient partie de son programme d'agression. Ces opérations avaient été diligentées par la CIA mais hors cadre. Elles ne faisaient que retarder l'inévitable. La République islamique constituait une authentique menace. C'était une vérité à marteler d'autant plus que la capacité de l'armée américaine à gérer cette menace restait à démontrer. Cette fois-ci, il n'y aurait pas d'escarmouches interminables dans les rues, pas de politicien local corrompu, pas de bombes artisanales enfouies sous le bitume. L'Iran serait effacé de la surface de la terre. Purement et simplement.

Les musulmans considéraient comme une preuve de faiblesse la répugnance obsessionnelle des Américains à provoquer des victimes parmi la population. Cette erreur de jugement serait vite dissipée le jour où le monde regarderait impuissant les rares rescapés se bousculer pour trouver de quoi survivre dans un Iran retombé à l'âge de pierre.

L'ordre mondial serait restauré et les Pakistanais, les Afghans et tous les autres sauraient à quoi s'en tenir. Le message serait clair : si vous serrez la vis à vos fondamentalistes, l'Amérique restera sur sa ligne de touche, mais s'ils deviennent trop menaçants, vous savez ce qui vous attend.

Il avait juste besoin d'un catalyseur. Le parasite de Caleb Bahame en était un parfait. Même comparé aux autres armes biologiques, il était si terrifiant que presque aucun gouvernement n'oserait s'opposer à un pays capable de l'utiliser.

Si, comme le suggérait Gazenga, il laissait Smith et son équipe confirmer l'existence du parasite et découvrir le rôle joué par les Iraniens, son beau plan s'écroulerait comme un château de cartes. Les politiciens débarqueraient en gesticulant, l'Iran émettrait démenti sur démenti. Castilla et les Nations unies n'en finiraient pas de débattre, ils demanderaient des preuves supplémentaires, voteraient des résolutions inutiles. Et le peuple américain, fatigué par la guerre et la crise financière, refuserait faute de preuve de partir une nouvelle fois en guerre contre un pays accusé de stocker des armes de destruction massive.

Non, pour que les USA retrouvent toute leur détermination, pour qu'ils se décident à lancer des représailles terrifiantes, la menace devait être réelle et imminente. Pas seulement dans la bouche des présentateurs du journal télévisé et des porte-parole du gouvernement. On devait encourager les Iraniens à utiliser le virus de Bahame. Le peuple américain avait perdu sa combativité. Il passait son temps à se regarder le nombril. Eh bien, il paierait les conséquences de son apathie.

« Larry ? dit Collen en brisant le silence de la salle plongée dans l'ombre. Qu'allons-nous faire ? Ce genre de complications n'était pas prévu. Et Brandon commence à nous lâcher. »

Drake souffla longuement. Il avait du mal à retomber sur terre. Gazenga connaissait l'Afrique centrale mieux que quiconque. Ils s'étaient copieusement servis de lui jusqu'à présent. Sans lui, rien n'aurait été possible. Mais ils savaient depuis le départ qu'il finirait par craquer – il n'aurait pas le cran d'aller jusqu'au bout. Le perdre aujourd'hui serait très ennuyeux mais pas vraiment catastrophique.

« Je vois que tu apprends vite, Dave.

— Je fais de mon mieux. Mais hélas, je n'ai ni son expertise ni ses contacts sur le terrain. »

Drake fit signe qu'il abondait dans son sens. « Nous allons devoir modifier le calendrier et mettre Gazenga sous haute surveillance. Je veux que tout soit en place pour ce soir. Peut-être montrera-t-il plus de caractère que nous croyons.

— Et Smith ?

— Pour l'instant, on se contente de le suivre à la trace – il faut savoir s'il est vraiment si fort que cela et pour qui il roule. Mais dès qu'ils commenceront à comprendre de quoi il retourne, il faudra les éliminer. »

*

Brandon Gazenga adressa un sourire sans gaieté aux employés qui arpentaient le couloir. D'un air aussi naturel que possible, il fila dans son bureau et ferma la porte derrière lui.

Comment diable avait-il fait pour se fourrer dans un tel pétrin ?

Malheureusement, la réponse était on ne peut plus simple. Drake était venu le chercher, lui et pas un autre. Devant une telle faveur venant de si haut, il était tombé en pâmoison. Le DCI en personne lui avait offert une chance de franchir d'un coup tous les échelons qui le séparaient de la cour des grands. Par conséquent, il avait fermé les yeux et sauté le pas.

Entre les murs de la CIA, le monde qu'étudiant il avait cru peint en noir et blanc s'était révélé diapré de diverses nuances de gris. Un petit effet de style par-ci, un petit caviardage par-là, et on pouvait faire dire n'importe quoi à n'importe quel rapport. Mais à présent, son univers basculait. Il comprenait que Drake finirait par éliminer Smith et ses associés. Bien sûr, comme d'habitude, la CIA ne se salirait pas les mains – une valise remplie de dollars remise à un intermédiaire, quelques infos adroitement transmises à des tueurs sévissant sur place, peut-être même à l'un des lieutenants de Bahame. Gazenga avait passé un an à apprendre cette règle cardinale : on doit toujours être en mesure de nier.

Mais lui, il connaissait la vérité. Certes, il n'était pas directement responsable mais rester passif lui paraissait inconcevable.

Toute cette opération reposait sur un équilibre incroyablement précaire – il s'agissait de laisser les Iraniens s'engager assez loin pour que la preuve de leur malfaisance soit irréfutable, mais pas assez pour qu'ils aient le temps de relâcher le parasite.

Plus il y réfléchissait plus ce point d'équilibre lui paraissait subjectif. Jusqu'où Drake et Collen comptaient-ils aller ? Quelle part de risques s'autoriseraient-ils, sachant que tout pouvait partir en vrille à tout moment ?

« Bienvenue au sommet du monde », lança-t-il dans son bureau vide.

C'était drôle de constater combien la réalité différait du fantasme. Qui eût cru qu'un jour, Brandon désirerait plus que tout rejoindre ses frères à la tête de l'entreprise de restauration familiale ? Plonger ses deux bras dans une marmite de bœuf aux épices. Faire la plonge. Quel bonheur !

Gazenga s'avança d'un pas traînant vers son bureau et s'assit dans le fauteuil de cuir que son père lui avait offert pour sa remise de diplôme. Toute cette affaire commençait à le dépasser. Il avait besoin de parler à quelqu'un capable de lui expliquer ce qu'ils manigançaient. Quelqu'un de confiance.

24

Entebbe, Ouganda
21 novembre – 1517 GMT + 3

Sarie Van Keuren accrocha le tendeur puis balança l'autre extrémité de l'élastique par-dessus la caisse contenant son équipement. Smith l'attrapa au vol et fixa le crochet à un trou dentelé de rouille dans le toit du taxi.

« Je crois que ça tiendra jusqu'à Kampala », dit-il. Le chauffeur penché à sa vitre agita vigoureusement la tête pour confirmer.

« Pas de problème. »

Visiblement, ces trois mots représentaient l'ensemble de son vocabulaire anglais mais pour peu qu'on y associe la bonne inflexion, ils suffisaient à tout exprimer ou presque.

Smith s'installa sur le siège à côté de lui, hissa son sac sur ses genoux et voulut claquer sa petite portière. Il dut s'y reprendre à plusieurs fois avant de pouvoir la fermer. « Peter ! Allez, on y va. »

Planté sur le trottoir, les mains au fond des poches de son jean délavé malgré la chaleur et l'humidité, Howell contemplait l'aéroport d'Entebbe. Le terminal qu'il avait connu autrefois n'existait plus mais à ses yeux, comme à ceux des agents spéciaux du monde entier, l'aéroport en lui-même demeurait un monument sacré.

En 1976, sous le règne d'Idi Amin Dada, des Palestiniens avaient détourné un avion transportant 250 passagers. Le vol en provenance de Tel-Aviv aurait dû se poser à Paris ; il avait atterri de force en Ouganda. Après avoir relâché quelques passagers, les pirates de l'air avaient exigé la libération de plusieurs prisonniers palestiniens contre la vie des otages restants.

Les négociations n'ayant pas abouti – surtout à cause du soutien d'Idi Amin aux terroristes –, les Israéliens décidèrent de monter une mission de sauvetage, l'Opération Thunderbolt.

Il fallut à peine une heure et demie aux cent hommes du commando d'élite pour retourner la situation. Quand la poussière fut retombée, on compta les pertes. Trois otages avaient été tués. Quant aux pirates, ils étaient tous morts ainsi que les quarante-cinq soldats ougandais qui leur avaient prêté main-forte.

Le monde entier avait pu constater la remarquable efficacité avec laquelle des troupes bien entraînées parvenaient à résoudre une prise d'otages. Et par la même occasion, le petit aéroport d'Entebbe était entré dans l'histoire.

« Peter ! » appela Sarie en se battant avec son gros sac qu'elle finit par caler sur la banquette arrière avant de se tasser contre lui. « Qu'est-ce que vous regardez ? Le compteur tourne ! »

Sa voix le fit surgir de sa transe. Il se glissa à côté d'elle.

« Ça va ? demanda-t-elle.

— Évidemment. Pourquoi ça n'irait pas ? »

Smith jeta un coup d'œil à l'arrière puis s'enfonça dans son siège en skaï rafistolé de partout avec des bandes adhésives. Le taxi démarra en trombe. Pendant quelques minutes, il regarda défiler les collines verdoyantes parsemées d'habitations. Ses yeux se fermaient d'eux-mêmes. Il fallait moins d'une demi-heure pour aller de l'aéroport à leur hôtel mais un petit somme lui ferait le plus grand bien. Sauf erreur, les occasions de dormir risquaient d'être rares durant les deux prochaines semaines.

Le téléphone portable de Sarie sonna. Smith l'entendit vaguement discuter sans trop en dire avec un parasitologue allemand qu'elle avait tenté de joindre plus tôt dans la journée. Quand il perçut la déception dans sa voix, il se concentra de nouveau sur le ronronnement soporifique du moteur. Comme d'habitude, Star avait eu raison – les deux misérables pages qu'elle lui avait remises constituaient la totalité du savoir universel sur le sujet.

Malgré son épuisement, l'esprit de Smith refusait de passer en mode sommeil. Au contraire, il s'obstinait à ressasser une liste de problèmes et d'impondérables dont la longueur ne cessait de croître.

Même en s'entourant de toutes les précautions imaginables, étudier une maladie mortelle connue comportait une grosse part de risques. En temps normal, les pathogènes sur lesquels il travaillait lui étaient plus ou moins familiers. Ses patients, des personnes pacifiques, lui exprimaient leur reconnaissance pour ses bons soins. En plus, il n'était pas seul puisqu'il dirigeait une vaste équipe de spécialistes de haut niveau secondés par des machines valant plusieurs millions de dollars.

Dire que sa situation actuelle n'était pas optimale serait un euphémisme. Pour toute protection, il disposait de quelques gants et masques chirurgicaux raflés dans la cave de Sarie. Le mode de propagation et la manière dont le pathogène infectait ses victimes en étaient au stade de la supposition. Et ses éventuels patients n'étaient pas du genre à le remercier en lui offrant une volaille de leur basse-cour, comme lors de son dernier séjour en Afrique ; ils seraient sans doute plus enclins à le tailler en pièces.

Et puis il y avait Caleb Bahame – l'homme ayant modernisé par l'emploi de la Jeep la bonne vieille tradition médiévale de l'écartèlement en place publique. Il y avait fort à parier qu'il ne verrait pas d'un bon œil l'intrusion de trois Blancs trop curieux sur son territoire de chasse…

Le vagissement d'un klaxon le fit surgir brutalement de sa torpeur. Pour se rappeler ce qu'il faisait là, il dut regarder un instant le paysage accablé de lumière, à travers ses paupières plissées. Devant lui, de hauts immeubles brisaient la ligne verte des collines, un environnement urbain où des bâtiments de style vaguement soviétique dominaient de leur masse bétonnée les toits rouges et les murs blanchis à la chaux de constructions plus modestes, héritées de l'ère coloniale.

Il trouva Kampala plutôt propre et agréable pour une ville ayant connu tant d'agitation politique, une ville écrasée par les dictatures militaires successives et maintenant menacée par l'odieux Caleb Bahame. C'était une réalité profondément injuste mais hélas courante dans cette partie du monde : au moment même où une population opprimée pensait atteindre le bout du tunnel – quand l'espoir commençait à dissiper la peur et le malheur – un fou furieux surgissait de nulle part, bien déterminé à mettre le pays à feu et à sang avec une armée formée de bric et de broc.

« La prochaine à gauche », dit Howell en tapotant l'épaule du chauffeur.

L'Ougandais parut surpris. Au lieu d'obéir, il désigna le centre-ville à travers le pare-brise craquelé. « Pas de problème. Hôtel.

— Non, je vous dis, pas l'hôtel, répliqua Howell avec plus de fermeté. Allez. Tournez là.

— Non ! Problème ! Endroit pas bon. »

Smith commençait à se retourner vers son ami quand, à son grand soulagement, Sarie le devança. « Que se passe-t-il, Peter ? Je croyais que vous n'aviez jamais mis les pieds en Ouganda ? »

Sa candeur était à la fois charmante et utile. Smith, quant à lui, se voyait mal poser ce genre de questions à Howell. Après tout, il l'avait embarqué dans une mission montée par une organisation dont l'Anglais ignorait jusqu'à l'existence.

« J'ai dit ici ! » insista Howell en s'insinuant entre les deux sièges pour attraper le volant. Le taxi bifurqua sur une route secondaire si brutalement que Smith fut projeté contre sa portière mal fermée. Il s'accrocha où il put, ce qui lui évita de tomber sur la chaussée poussiéreuse.

« Qu'est-ce qui te prend, Peter ?

— Je me dis qu'on devrait visiter un peu la ville. »

Howell refila trois billets de cent dollars au chauffeur qui visiblement ne savait qui redouter le plus, de l'homme assis sur la banquette arrière ou de ce qui l'attendait au bout de la route. L'argent eut raison de ses atermoiements.

Ayant réussi à bloquer sa portière, Smith pivota autant que le sac sur ses genoux le lui permettait. Le fait que Howell ne lui ait jamais parlé de son séjour en Ouganda ne l'affectait pas particulièrement – le secret était à la base de leurs relations. En revanche, il n'aimait pas trop son changement d'humeur. D'habitude franc du collier, l'homme du SAS était soudain devenu lunatique et taciturne.

Smith n'avait jamais eu aucune raison de douter des choix de Howell et n'avait pas envie de commencer. Pourtant, quelque chose ne tournait pas rond. Jusqu'où devait-il le laisser avancer avant de tirer sur la corde ?

Ils approchaient d'un bidonville. Le taxi se mit à vitupérer dans sa langue maternelle, comme s'il tentait de se convaincre lui-même. À quelque deux cents mètres de la première cabane en tôle ondulée, l'homme enfonça la pédale de frein. « Moi plus rouler ! »

Sans s'énerver, Howell descendit de voiture, ouvrit brusquement la portière du chauffeur, empoigna ce dernier et l'arracha de son siège.

« On revient de suite, dit-il avant de se glisser derrière le volant et de démarrer sur les chapeaux de roues.

— Peter, intervint Sarie tandis qu'ils slalomaient entre les abris de fortune, serrés les uns contre les autres, suscitant les regards perplexes des piétons qui s'esquivaient en toute hâte pour ne pas se faire renverser. Moi qui suis née en Afrique, je peux vous dire que nous n'avons rien à faire ici. Nous ne sommes pas les bienvenus. »

Howell ne prit pas la peine de répondre. Smith sentit la main de Sarie se poser sur son épaule. Elle attendait qu'il intervienne. Malheureusement il ne savait que faire, ce qui lui arrivait fort rarement. Sans Peter Howell, il serait mort cinq fois.

Plus ils avançaient, plus l'atmosphère du bidonville changeait. La population de femmes et d'enfants disparaissait peu à peu, remplacée par des hommes armés jusqu'aux dents. Un pick-up surmonté d'une mitrailleuse leur coupa la route. L'homme torse nu juché derrière l'arme tourna le canon dans leur direction en se demandant visiblement s'il devait les arroser ou pas. Il n'eut pas le temps de décider ; déjà le pick-up s'enfonçait entre deux rangées de baraques.

« Ça va trop loin, Peter, réagit Smith en actionnant le levier de vitesses pour passer au point mort. Soit tu nous dis ce que tu mijotes, soit on fait demi-tour et on fiche le camp d'ici. »

L'Anglais se contenta de regagner sa place à l'arrière pendant que Sarie, à genoux sur la banquette, regardait la foule approcher. Contrairement au type à la mitrailleuse, ils avaient eu tout le temps de mesurer la situation. Et la décision qu'ils s'apprêtaient à prendre ne lui disait rien de bon.

25

Langley, Virginie, USA
21 novembre – 1015 GMT – 5

Elle était là.

Brandon observait la femme qui attendait l'ascenseur. Quand il constata qu'elle n'engageait la conversation avec personne, il se dirigea vers elle.

Décidément, cette opération ougandaise le déstabilisait de plus en plus. À tel point qu'il s'était mis à rechercher des alliés potentiels, susceptibles de le conseiller si jamais il décidait de se retirer du jeu. Son statut d'assistant du grand patron lui donnait accès à des données qui lui auraient été interdites sinon. C'est ainsi qu'il avait obtenu une courte liste d'agents possédant à la fois l'expérience et l'intégrité nécessaires.

Malgré sa jeunesse – elle devait avoir dans les trente-cinq ans –, la femme devant l'ascenseur faisait partie des grosses pointures de l'agence. Au départ, il l'avait éliminée car elle était en poste en Afghanistan. Puis il avait appris son retour aux États-Unis, pour raisons de sécurité. Elle prenait de la distance suite à la mort d'un chef taliban qu'elle avait traqué jusque dans l'Hindu Kush. Brandon sentit la chance lui sourire enfin.

Les portes coulissantes s'ouvrirent. Il se glissa à l'intérieur, assez près d'elle pour sentir le parfum de ses cheveux blonds coupés court. Son corps athlétique, ses lèvres pleines, sa peau bronzée constituaient autant d'atouts dans son travail mais personnellement, ils ne l'arrangeaient pas du tout. Les coups d'œil à la dérobée que lui lançaient les hommes dans l'ascenseur n'allaient pas lui faciliter les choses.

Il y avait tellement de monde dans cette cabine que Gazenga joua des coudes pour se rapprocher d'elle encore un peu, tout en la regardant du coin de l'œil fixer son regard sombre sur les chiffres dégressifs.

L'ascenseur s'arrêta avec une secousse qui lui servit de prétexte ; il la heurta et dans le même geste, glissa un bout de papier dans la poche de sa veste.

Elle se tourna légèrement. Ses yeux noirs se promenèrent sur sa joue. Gazenga ressentit une soudaine impression de claustrophobie puis, juste avant que les portes se referment, bouscula les gens devant lui et sortit de la cabine. Le couloir était presque désert. Il se concentra sur son souffle. Au-dessus de lui, une trappe de ventilation déversait un filet d'air frais sur sa peau moite.

Il avait gardé son sang-froid. Il l'avait fait. Mais pour une raison inconnue, le soulagement espéré ne vint pas alléger son angoisse. Au contraire, il sentait toujours ce poids sur sa poitrine, comme si les mâchoires du piège refusaient de s'écarter.

En transmettant ce petit mot, il avait tendu une jambe en dehors du plongeoir. Désormais, il ne restait plus qu'à espérer que la piscine était pleine.

26

Faubourgs de Kampala, Ouganda
21 novembre – 1626 GMT + 3

Peter Howell sourit avec désinvolture au groupe d'hommes surarmés qui les regardaient passer d'un air abasourdi. Soudain, on vit un porche décoré s'ouvrir dans le mur de pierre qu'ils longeaient depuis trois minutes. Dès que le vieux taxi s'arrêta devant, trois mitrailleuses et une trentaine d'armes à feu de taille plus modeste furent pointées sur eux. Un homme en treillis s'avança prudemment, l'œil braqué sur la mire d'un fusil d'assaut Tavor fabriqué en Israël. Tout en marchant, il hurlait des ordres inintelligibles.

On les fit descendre du véhicule. Smith saisit Sarie par le bras pour lui éviter d'être emmenée. En même temps, il s'arrangea pour qu'elle reste entre lui et la voiture.

« Tu as un plan ? hurla-t-il à Howell par-dessus le capot sans savoir vers qui, de son ami ou de lui-même, diriger sa colère. Ou est-ce que tu as choisi de te suicider justement aujourd'hui ?

— Un peu de shopping, ça fait jamais de mal », répondit l'Anglais toujours aussi énigmatique.

Un jeune homme vêtu d'un T-shirt Smurfs en lambeaux se précipita vers Smith et le repoussa brutalement. Ce dernier répliqua en l'envoyant rouler par terre. « Bas les pattes ! »

Le jeune Africain se redressa, empoigna la mitraillette qui lui barrait la poitrine mais n'eut pas le temps de s'en servir. Déjà Smith se ruait sur lui. Quelqu'un sur sa gauche voulut lui balancer un coup de coude. Smith l'esquiva sans pour autant quitter des yeux le Heckler & Koch compact du gamin.

Puis tout s'arrêta. Un cri retentit sous le porche, le jeune excité recula en écartant ostensiblement les mains.

La foule se dispersa, les gardes retournèrent à leurs occupations, à savoir la surveillance des allées et venues sur la route.

« Peter ! Mon ami ! » s'exclama une voix à l'accent africain prononcé. Ce qu'il restait de la foule en armes dégagea le passage. Un homme de haute stature s'avançait à grands pas vers Howell.

« Ça fait chaud au cœur de te revoir, dit-il en secouant la main de l'Anglais. J'aurais jamais cru ça, même dans mes rêves.

— Content de te revoir aussi, Janani. Je voudrais te présenter mes amis, Sarie et Jon. »

L'Africain se tourna vers eux. « Venez. Ne restons pas sous ce cagnard. »

Smith lança un coup d'œil à Sarie, haussa les épaules, lui reprit le bras et s'engagea sous le porche à la suite des deux potes qui bavardaient.

« Tu t'empâtes, dit Howell.

— Et toi, tu vieillis, mon frère. Je mène une bonne vie, j'ai beaucoup de femmes et d'enfants. Combien de fils tu as ?

— Zéro. »

Janani secoua la tête pour montrer sa compassion. Ils s'engagèrent dans une petite allée bordée d'échoppes dont les devantures contenaient divers objets estampillés « À manipuler avec précaution sous peine de mort violente ». Il y avait là plusieurs revendeurs d'armes, spécialisés dans tel ou tel type d'explosifs. D'après la bannière jaune canari qui l'ornait, l'une de ces boutiques proposait la plus large sélection de missiles sol-air portatifs d'Afrique.

Janani leur fit franchir une porte anonyme donnant sur un atelier d'usinage vaste et bien équipé.

« Janani fabrique des armes sur mesure, expliqua Howell en embrassant l'espace d'un geste, sans se retourner. Les meilleures du monde.

— Tu me flattes, Peter. Tu possèdes encore le pistolet que je t'ai forgé il y a quelques années ?

— Hélas, je l'ai perdu.

— Mais pas avant d'avoir tué des tas de bonshommes avec, j'espère.

Howell hocha la tête et, d'une voix un peu distante, répondit. « Oui, des tas… »

Du fond de l'atelier, ils débouchèrent sur un patio couvert abritant un époustouflant assortiment d'armes alignées dans des râteliers. Vingt-cinq mètres plus loin, sur le flanc d'une colline luxuriante qui s'élevait en pente douce, des cibles étaient plantées à intervalles réguliers.

« Jon, dit Janani en pivotant vers Smith. Que portes-tu d'habitude ?

— Un Sig Sauer. Parfois un Beretta. »

L'Africain produisit une expression mi-figue mi-raisin puis sortit un pistolet d'un casier d'exposition en mousse rigide.

Smith le prit mais à peine eut-il refermé la main dessus que Janani le récupérait avec une grimace de dégoût.

« Ça va pas du tout, marmonna-t-il avant d'en choisir un autre à la prise légèrement plus épaisse. Dis-moi comment tu le sens, celui-là. »

Smith dut admettre qu'il le sentait bien – la même robustesse, la même impression de fiabilité que le Sig Sauer mais sans le poids.

« Tu permets ? dit Smith en désignant le champ de tir du bout du canon.

— Je t'en prie. »

Il visa la cible humaine placée à cinq mètres et logea la balle en plein cœur.

« On dirait qu'il t'obéit, dit Janani avec, dans la voix, l'orgueil de l'artisan devant son œuvre.

— C'est que je l'ai bien en main. Mais question puissance, qu'est-ce qu'il vaut ? Le recul est plutôt doux.

— Il tire des cartouches de dix millimètres 179 grains avec une vélocité de canon de treize cents pieds par seconde.

— Non… vraiment ? »

L'Africain baissa la tête avec modestie.

« Alors quel est le verdict ? demanda Howell.

— S'il est aussi fiable qu'il en a l'air, c'est une arme absolument unique.

— Bien sûr qu'il est fiable ! couina Janani. Certainement plus que ces machins fabriqués par les Italiens.

— Très bien, dit Howell. On le prend. Et tu me mets le même pour moi. Je vais aussi avoir besoin de deux fusils d'assaut. Quelque chose de maniable dans le style du SCAR-L mais je te laisse choisir. Pas la peine de chipoter, disons un millier de cartouches pour les fusils et une centaine de chaque pour les armes de poing. Trois chargeurs de rechange chacun.

— Ça marche. On peut vous les avoir pour demain matin. Je vous propose autre chose ? Peut-être un lance-roquettes portatif ? J'ai là un prototype qui va t'en boucher un coin, je crois.

— Tentant, mais nous nous efforçons de passer inaperçus. Tu ne connaîtrais pas un vendeur de voitures, des f…

— Excusez-moi ! »

Les trois hommes se tournèrent vers Sarie qui agitait la main d'un air irrité. « Vous n'oubliez pas quelqu'un ? »

L'Africain n'en revenait pas. « Je suis désolé. Vous plaisantez, je suppose ?

— Je crois qu'elle est très sérieuse », corrigea Smith.

Janani prit un air dépité. « Les femmes sont devenues si… Comment dites-vous ? Arrogantes. C'est ce nouveau féminisme. »

Dans un meuble à tiroirs, il récupéra un minuscule .32 chromé. « Celui-là fait très joli dans un sac à main. »

Howell lui-même éclata de rire, moins à cause de la blague de Janani que devant l'expression assassine de Sarie.

« Je verrais plutôt un truc dans ce genre-là », dit-elle en s'avançant vers une rangée de fusils semi-automatiques avec lunettes de visée. Elle en choisit un, rabattit la culasse pour vérifier s'il était chargé et se dirigea vers des sacs de sable empilés.

« C'est pas un jouet », dit Janani pendant qu'elle posait le fusil et se mettait en position de tir.

Voyant qu'elle ignorait son avertissement, Janani se tourna vers Howell et Smith. « Ma première épouse se comporte comme elle. C'est à cause d'Oprah. On a… »

Les trois hommes rentrèrent la tête dans les épaules en même temps. Une détonation venait de secouer le toit de chaume branlant. On entendit des cris à l'intérieur du bâtiment. Une troupe d'hommes armés sortit en courant. Quant à Sarie, elle ne se tenait plus de joie. « Vous avez mis de la dynamite derrière les cibles ? J'adore ça ! »

L'Africain fronça les sourcils en regardant le nuage de poussière mêlé de gravier qui retombait sur les restes de sa cible en contreplaqué. « Seulement derrière celles qui sont à huit cents mètres.

— Ça vous ennuie si je m'en fais une autre ? »

Janani lui arracha le fusil des mains. « Pas question, madame. Cette arme est beaucoup trop lourde pour vous et le fût est faussé. J'aurai quelque chose de plus adapté à votre gabarit quand vous reviendrez demain, avec vos amis. »

27

Kampala, Ouganda
21 novembre – 1741 GMT + 3

« Pas de problème. Hôtel. »

Sur la banquette du taxi, Sarie gloussa discrètement. Jon Smith sentait sa tête peser entre ses mains. Ils avaient retrouvé leur chauffeur à quelques kilomètres du marché aux armes, en train de regagner Kampala à pied. Il avait paru un peu étonné de les voir vivants mais, trop heureux de récupérer son tas de boue, s'était installé derrière le volant après avoir vérifié si tout fonctionnait.

« Non, dit Smith pour la cinquième fois. Hôpital. Nous voulons aller à l'hôpital d'abord. »

Bien que productif, le détour imposé par Howell avait décalé leur emploi du temps. Leur rendez-vous avec le directeur du principal établissement hospitalier de Kampala était dans quelques minutes. Alors tant pis pour l'hôtel.

« Pas de problème. Hôtel. »

Smith gémit et se cala au fond de son siège.

« Je pense qu'il ne perçoit pas la différence entre les mots "hôpital" et "hôtel", suggéra Sarie. Comment s'appelle-t-il cet hôpital ? »

Smith devait être plus fatigué qu'il ne le pensait pour n'y avoir pas songé lui-même. Quand il avait trente ans, soixante heures de voyage ne le mettaient pas dans un tel état.

« Mulago, dit-il en articulant. Pas hôtel. Hôpital Mulago. »

Le chauffeur comprit enfin. « Mulago ? Vous malade ? s'écria-t-il en écarquillant les yeux.

— Oui ! Gagné ! Je suis malade ! Très très malade.

— Mulago. Pas de problème. »

Quinze minutes plus tard, ils s'arrêtaient devant un énorme cube cerné d'une barrière peinte en bleu layette.

« Mulago ! annonça le chauffeur pendant que Smith exerçait une forte pression sur la portière et s'extirpait du véhicule en laissant son gros sac sur le siège.

Il se pencha vers Howell par la vitre arrière. Voilà que l'Anglais retombait dans sa précédente apathie – d'autant plus inquiétante qu'elle ne cadrait en rien avec sa personnalité. « Peux-tu rester dans la voiture, Peter ? On n'en a pas pour très longtemps. »

L'Anglais pencha la tête en arrière, le regard fixé sur le skaï moisi du plafond. « Je n'avais rien de prévu. »

*

« Bonjour, je suis le docteur Jon Smith et voici le docteur Sarie Van Keuren. Nous avons rendez-vous avec le docteur Lwanga. »

Avec une surprenante rapidité, la femme se leva de derrière son comptoir. L'expression morne avec laquelle elle les avait accueillis se transforma soudain en un sourire radieux. « Mais parfaitement, dit-elle dans un anglais presque parfait. Vos noms sont inscrits là. Veuillez me suivre, je vous prie. »

Elle les escorta jusqu'à la porte d'un bureau pourtant éloigné de six mètres seulement, avant de s'effacer cérémonieusement pour les laisser entrer.

« Docteur Lwanga ? » dit Smith en s'avançant vers l'homme à lunettes dont la posture étrangement penchée trahissait une polio enfantine. D'un coup sec, il ferma le livre qu'il tenait en main et se dirigea vers eux en boitant. « Les docteurs Smith et Van Keuren. C'est un grand honneur.

— Pour nous également, répondit Sarie. Votre hôpital est magnifique.

— Nous manquons de moyens mais nous faisons de notre mieux.

— Votre temps est précieux, docteur, nous ne voudrions pas en abuser… se lança Smith.

— Certes. Que puis-je faire pour vous ? »

Smith garda le silence et, comme ils en étaient convenu, laissa Sarie mener la discussion. Ses travaux sur la malaria ayant fait d'elle une vraie célébrité dans toute l'Afrique, elle savait mieux que lui quelles questions poser. Il se contenterait d'écouter et de s'assurer que, dans son excitation, elle n'en révèle pas trop.

« Jon et moi comptons passer quelques jours dans le nord du pays, à la recherche d'un ver qui parasite les fourmis. Au cours de nos recherches, nous sommes tombés sur un document faisant allusion à une autre sorte de parasite. Quelque chose d'étonnant.

— Hélas, ce domaine m'est relativement étranger, s'excusa Lwanga.

— Si nous recourons à vos lumières c'est que, d'après certains témoignages, ce parasite peut toucher l'homme. Il cause des symptômes comparables à ceux de la rage et parfois des saignements des follicules capillaires. En outre, il semble affecter seulement le nord du pays, la région dont vous êtes originaire, n'est-ce pas ? »

Le visage de Lwanga parut se figer. Sarie poursuivit :

« Nous n'avons trouvé aucune information sur les animaux susceptibles d'accueillir ce parasite, ni même aucune preuve qu'il existe réellement. Est-ce que, par hasard, vous en auriez entendu parler ? »

Soudain, l'Africain retrouva une expression normale. « Je crains que non. Je n'ai jamais rencontré le phénomène que vous venez de me décrire.

— À qui pourrions-nous nous adresser, à votre avis ? Peut-être un médecin de brousse basé dans le Nord ? Un praticien capable de nous indiquer les bonnes questions à poser aux bonnes personnes ?

— Cela fait longtemps que j'ai quitté mon village et, à ma grande honte, j'avoue que j'ai un peu perdu le contact, fit-il avec geste signifiant sa hâte de conclure cet entretien. Je suis désolé de ne pas pouvoir vous aider davantage. À présent, je vais vous demander de bien vouloir m'excuser. Mes malades m'attendent. »

« Quel curieux entretien, commenta Sarie pendant qu'ils ressortaient dans la touffeur de l'après-midi. Je ne veux pas paraître négative mais je doute qu'il se soit montré totalement honnête avec nous. »

Manifestement, elle répugnait à énoncer le fond de sa pensée et à le traiter carrément de menteur. Smith, lui, ne s'encombrait pas de ce genre de scrupules. Dans le monde de menteurs professionnels où il évoluait, Lwanga n'était qu'un piètre amateur.

« Il a très bien compris de quoi vous parliez, Sarie. Vous avez dû remarquer le service à thé posé près de son bureau ?

— *Ja.*

— Combien de tasses y avait-il ?

— Combien de tasses, je ne sais pas.

— Ah. Vous voyez mais vous n'observez pas.

— Cher monsieur Holmes, répondit-elle dans un sourire, vous me prenez pour le docteur Watson, c'est cela ?

— Pas encore. Mais vous avez du potentiel. Il y avait trois tasses et la théière fumait. Vous connaissez mieux que moi l'hospitalité des Africains. »

Elle acquiesça pensivement. « Il avait l'intention de nous recevoir plus longuement.

— Jusqu'à ce que vous parliez des fous qui saignent de la tête.

— Quand il prétend avoir coupé les ponts avec les gens de son village, je suppose que c'est du pipeau, non ? L'hospitalité des Africains n'est rien comparée à leur dévotion pour la famille. »

Arrivé devant le taxi, Smith posa la main sur la poignée. « Le mystère s'épaissit. »

*

Posté devant sa fenêtre, le docteur Oume Lwanga surveillait la rue, quelques étages en contrebas. Dans sa main moite, le combiné téléphonique était si glissant qu'il devait le tenir fermement pour qu'il ne lui échappe pas.

« Ce sont leurs paroles *exactes* ? disait la voix du président Charles Sembutu, à l'autre bout du fil.

« Oui, monsieur. Ils ont évoqué les symptômes de la rage mais sans donner de détails, à part les crises de folie. Ils parlaient aussi de saignements du cuir chevelu.

— C'est tout ?

— Ils recherchent un animal susceptible d'héberger le parasite mais leur objectif principal est un ver affectant les fourmis. En fait, c'est en effectuant des recherches sur ce ver qu'ils sont tombés sur le parasite en question. Ils ne sont même pas sûrs de son existence.

— Où sont-ils allés ?

— Ils sont en train de monter dans un taxi marron avec une caisse sur le toit.

— Y a-t-il quelqu'un d'autre dans le taxi, à part le chauffeur ?

— Je crois voir un homme sur la banquette arrière. De là où je suis, c'est difficile à dire. Voulez-vous que je… »

La communication s'interrompit. Gagné par un sentiment de culpabilité, Lwanga regarda le taxi s'éloigner du trottoir. Leur destin était entre les mains de Dieu, à présent.

28

Nord de l'Ouganda
21 novembre – 1833 GMT + 3

Mehrak Omidi ralentit l'allure en voyant un jeune homme se livrer à une étrange pantomime devant lui. À la manière d'un karatéka, il balançait des coups de pied dans les buissons ou dans l'air moite, tournoyait maladroitement en poussant des cris d'oiseau qui s'étouffe. Le gamin faillit se prendre les pieds dans une souche pourrie qu'il insulta copieusement avant de sortir l'une des nombreuses canettes de bière enfoncées dans les poches de son treillis.

Omidi avait atterri en Ouganda neuf heures plus tôt puis il avait roulé jusqu'au point de rendez-vous fixé par Caleb Bahame, au milieu de nulle part. Au lieu d'être accueilli par Bahame en personne, il avait passé trois heures les yeux bandés, à l'arrière d'un véhicule militaire brinquebalant. Et maintenant, ce pitoyable spectacle.

Après avoir traversé à marche forcée la jungle infestée d'insectes, il en venait à se demander si les hommes qui l'escortaient avaient la moindre idée de leur destination. La plupart étaient ivres. Trois bagarres avaient éclaté. Omidi avait même dû intervenir une fois pour les empêcher de s'étriper à coups de couteau.

« Combien de temps encore ? »

L'homme devant lui le dévisagea entre ses paupières entrouvertes et baragouina quelque chose dans sa langue maternelle avant de se remettre en route.

Omidi lui emboîta le pas sans trop forcer malgré la forte humidité et le terrain auxquels il n'était pas habitué. Il détestait l'Afrique subsaharienne et tout ce qui allait avec – son air poisseux, ses maladies, sa population de bras cassés. S'il avait eu le choix, il aurait envoyé l'un de ses lieutenants à sa place. Mais c'était impossible. Personne à part lui ne pouvait accomplir une tâche revêtant une telle importance historique.

Quand il laissait son esprit vagabonder, la grandeur de la mission qu'avec la bénédiction de Dieu il était sur le point d'accomplir lui coupait le souffle. Bientôt, il mettrait fin aux siècles d'hégémonie des puissances occidentales. Leurs arrogantes populations comprendraient enfin l'inanité de toutes leurs certitudes. Le pouvoir et l'argent amassés par ces rapaces seraient impuissants à les protéger. Et quand tout serait terminé, on les verrait reculer, la queue entre les jambes, comme des chiens battus.

Le soleil qui touchait l'horizon attisait sa colère et sa frustration. Ils allaient devoir s'arrêter et, bien entendu, aucun de ces crétins n'avait songé à emporter une torche ou un équipement de vision nocturne en plus des litres d'alcool et des magazines pornographiques.

Omidi pressa le pas pour rejoindre l'homme qui cheminait devant lui. Il allait lui toucher l'épaule quand une voix lointaine résonna à travers la jungle. Les autres l'avaient entendue, eux aussi. Ils se mirent à hurler d'excitation, brandirent leurs fusils d'assaut rouillés et tirèrent des coups de feu en l'air.

Bahame.

Plus ils se rapprochaient de la voix surgissant du haut-parleur, plus la puanteur devenait perceptible. Il identifia diverses odeurs associées aux habitats humains : latrines en plein air, dépôts d'ordures, miasmes caractéristiques de la mort et du pourrissement. Ils passèrent devant des caisses d'armements et de nourriture, et quelques véhicules militaires légers dont il était impossible de dire s'ils fonctionnaient ou pas. Le tout recouvert de branchages et de lianes pour que rien ne soit visible depuis le ciel.

Ils débouchèrent dans une clairière. Omidi repéra l'homme qui beuglait dans un mégaphone en arpentant un genre de podium improvisé. Sur sa veste de treillis élimée, il arborait une grosse amulette dont les breloques ressemblaient fort à des dents et des os humains.

Amassées devant lui, une bonne centaine de personnes regardaient fascinées la silhouette grisonnante qui s'adressait à eux du haut de son perchoir. Il s'agissait essentiellement d'enfants et d'adolescents en vêtements civils, équipés d'armes en tous genres, depuis l'AK-47 jusqu'à la lance emplumée. Un quart d'entre eux était des filles dont certaines exposaient sans vergogne leur jeune poitrine perlée de sueur. Une écœurante exhibition bien digne de cette écœurante engeance, songea Omidi.

L'homme sur l'estrade l'aperçut et prononça quelques mots incompréhensibles en le désignant à l'assemblée qui s'écarta pour le laisser passer.

Vu de près, Caleb Bahame avait fière allure. Quelque chose de royal se dégageait de son visage aux traits fermes, à la peau étrangement préservée par les années passées dans des campements comme celui-ci. Ses mouvements outrés semblaient étudiés pour accompagner et souligner chacune de ses paroles en fonction de son importance. Ce comportement d'acteur allié à son physique impressionnant permettait de mieux comprendre pourquoi Bahame avait si rapidement acquis une telle influence.

Cela faisait vingt-cinq ans environ que Bahame colportait sa religion de bazar à travers les minuscules villages du nord de l'Ouganda. Dès le départ, il avait recruté et armé un groupe de disciples chargés de convertir les fermiers de la région. Ceux qui restaient sourds à son prosélytisme pliaient par la force. Il incendiait, violait, enlevait à tour de bras et, comme il s'entendait à manipuler les esprits malléables des enfants, s'était bientôt retrouvé à la tête d'une armée de combattants nourris des seuls préceptes moraux et religieux issus de son propre catéchisme.

Le temps passant, son catéchisme avait pris une dimension de plus en plus politique et personnelle. À ses adeptes, il se présentait comme un prophète éclectique tenant aussi bien de Mahomet que de Jésus, avec une pincée de Karl Marx réincarné, réveillant par ses harangues les haines larvées entre des tribus auxquelles il promettait une société utopique où le lait et le miel couleraient à flots, où l'effort et le travail seraient abolis.

À présent, des milliers de conversions plus tard, Bahame lui-même ignorait où finissait l'homme en lui et où commençait le dieu.

Dès qu'Omidi mit le pied sur le podium, Bahame laissa tomber le mégaphone et s'avança pour l'accueillir. Leur poignée de mains fut soulignée par une immense clameur.

« Mehrak, mon grand ami, dit Bahame dans un anglais plus châtié que celui de son hôte. Dieu m'a dit que tu parviendrais sain et sauf jusqu'à moi.

— Que son nom soit honoré. »

Bahame sourit et se tourna pour ouvrir une caisse de whisky avec la panne crochue d'un marteau. La frénésie de sa congrégation monta d'un cran lorsqu'il leur lança les bouteilles, sauf une qu'il garda pour lui.

« Ma magie nous a fait remporter de nombreuses victoires et les a convaincus de m'adorer. » Ses yeux étaient vifs, encore qu'on ne sût pas très bien ce qu'ils voyaient. De toute évidence, c'était un homme à manier avec précaution.

« Tu es un grand chef, hasarda Omidi.

— Oui, mais l'Ouganda est un grand pays où règne le mal. Il nous faudra plus que de la magie pour nous en emparer. »

Omidi acquiesça d'un air grave. « Tous les grands généraux – tous les grands hommes – sont confrontés au même problème. On ne peut pas tout faire soi-même. Et se fier aux autres comporte une part de… d'incertitude.

— Tu parles d'or, Mehrak.

— J'aimerais voir ta magie. Nous ne possédons pas ton pouvoir mais pourrais-tu me l'enseigner quand même ? »

Enchanté du compliment, Bahame prit une longue rasade avant de lui tendre la bouteille.

« Dieu me l'interdit, dit l'Iranien.

— Il te donne sa permission. »

Omidi sourit poliment en s'efforçant de conserver une expression sereine. Bahame entendait-il par là qu'il avait intercédé pour lui auprès de Dieu ? Ou qu'il était Dieu lui-même ?

Un murmure traversa la foule. Appréciant la diversion, Omidi baissa les yeux vers les fidèles qui avaient soudain cessé de se battre pour le whisky.

Un groupe semblable à celui qui l'avait escorté fit irruption dans la clairière. Ils traînaient avec eux un Africain grièvement blessé. En fin de cortège, il aperçut un Blanc âgé d'une bonne soixantaine d'années, visiblement vaincu par la peur et l'épuisement.

Bahame sauta du podium. Omidi le suivit d'assez loin pour pouvoir observer ce qui allait se produire sans risquer d'y participer.

« Où est la femme ? » demanda Bahame.

D'une bourrade, l'un des membres de la bande précipita le blessé aux pieds de Bahame. « Dembe l'a laissée s'échapper. »

On avait découpé son pantalon de telle sorte qu'on apercevait le bandage sanglant enveloppant sa cuisse droite. L'homme essaya de s'enfuir en rampant mais les enfants armés qui faisaient cercle autour d'eux s'avancèrent pour l'en dissuader.

Bahame désigna le Blanc. « Qui est-ce ?

— Un médecin. Il a bien fallu soigner ce porc, sinon il serait mort avant d'arriver jusqu'à toi. »

Les yeux du chef religieux s'agrandirent démesurément et se posèrent sur l'individu qui lui demandait grâce, affalé dans la poussière.

Bahame lâcha sa bouteille, ramassa un caillou gros comme une pomme, tomba à genoux et lui porta un coup terrible entre les omoplates. L'autre poussa un cri d'angoisse rapidement englouti par les rires de la foule.

« Non, arrêtez ! » hurla le médecin en volant au secours du blessé. Un coup de poing l'allongea par terre avant même qu'il ait pu l'atteindre.

En évitant soigneusement de toucher la tête et le cou, Bahame continuait de frapper sa victime aux bras, au torse, aux jambes. La sueur dégoulinait de son front, on entendait son souffle rauque et toujours, le bruit mat du caillou sur la peau puis le craquement des os puis enfin le glouglou du sang s'écoulant de la gorge du malheureux.

Malgré lui, Omidi admira le savoir-faire de Bahame, lequel s'employait à transformer un corps humain en une outre de peau remplie d'os brisés sans que sa victime meure ni même s'évanouisse.

Au bout d'un moment, l'Africain accusa la fatigue. Pas encore décidé à porter le coup de grâce, il se releva, ramassa la bouteille de whisky maculée de sang et s'enfila plusieurs bonnes rasades avant de la tendre à Omidi.

Ce dernier hésita un instant, le regard fixé sur l'homme qui se tordait de douleur sur le sol détrempé. Finalement, il s'approcha, prit la bouteille, la leva comme pour porter un toast en l'honneur de son hôte et se mit à téter le goulot.

29

Kampala, Ouganda
21 novembre – 2112 GMT + 3

Le visage tendu sous le jet, Jon Smith laissait l'eau tiède de la douche le débarrasser de la sueur et de la poussière accumulées. Leur hôtel était parfait – tranquille, presque vide et assez décentré pour qu'on ne les remarque pas trop.

Détails ayant leur importance, la pression dans les tuyaux était suffisante, le lit paraissait confortable et le restaurant servait de l'alcool. Il avait l'intention de profiter de ce luxe, sachant qu'il en serait privé pendant un bon bout de temps.

Il resta sous la douche jusqu'à ce que l'eau devienne froide puis il s'essuya et passa dans la chambre dont les baies vitrées donnaient sur une terrasse privée. La lune luisait à travers les rideaux vaporeux. Il s'habilla sous sa clarté, prit une bière dans une corbeille à papier qu'il avait remplie de glace et franchit la porte-fenêtre.

Depuis la terrasse, on bénéficiait d'une vue plongeante sur le bar tendu de guirlandes de Noël lumineuses et les abords peu fréquentés de la piscine. Assis à une table mal éclairée, près de la haie séparant l'hôtel du monde extérieur, Howell et Sarie sirotaient des cocktails dans des verres garnis d'une pléthore d'ombrelles en papier. L'étrange malaise de son ami semblait s'être dissipé. Il souriait en regardant Sarie imiter en s'aidant des mains une bête à cornes qui devait jouer un rôle important dans l'histoire mouvementée qu'elle lui racontait.

Smith allait descendre les rejoindre quand il se ravisa. La brise était agréable, sa bière frappée et les lumières lointaines de Kampala clignotaient dans l'air humide. Le calme avant la tempête.

*

« Puis-je me joindre à vous ?

— Jon ! dit Sarie. Je n'en reviens pas. Vous êtes d'un propre !

— J'étais sur le point de vous dire la même chose. »

Elle portait une jupe à fleurs évasée et son corsage sans manches épousait son torse athlétique. Ses cheveux qu'il n'avait vus que tirés en arrière dansaient librement sur ses épaules.

Pendant qu'il prenait un siège, le barman posa sur la table une noix de coco remplie d'un genre de décoction, des fourchettes et des couteaux assez grands pour dépecer un rhinocéros.

« Nous avons déjà commandé ?

— Sarie a pris cette liberté, dit Howell. Tu vas manger… du rôti de zèbre, c'est ça ?

— *Ja*. N'ayez crainte. Vous allez vous régaler.

— Je n'en doute pas. C'est juste que j'étais en train de me demander depuis combien de temps je n'avais pas croqué dans un bon steak de zèbre bien saignant », plaisanta-t-il en observant les tables autour d'eux. Il était presque dix heures du soir et la plupart des clients s'étaient retirés dans leurs chambres. Quelques personnes traînaient au bar, un jeune couple de Scandinaves buvait des bières, les jambes dans la piscine. Mais il n'y avait personne à portée de voix.

« Quel est le programme des festivités pour demain matin ? demanda Sarie.

— On sort discrètement de la ville malgré l'enseigne au néon qui clignote sur nos têtes.

— Traduction ?

— Notre détour chez le vieux pote de Peter et notre entrevue avec le docteur Lwanga n'ont pas vraiment contribué à nous rendre invisibles. »

Elle se pencha vers lui par-dessus la table. « Je dois dire que je trouve tout ce mystère très excitant. J'ai presque l'impression d'être un agent secret. »

Howell produisit un ronflement étranglé et faillit recracher la gorgée qu'il venait d'avaler.

« Que se passe-t-il ? » s'étonna Sarie.

Avant que l'Anglais trouve une réponse appropriée, Smith renchérit. « D'abord, on va chercher notre commande et ensuite on fonce à la ferme du médecin qui s'intéressait à notre parasite, dans les années cinquante. Peut-être que sa famille y habite toujours. »

Sarie hocha la tête. « Sinon, on fera la tournée des villages. Les anciens ont peut-être entendu parler de quelque chose avant que ce salopard de Bahame se manifeste. S'il s'agit d'une infection parasitaire, elle a pu apparaître et disparaître à plusieurs reprises au cours des âges.

— Pourquoi ne pas traiter le problème à la base ? On pourrait traquer Bahame, non ? interjecta Howell.

— Personne ne traque Caleb Bahame, répliqua Sarie. C'est lui qui vous traque. Ce type est un psychopathe doublé d'un assassin.

— Pour l'instant, on évite l'affrontement, intervint Smith. Nous ne savons même pas de quoi il est question – les indices sont trop fragmentaires. Si nous avons affaire à un agent biologique, il nous faudra rassembler un maximum d'informations sur sa pathologie et tenter de découvrir où il se cache.

— Peut-être une zone vierge par laquelle des populations commencent à transiter, dit Sarie. Des contacts avec des animaux inconnus. Des trucs comme ça. »

Une silhouette se dessina dans l'allée, près de la piscine. Jon la suivit du regard tout en écoutant d'une oreille distraite Sarie spéculer gaiement sur les pressions sélectives susceptibles d'engendrer un parasite comme celui qu'ils recherchaient.

L'homme avançait d'un pas tranquille. Son regard glissait sur les choses sans s'y attarder. Mesurant dans les un mètre quatre-vingt-dix, il faisait penser à un haltérophile sur le retour dont les muscles auraient entamé une migration vers le bas. Sa peau claire semblait avoir trop longtemps souffert des ardeurs solaires africaines.

Visiblement, il se dirigeait vers une table en partie obscurcie par des plantes grimpantes, juste derrière eux. Quand il passa derrière Howell, il bifurqua très légèrement. Smith eut à peine le temps de dire ouf que déjà le colosse vieillissant se laissait tomber sur une chaise libre, entre Sarie et lui-même.

D'abord Smith le prit pour le patron de l'hôtel, impression démentie par la vision du pistolet rutilant qui disparut vite sous la table.

« Peter, dit l'homme avec un accent hollandais à couper au couteau. Tu débarques ici sans même me passer un coup de fil pour m'avertir. Je croyais que les Anglais étaient des gens polis. »

Howell resta de marbre. Sarie pas du tout. Avait-elle aperçu le pistolet ? Impossible à affirmer. Par contre, elle avait assez roulé sa bosse pour savoir à qui ils avaient à faire. De près, ce type ressemblait à un mercenaire – de ceux qui, après avoir fait leurs premières armes en Angola, avaient passé le reste de leur vie à lancer de sanglantes escarmouches sur tout le continent.

« Je te présente toutes mes excuses, Sabastiaan. Je te croyais mort, hélas.

— Ça ne m'étonne pas. La dernière fois qu'on s'est vus, je pissais le sang. Mais je m'en suis sorti.

— J'en suis horriblement navré. Franchement, je croyais avoir touché une artère. »

Sabastiaan eut un sourire cruel. Il prit le verre de Sarie et le vida en moins d'une seconde. « Veux-tu bien me présenter à tes amis ?

— Mais comment donc. Voici les docteurs Van Keuren et Smith. Je les promène dans la brousse pour qu'ils récoltent des spécimens. »

De toute évidence, Howell était en train de réfléchir à une tactique. Malheureusement les solutions semblaient plutôt limitées. Sabastiaan n'était pas assez bête pour tenter un mauvais coup en présence de l'ancien agent du SAS.

« Vous avez embauché ce salopard d'Anglais ? Il vous a demandé combien ? Vous pouvez trouver mieux. »

Entrant dans le rôle que Howell lui avait attribué, Smith joua l'universitaire américain apeuré. « De quoi s'agit-il ? Nous… nous ne voulons pas d'ennuis. »

Son talent pour la comédie l'étonna lui-même. En tout cas, il produisit l'effet escompté sur le mercenaire qui, dès lors, le considéra comme quantité négligeable. Erreur cruciale, peut-être même fatale.

« Et toi, ma jolie ? »

Sans cacher son mépris, Sarie lui décocha quelques remarques peu aimables en afrikaans. Sabastiaan lui répondit dans la même langue et sur le même ton. Il croyait qu'en la foudroyant du regard, elle finirait par baisser les yeux. Nouvelle erreur.

D'un seul mouvement fluide, Smith saisit son couteau à steak et le posa sur la gorge de l'homme. Après un instant de surprise, un sourire rusé se dessina sur le visage de Sabastiaan. « Monsieur le professeur a son petit caractère. »

Smith se pencha légèrement pour vérifier du coin de l'œil que les clients du bar avaient toujours le dos tourné. « Réveille-toi, Sabastiaan. Tu trouves vraiment que j'ai l'air d'un professeur ? »

Le sourire du mercenaire s'évanouit. Pour exercer sereinement un métier comme le sien, on devait savoir jauger son prochain dès la première seconde. Il commençait juste à mesurer les possibles implications de son erreur de jugement.

« Mon arme est braquée sur votre ami, dit-il d'une voix hésitante. Il me suffit de presser sur la détente.

— Ce serait fort ennuyeux. Il faudrait que je recherche un autre guide et comme j'ai l'intention d'enfoncer ce couteau assez loin pour qu'il ressorte en haut de ton crâne, je crains que tu ne sois pas disponible, toi non plus. »

Smith entendit la porte séparant l'hôtel du bar s'ouvrir à la volée mais n'osa pas lâcher Sabastiaan des yeux, même quand un bruit de pas précipités retentit derrière lui.

« Baissez ce couteau ! ordonna un homme à l'accent africain.

— Il est armé, dit Smith. Il…

— J'ai dit baissez votre couteau.

— Faites-le, l'incita Sarie. Mais lentement. »

Howell l'encouragea d'un geste du menton. Smith posa le couteau sur la table. Un instant plus tard, on l'arrachait de sa chaise. Des soldats en armes encerclèrent leur table.

« Donnez-moi une seconde pour m'expliquer, dit Smith pendant qu'on lui liait les mains dans le dos avec des menottes en plastique. Nous sommes…

— La ferme ! » cria un homme derrière lui. Le coup qu'il reçut sur la tête fut assez violent pour troubler sa vision. Il réussit quand même à remarquer qu'on menottait les autres aussi.

On les traîna dans la rue. Sabastiaan fut placé à part puis on les poussa tous les trois dans un 4 × 4 noir. Quand ils démarrèrent, Smith se redressa sur son séant juste à temps pour voir la scène qui se déroulait dans la rue sombre, derrière eux.

Le vieux mercenaire essayait en vain d'échapper à la pluie de coups de matraque qui s'abattait sur lui. À ce rythme, il ne survivrait pas très longtemps. Restait à savoir si leur sort ne serait pas pire.

30

Langley, Virginie, USA
21 novembre – 1602 GMT – 5

« Qu'y a-t-il de si important que cela ne puisse pas attendre ? »

Collen ferma la porte derrière lui et s'assura d'une poussée qu'elle était bien calée. « Nous avons un problème avec Brandon, Larry.

— Quel genre de problème ? »

Collen posa son ordinateur portable sur le bureau de Drake et fit monter une vidéo prise par une caméra de télésurveillance. L'intérieur d'un ascenseur bondé s'afficha sur l'écran. « Regarde. »

Drake se pencha en plissant les yeux. Les portes coulissantes s'ouvrirent, cinq autres personnes s'engouffrèrent dans la cabine déjà surpeuplée. Parmi elles, Gazenga. Il se fraya un passage jusqu'au fond, près d'une belle femme blonde.

L'ascenseur descendit trois étages. Gazenga sortit en bousculant les gens. Fin de la bande.

« Et alors ? fit Drake. Brandon n'aime pas prendre les escaliers ? C'est ça que tu voulais me montrer ? Je ne vois pas de quoi fouetter un chat.

— Regarde plus attentivement », insista Collen en repassant le film. Quand Gazenga arriva près de la femme, il mit sur pause et fit défiler la vidéo image par image. « Son bras droit. »

Son avant-bras et sa main étaient cachés. En revanche, Drake vit l'épaule de Gazenga se soulever légèrement puis retomber. La cabine s'immobilisa. La femme leva les yeux vers lui puis quand il sortit, les détourna et regarda dans le vague.

« Il y a eu une secousse. Brandon a bousculé la femme et ensuite, il est sorti. Où veux-tu en venir, Dave ?

— Il a mis quelque chose dans sa poche. Regarde encore. »

Drake fronça les sourcils d'un air sceptique mais accepta de visionner la vidéo une troisième fois. On pouvait interpréter le geste de Brandon de diverses manières, dont celle que suggérait Collen, en effet : le jeune homme se contorsionnait discrètement pour glisser la main dans la poche de sa voisine d'ascenseur. Pourtant rien n'était moins sûr.

« J'apprécie ta vigilance, Dave, et je pense qu'un peu de parano ne peut pas faire de mal, étant donné les circonstances. Mais enfin…

— Tu sais qui est cette femme ?

— Non.

— C'est Randi Russell. »

Drake la connaissait de nom – comme tous les grands pontes du renseignement – mais ne l'avait jamais rencontrée. « Il paraît qu'elle vient de rentrer de l'Hindu Kush où elle pourchassait un expert en explosifs taliban.

— Ouais. Apparemment, il est tombé sur un os.

— De quel genre ?

— Randi a tiré. Il s'est malencontreusement trouvé dans la trajectoire de sa balle, a basculé par-dessus une falaise et a fait une chute de vingt mètres. On l'a rapatriée ici le temps que les choses se calment, en Afghanistan.

— OK, mais je ne vois pas comment Brandon et elle pourraient se connaître. D'après mes souvenirs, elle a travaillé sur tous les continents sauf l'Afrique. S'il avait effectivement l'intention de nous trahir, pourquoi s'adresserait-il à elle ? »

Collen se laissa tomber sur l'un des sièges disposés devant le bureau de Drake. « Smith a perdu sa fiancée, autrefois – elle est morte après avoir contracté le virus Hadès.

— Et alors ?

— Elle s'appelait Sophia Russell. »

Drake sentit se serrer le nœud qui s'enroulait lentement autour de son estomac depuis le début de cette opération. « Elles sont parentes ?

— Sœurs. On peut donc en déduire que Russell et Smith sont liés, même s'ils ne sont pas très famille ni l'un ni l'autre. »

Drake examinait toujours l'image fixe sur l'ordinateur portable. « C'est peut-être juste une coïncidence, malgré tout.

— Je peux aussi te montrer la vidéo de Brandon sortant de l'ascenseur. Comme il n'avait rien à faire de particulier à cet étage, il s'est tout de suite dirigé vers l'escalier pour regagner son bureau.

— Tu as vérifié pour Russell ?

— Dès que j'ai reçu ces images, je l'ai convoquée pour une réunion à plusieurs. Comme on avait poussé le chauffage à fond, elle a retiré sa veste et, à la pause-café, j'ai fouillé ses poches. Rien.

— Donc, de deux choses l'une. Soit il n'y a jamais rien eu…

— … soit elle a lu le message et s'est débarrassée du papier. »

Drake ouvrit un tiroir, prit deux comprimés d'Excedrin et les avala sans eau pour conjurer la migraine qu'il sentait poindre. « S'il lui a vraiment refilé un truc, ça pourrait être tout et n'importe quoi – une invitation sur un forum de discussion ou sur un compte de messagerie électronique où elle trouvera un foutu résumé de nos activités jusqu'à ce jour.

— J'ai fouillé son ordinateur, dit Collen. Cet enfoiré est loin d'être stupide mais j'ai quand même trouvé une trace. Il a cherché un nom dans la liste de nos agents. Je suis quasiment sûr de pouvoir remonter la piste.

— S'il lui a fixé un rendez-vous, il faut savoir où et quand. »

Collen hocha la tête.

« Mais si elle sait quelque chose…

— À la minute où j'ai visionné cette vidéo, je l'ai placée sous surveillance rapprochée, répliqua Collen. Si jamais elle sait quelque chose, nous finirons bien par le découvrir.

— Ce sera trop tard, Dave. Randi Russell n'est franchement pas le genre de personne qu'on aime avoir dans les pattes. Si elle… » Drake cessa de parler un instant. Sa belle assurance venait de s'effacer devant les scénarios catastrophe qui défilaient dans son esprit. Il se leva, se mit à arpenter son luxueux bureau, foula le tapis marqué au sceau de la CIA et s'immobilisa. « Sommes-nous prêts à agir contre Gazenga ?

— Nous sommes prêts depuis le jour où nous l'avons mis dans la confidence. Reste à donner l'ordre.

— Est-ce raisonnable ?

— Pour faire court, je te réponds non, dit Collen. Nous pensons qu'Omidi se trouve actuellement en Ouganda. Brandon essaie de confirmer l'info par le biais de ses contacts sur place – des contacts avec lesquels je n'ai personnellement aucune relation. D'un autre côté, pouvons-nous rester les bras croisés ?

— Si cet emmerdeur de Castilla n'avait pas envoyé ce foutu commando, on ne se retrouverait pas dans une telle panade. C'est bon. Débarrasse-nous de lui. Je veux que tu prennes sa suite, Dave. Pas de discussion.

— Et Russell ?

— C'est le même cas de figure, n'est-ce pas ? La tuer comporte un danger. Mais la laisser en vie est potentiellement suicidaire.

— On s'occupe d'elle, alors ? »

Drake acquiesça sèchement.

« Je vais préparer le terrain, mais ça va prendre du temps, fit Collen. Randi Russell a le don de passer entre les mailles du filet. Elle aurait pu mourir cent fois déjà mais elle est toujours là. Il faudra planifier cette opération dans les moindres détails.

— On n'a pas le temps, Dave. Je veux que tu me présentes les options envisageables demain après-midi. »

31

Près de Kampala, Ouganda
22 novembre – 0653 GMT + 3

Dans un premier temps, Smith avait espéré que l'irruption des soldats ougandais dans le bar à ce moment précis n'était qu'une coïncidence. À présent, il n'y croyait plus. Leur situation était encore plus désespérée que tout ce qu'il avait pu imaginer en chemin. Et c'était d'autant plus inquiétant que Smith possédait une grande expérience des situations désespérées.

Ils n'avaient pas eu le droit d'appeler ni leurs ambassades, ni un avocat. On ne leur avait même pas adressé la parole avant de les enfermer dans cette pièce dépourvue de fenêtre dont les quatre murs de ciment décrépi se rejoignaient autour d'une porte en métal rouillé, comme on en trouve sur les cuirassés. Il faisait très chaud et plus ils respiraient plus l'espace confiné s'emplissait de dioxyde de carbone.

Le mobilier consistait en trois chaises scellées au sol, munies d'épaisses sangles de cuir au niveau des bras et des chevilles. Détail encore plus horrible, on voyait en dessous des filets de sang séché s'étirer jusqu'à une rigole creusée dans le sol.

Comme si cela pouvait servir à quelque chose, Sarie s'acharnait sur la porte en glissant ses doigts tremblants dans les interstices entre le battant et le mur. Dès qu'elle trouvait une prise, elle tirait. Howell, lui, avait décidé d'économiser ses forces pour d'autres combats. Après s'être assuré qu'il n'y avait aucun moyen de franchir cette porte, d'éviter les gardes postés à l'extérieur et de sortir de la base militaire en ruines, il s'était allongé à même le sol pour piquer un somme.

Smith traversa la cellule pour poser la main sur l'épaule de Sarie. Ils étaient enfermés depuis huit heures et elle en avait passé la moitié à faire les cent pas comme une bête en cage.

« Pourquoi ne pas vous étendre près de Peter, histoire de vous relaxer un peu ? Je m'occuperai de la porte pendant ce temps. »

Quand elle se retourna vers lui, il vit à son regard affolé qu'elle essayait vainement de maîtriser sa peur. « Il faut qu'on sorte d'ici, Jon. On n'est pas en Amérique. Leur gouvernement peut faire ce qu'il veut de nous. Si jamais… »

Un léger grincement se fit entendre. Il l'attrapa par le bras et la fit passer derrière lui tout en reculant. D'un bond, Howell alla se coller contre le mur, près de la porte qui s'ouvrait lentement.

Cinq soldats lourdement armés entrèrent. Ils se placèrent en ligne de manière à leur ôter d'emblée tout espoir d'évasion. Les bras croisés sur la poitrine, Howell regardait d'un air blasé les trois fusils braqués sur lui.

L'homme qui s'encadra sur le seuil était aisément reconnaissable avec son mètre quatre-vingts, ses jambes grêles peinant à supporter à la fois son torse d'hercule et les innombrables médailles épinglées dessus.

Charles Sembutu. Le président ougandais.

Sembutu dirigeait son pays d'une main de fer depuis de nombreuses années mais son pouvoir commençait à battre de l'aile. Tout le monde savait qu'il avait toléré l'ascension de Bahame en tablant sur la peur qu'il suscitait parmi la population pour renforcer sa dictature et justifier son « combat contre le terrorisme ». Mais à présent, cette stratégie du pire menaçait de se retourner contre lui. À force de laisser la bride sur le cou de Bahame, il avait mis sa capitale en danger. Les troupes rebelles pouvaient à tout moment quitter leurs cantonnements dans le nord du pays et fondre sur Kampala.

On amena dans la cellule un fauteuil de cuir et un bureau marqué du sceau présidentiel. Sembutu s'y installa, sortit leurs passeports et les étala sur le sous-main. « La réputation du docteur Van Keuren la précède, dit-il en dévisageant Smith d'un air glacial. Et je suis navré de vous dire qu'il en est de même pour monsieur Howell, malgré son faux passeport. Mais vous… vous êtes une énigme.

— Je suis le docteur Jon Smith. J'exerce comme microbiologiste auprès…

— … de l'armée américaine, je sais, dit Sembutu en terminant sa phrase. Une carrière relativement variée, hein ? Les forces spéciales, les renseignements militaires. Je me suis laissé dire que vous faisiez des merveilles avec un couteau.

— C'était…

— Vous parlerez quand je l'aurai décidé, hurla Sembutu en écrasant son poing sur le bureau. Que faites-vous dans mon pays ?

— Je suis en congé exceptionnel. À la base, je suis virologue mais, depuis quelque temps, je me consacre à l'étude des parasites. Quand l'opportunité s'est présentée de participer à cette expédition avec Sarie, je l'ai saisie.

— Et vous avez emmené avec vous un ex-agent du SAS ?

— Simple précaution, monsieur le Président. J'ai suivi un entraînement militaire mais au fond, je ne suis que médecin…

— Vous ne vous sentez pas en sécurité dans mon pays ? Vous m'estimez incapable de le contrôler ? »

Smith jugea que le moment était venu de se lancer, pour le peu qu'il savait des règles de la diplomatie. Cette cellule ne lui disait rien qui vaille et la perspective de passer les prochains jours sanglé sur une chaise de torture, à rafraîchir de son propre sang les taches maculant le sol ne cadrait pas vraiment avec la manière dont il prévoyait de terminer sa vie.

« Pas du tout, monsieur. Je suis parfaitement au courant des immenses progrès accomplis par l'Ouganda depuis que vous en êtes le Président. Mais je sais également combien il est difficile d'appliquer des réformes dans l'arrière-pays. Donc, si j'ai péché c'est uniquement par excès de prudence. »

Un sourire sans humour s'étala sur le visage de Sembutu. « Ne me prenez pas pour un imbécile, docteur.

Vous n'allez pas tarder à comprendre qu'on ne me manipule pas si facilement.

— Ce n'était pas mon intention, monsieur. Je…

— Que faisiez-vous à l'hôpital ? »

Depuis qu'ils étaient enfermés, Smith avait passé pas mal de temps à soupeser tous les possibles motifs de leur arrestation. Leur visite à l'hôpital arrivait en premier sur sa liste, loin devant leur petit détour chez le marchand d'armes.

« Nous menons des recherches sur un parasite dangereux pour l'homme. Nous comptions interroger le docteur Lwanga à ce sujet. Nous…

— Et le tableau que vous lui avez dressé ressemblait beaucoup aux attaques de Caleb Bahame sur les villages du Nord. »

Smith contrôla les muscles de son visage. « Caleb Bahame ? Le terroriste ? Je ne comprends pas, monsieur. Ce parasite provoque des hémorragies, des crises de démence. Je ne saisis pas le rapport avec Bahame. »

Sembutu l'examina attentivement sans qu'on puisse déterminer s'il était tombé dans le panneau. Après tout, ce mensonge était parfaitement plausible. Les Américains ont tendance à ne pas accorder trop d'importance aux flambées de violence sporadique, en Afrique. Pourquoi un médecin militaire s'intéresserait-il aux méthodes de Bahame ?

— Peu importe que vous le saisissiez ou pas, colonel. Bahame est un psychopathe qui bourre nos enfants de métamphétamine, les badigeonne de sang et les pousse à trucider leurs propres familles. Les populations incultes des zones rurales lui prêtent des pouvoirs magiques. Voilà comment cet individu répand la misère dans mon pays. Si l'on venait à apprendre qu'un médecin militaire américain s'intéresse à lui, sa légende et son pouvoir de fascination s'en trouveraient confortés.

— Mais nous n'avions pas l'intention…

— Je me fiche de vos intentions, hurla Sembutu. Si Bahame remporte la victoire, il tuera tout ce qui vit en Ouganda avant de s'en prendre aux pays voisins. L'Amérique s'en balance, je sais, mais moi, j'ai des responsabilités envers mon peuple. Envers mes sujets.

— Monsieur le Président, l'interrompit Sarie avec un calme que Smith savait feint. Nous ne sommes pas des experts en politique ou en stratégie militaire. Nous ne sommes que des scientifiques. »

Sembutu regarda un instant dans sa direction puis revint sur Howell et Smith. « Tout démontre le contraire.

— En fait, nous étions à la recherche d'un parasite qui affecte les fourmis, poursuivit-elle. Et nous sommes tombés par hasard sur un autre organisme qui nous a intrigués. Mais puisque le docteur Lwanga n'en a jamais entendu parler, c'est sans doute qu'il n'existe pas. Alors, pourquoi poursuivre dans ce sens ?

— Une fourmi…, fit Sembutu d'un ton sceptique.

— Oui, monsieur. Je m'intéresse beaucoup aux fourmis. »

Le silence s'abattit sur la pièce pendant quelques instants. Puis Sembutu reprit la parole. « Je dois vous dire que si le docteur Van Keuren n'était pas là, je vous laisserais volontiers croupir au fond de cette prison. Mais ses travaux sur la malaria ont été d'un grand secours pour les Africains, et je suis personnellement de près ses recherches sur les insectes. »

Il leur tendit les passeports par-dessus le bureau. « J'y ai glissé une carte avec mon numéro personnel. Si vous rencontrez des problèmes, je vous permets d'y recourir. Et maintenant, je m'adresse aux soldats que vous êtes. Si jamais vous apprenez quelque chose au sujet de Bahame et de son armée, je vous serais fort reconnaissant de m'en faire part. Je sais que vos gouvernements et beaucoup d'autres contestent ma légitimité et mes méthodes. Mais vous êtes des gens réalistes. Vous savez comment marche le monde. Alors vous serez d'accord avec moi pour dire que dans la situation actuelle, je représente un moindre mal, quoi qu'en disent vos supérieurs. »

Un peu abasourdi par ce revirement incroyable autant que soudain, Smith ne réagit pas tout de suite. Sembutu leur accordait-il la liberté en échange d'éventuels renseignements ?

« C'est très aimable à vous, monsieur le Président », dit Sarie en raflant les passeports avant qu'il ne change d'avis.

Sembutu hocha la tête. « Nous vous sommes très reconnaissants pour vos travaux, docteur, et je vous souhaite tout le succès possible dans l'avenir. Bonne journée. »

*

Charles Sembutu regarda les trois Blancs se faire escorter hors de la pièce puis écouta leurs pas s'éloigner. Ces gens mentaient comme des arracheurs de dents et pourtant, il avait donné ordre à ses hommes de les ramener à leur hôtel. Quand ils en partiraient, ils découvriraient que le gouvernement ougandais avait payé leur note.

Smith travaillait à Fort Detrick. Il avait participé à l'éradication du virus Hadès qui avait causé tant de ravages en Occident. Seul un idiot croirait que l'un des plus fameux experts en armement biologique prendrait un congé exceptionnel pour le seul plaisir d'étudier les insectes ougandais.

La situation que Sembutu vivait en ce moment menaçait de lui échapper chaque jour davantage. Les Américains avaient tendance à laisser les Africains se débrouiller entre eux tant que leurs intérêts n'étaient pas menacés. Dans le cas contraire, cette politique non interventionniste frisant l'apathie pouvait très bien évoluer en sa défaveur. Mieux vaut ne pas réveiller le lion qui dort.

Son téléphone sonna ; il décrocha aussitôt. « Oui.

— Qu'avez-vous appris ? »

Mehrak Omidi parlait à voix basse comme pour éviter les oreilles indiscrètes.

« Smith aurait pris un congé pour étudier un parasite affectant les fourmis dans le nord du pays.

— Les fourmis, répondit Omidi d'un ton dégoûté. Pour qui vous prennent-ils pour tenter de vous faire avaler une telle fadaise ? »

Sembutu se hérissa. Il détestait traiter avec les Iraniens plus encore qu'avec les Américains. Ces fichus Perses avaient beau critiquer l'arrogance des Occidentaux, ils étaient tellement persuadés d'être le peuple élu qu'ils en devenaient insupportables autant que dangereux. Mais pour l'instant, ils étaient les seuls à pouvoir lui procurer ce dont il avait besoin de toute urgence, les Américains ayant lamentablement échoué.

« Je veux qu'on s'occupe d'eux, poursuivit Omidi.

— Que dois-je entendre par là ?

— Vous m'avez très bien compris, monsieur le Président. Je veux qu'on les interroge et qu'on les élimine.

— Dans notre accord, il n'a jamais été question d'assassiner des militaires américain et britannique.

— Le nord de l'Ouganda est une zone très isolée, très dangereuse, monsieur le Président. Tous les jours, des gens disparaissent. »

32

Annandale, Virginie, USA
22 novembre – 0026 GMT – 5

Brandon Gazenga fit entrer sa voiture dans le garage et ferma vite la porte pour se protéger du vent glacial soufflant sur la région de Washington. Il eut du mal à s'extirper de son véhicule à cause du sac d'ordures qui coinçait la portière. Il dut donner un coup d'épaule pour dégager l'espace nécessaire. Encore un mois à ce régime et son garage serait inutilisable. Il n'aurait plus qu'à stationner dehors, dans l'allée.

Il était grand temps de mettre ses bonnes résolutions en pratique : ce week-end, il louerait une camionnette et emporterait toute cette merde à la décharge. Ensuite il embaucherait un consultant en organisation domestique – de préférence une vieille Anglaise collet monté munie d'une cravache. Brandon avait décidé de mettre de l'ordre dans sa vie.

Dans la maison, régnait le même capharnaüm mais au moins, il y faisait bon. Il alluma les lumières et regarda autour de lui avant de s'aventurer vers la cuisine. L'opération ougandaise lui perforait l'estomac depuis des mois. Maintenant, elle risquait de le tuer. Smith et ses associés avaient été arrêtés. D'après le rapport initial, c'était à cause d'une bagarre à l'hôtel mais ensuite, les choses s'étaient corsées puisqu'on les avait conduits sur une base militaire de haute sécurité.

Les renseignements avaient continué à tomber, plus ou moins fiables, l'informant que Mehrak Omidi se trouvait en ce moment dans le nord de l'Ouganda. Cerise sur le gâteau, Brandon se faisait un sang d'encre au sujet de Randi Russell et du billet qu'il avait glissé dans sa poche.

L'avait-elle trouvé ? Que penserait-elle de cette demande de rendez-vous même pas signée ? En référerait-elle à ses supérieurs ?

En vérité, il n'avait aucun moyen de le savoir. Brandon n'était qu'un analyste se prenant pour un espion. Tout ce qu'il savait des rendez-vous clandestins, il l'avait appris dans les films de James Bond, comme tout le monde.

Sauf qu'il ne jouait pas dans un nanard et ne s'appelait pas Sean Connery. Drake et Collen avaient misé leurs carrières – peut-être même leurs vies – sur cette opération. Si jamais ils apprenaient qu'un obscur gratte-papier terré dans les sous-sols de Langley s'apprêtait à leur couper l'herbe sous le pied, ils risquaient de se fâcher tout rouge.

Sur le chemin du réfrigérateur, il dut enjamber sur la pointe des pieds un tapis de cartons d'emballage vides ayant contenu des repas à emporter. Il finit par trouver quelque chose qui ressemblait à de la nourriture plus ou moins comestible.

Sans allumer le salon, il s'affala dans un fauteuil en cuir et enfonça une fourchette sale dans la boîte de poulet General Tso. Toutes les belles idées romanesques qui l'exaltaient au début s'étaient carapatées depuis belle lurette. Le monde où il évoluait se trouvait à mille lieues des panamas blancs, des ventilateurs au plafond, des top models et des voitures de sport. Ne lui restait plus que cette impression permanente d'avoir commis une erreur irréparable, une erreur qu'il paierait de sa vie un jour ou l'autre.

Mais il n'était pas question de revenir en arrière. Randi Russell avait trouvé son mot et s'il ne venait pas au rendez-vous, elle risquait de lui en vouloir à mort. Sa réputation de ténacité était justement l'une des nombreuses raisons qui avaient déterminé son choix.

Il enfourna encore quelques bouts de poulet. Non pas qu'il eût vraiment faim mais s'il perdait encore du poids, il allait devoir renouveler sa garde-robe.

Bientôt, ce serait terminé. Russell allait tout arranger, comme à son habitude. Elle saurait quoi faire, à qui parler. Mais surtout, il ne serait plus seul.

Gazenga posa la boîte vide à côté des autres, sur la table basse, et passa dans sa chambre dont il verrouilla la porte avant d'installer devant une canette de bière censée basculer si quelqu'un essayait d'entrer. Il enleva ses vêtements sauf son caleçon, se glissa sous la couverture africaine traditionnelle que sa mère lui avait offerte. La bosse que faisait le colt caché sous l'oreiller lui apporta plus de réconfort que la veille. Il caressa la crosse pendant quelques instants, roula sur le dos et se mit à fixer le plafond.

Les choses allaient s'arranger. Bientôt.

*

Gazenga s'éveilla en sueur, avec d'horribles crampes d'estomac et la poitrine comme engourdie. D'abord, il crut à un cauchemar mais quand il secoua la tête pour dissiper son malaise, une vague de nausée monta et l'envahit.

La pendule lumineuse marquait quatre heures du matin. Il se redressa dans son lit, le dos bien calé contre l'oreiller, et tenta de respirer à fond. Durant ses voyages en Afrique, il avait contracté assez de maladies redoutables, dont la malaria et la cécité des rivières, pour faire la différence entre une simple indigestion et une affection maligne.

Son téléphone portable était resté dans son pantalon. Gazenga allait sortir de son lit quand il s'arrêta pile. Les stores occultants qu'il avait achetés dans l'espoir de mieux dormir étaient tirés mais à la lueur diffuse de la pendule, il discernait une forme étrange, devant la porte. Une chaise ? Était-ce lui qui l'avait placée là, par précaution ? Non, il avait utilisé une canette de bière. Normalement, cette chaise aurait dû se trouver…

« Comment ça va, Brandon ? »

Galvanisé par une poussée d'adrénaline, il plongea la main sous son oreiller. L'arme n'y était pas.

« Désolé, j'ai préféré vous le prendre. Vous pourriez vous blesser. »

Cette voix, il la connaissait mais il lui fallut quelques instants pour l'identifier hors contexte.

« Dave ? Que faites-vous ici ? » bredouilla Gazenga, passant du choc à l'épouvante. C'était à cause de Russell. Impossible autrement. Ils avaient tout découvert. « Est-ce que… quelque chose cloche en Ouganda ?

— Dans un sens, oui. »

Gazenga voulut allumer sa lampe de chevet mais son bras répondait mal. Sa main effleura l'abat-jour et retomba, inerte.

« Vous savez ce qui m'amène, reprit Collen. Dites-moi ce que vous avez remis à Randi Russell.

— Russell ? fit Gazenga avec une surprise feinte tout en essayant de calculer ses chances, malgré la peur et le manque d'oxygène qui embrumaient son esprit. De quoi parlez-vous ? »

Il se glissa hors du lit et découvrant trop tard que ses jambes ne le portaient plus, s'écroula sur le tapis crasseux.

« Vous avez été filmé en train de lui remettre quelque chose, dans l'ascenseur, Brandon. Vous perdez du temps. Et il ne vous en reste pas beaucoup.

— Que m'avez-vous fait ? »

L'ombre assise prit de la hauteur. Collen fit un pas vers lui. « Je vous ai empoisonné lors de notre réunion, cet après-midi. Cette dernière tasse de café, vous vous rappelez ? C'est un composé intéressant, à base de toxine botulique, qui entraîne la paralysie et la détresse respiratoire. La cause officielle du décès sera l'empoisonnement alimentaire. Pas étonnant avec toute la nourriture avariée que vous gardez dans votre frigo. Cela dit, tout peut s'arranger si vous me dites ce que je veux savoir.

— Je ne vois pas de quoi vous parlez », marmonna Gazenga en luttant pour recouvrer ses esprits. Passé et présent se confondaient dans son cerveau mal irrigué.

« Je ne vous le redemanderai pas, insista Collen dont la voix enflait sous l'effet de la colère.

— Je n'ai jamais rencontré Randi Russell. Elle est basée en Afghanistan ou en Irak ou je ne sais plus où. »

Sous le halo de lumière, Collen observait la silhouette prostrée de son collègue, la position bizarre de ses membres presque entièrement paralysés et l'ombre impénétrable baignant son visage. C'était une situation non seulement agaçante mais extrêmement regrettable. La perte de Gazenga risquait de mettre en péril toute l'opération. Et pour ce qui était de lui soutirer des informations, Collen manquait d'arguments. Il n'avait pas eu le choix des moyens. D'autres techniques existaient, plus fiables mais trop lentes et trop voyantes – or il n'était pas question de laisser le moindre indice compromettant. Le décès du jeune homme devait avoir l'air parfaitement naturel.

« J'ai amené l'antidote, Brandon. On ne vous en veut pas. Vous avez eu peur et vous avez commis une erreur. Ça arrive à tout le monde. Dites-moi juste ce que je veux savoir et tout s'arrangera. »

Gazenga happait l'air comme un poisson agonisant. La panique commençait à faire son œuvre. « Je ne lui ai rien dit. Juste… juste un rendez-vous. »

Collen s'agenouilla et tira de sa poche un flacon contenant deux grosses pilules qu'il secoua pour que le jeune homme les entende tinter. Bien sûr, ce n'était rien qu'un banal analgésique mais le désespoir avait l'avantage de transformer les plus sceptiques en dévots.

« C'est bien, Brandon. Très bien. Maintenant, dites-moi juste où et quand vous devez la retrouver. Et ensuite, on pourra tourner la page. »

33

Faubourgs de Kampala, Ouganda.
22 novembre – 1046 GMT + 3

Cette fois-ci, la foule s'entrouvrit dès que le taxi approcha de l'arche décorée. Bien sûr, ils attiraient encore les regards mais la plupart des armes restèrent à l'épaule.

« Ici c'est bien, dit Peter Howell en tendant au chauffeur les deux cents euros qu'ils avaient négociés. On n'aura plus besoin de vous. »

Ils descendirent du véhicule, entassèrent leurs sacs sur la route poussiéreuse et récupérèrent l'équipement scientifique de Sarie, sanglé sur le toit. Les hommes de Janani les aidèrent à porter les bagages à l'intérieur, où le marchand d'armes attendait, assis sur un tabouret bas, devant une tasse de thé.

« Peter ! dit-il en se levant pour serrer la main de l'Anglais. Te revoilà sain et sauf.

— Il s'en est fallu de peu. Savais-tu que Sabastiaan était en ville ?

— Oui, d'après la rumeur. On raconte aussi qu'il nous a quittés depuis. Ce n'est pas une grande perte, à mon humble avis. »

Ils ressortirent à la suite de Janani. Dehors, une table avait été dressée, surmontée de quatre armes à feu : deux pistolets sur mesure et deux fusils d'assaut de fabrication belge discrètement modifiés pour la circonstance.

Smith ramassa le pistolet dont l'étiquette portait son nom et le plaça dans le prolongement de son œil. Dès qu'il l'empoigna, il eut la sensation qu'on l'avait modelé pour sa main. Parfaitement équilibré.

« Il te convient ? demanda Janani.

— C'est une œuvre d'art, mon ami. »

L'Africain sourit et se tourna vers Sarie. « Vous croyez que je vous ai oubliée mais comme toutes les belles femmes, vous concluez trop vite. »

D'un geste délicat, Janani l'accompagna vers une autre table où un fusil à répétition de petite taille reposait dans une valise en aluminium. Une arme magnifique au canon noir et brillant, équipée d'une optique Swarovski. Plus remarquable encore, la crosse peinte à la main s'ornait de motifs colorés évoquant des vrilles végétales. Cette touche artistique révélait un authentique talent mais faisait quelque peu déplacé.

Janani présenta l'arme à Sarie en la tenant à deux mains. Les fleurs roses et jaunes semblaient l'embarrasser. « Quand j'ai parlé de vous à ma plus jeune épouse, elle m'a demandé la permission de décorer votre fusil. Elle a beaucoup insisté. C'est idiot de ma part, je sais, mais je suis incapable de lui dire non. Elle n'a que seize ans. Bien entendu, si cela ne vous plaît pas, je peux faire remplacer la crosse dans l'heure. »

Sarie prit l'arme entre ses mains. Les vrilles s'enroulaient sur le bois poli avec un réalisme étonnant. « Il n'en est pas question. Dites-lui que c'est splendide. »

L'Africain sourit de toutes ses dents, visiblement ravi de ne pas être le seul à apprécier les talents de sa femme. « Tout le monde est content. L'affaire est conclue, alors ?

— Nous avions parlé d'un véhicule, si j'ai bonne mémoire, corrigea Smith.

— Évidemment ! Je n'ai pas oublié. »

Ils l'accompagnèrent dans un petit entrepôt encombré servant à stocker de l'acier et du bois exotique. Après s'être faufilés entre les marchandises, ils trouvèrent, garé dans le fond, un Toyota Land Cruiser marron foncé avec des roues surdimensionnées et une rampe de phares fixée sur le toit.

Smith s'arrêta à quelques mètres de l'engin. Le pare-chocs chromé renvoyait son image aussi nettement qu'un miroir. « Je suppose que tu n'as rien de plus discret ?

— Discret ? fit Janani légèrement outré. Si tu voulais un vieux pick-up sans amortisseurs, tu n'avais qu'à t'adresser à un vendeur d'occasions. Moi je ne propose que de la marchandise haut de gamme. »

Sarie s'agenouilla près du véhicule puis s'allongea sur le dos et se glissa dessous en se tortillant. Un instant plus tard, elle sifflait pour exprimer son approbation. « Le châssis a été renforcé. Le blindage de protection a l'air de pouvoir résister à une explosion atomique. Amortisseurs adaptés. Blocage de différentiel… »

On la vit ressurgir et plonger le bras par la fenêtre ouverte, côté conducteur, pour actionner la manette d'ouverture du capot sous lequel elle disparut dans la seconde. Ses pieds ne touchaient plus le sol mais pendaient devant les barres d'acier chromé protégeant les phares. Tout en farfouillant dans le moteur, elle commentait : « Bloc moteur Chevy avec snorkel : simple, classique, facile à réparer. Pièces détachées disponibles partout. Exactement ce qu'il nous faut. »

Janani se pencha vers Smith. « Cette femme m'a l'air très utile. Tu envisagerais de t'en défaire ?

— Pardon ?

— J'étais en train de me dire que je pourrais te faire une proposition alléchante. La voiture et les armes contre elle.

— Je regrette mais non.

— Où avais-je la tête ? Toutes mes excuses. Je t'ai insulté. La voiture, les armes et cinquante mille euros. »

Smith sourit. « C'est une offre généreuse, Janani. Malheureusement, cette femme ne m'appartient pas.

— Dommage. »

Sarie sauta sur le siège du conducteur pour essayer toutes les commandes assemblées sur le tableau de bord.

« Alors, qu'en pensez-vous ? lui demanda Smith. On la prend ?

— Vous plaisantez ? Intérieur cuir et branchement pour Ipod ! »

34

Près de Lancaster, Pennsylvanie, USA
23 novembre – 2331 GMT – 5

Randi Russell émergea des bois et marcha jusqu'au bord d'une falaise haute d'une dizaine de mètres. En dessous, le ruban noir de la Susquehanna s'étirait sous le clair de lune. Entre les rails du chemin de fer abandonné qui suivait le cours de la rivière, on voyait luire des plaques de neige.

Comme aucun sentier ne permettait de descendre, Randi repartit vers l'est, en longeant silencieusement la limite des arbres. Elle avait mis deux heures pour arriver là par le dédale de petites routes qui sillonnaient la campagne mais à part trois voitures et un attelage amish, elle n'avait croisé personne. Maintenant, il n'était pas encore vingt-trois heures et il n'y avait plus âme qui vive dans le secteur. Les gens d'ici se couchaient comme les poules.

Elle avait pris soin d'éviter les abords de la voie ferrée, préférant garer sa voiture au bout d'un sentier de terre mal indiqué. Puis elle avait coupé à travers bois, jusqu'à la rivière. Si elle avait eu le choix, elle aurait opté pour un lieu public très fréquenté. En plus, ce rendez-vous à minuit faisait un peu mélodramatique. Mais le type de l'ascenseur avait éveillé sa curiosité et elle était impatiente de savoir ce qu'il avait à lui dire.

Un ravin apparut sur la gauche ; elle estima sa profondeur, chercha à la surface de la roche des prises susceptibles de l'aider. Sur les images satellites, il ne semblait pas si escarpé. Mais tant pis, l'heure tournait, il fallait s'y mettre.

Elle s'assit au bord, passa les jambes, se retourna et cala le bout de ses chaussures sur une étroite corniche en contrebas. Le froid lui engourdissait les mains. Ajouté à l'obscurité, il rendait l'exercice plus périlleux qu'il n'aurait dû l'être. Elle aurait préféré prendre son temps pour descendre mais malgré sa tenue noire, elle se sentait trop exposée contre cette paroi.

Plus bas, comme la roche présentait davantage d'aspérités, sa silhouette sombre se confondit avec les reliefs. Arrivée à trois mètres du sol, elle se laissa tomber sur les cailloux et passa quelques secondes accroupie, à vérifier les alentours.

Personne ne la suivait. D'un bond, elle franchit les vieux rails en grimaçant à cause du crissement inévitable du gravier sous ses pas. De nouveau à couvert, elle refit une pause, l'oreille aux aguets. Pas le moindre bruit. Le vent était tombé et les animaux nocturnes qui d'habitude arpentaient ce territoire avaient tous eu la bonne idée de s'enfouir pour se protéger du froid.

Elle repartit vers l'est d'un bon pas tout en consultant régulièrement son iPhone pour rectifier sa position. La note laconique qu'elle avait trouvée dans sa veste n'indiquait qu'une série de coordonnées, une date, une heure et un nom. Ce nom l'avait intriguée. Colonel Jon Smith.

L'homme de l'ascenseur serait sans doute déçu d'apprendre qu'elle avait facilement percé son anonymat. On ne pouvait pas passer sa vie dans des pays instables où fourmillaient les petits délinquants et les pickpockets sans se forger une vigilance à toute épreuve. Talent qu'elle transportait partout avec elle, Langley compris. Elle devait toutefois reconnaître que pour un diplômé d'une prestigieuse université de la côte Est, Brandon Gazenga possédait une bonne technique, encore qu'il n'arrivât pas à la cheville des voyous irakiens.

La question était la suivante : pourquoi un jeune analyste de la zone Afrique avec des états de service relativement impressionnants s'amuserait-il à refiler un petit mot à un agent spécial dans un ascenseur ? Et surtout, pourquoi avait-il griffonné à la dernière ligne le nom d'un chasseur de virus travaillant pour l'armée ?

Son téléphone indiquait qu'elle se trouvait à six mètres du lieu de rendez-vous. Elle sortit un Glock de sa parka. Sur l'écran du portable, la flèche désignait un point sur la gauche, près des rails. Mais à cet endroit-là, il n'y avait rien ni personne.

Elle prit sur la droite, trouva un rocher assez volumineux pour protéger son flanc et se positionna de manière à voir sans être vue.

Jon Smith.

Pour éveiller son intérêt, Gazenga n'aurait pu trouver mieux que ce nom-là. Elle avait longtemps rejeté sur Smith la responsabilité du décès de sa sœur. C'était injuste certes, mais cet acharnement à l'accuser avait fourni une cible à sa colère, une raison à son désespoir, une excuse à son impuissance. Et voilà qu'elle croisait de nouveau son chemin.

En dehors de cette relation avec sa sœur, elle ne savait pas grand-chose de lui. Il tenait à passer pour un simple médecin chargé de recherches et pourtant, il avait tendance à fréquenter des endroits n'ayant rien à voir avec son boulot à Fort Detrick.

La première fois qu'ils s'étaient rencontrés sur le terrain, elle avait été séduite par l'élégance avec laquelle il campait son rôle de « médecin de campagne ». La deuxième fois, elle avait cru à une coïncidence. Ce genre de chose pouvait arriver. De temps à autre.

Ensuite, l'affaire avait tourné à la farce. Smith ne pouvait être qu'un agent secret travaillant pour une organisation dont le nom ne figurait pas dans la liste des acronymes connus du grand public.

D'habitude, ce genre de découverte lui donnait la chair de poule mais avec Jon, c'était différent. À son corps défendant, elle devait admettre qu'il faisait partie des rares personnes dont elle ne doutait ni de l'intégrité ni des intentions. Elle aurait même été jusqu'à dire qu'elle lui faisait confiance, si ce mot ne restait pas coincé en travers de sa gorge dès qu'elle essayait de le prononcer.

Un rapide coup d'œil à son téléphone lui indiqua que son contact avait cinq minutes de retard.

Elle commençait à souffrir du froid – un handicap qu'elle surmontait mal depuis le jour où elle avait failli mourir sur une île du cercle arctique. Cette île aurait servi de cercueil à son cadavre congelé si Jon Smith n'était pas venu à son secours.

Elle se releva et s'enveloppa de ses bras en évitant de trop bouger pour ne pas révéler sa position.

Gazenga l'attendait-il quelque part, caché parmi les arbres, aussi immobile qu'elle ? Il était hors de question de sortir à découvert. Elle avait déjà pris assez de risques en venant ici, attirée par un malheureux bout de papier remis par un type dont elle ignorait tout. Au fil de ses missions, elle s'était fait trop d'ennemis pour s'exposer maintenant, comme une cible sur un pas de tir.

*

Randi Russell s'installa au volant de la voiture qu'elle avait empruntée, mit le chauffage à fond et démarra après avoir vérifié qu'il n'y avait pas de lumière sur la route.

Elle promena un pouce hésitant sur les touches de son Ipod, se ravisa et sortit de la boîte à gants un téléphone satellite intraçable.

Ayant composé le numéro, elle écouta sonner pendant un moment et, quand le répondeur se déclencha, pressa la touche de rappel. La troisième fois, elle obtint son correspondant.

« Ouais ? fit une voix mal réveillée. Allô ?

— Trip, c'est Randi.

— Randi ? Que… Tu sais l'heure qu'il est aux États-Unis ? »

Elle n'avait pas l'habitude de prévenir le ban et l'arrière-ban quand elle rentrait à Washington. Aussi décida-t-elle de ne pas le détromper. « Deux heures de l'après-midi, c'est cela ?

— Non, deux heures du *matin*. Tu réalises ? »

Elle connaissait Jeff Tripper depuis plus de cinq ans. La première fois qu'ils avaient fait équipe, on les avait envoyés sur les traces d'un terroriste afghan venant de franchir la frontière avec le Mexique. Depuis lors, Trip avait grimpé les échelons du FBI jusqu'à ce poste de responsable opérationnel qu'il occupait à Baltimore.

« Du matin ? fit-elle ingénument. Désolé, mec. Mais avoue que la différence est assez subtile.

— Vue de mon lit, pas vraiment, rétorqua-t-il, assez réveillé pour se montrer soupçonneux. Je crois pouvoir affirmer sans trop de risques que ton coup de fil n'est pas purement amical. Je me trompe ?

— Je suis choquée.

— Et moi épuisé.

— Bon d'accord. J'admets que mon appel est légèrement intéressé. As-tu des contacts avec les flics de Virginie ?

— Quelques-uns. Pourquoi ?

— Peux-tu leur demander d'aller jeter un œil chez un dénommé Brandon Gazenga ?

— Pourquoi ?

— Peu importe la raison. Disons qu'il met sa chaîne à fond et qu'un voisin s'est plaint.

— Je veux dire, après quoi on court ?

— Rien de particulier. Je veux juste m'assurer qu'il va bien.

— Tu as besoin de t'en assurer maintenant ou ça peut attendre neuf heures ?

— Dois-je t'énumérer tout ce que tu me dois ? »

Tripper jura entre ses dents. « Je te rappelle. »

*

Randi venait d'entrer dans le Maryland quand son téléphone satellite sonna. Elle ajusta son oreillette et décrocha.

« Le code.

— Je suis un homme malheureux, Randi.

— Tu as essayé la méditation ?

— Le cadavre de Brandon Gazenga a été retrouvé en fin de matinée. »

Par réflexe, Randi regarda dans le rétroviseur. Trois paires de phares la suivaient. Elle estima leurs distances. « Comment ?

— Il ne s'est pas présenté au bureau, alors un collègue s'est rendu chez lui et l'a trouvé gisant sur le sol de sa chambre. On penche pour un empoisonnement alimentaire.

— Un empoisonnement alimentaire ? Tu rigoles ?

— J'en ai l'air ? C'est plus courant que tu le penses.

— Y avait-il quelque chose de bizarre ?

— En dehors de recevoir un appel d'un agent de la CIA à deux heures du matin, tu veux dire ?

— Mais aucun agent de la CIA ne t'a appelé à deux heures du matin, n'est-ce pas ?

— Très bien. Écoute, j'ai discuté avec l'officier chargé de l'enquête – lequel a fortement apprécié d'être dérangé en pleine nuit, soit dit en passant. Selon lui, la maison du type était un vrai dépotoir et son frigo regorgeait de nourriture avariée. C'est un miracle que Gazenga ne soit pas mort avant. »

Une nouvelle paire de phares apparut derrière elle. Ils se rapprochaient rapidement. Randi attendit le tout dernier moment pour prendre un embranchement. La voiture suspecte fila tout droit.

« OK. Merci Trip.

— Attends une minute. Toujours d'après le flic en question, Gazenga travaillait pour une certaine agence gouvernementale que tu connais bien. Alors, de quoi s'agit-il ?

— Cette discussion n'a jamais eu lieu, tu te rappelles ?

— Parfaitement, mais imagine un peu le pétrin dans lequel tu m'as fourré, Randi. Je viens de passer un appel très louche pour prendre des nouvelles d'un agent de la CIA dont le cadavre n'est pas encore froid.

— Je suis sûre que tu trouveras une explication. »

Le silence sur la ligne dura quelques secondes. « Dis donc, Randi ?

— Ouais ?

— Le service que tu m'as rendu, autrefois. Nous sommes quittes. »

Dès qu'il eut raccroché, Randi composa un numéro qu'elle connaissait par cœur. Elle n'avait pas d'autre recours.

Après seulement deux sonneries, la messagerie se déclencha.

« *Vous êtes bien chez Jon Smith. Je ne peux pas vous répondre en ce moment mais laissez-moi un message et je vous rappellerai dès que possible.* »

« Salut, Jon, c'est Randi. C'est bientôt l'anniversaire de Sophia et je me sens un peu triste. Je voulais juste discuter avec toi. Rappelle-moi à l'occasion. »

Elle coupa la communication et jeta le téléphone sur le siège du passager. Si quelqu'un interceptait ce message, il en serait pour ses frais. À supposer même qu'ils vérifient, ils s'apercevraient que l'anniversaire de sa sœur défunte tombait effectivement à la fin de la semaine. Mais Jon, lui, comprendrait. Randi n'était pas du genre à cultiver la nostalgie. Son coup de fil déclencherait une alarme en lui.

35

Nord de l'Ouganda
24 novembre – 0904 GMT + 3

Mehrak Omidi s'agrippait au tableau de bord de la Jeep décapotable qui rebondissait d'une ornière à l'autre sur la route boueuse. L'humidité commençait à se dissiper et bien que Bahame pilotât le véhicule sans portières comme le malade mental qu'il était, Omidi apprécia le souffle d'air frais sur sa peau.

Le chef religieux dormait avec ses hommes ; il s'en faisait une gloire et tenait à ce que ses invités l'imitent, ce qui les exposait aux piqûres d'insectes et autres averses soudaines, autant de fléaux attachés à cette région du monde abandonnée de tous. Entre deux phases de sommeil léger, Omidi passait donc ses nuits à chasser les moustiques porteurs de malaria, à écouter les ivrognes se bagarrer et ses compagnons de chambrée se livrer à diverses activités sexuelles.

Avec l'aide de Dieu, son calvaire s'achèverait bientôt. Si tout se déroulait selon ses prévisions, dans quelques jours il quitterait cet enfer croulant sous le poids de sa propre décadence. Et si le Tout-Puissant exauçait ses prières, il ne remettrait jamais plus les pieds ici.

Bahame prit un virage sans visibilité, enfonça la pédale de frein et s'arrêta en dérapant derrière un énorme poids lourd qui faisait demi-tour dans l'une des rares clairières.

La remorque tressautait sur ses amortisseurs – non pas à cause du terrain inégal mais comme secouée de l'intérieur. Dans l'acier de ses parois, on avait percé des trous d'environ trente centimètres de diamètre, par lesquels des bras s'agitaient dans des gestes de désespoir. Les bords acérés de la tôle leur déchiraient la peau, si bien que du sang vermeil venait en permanence raviver les vieilles coulures. Des mains se refermaient sur le vide. Les cris de rage animale poussés par les malheureux dépassaient en intensité les clameurs de la jungle elle-même.

Le camion s'arrêta. Trois hommes armés descendirent de la cabine, traînant derrière eux un jeune garçon terrifié. Leurs visages semblaient colorés à la craie blanche. Tous arboraient les amulettes alambiquées que Bahame leur avait offertes en leur promettant qu'elles les protégeraient des démons qu'ils transportaient dans le camion. Curieusement, il les avait également équipés de lunettes de sécurité et de gants chirurgicaux. Le guérisseur des âmes n'était donc pas totalement dénué de sens pratique.

Malgré toutes ces précautions, les trois hommes semblaient presque aussi effrayés que leur jeune captif. Pour contourner la remorque, ils laissèrent un espace de sécurité de cinq mètres entre eux et les bras sanguinolents s'agitant dans le vide.

« Viens », dit Bahame en sautant de la Jeep.

Il s'approcha beaucoup plus près que ses soldats ne l'avaient fait, tout en prenant soin de rester hors d'atteinte. La remorque oscillait si fort qu'à un moment, Omidi crut qu'elle allait basculer.

Les hommes de Bahame emprisonnèrent le cou du garçon au bout d'une longue chaîne passée dans la serrure de la porte arrière. Omidi trouva le mécanisme de verrouillage de la remorque bien trop complexe pour cette partie du monde mais n'eut aucune envie d'aller vérifier sa solidité.

Le garçon essayait de se libérer, ses braillements couvraient presque les râles inhumains provenant du camion mais quand il vit Bahame approcher, il se calma dans la seconde.

Sous les yeux des soldats fascinés, le leader religieux s'agenouilla, prononça une prière à mi-voix et plongea le pouce dans une boîte de poudre rougeâtre dont il marqua les joues de l'enfant. Puis il le bénit en invoquant les dieux et les démons censés lui apporter la victoire. En le regardant se comporter ainsi, Omidi se demanda s'il devait admirer son charisme ou son absence totale de sens du ridicule.

Une fois la cérémonie terminée, il fit signe à ses hommes et à Omidi de le suivre sous les arbres, jusqu'à un poste d'observation idéal. À force de tirer en vain sur la chaîne rouillée, le garçon s'était entaillé les mains et la gorge.

Ils étaient tapis dans le sous-bois depuis cinq minutes quand Omidi désigna la télécommande dans la main de Bahame. « Tu vas les libérer ?

— En temps voulu. D'abord, nous devons sortir de leurs esprits. »

Ayant mené de semblables opérations à de nombreuses reprises, Bahame savait comment utiliser cette arme contre ses ennemis sans se mettre lui-même en danger. Certains prisonniers les avaient sans doute vus se réfugier dans la forêt. S'ils se souvenaient d'eux après leur libération, ils risquaient de les poursuivre. Sans trop s'impliquer, Omidi se demanda combien de jeunes soldats avaient péri au cours des premiers essais du parasite.

Dix minutes passèrent avant que Bahame relève le rabat protégeant la télécommande. Il la tendit à Omidi. « À toi l'honneur. »

L'Iranien hésita un peu avant de presser le bouton. Il n'y eut aucun bruit mais d'où il était placé, il vit nettement le mécanisme électrique fixé sur la remorque déclencher l'ouverture de la serrure. Dès que la chaîne tomba, l'enfant se mit à courir vers son village situé un peu plus loin sur la route, en la traînant derrière lui. Voyant leur proie s'échapper, les malades poussèrent des gémissements désespérés.

Le mécanisme d'ouverture pivotait encore. Quarante-cinq secondes plus tard, on entendit un grand craquement et les portes s'ouvrirent sur un amoncellement de corps humains qui se déversèrent sur le sol en se tortillant comme des vers. Leurs cris changèrent de tonalité, passant de la rage impuissante à l'excitation. Quand ils eurent retrouvé l'usage de leurs jambes, ils se lancèrent à la poursuite du garçon.

C'était un système primitif mais apparemment, il fonctionnait. L'enfant leur servait de repère. Sans lui, ils se seraient mis à courir au hasard dans la forêt, finissant par se perdre et mourir. Tandis qu'avec lui, ils trouveraient sans peine de quoi épancher leur colère, dans le village que Bahame avait choisi d'attaquer ce jour-là.

36

Centre de l'Ouganda
24 novembre – 0930 GMT + 3

« Tu le vois ? » dit Peter Howell.

Ils étaient allongés à plat ventre, au sommet d'une butte, près du sentier sinueux qu'ils venaient de longer pendant une heure. Smith régla les jumelles à sa vue et balaya la vallée verdoyante jusqu'au filet de poussière qui s'élevait au loin.

« Ouais. Véhicule de transport de troupes. Pas de bâche. Deux hommes devant, six à l'arrière. Tous armés.

— Et comme c'est le seul véhicule motorisé que nous ayons vu en quatorze heures, j'estime raisonnable d'affirmer qu'ils nous suivent.

— Le président Sembutu nous a dit de l'appeler si nous rencontrions des problèmes, dit Sarie. Il a peut-être envoyé ses soldats s'assurer que tout va bien pour nous. »

Les deux hommes lui adressèrent le même regard blasé.

« C'était juste une idée.

— Je suis d'accord sur une chose, concéda Smith. Ce sont probablement des soldats de Sembutu. Mais je doute que leurs intentions soient si altruistes.

— Eh bien, moi, je peux vous dire que son entourage a fait passer le mot, repartit-elle. Nous avons franchi trois barrages militaires et notre véhicule n'a même pas été fouillé. Je crois que c'est une primeur dans cette partie de l'Afrique. »

Smith se tourna sur le dos et regarda le ciel sans nuages. « Je pense que vous avez raison, Sembutu nous facilite les choses…

— La question est de savoir pourquoi ? » fit Howell en terminant sa phrase.

Sarie prit son nouveau fusil sur la banquette arrière et visa à travers la lunette le camion qui approchait. « Nous ne pouvons pas faire grand-chose pour l'instant. Il n'y a pas beaucoup d'autres routes dans le coin et la piste que nous suivons est plutôt évidente.

— Je deviens peut-être paranoïaque, dit Smith en tendant la main pour que Howell l'aide à se redresser. Sembutu doit se dire qu'il a tout intérêt à nous laisser faire son travail. Si on trouve quelque chose, il en bénéficiera. Et tant mieux si nous découvrons que Bahame utilise des armes biologiques. Si jamais les Américains envoyaient quelques B-52 bombarder le camp de Bahame, il n'y trouverait rien à redire.

— À moins qu'il ait cru à notre histoire de fourmis », dit Sarie.

Smith haussa les épaules. « Tout est possible. On ne sait jamais, on aura peut-être besoin d'un petit peu de rabe en termes de puissance de feu.

— Tout dépend sur qui on tire, répondit Howell en se rasseyant derrière le volant et en claquant sa portière.

— Il n'a pas l'air très heureux, dit Sarie en passant la sangle de son fusil sur son épaule.

— En effet.

— Quelque chose lui est arrivé ici, autrefois, reprit Sarie. Quelque chose d'horrible. »

C'était une hypothèse d'autant plus raisonnable qu'il la partageait. Mais cela ne disait pas quoi exactement. Smith connaissait Howell et les hommes dans son genre – après tout, lui-même était un homme dans son genre. Au cours de sa carrière dans le SAS et le MI6, l'Anglais en avait vu des vertes et des pas mûres. On se demandait bien ce qui pouvait encore l'affecter.

« Vous devriez lui poser la question, suggéra Smith.

— Moi ? fit-elle d'une voix si basse qu'elle en devint rauque. Vous plaisantez ? Je veux dire, c'est un type intéressant quand il s'agit de bavarder autour d'un bon repas mais il a toujours l'air d'être à deux doigts de vous égorger avec un canif. Vous avez remarqué ?

— Je crois que vous exagérez.

— Ah ouais ? Alors pourquoi vous ne lui demandez pas, vous ? Vous le connaissez depuis des années, pas vrai ?

— Ça oui, depuis un bon bout de temps, admit Smith. Mais notre relation est… un peu compliquée. »

Sarie pencha légèrement la tête et se concentra sur le visage de Smith. « Pourquoi ai-je l'impression que toutes vos relations sont compliquées ? »

Quand Howell mit le contact et fit rugir le moteur, Smith effectua une retraite stratégique. « Je n'en ai aucune idée. Je ne suis qu'un simple médecin de campagne. »

« D'accord, on cherche une bifurcation », dit Smith en passant le doigt sur le cliché satellite flou que Star lui avait imprimé. Elle avait signalé les distances sur les deux axes, attention à mettre au crédit de son grand professionnalisme mais totalement inutile dans le monde réel, sur une route d'Afrique. « Je suppose qu'on la trouvera sur la gauche, d'ici à une vingtaine de kilomètres. Difficile d'être plus précis. »

Ils pénétrèrent dans un petit village. Par sa vitre ouverte, Smith adressa de grands signes aux enfants qui couraient le long du véhicule. Comment ne pas être impressionné par la gaieté de leurs rires quand on voyait le dénuement dans lequel ils vivaient ?

« C'est incroyable, n'est-ce pas ? dit Sarie sur la banquette arrière. Ces gens ne possèdent rien – ni argent, ni eau courante, ni électricité. Mais c'est encore trop pour les types comme Bahame. Il pourrait les laisser vivre tranquillement, mais non. »

Elle se pencha par la fenêtre pour serrer la main du gosse qui avait réussi à les suivre jusqu'à la sortie du village.

« N'importe lequel de ces gamins pourrait se trouver enrôlé de force dans l'armée de Bahame, poursuivit-elle. Ou pire, finir comme les gens qui ont attaqué les soldats, sur la vidéo que vous m'avez montrée. Si effectivement, Bahame se sert d'un parasite, il va finir par être dépassé. Il en perdra le contrôle tôt ou tard. En fait, plus il l'utilisera plus il aura des difficultés à le contenir. »

En l'entendant énoncer ce paradoxe, Howell sortit de sa transe. « Pour moi, plus il s'habitue à l'utiliser, moins il risque d'en perdre le contrôle, non ? »

Sarie s'étira, posa son fusil près d'elle et se protégea avec son chapeau du soleil qui entrait à flots par la vitre. « Pas exactement. Ce qui m'inquiète c'est qu'à force de l'utiliser, il va l'affaiblir. »

Howell médita ses paroles. « Je ne vous suis pas. Plus il devient faible mieux c'est.

— C'est une question de définition. Le mot "faible" prête à confusion, intervint Smith. Pour l'instant, le parasite – en supposant qu'il existe – est assez peu évolué. Enfin, surtout en ce qui concerne les humains. Il provoque une épidémie tous les dix ans. Les malades infectent d'autres personnes et tout le monde meurt dans un laps de temps assez court pour que le parasite reste confiné dans un périmètre restreint. »

Sarie rebondit. « Mais ces infections gagnent en efficacité quand le parasite s'affaiblit. S'il veut vivre, il n'a aucun intérêt à tuer rapidement son hôte – surtout s'il a affaire à des foyers de population épars.

— Exactement. Plus l'hôte vit longtemps, plus le parasite aura d'occasions de se dupliquer – à la fois chez sa victime originelle et chez les autres personnes croisées en chemin.

— Et ce n'est qu'une partie du problème, reprit Sarie. D'autres mutations peuvent intervenir. Si l'infection se répandait suffisamment pour que le phénomène de sélection naturelle entre en action, on pourrait assister à une modification comportementale des victimes. Elles deviendraient moins violentes.

— Tout à fait, abonda Smith. Le parasite ne veut qu'une chose : trouver une nouvelle maison. Donc il pousse son hôte à pratiquer quelques entailles sur une personne saine, de manière à l'infecter à son tour. Il préfère un hôte blessé à un hôte mort. Un cadavre ne lui serait d'aucune utilité.

— En plus, ça ne m'étonnerait pas de voir ralentir l'apparition des symptômes, dit Sarie. De cette manière, le parasite pourrait parcourir de plus grandes distances et augmenter ses chances de trouver un nouvel hôte. J'émettrais l'hypothèse que, pour l'instant, une apparition rapide est porteuse de plus grands bénéfices ; la transmission s'effectue sur un grand nombre de victimes mais des victimes si grièvement blessées qu'elles ne survivent pas longtemps. En fait, la force et la vitesse extraordinaires de ces gens n'ont peut-être même rien à voir avec un quelconque processus d'adaptation du parasite – dans un sens, ils sont trop violents pour lui. Non, je pense que ces phénomènes ne sont que des effets secondaires : le parasite insufflerait à son hôte une vitalité hors norme lui permettant de survivre à des blessures qui, en temps normal, l'immobiliseraient définitivement.

— Intéressant. Je n'avais pas pensé à cela, reconnut Smith. Et si…

— Vous adorez passer du temps à vous masturber le bulbe, n'est-ce pas ? intervint Howell.

— C'est plus productif que de se masturber autre chose, dit Sarie en gloussant.

— Alors, si je comprends bien, le parasite pourrait devenir inoffensif si nous nous contentions de rester assis à ne rien faire.

— Il existe des précédents, confirma Smith. On a déjà vu des virus jadis mortels se transformer à tel point qu'ils ne causent plus aujourd'hui que des rhumes de cerveau. Malheureusement, en attendant que mère nature nous donne un coup de main, nous verrions mourir des millions de gens. »

37

Nord de l'Ouganda
24 novembre – 1001 GMT + 3

Mehrak Omidi courait à côté de Bahame en s'efforçant de ne pas se laisser distancer malgré les obstacles. Les deux hommes et les gardes armés qui les entouraient allaient aussi vite que possible sans se faire remarquer. Ils se déplaçaient dans le sous-bois, parallèlement à la route mais assez près pour surveiller ce qui s'y passait.

La grande majorité des malades les avait distancés. On discernait encore quelques retardataires entre les feuillages, dont un petit enfant de quatre ans à peine, trop jeune pour comprendre la rage qui l'habitait et comment s'en servir. L'autrc traînard offrait un tableau encore plus pitoyable : ce vieillard souffrait d'une double fracture de la jambe mais ne semblait pas s'en apercevoir. Il progressait par à-coups, tombait, se relevait, parcourait quelques mètres pour s'écrouler de nouveau, dans un jaillissement de sang artériel. Omidi ralentit le rythme, captivé par le combat de l'ancêtre qui finit par se résigner à ramper sur les coudes.

Il leur fallut encore cinq minutes pour atteindre le village. Bahame lui saisit le bras et l'attira à couvert. La végétation lui bouchait en partie la vue sur la scène stupéfiante qui se déroulait un peu plus loin.

Armés de machettes, bâtons, outils agricoles, les villageois se défendaient avec l'énergie du désespoir. Un homme tenait un vieux fusil ; il tenta d'épauler mais trop tard. Les malades avaient tout envahi – leur vitesse, leur force surhumaines donnaient l'illusion d'un nombre beaucoup plus important.

Une femme qui tentait de s'enfuir surgit d'entre les arbres, si près d'eux que Bahame dut faire reculer Omidi. Elle avait à peine parcouru dix mètres qu'un jeune garçon couvert de sang arrivant par-derrière se jeta sur elle en la bourrant de coups de poing si violents qu'en quelques secondes, elle succomba. Ce qui ne le calma pas pour autant. Les bruits sourds produits par ses poings martelant le cadavre se confondaient avec les cris de panique venant du village. Finalement, il s'écroula, encore qu'on ne sût dire s'il était mort ou seulement inconscient.

L'une des huttes flambait. Omidi se tourna subrepticement vers Bahame dont les yeux inexpressifs reflétaient l'éclat de l'incendie. C'est alors qu'il comprit que l'Africain ne jouait pas un rôle. Il ne manipulait pas ses fidèles mais croyait réellement en sa propre divinité.

Les pleurs d'un enfant résonnaient dans une hutte en flammes. On vit un malade se précipiter à l'intérieur, comme pour lui porter secours. Un instant plus tard, les pleurs cessèrent.

Quand l'homme ressortit, le feu dévorait sa longue tunique ensanglantée. Comme si de rien n'était, il se lança dans la mêlée où il repéra une femme qui essayait de se réfugier dans un enclos, au milieu de ses chèvres paniquées. Il allait la rattraper quand il s'affala les mains en avant sur la barrière bancale où il acheva de se consumer.

Lorsque Omidi se faufila hors des buissons, il ne restait presque plus âme qui vive dans le village. Devant ses yeux hallucinés, la jungle ougandaise avait disparu, remplacée par des villes comme New York, Chicago, Los Angeles. Et c'était grandiose.

38

Nord de l'Ouganda
24 novembre – 1906 GMT + 3

Caleb Bahame freina pour accroître la distance entre sa Jeep et le gros camion qui roulait vingt mètres devant. À travers les trous pratiqués dans la remorque, Omidi apercevait les visages terrifiés des villageois qu'ils venaient de capturer. Ils se battaient pour respirer, sans comprendre ce qui leur était arrivé, à eux-mêmes et à leurs familles.

Ils souffraient tous de blessures superficielles. Les villageois grièvement blessés avaient été abattus sur place et leurs cadavres brûlés. Quant aux rares personnes épargnées par les déments, on les avait relâchées à dessein. Elles iraient raconter leur histoire dans les villages environnants, renforçant la légende du grand sorcier Bahame.

Les prisonniers du camion n'auraient pas cette chance. Ils étaient censés remplacer les malades qui, s'étant répandus dans la jungle, succomberaient sous peu, vidés de leur sang.

Bahame avait pris soin de calculer le temps séparant la contamination de la mort, ainsi que la distance que ses démons pouvaient parcourir à pied. Et bien sûr, pour que l'épidémie n'échappe pas à son contrôle, il attaquait uniquement les villages reculés.

En revanche, les détails ne l'intéressaient guère. Le parasite se répandait-il par voie animale ? Comment attaquait-il le cerveau ? Pouvait-il muter ? Que se passerait-il si un malade s'en prenait à un berger ou à un voyageur et que ces gens-là regagnent ensuite leurs villages ?

À toutes ces questions fondamentales, il répondait de la même façon : son réseau d'espions reconnaîtrait et tuerait quiconque réussirait à échapper à sa quarantaine improvisée.

Dans le contexte africain, ce système pouvait fonctionner pendant un temps mais le transposer ailleurs eût été impossible. Pour utiliser le parasite en Europe ou en Amérique, il faudrait d'abord résoudre des milliers de problèmes techniques et scientifiques.

Ils durent rouler encore une demi-heure pour atteindre le camp où ils entrèrent sous les vivats. Les soldats de Bahame entourèrent la Jeep et ne se turent que lorsque leur chamane se dressa sur son siège en levant les bras. Sa voix profonde de baryton dominait le bourdonnement de la jungle et les supplications des malheureux qui suffoquaient dans le camion. Il leur fit le récit de sa victoire.

Omidi descendit de la Jeep et se faufila entre les troupes qui écoutaient bouche bée. Un rapide coup d'œil en arrière lui confirma que ces gamins dépenaillés n'étaient pas les seules victimes de son étrange fascination – Bahame lui-même subissait les effets abrutissants de son propre jeu d'illusions. Le moment était venu d'aller fouiner un peu.

L'Iranien marcha vers une caverne éclairée par des ampoules électriques. Sur les deux gardes postés à l'entrée, l'un n'avait pas plus de douze ans. Quant à l'autre, il semblait incommodé par les vapeurs de diesel se dégageant du générateur, à côté de lui.

Omidi les ignora ostensiblement puis, quand ils s'adressèrent à lui dans leur langue maternelle, les gratifia d'un regard à la fois menaçant et dédaigneux. Ayant sans aucun doute remarqué la position privilégiée qu'il occupait auprès de Bahame, ils le considérèrent, perplexes, hésitant entre l'arrêter et le laisser entrer.

Être un leader messianique psychotique comportait, au moins, un avantage – vos fidèles terrifiés faisaient vos quatre volontés –, et un inconvénient – ces mêmes fidèles ne savaient pas toujours en quoi consistaient les volontés en question. Si par erreur, ils contrariaient l'invité de Bahame, leur mort serait lente et horrible. Mais si le visiteur en question osait violer une interdiction, ils auraient droit au même supplice.

Finalement, abusés par son allure déterminée, ils s'écartèrent. Omidi pénétra dans un corridor naturel si étroit qu'il devait parfois se mettre de profil pour franchir certains passages. Il suivit les ampoules qui pendaient du plafond bas sans s'occuper des embranchements s'enfonçant dans l'obscurité, de part et d'autre du boyau principal. Plus il avançait plus la température et l'humidité baissaient. En revanche, l'odeur devenait insupportable. Il reconnut un mélange de sang, de sueur et d'excréments. Le goulet débouchait sur une grande salle. Omidi s'arrêta quelques mètres avant l'entrée, histoire d'examiner discrètement les lieux.

Il reconnut le vieil homme. C'était le médecin blanc accompagnant l'homme blessé que Bahame avait achevé à coups de pied, l'autre jour. Penché sur un cadavre en partie disséqué, il portait un tablier de toile maculé et de grosses lunettes. Au fond de la salle, une bâche en plastique translucide éclaboussée de sang protégeait une cellule creusée dans la roche, fermée par des barreaux d'acier. À l'intérieur, couché sur le sol en terre, un malade haletait comme une bête assoiffée en dévorant du regard la femme non contaminée qui sanglotait dans une cage semblable à la sienne, trois mètres plus loin.

Dès qu'Omidi pénétra dans la salle, le malade poussa un cri perçant et se jeta sur les barreaux. Le choc fut si violent qu'on entendit nettement ses os se briser.

Le vieillard leva les yeux et recula timidement en brandissant le scalpel devant lui.

« Du calme, fit Omidi en anglais. Je suis un ami.

— Un ami ? balbutia l'homme. Je m'appelle Thomas De Vries. J'habite Le Cap. On m'a enlevé. On m'a emmené… »

D'un geste de la main, l'Iranien lui intima le silence tout en observant l'équipement disposé autour de lui. Les ustensiles – dont un microscope moderne et un petit réfrigérateur – semblaient dépareillés et mal entretenus mais en état de marche, dans l'ensemble. « Qu'avez-vous appris ?

— Appris ? Je ne suis pas biologiste. Je suis médecin généraliste à la retraite. Mais vous…

— Silence ! » ordonna Omidi. Les discours de Bahame étant renommés pour leur brièveté autant que pour leur ferveur, il fallait faire vite.

« Aidez-moi et je vous emmènerai avec moi en repartant. » Il désigna le cadavre que le vieux médecin autopsiait quand il était entré. « Vous devez bien savoir quelque chose.

— Oui, dit De Vries en regardant nerveusement autour de lui. Il s'agit d'une infection parasitaire en partie comparable à la malaria mais, après son passage dans le système sanguin, le parasite se concentre au niveau de la tête. Il fait exploser les vaisseaux entourant les follicules capillaires et attaque le cerveau.

— C'est ainsi qu'il se répand ? demanda Omidi. Par le saignement ?

— Oui… Oui, je crois. On en trouve de fortes concentrations dans le sang. Il pénètre par les blessures, peut-être par les yeux. Je ne sais pas exactement.

— Combien de temps ?

— Quoi ?

— Combien de temps pour qu'il agisse ?

— Vous me ramènerez au Cap ? Je vais rentrer chez moi ?

— Je vous mettrai sur un vol commercial à Entebbe », promit Omidi en s'efforçant de cacher son mépris pour ce pitoyable descendant des conquérants chrétiens ayant asservi l'Afrique et le monde.

De Vries hocha la tête. « C'est une question difficile. La seule victime que j'ai eu l'occasion d'observer a commencé à s'agiter, à délirer au bout de dix heures. Mais je suis sûr que cela peut varier de manière significative. Disons que la confusion mentale commence à se manifester dans un délai de sept à quinze heures. Après cela, la maladie évolue très rapidement et de manière continue. Le patient devient de plus en plus nerveux puis, trois heures environ après les premiers symptômes, l'hémorragie commence, suivie presque aussitôt par un comportement violent.

— Quand la mort survient-elle ?

— En gros, quarante-huit heures après l'apparition des symptômes. Enfin, d'après ce qu'on m'a dit, la plupart décèdent avant, des suites de leurs blessures ou par arrêt cardiaque. »

Sans se soucier de sa nudité, la femme emprisonnée se dressa tout à coup, empoignant les barreaux de sa cellule, et s'adressa au vieux docteur dans son dialecte.

Bien que sa propre situation ne fût pas tellement meilleure, le médecin lui lança un regard plein de compassion. « Bahame garde toujours une personne contaminée dans ce local. Ainsi, le parasite ne meurt jamais. Quand ce malade-là sera sur le point de succomber, on infectera la femme. Et ainsi de suite. »

Omidi acquiesça d'un hochement de tête. Décidément, ces méthodes ne valaient que pour l'Afrique. Impossible de les utiliser pour une attaque à grande échelle dans un pays moderne. Après s'être assuré qu'ils étaient seuls, il désigna le réfrigérateur. « Peut-on congeler un échantillon pour le transporter ?

— Non. À l'extérieur du corps, il ne vit pas plus de quelques minutes. Et il est extrêmement sensible aux variations de température – j'ai déjà essayé d'en congeler. Le parasite meurt presque aussitôt. »

On entendit des bruits de pas dans le boyau d'accès. Les deux hommes se turent. Un moment plus tard, Bahame apparut à l'entrée de la salle.

Omidi hésitait sur la conduite à tenir. Devait-il lui fournir des explications ou garder le silence ? Difficile à dire avec un homme capable d'exploser pour un oui ou pour un non.

Heureusement, Bahame décida à sa place. « Sors d'ici. »

Omidi s'inclina respectueusement et se baissa pour s'engager dans l'étroit couloir. Tandis qu'il s'éloignait d'un pas régulier, il percevait les cris du médecin et le fracas produit par les instruments de laboratoire qu'on jetait par terre. Bahame allait tuer le vieillard et c'était tant mieux parce que désormais, il était plus dangereux qu'utile.

Alors, qu'il crève.

39

Langley, Virginie, USA
24 novembre – 1205 GMT – 5

« Brandon n'aimait pas les grandes cérémonies, mais j'étais son ami, et je suis heureux de vous voir tous rassemblés aujourd'hui », déclara l'homme qui se tortillait derrière le lutrin.

Non seulement Dave Collen ne se rappelait pas son nom mais il se fichait éperdument de lui et de son discours.

Le petit auditorium était bondé. Il observa l'auditoire en se demandant combien parmi ces gens-là avaient vraiment connu Brandon Gazenga. Très peu sans doute. Les autres étaient venus par curiosité et pour profiter du buffet. Ils ne semblaient pas très affectés, la plupart affichaient un air solennel mais détaché.

« Je suis sûr que connaissiez tous ses talents d'analyste mais à cause du fonctionnement de cette agence, vous n'avez sans doute pas eu le temps de découvrir à quel point c'était un type génial, poursuivit l'orateur, la gorge serrée par la tristesse. Moi qui ai eu le privilège de travailler à ses côtés, ces dernières années… »

Collen continuait d'observer la foule sans trouver ce qu'il cherchait.

Il n'avait pas encore pu mesurer les conséquences de l'élimination trop précoce de Gazenga mais la manière dont il était mort ne faisait qu'aggraver les choses. Pour cracher le morceau, il avait attendu de suffoquer sur son tapis dégoûtant. Qui aurait cru cela de lui ? Il avait commencé par avouer son contact avec Russell mais, avant de lui remettre le faux antidote, Collen avait voulu connaître l'heure et le lieu du rendez-vous.

De nouveau, Gazenga l'avait surpris. Au lieu de se jeter sur le flacon, le décapsuler et le secouer frénétiquement pour avaler au plus vite le placebo, il avait recueilli les pilules au creux de sa paume avant de les ingurgiter sans précipitation et de laisser retomber sa tête sur le sol. Pour s'en aller, Collen avait attendu que le regard de l'analyste se fige dans la mort.

À la suite de quoi, ils avaient envoyé leur équipe de nettoyage sur le lieu de rendez-vous. Malheureusement, Gazenga avait menti. Il avait dû comprendre qu'il y passerait, de toute façon. Le traceur caché dans la voiture de Russell indiquait qu'elle roulait vers la Pennsylvanie – seulement il était trop tard pour organiser une nouvelle embuscade.

Collen redressa la tête. La porte de l'auditorium venait de s'ouvrir. Quand Randi Russell entra, il donna un petit coup de coude à Larry Drake en désignant la jeune femme du menton. Rien ne prouvait qu'elle connût l'identité de l'auteur de la note, mais sa présence ici constituait une forte présomption. Russell n'était pas une habituée de ce genre de cérémonies – surtout quand le défunt ne représentait rien pour elle.

« Quand verrai-je les résultats ? murmura le DCI en faisant allusion au plan B, censé aboutir à l'élimination de Russell.

— Bientôt. Il reste encore quelques détails à régler. Quand elle est aux États-Unis, elle vit seule dans la maison d'une amie. L'endroit est idéal. Pas de système d'alarme, pas de voisins sur des kilomètres à la ronde et on y accède par une route peu fréquentée.

— Alors pourquoi ce n'est pas déjà fait ?

— Le professionnel que je souhaite envoyer là-bas est difficile à contacter sans laisser de traces.

— Pas d'erreur, Dave. C'est bien clair ? Nous ne pouvons pas nous permettre le moindre faux pas. »

Collen hocha la tête en se demandant si cette déclaration ne relevait pas d'une estimation exagérément optimiste de la situation. Gazenga s'était servi de son ordinateur pour trouver de l'aide parmi le personnel de l'agence. Collen l'avait fouillé de fond en comble et découvert non sans mal la trace de ses recherches. Mais à part cela, il ne contenait pas grand-chose d'intéressant. Quant à Russell, rien ne permettait de la soupçonner.

Pourtant, le fait qu'il n'ait rien trouvé ne le rassurait pas outre mesure. Gazenga n'avait probablement pas menti en disant que le billet ne contenait qu'une heure et un lieu de rendez-vous. Mais comment en être sûr ?

Enfin, il pressentait que la perte de Gazenga et de ses informateurs africains leur coûterait fort cher. Pour traquer Smith, ils devraient désormais se contenter d'images satellites et des comptes rendus peu fiables de leur unique correspondant sur le terrain. Voilà une heure, on avait repéré Smith et son équipe en Ouganda, avec une marge d'erreur de cinquante kilomètres seulement.

Ils ne pouvaient pas se permettre le moindre faux pas, c'était évident. Mais peut-être en avaient-ils déjà trop commis.

Randi Russell longea la cloison en profitant du murmure amusé qui se répandit dans l'assistance au moment où l'orateur évoqua la randonnée en rafting qu'il avait faite avec Gazenga. Elle s'arrêta devant une table et souleva la feuille d'aluminium couvrant une assiette.

Des beignets.

Elle en prit un et tout en grignotant se dirigea vers un coin tranquille. Il y avait vraiment beaucoup de monde dans cette salle. Elle se demanda combien de gens se déplaceraient pour elle, le jour où sa chance tournerait. Elle passait sa vie dans des pays étrangers que la plupart de ses concitoyens ne situaient même pas sur une carte, à mener à bien des missions dont elle n'avait pas le droit de parler. Dans ces conditions, il était difficile de nouer des relations. Ses rares amis n'aimaient guère se montrer à visage découvert et n'avouaient pas facilement qu'ils la connaissaient.

Non, le jour de ses funérailles, il n'y aurait pas de buffet, pas d'oraison funèbre, pas de collègue attristé faisant l'éloge de sa vie et de sa carrière. Elle devrait se contenter de quelques toasts portés par des anonymes, dans des bars poussiéreux disséminés dans les endroits les plus déshérités de la planète. Et à dire vrai, cela lui convenait parfaitement.

L'orateur conclut en désignant quelqu'un à sa droite. « Le directeur Drake a eu le privilège de connaître personnellement Brandon. Il a tenu à prononcer quelques mots. Je lui passe donc la parole. Êtes-vous prêt, monsieur ? »

Randi regarda Drake s'avancer résolument vers le lutrin sous les applaudissements respectueux de l'auditoire. La présence du grand patron confirmait la rumeur selon laquelle Gazenga travaillait sur des dossiers brûlants. Mais elle ignorait quoi exactement. Certes le domaine d'activité du jeune analyste était l'Afrique centrale, mais elle avait le sentiment que ce qui se passait sur ce continent échappait à toute explication logique. Pour elle, l'Afrique vivait dans un chaos quasiment incontrôlable et il en serait toujours ainsi.

Bien sûr, elle avait creusé un peu la question mais sans rien trouver de très concluant jusqu'à présent. Le fait qu'il soit mort des suites d'un accident plausible peu de temps après lui avoir transmis ce billet ouvrait deux possibilités. La première, il aurait dû nettoyer son frigo plus souvent. La seconde, quelqu'un de très habile et de très puissant avait ordonné son élimination. Si on optait pour la deuxième explication, mieux valait la jouer discrète.

Malheureusement, trop de choses restaient encore dans l'ombre. Jon n'avait pas répondu à son message. Elle savait juste qu'il avait quitté son boulot à Fort Detrick pour prendre des vacances. Mais à quoi occupait-il son temps libre ? Mystère.

Elle avait demandé à un ami de l'administration des Transports de vérifier s'il avait pris l'avion, ces derniers jours. La réponse tardait à venir. Si cet imbécile de Jon avait des problèmes, elle devait savoir où il était pour pouvoir le tirer du pétrin.

Telle était la raison de sa présence furtive à la cérémonie funèbre de Brandon Gazenga. Elle aurait donné cher pour savoir qui l'avait remarquée.

40

Nord de l'Ouganda
24 novembre – 2242 GMT + 3

Les nuées d'insectes qui volaient dans le faisceau des phares produisaient comme une fumée. Le véhicule conduit par Peter Howell roula dans une ornière boueuse et en ressortit aussitôt, aidé par un coup d'accélérateur. Au-delà de l'étroit cercle de lumière qui les précédait, l'obscurité était aussi homogène qu'au fond de l'océan.

Smith se retourna vers Sarie étendue sur la banquette, une main négligemment posée sur son fusil. Cette femme lui rappelait Sophia à de très nombreux égards – l'enthousiasme indéfectible qu'elle mettait dans son travail, son humour, son goût de l'aventure.

À quoi aurait ressemblé sa vie si Sophia n'était pas morte ? Où serait-il en ce moment ? En train de tondre la pelouse ? Dans un monospace, avec leurs enfants à l'arrière ? Autant d'images difficiles à écarter.

Quand il se remit face à la route, les insectes avaient presque disparu. Il descendit sa vitre pour laisser entrer l'air chaud et humide.

« Tu as réfléchi à ce que tu feras après, Peter ?

— Après quoi ?

— Tu sais bien… Quand on sera trop vieux pour écumer les jungles du monde entier. »

À la lueur projetée par les cadrans du tableau de bord, il vit son ami secouer la tête. « Les gens comme nous ne prennent jamais leur retraite, Jon. Un jour, on croisera quelqu'un de plus rapide, ou alors on fera l'erreur de trop, et ce sera la fin. »

Smith poussa un long soupir et s'enfonça dans son siège en cuir. « Charmante perspective. »

Howell lui donna une tape sur la cuisse. Un vague sourire jouait sur ses lèvres. « On n'y est pas encore, mec. Je suis sûr que nous avons encore quelques bonnes bagarres devant nous. »

Une vieille barrière en bois du pays apparut dans les phares. « Tu crois que c'est ça ? demanda Smith.

— On est arrivés ? » marmonna Sarie d'une voix ensommeillée. Elle s'assit et se pencha entre les sièges.

« Je n'en suis pas encore certain. »

Howell longea la barrière et finit par s'arrêter devant un portail. Sarie avait déjà sauté du véhicule. Elle étira son dos courbaturé avant d'aller ouvrir. La poignée, les gonds répondirent sans grincer. Au-delà, la voie était dégagée. La chance avait-elle tourné dans le bon sens ?

Il fallut encore rouler dix minutes pour que la maison apparaisse devant eux – une vieille bâtisse informe dont les murs décrépis servaient de support à des plantes grimpantes chargées de fleurs. Sarie voulut ouvrir sa portière mais Smith, d'un geste rapide, l'en dissuada. « Mouvement à droite.

— Vu, répondit Howell en surveillant son rétroviseur. Derrière nous aussi. Au moins trois. Une machette, deux fusils. Pas d'automatiques.

— Quoi ? Que se passe-t-il ? s'étonna Sarie.

— Attendez dans la voiture », dit Smith. Il descendit. Sur le porche, une lampe de secours s'alluma. Il leva tranquillement le bras pour se protéger les yeux. Un instant plus tard, un homme blanc vêtu d'un jean et d'un T-shirt franchit pieds nus le seuil de la maison. Il tenait un fusil.

« Qui êtes-vous ? demanda-t-il.

— Je suis le docteur Jon Smith. Je viens des États-Unis.

— Et vos amis ? »

Smith tourna la tête vers les Africains que Howell avait aperçus dans ses feux arrière. Ajoutés à ceux qui se cachaient aux abords de la maison, cela faisait au moins cinq hommes armés. Avec un peu de chance, Howell et Sarie s'en sortiraient vivants mais Smith savait qu'il y passerait à coup sûr.

« Peter Howell et le docteur Sarie Van Keuren de l'université du Cap. »

L'homme prit le temps de soupeser ses paroles puis il posa son fusil contre un pilier du porche.

« Désolé pour l'accueil, dit-il en descendant les marches, la main tendue. Nous n'avons pas souvent de visites impromptues et cette partie de l'Afrique n'est pas aussi paisible qu'autrefois. Je suis Noah Duernberg.

— Content de vous rencontrer, fit Smith tandis que ses compagnons descendaient du véhicule et que les gardes africains retournaient à leurs affaires.

Duernberg les accueillit chez lui, autour d'une lourde table de cuisine éclairée par une lampe à pétrole. « Nous produisons nous-mêmes notre électricité, expliqua-t-il. Les générateurs font un raffut du diable, alors nous les éteignons pendant la nuit. »

Il sortit plusieurs bières d'un placard. Elles étaient tièdes mais Smith décapsula la sienne avec plaisir.

« Où comptiez-vous aller ? demanda Duernberg en s'installant sur un banc taillé à la main, près de la fenêtre.

— Ici, répondit Smith.

— Ici ? Vous voulez dire cette région ? Que…

— Non, dans cette ferme. »

L'homme le considéra d'un air éberlué. « Puis-je dire sans risquer de me tromper que vous êtes le fils du docteur Lukas Duernberg ? » poursuivit Smith.

L'autre fit oui de la tête. « Je l'étais. Cela fait des années qu'il est mort.

— Je suis navré de l'apprendre.

— Franchement, nous n'espérions même pas trouver âme qui vive en venant ici, ajouta Sarie. Comme nous ne connaissions pas votre existence, nous comptions juste interroger les habitants du coin.

— Mon père a sauvé l'un des enfants d'Idi Amin. Pour le remercier, il nous a donné ce terrain. Je pense qu'on nous a oubliés depuis. Le gouvernement n'a que faire d'une poignée de Blancs vivant dans une ferme de l'arrière-pays. En ce moment, il a d'autres chats à fouetter.

— La vie ne doit pas être simple avec Bahame qui étend sans cesse son influence dans le secteur », intervint Howell.

Le fermier hocha tristement la tête. « Mon père a construit cette maison. Nous avons toujours vécu ici, avec nos amis et les gens qui comptent sur nous pour gagner leur pain quotidien. Malheureusement, ma femme et mon fils ont dû partir à Kampala pour trouver un pays d'accueil. C'est devenu trop dangereux par ici.

— Je comprends ce que vous endurez, dit Sarie. J'ai grandi dans une ferme en Namibie et j'ai dû en partir. J'y pense encore tous les jours. »

Duernberg prit une longue gorgée de bière. « Tout cela repose entre les mains de Dieu. Maintenant, dites-moi, pourquoi vous intéressez-vous à ma famille ? »

Smith sortit le document de Star mentionnant les soupçons du docteur Duernberg au sujet d'une infection parasitaire. Le fermier le parcourut un moment puis il se leva pour reprendre une bière dans le placard.

« Vous deviez être plutôt jeune à l'époque où votre père travaillait là-dessus, dit Smith.

— J'avais douze ans. »

Smith fronça les sourcils. Le document ne mentionnait aucune date.

« L'avez-vous entendu parler de ce parasite ?

— Non, fit Duernberg en se rasseyant. Si je m'en souviens, c'est parce qu'il a contracté la maladie et qu'il a attaqué ma sœur Leyna. J'ai dû l'abattre avec le fusil qu'il m'avait offert pour mon anniversaire. »

Un ange passa. Duernberg se concentra sur une fenêtre que la nuit transformait en miroir.

« Je suis désolé de débarquer ainsi et de déterrer des souvenirs aussi horribles, dit Smith confus.

— Nos ouvriers agricoles ont brûlé son corps. Comme ils voulaient tuer Leyna – ils disaient que les démons grandissaient en elle –, nous nous sommes barricadés dans un bâtiment annexe. Les ouvriers sont restés dehors à attendre. Au bout d'un moment, Leyna a commencé à divaguer, à délirer. Après, elle s'est mise en colère, alors j'ai dû l'abattre, elle aussi. »

Smith croisa les bras sur la poitrine et s'appuya contre le mur, derrière lui. Il n'avait toujours pas de preuve physique tangible mais ce témoignage suffisait. Le phénomène n'avait rien à voir avec une hypnose collective ou l'absorption de drogues. Il était de nature biologique et extrêmement dangereux.

« Je suis bien consciente que c'est pénible pour vous mais pourriez-vous nous en dire plus long sur cette maladie ? demanda Sarie. Votre père faisait-il des expériences ? Avez-vous une idée quelconque de la manière dont il a contracté cette infection ? »

Duernberg secoua la tête. « J'étais trop jeune. Mais j'ai ici quelques trucs qui pourraient vous aider. »

41

Nord de l'Ouganda
25 novembre – 0209 GMT + 3

Jon Smith plongea la main dans le coffre et en sortit une vieille poupée vêtue d'une robe à l'ancienne et d'un bonnet de dentelle jauni qu'il posa délicatement près d'un tas de photos en noir et blanc, de vêtements mités et de livres reliés cuir.

Il faisait largement plus de 40 degrés dans le grenier de Duernberg. La chaleur, combinée au manque de sommeil, lui provoquait des étourdissements, comme si sa tête était remplie de gaze. Howell avait amorcé une retraite stratégique une heure plus tôt. À présent, il roupillait, confortablement allongé dans un hamac tendu en travers du porche.

« Vous avez trouvé quelque chose ? » demanda-t-il à Sarie en essuyant sur son front la sueur qui menaçait de couler sur le diplôme de médecine de Lukas Duernberg.

La jeune femme s'était changée entre-temps. Vêtue d'un débardeur et d'un short, elle farfouillait dans les carnets et autres documents qui s'entassaient dans le réduit.

« Pas facile de s'y retrouver, dit-elle en tapotant le volume qu'elle tenait en main. Dans ce journal écrit au milieu des années 1930, Duernberg évoque les persécutions nazies qu'il a vécues et son projet d'emmener sa famille à l'étranger. Je me demande si Noah souhaite l'emporter quand il déménagera. Ce serait un trésor pour notre bibliothèque universitaire.

— Mouais, fit Smith en extrayant du coffre une autre pile de documents qu'il laissa choir entre eux. Mais si je reste ici plus longtemps, je crois que je vais fondre.

— Les Américains..., soupira-t-elle en mettant le journal de côté pour ouvrir un carnet rempli de l'écriture reconnaissable du médecin de brousse. Tout cet air conditionné vous amollit. »

Smith eut un petit sourire bête et se pencha sur les croquis détaillés de la flore locale soulignés par une légende qu'il s'efforça de déchiffrer. Ayant grandi dans une ancienne colonie allemande, Sarie fut plus rapide et tourna la page.

Il compatissait pour Noah Duernberg. Cette partie de l'Ouganda était magnifique et le fait de devoir tout quitter pour se bâtir une vie nouvelle dans un pays inconnu, lui paraissait difficilement concevable.

C'était d'autant plus tragique que cet exil n'était pas nécessaire en soi. Ici, la terre était fertile, le sous-sol regorgeait de ressources naturelles et les habitants ne demandaient qu'à travailler.

Mais la part d'ombre inhérente à la nature humaine en avait décidé autrement. Chose facile à concevoir quand on était dans le pays de Bahame, au milieu d'un grenier hanté par les souvenirs de l'époque nazie.

« Attendez une minute… »

Smith se rapprocha de Sarie. « Qu'avez-vous trouvé ?

— Je ne sais pas », répondit-elle. Elle étala des feuilles sur le plancher et se mit à fouiller parmi elles. « Oui ! C'est là – un parasite causant une rage violente et une hémorragie du cuir chevelu. Voilà ce qu'il écrit : les gens du coin la connaissent et pensent qu'il s'agit d'une forme de possession démoniaque. Elle s'est déclenchée dans un village à quarante kilomètres d'ici. Elle aurait tué 100 % des habitants. Personne ne s'y aventure depuis. La population croit qu'il est maudit. Mais à force de persévérance, Duernberg l'a trouvé. Il décrit l'endroit comme une zone de conflit. Des huttes calcinées, des cadavres en décomposition jonchant le sol… »

Elle se tut et se mit en quête d'un autre passage intéressant. « Ah voilà. Cette page est datée de la semaine suivante. Il rectifie ce qu'il a écrit précédemment. La mortalité due à l'infection serait inférieure à 100 % – et de beaucoup.

— Alors il y a eu des survivants ?

— Il dit que la *maladie* les a épargnés. Apparemment ceux qui ont fui le village ont été tués et leurs cadavres brûlés par les habitants des tribus environnantes.

— Comme pour la famille de Noah.

— Exactement. Il dit plus loin que ce phénomène a ravivé certaines légendes qui traînent parmi la population depuis des centaines d'années – peut-être des milliers. Il est probable que les traditions consistant à isoler, tuer et brûler les personnes soupçonnées de possession ont perduré pour la bonne raison qu'elles étaient efficaces.

— Une procédure de quarantaine primitive », abonda Smith.

Sarie poursuivit sa recherche fébrile dans les vieux papiers du médecin. « Jon ! Regardez ça. »

Il s'agissait d'une carte minutieusement dessinée avec, dans un coin de la page, la maison où ils se trouvaient.

« Il est question d'un réseau de cavernes. Duernberg pensait que le parasite sommeillait dans l'organisme d'un animal habitant ces grottes. Il est parti explorer les lieux pour collecter des échantillons d'insectes, de reptiles et de mammifères.

— A-t-il découvert ce qu'il cherchait ? »

Elle tourna une page, puis deux. Le reste du carnet était vierge. « Apparemment pas. »

Smith descendit l'escalier, déboucha sur le porche, passa devant Howell et parcourut encore cinquante mètres avant de sortir son téléphone satellite. Fred Klein décrocha dès la première sonnerie.

« Jon. Tu vas bien ?

— Très bien. Nous avons quelque chose.

— Annonce.

— Nous sommes dans la ferme de Duernberg. Nous avons consulté ses carnets. D'après ses notes, le foyer de l'infection se trouverait dans des grottes situées à une trentaine de kilomètres au nord-est d'ici. Dès l'aube, nous irons jeter un coup d'œil sur place. Avec un peu de chance nous rapporterons des échantillons utiles.

— Ce n'est pas dangereux ? »

Pour ne pas réveiller les gens qui dormaient dans les parages, Smith étouffa son rire. « Non, tout baigne. Enfin, si l'on exclut les soldats de Bahame, le réseau de cavernes probablement instables et inexplorées, les lions, les hippopotames et le parasite lui-même. »

Klein ignora son commentaire. « Donc tu penses que Duernberg pourrait avoir raison ?

— Cela concorderait avec les quelques bricoles que nous savons déjà. Il peut s'écouler des années sans qu'on note la moindre manifestation ; puis, un jour, quelqu'un pénètre dans une grotte pour une raison ou pour une autre et entre en contact avec un porteur du parasite. Écoute, il faut que tu appelles Billy Rendell au CDC. Tu lui demanderas de réfléchir au problème. Si l'infection se déclare, nous aurons besoin d'un plan de confinement et c'est le spécialiste en la matière.

— Rendell, répéta Klein. Peut-on lui faire confiance ?

— Billy sait travailler dans l'urgence et la discrétion. Ne t'inquiète pas pour cela.

— C'est pour toi que je m'inquiète.

— Ouais. Écoute Fred. Si tu n'as pas de nouvelles de nous dans deux jours, c'est que nous serons en mauvaise posture. Tu devras envisager une intervention à l'intérieur des cavernes. Il faudra établir un périmètre de sécurité. Je te conseille d'envoyer des troupes armées jusqu'aux dents.

— Je comprends, Jon. Mais nous sommes dans une position délicate – vis-à-vis des Iraniens, des Africains et de Covert-One, par-dessus le marché. Je sais que la CIA soupçonne l'existence d'un nouvel acteur sur la scène du renseignement. Il faut redoubler de prudence, sinon nous dévoilerons notre jeu.

— Si ce parasite se répand, Fred, la confidentialité de Covert-One sera le cadet de nos soucis.

— Je rencontre le Président demain. Je l'informerai et lui transmettrai ta recommandation. Mais que ce soit chez nous ou à l'étranger, la crédibilité du renseignement américain n'est pas à son plus haut niveau en ce moment, surtout en ce qui concerne le Moyen-Orient. Si nous voulons abattre les Iraniens ou envoyer des troupes en Afrique, nous avons besoin d'éléments concrets. Ensuite, il faut voir le temps que ça prendra pour monter ce genre d'opération…

— Je sais tout cela, Fred. Mais je ne peux m'empêcher de penser que cette vidéo n'est qu'un avant-goût de ce qui pourrait se produire à New York ou à Londres.

— Oui, répondit-il tranquillement. Moi aussi. »

42

Téhéran, Iran
25 novembre – 1055 GMT + 3:30

Assis en tailleur sur son coussin, l'ayatollah Amjad Khamenei écoutait l'enregistrement de conversation que venaient de lui apporter ses hommes. Il ferma les yeux en priant Dieu pour qu'il l'aide à conserver toute sa sérénité pendant qu'il prenait la mesure du complot ourdi contre lui. La belle-fille de Rahim Nikahd avait succombé aux blessures que lui avaient infligées les hommes d'Omidi. Le politicien n'était pas près de le leur pardonner.

Et pourtant, quelque chose clochait – s'il n'était pas parti en Afrique, Mehrak n'aurait pas manqué de le faire remarquer. La conversation entre Nikahd et un certain nombre de ses collègues députés prouvait que leur conjuration n'était pas seulement basée sur les derniers événements. Elle était trop complexe, trop élaborée. Ils devaient préparer leur coup depuis des mois, sans doute. Voire des années.

« Laissez-moi », dit-il en congédiant ses espions d'un geste de la main.

Il les avait lui-même triés sur le volet mais ne leur faisait pas confiance pour autant. On vivait une époque dangereuse et l'ayatollah se méfiait de tout le monde, à l'exception de sa proche famille et de son fidèle Omidi, qu'il considérait comme un fils.

Khamenei écoutait défiler les détails du projet d'attentat contre sa personne. Ces traîtres comptaient l'assassiner et transformer l'Iran en un pays « moderne » après avoir fumé le calumet de la paix avec Farrokh.

À la fin de la bande, il ôta les oreillettes et les posa par terre. Il avait commis tant d'erreurs durant sa longue vie. La pire de toutes avait été de sous-estimer le pouvoir de l'argent. Les sanctions internationales pesant sur l'économie iranienne avaient empêché ses citoyens de s'acheter toutes les babioles inutiles qu'ils voyaient sur internet et dans les publicités occidentales. Toutes ces choses qu'ils plaçaient désormais au-dessus de Dieu.

En outre, il s'était gravement mépris sur la réaction de la jeunesse du pays à l'occupation américaine de l'Irak et de l'Afghanistan. Il avait pris cela comme un signe avant-coureur – la montée d'un nouvel impérialisme qui les détruirait s'ils ne se donnaient pas les armes pour se défendre. À présent, des années plus tard, avec le fiasco de l'armée américaine au Proche-Orient et les mauvaises perspectives financières du gouvernement américain, beaucoup d'Iraniens croyaient naïvement que les risques d'invasion étaient écartés. Surtout en l'absence de provocation concrète.

Résultat, l'Iran qu'il avait contribué à bâtir était en train de pourrir de l'intérieur parce que ces impies cherchaient uniquement à satisfaire leurs appétits de consommation. Le rêve d'une république islamique partait en fumée. À sa place, s'instaurait une société où rien ne comptait que les voitures de luxe, les vêtements griffés et la presse libre.

D'une enveloppe Kraft grand format, il retira une photo sur laquelle figuraient trois personnes. Il examina de nouveau leurs visages. Le microbiologiste Jon Smith travaillait pour le Centre d'armement biologique de l'armée américaine, au Maryland. Sarie Van Keuren était le plus grand expert mondial des parasites. Peter Howell avait passé sa carrière dans les rangs du MI6 et du SAS. Les Américains soupçonnaient quelque chose. Voilà pourquoi il devait agir vite.

Ayant perdu une partie de son autorité sur les forces de sécurité iraniennes, Omidi hésitait à faire tirer sur les foules de manifestants qui empoisonnaient le pays. Plusieurs chefs de parti complotaient contre lui au sein même du Parlement. Et l'on chuchotait que Farrokh recherchait un appui militaire.

Khamenei avait déjà perdu trop de temps. Son pouvoir s'était tellement amoindri qu'il n'était plus sûr de rien. Ne lui restait qu'une seule solution : s'attaquer directement à la racine du mal qui projetait son ombre sur la république.

Il regarda l'heure. Moins d'une minute.

Quand le téléphone sonna, il décrocha dans la seconde. « Dieu soit avec toi, Mehrak.

— Et avec vous, Excellence.

— C'est bon d'entendre ta voix. J'ai peu d'alliés ici. Encore moins que tu imagines.

— J'ai eu vent de la rencontre entre Nikahd et ses complices. Je m'occuperai d'eux dès mon retour. Il faut se montrer prudent.

— C'est trop tard, mon vieil ami. J'aurais dû écouter tes avertissements. Parfois je me dis que je deviens sénile.

— Vous voyez de la piété chez des individus qui en sont dépourvus, Excellence. Ce n'est pas de la sénilité. Cela signifie que vous êtes un homme de Dieu.

— Tu sais toujours trouver la parole qui m'apaise, Mehrak. Et je t'en remercie. Maintenant dis-moi ce que tu as appris.

— L'arme de Bahame est proche de la perfection. J'ai assisté à une démonstration. Il ne nous a pas menti. Cet homme a découvert comment répandre la colère du Tout-Puissant. »

Khamenei ferma les yeux sur des images de chaos. Des corps brisés jonchant les rues des États-Unis, des survivants apeurés priant leur faux Dieu de leur accorder un salut qui ne viendrait jamais.

— Tu disais proche de la perfection. Pourquoi proche ?

— Le parasite est encore peu maniable. Et il reste à le transformer en arme.

— L'anniversaire de la Révolution islamique tombe dans onze semaines. À cette date, nous attaquerons l'Amérique.

— Excellence, c'est impossible. Nous ne disposons pas du personnel technique nécessaire. Ce serait…

— Aie la foi, Omidi. Dieu y pourvoira.

— Bien sûr, Excellence. Mais il faut être réaliste. Les difficultés…

— Ce que veut Bahame se trouve sur la frontière soudanaise. Je vais autoriser son transfert immédiatement. »

43

Nord de l'Ouganda
25 novembre – 1207 GMT + 3

Jon Smith revérifia la carte tracée à la main. Marquée par des traces de pneus, la piste où roulait leur véhicule tout-terrain traversait une région vallonnée.

Ils avaient quitté la ferme après avoir avalé le copieux petit déjeuner que Duernberg avait tenu à leur préparer. Le soleil était à son zénith et il faisait si chaud que même le système de climatisation hyperpuissant du Land Cruiser de Janani avait du mal à assurer. Au loin, le vent soulevait des tourbillons de poussière.

« C'est inutile, dit Sarie depuis la banquette arrière quand Smith se pencha par la vitre pour sécher son visage en sueur. Elle avait raison – on aurait dit que l'air extérieur sortait d'un four à convection.

Il se rassit correctement et déplaça le fusil d'assaut qui dépassait entre les sièges pour pouvoir décoller son dos du dossier en cuir. « La carte indique une intersection. Ensuite, la route a l'air meilleure. On tourne à gauche et après, on roule sur 1 500 mètres jusqu'aux grottes.

— À supposer que l'intersection soit toujours là, remarqua Howell. Cette carte ne date pas d'hier.

— C'est tout ce qu'on a. Qu'est-ce qui se passe derrière nous, Sarie ?

— Rien. Je pense que nos anges gardiens nous ont abandonnés. »

Leur escorte militaire ne s'était pas montrée depuis la veille dans l'après-midi. Ils avaient dû briser un essieu, à moins qu'ils n'aient été emportés en traversant une rivière, comme eux-mêmes avaient failli l'être une vingtaine de fois depuis leur départ de Kampala. Peut-être avaient-ils simplement fait demi-tour. Bahame ne devait pas trop apprécier la présence de troupes ougandaises dans son arrière-cour.

La route devint plus praticable. Howell en profita pour accélérer sur un virage en pente. La chaleur et le paysage monotone avaient engourdi ses réflexes, si bien qu'il freina une fraction de seconde trop tard. Le véhicule dérapa dans la poussière et continua sur son élan jusqu'à ce que la grille de protection heurte le flanc d'un camion militaire garé en travers du chemin.

Immédiatement Howell chercha son fusil d'assaut. Smith lui saisit le poignet. Il n'y avait personne dans la cabine du camion mais les trois hommes juchés à l'arrière occupaient une position idéale pour mitrailler le pare-brise du Land Cruiser. Des soldats en tenue de camouflage surgirent des herbes hautes et approchèrent prudemment en les menaçant de leurs armes.

« Descendez de ce véhicule ! cria l'un d'eux.

— C'est vous qui nous suivez depuis Kampala ? demanda Smith en descendant sans se presser. Nous avons la permission de circuler dans cette région. »

Six canons se pointèrent sur lui. Du coin de l'œil, Smith vit Howell jauger les porteurs de fusil.

Soudain, il craignit que Sembutu les ait lâchés. Avait-il changé d'avis et décidé qu'ils lui causeraient plus de problèmes que prévu ? Avait-il ordonné qu'on les élimine purement et simplement ? Ce serait si facile. Personne ne retrouverait jamais leurs corps. On mettrait leur disparition sur le compte de Bahame ou des centaines d'autres dangers qui guettent tous ceux qui s'enfoncent dans la brousse africaine.

« Vous allez faire demi-tour, dit l'homme. Rentrez chez vous.

— Nous sommes des scientifiques, plaida Sarie. Nous sommes venus étudier certains de vos animaux.

— Les fourmis, c'est ça ?

— Exact, nous…

— Vous voulez mourir pour des fourmis ?

— Nous n'étudions pas seulement les fourmis, dit Smith. Nous étudions les maladies et la façon dont elles se propagent. Notre travail sauvera des vies.

— Pas les vôtres, si jamais Bahame vous chope.

— C'est un risque que nous prenons en toute connaissance de cause. »

L'homme resta quelques instants immobile à les contempler d'un air renfrogné comme s'il n'avait jamais eu l'occasion de voir de si près des êtres aussi stupides. Finalement, il sortit de sa poche un téléphone satellite dans lequel il prononça quelques phrases inintelligibles. Quand il raccrocha, il semblait encore plus furieux.

« Si vous refusez de faire demi-tour, nous avons ordre de vous protéger.

— C'est très gentil de votre part mais ce n'est pas nécessaire. Nous ne voulons pas vous mettre en danger. Il…

— Alors vous rentrez à Kampala.

— Hélas c'est impossible. »

L'homme poussa un soupir d'agacement et remonta dans le camion.

*

« Comment ça va ? » cria Smith en courant derrière Sarie, après avoir franchi un amoncellement de rochers déchiquetés. Il déboucha sur une sorte de prairie caillouteuse ponctuée de bouquets d'arbres ressemblant à d'énormes pins parasols. Elle l'attendait à l'ombre de leurs frondaisons et lui tendit la gourde dont elle venait de se servir.

« Comme un lundi. » De petites rides se formèrent au coin de ses yeux quand elle plissa les paupières derrière ses lunettes de soleil. Le vent créait des formes dans l'herbe. « Je commence à me demander si nous sommes au bon endroit. Depuis le temps qu'on marche, on aurait dû trouver les grottes. Surtout qu'on n'est pas seuls à chercher. »

À cause d'eux, les soldats de Sembutu avaient repris du service. On les voyait parcourir la prairie avec Peter Howell, en file indienne, à vingt-cinq mètres d'intervalle les uns des autres.

« C'est ce que disait la carte.

— J'espère pour ses patients que Duernberg était meilleur médecin que cartographe. »

Smith ôta son stetson en paille et le tint au-dessus de ses yeux pour mieux les protéger du soleil pendant qu'il contemplait le paysage s'étendant à l'infini.

« Les conditions sont plutôt rudes, fit Sarie. Vous vous en sortez bien mieux que je n'aurais cru. »

Smith esquissa un sourire en forme de grimace. « Est-ce un compliment ou une insulte ?

— Juste une observation, répondit-elle avec le plus grand sérieux. Peter et vous paraissez plutôt à l'aise. Rien ne vous perturbe vraiment, ni le terrain, ni le soleil, ni les fous de la gâchette. Je sais qu'il était du SAS, mais vous ?

— Sarie, je ne suis peut-être pas du SAS mais j'ai travaillé sur le front dans des unités médicalisées rattachées aux forces spéciales. Les MASH, vous connaissez ?

— Mouais, fit-elle visiblement peu convaincue. J'ai roulé ma bosse, Jon. J'ai connu des médecins militaires. Certains ont vécu quelques aventures intéressantes. Mais en fin de compte, ce sont des citadins.

— Des citadins ?

— Ils fréquentent religieusement leur club de gym trois fois par semaine. Ils font leurs petits triathlons à la crise de la quarantaine. La brousse c'est autre chose. Mais je ne vous apprends rien, n'est-ce pas ? »

Smith qui n'aimait pas le tour que prenait la conversation fut presque soulagé quand il entendit l'un des soldats marchant vers le nord pousser un cri de frayeur. Il sortit son pistolet de son holster et se mit à courir sur le sol inégal. Sarie le suivit de quelques enjambées.

Les autres soldats avaient mis genou en terre et balayaient l'espace du bout de leurs fusils. Howell leur cria de se calmer.

Smith finit par identifier la cause du problème. Un soldat qu'il avait cru agenouillé était en fait tombé dans un trou. S'il n'avait pas écarté les bras pour se rattraper au bord, il se serait écrasé au fond.

Smith et Sarie l'attrapèrent par les épaules et le hissèrent pendant que ses camarades se rassemblaient autour d'eux.

« Vous vous sentez comment ? »

L'homme ne semblait pas comprendre ce qu'on lui disait. Smith montra la tache de sang qui grossissait sur la jambe gauche de son treillis.

« Asseyez-vous une minute et détendez-vous. Je suis médecin. »

Quelqu'un traduisit. Smith sortit un couteau, coupa le tissu du pantalon et examina la blessure. En tombant, l'homme s'était entaillé la jambe sur une pierre coupante qui dépassait de la paroi.

« J'ai une trousse de secours », dit Howell en fouillant dans son sac. Il remit à son ami une pochette en plastique contenant tout ce qu'il fallait. De toute évidence, il l'avait constituée lui-même. Smith nettoya la blessure avec de l'alcool puis enfila une aiguille courbe.

« Dites-lui que ça va piquer un peu. »

L'homme couché sur le dos ne broncha pas lorsque Smith sutura les lèvres de la plaie.

« Je crois que le docteur Duernberg avait raison, finalement, dit Sarie en s'allongeant au bord du trou. Il doit faire dans les quinze mètres de profondeur. Ça m'a l'air plutôt vaste, là en bas, mais impossible d'évaluer exactement.

— Et la pierre qui l'a blessé ? s'enquit Smith.

— Propre et sèche. »

Smith hocha la tête. Selon toutes probabilités, ils venaient de découvrir la cachette du parasite. L'entrée de la caverne était dissimulée sous des herbes et des plantes grimpantes. Comme il n'y avait aucun garde-fou, il suffisait de poser le pied dessus pour chuter. Si le soldat était tombé au fond et si sa blessure avait été souillée par de l'eau ou du guano de chauve-souris, les choses auraient pu tourner très mal. Ils avaient eu de la chance.

Smith banda la jambe de l'homme pendant que Sarie déballait ses ustensiles. De son côté, Howell réquisitionnait les autres soldats pour qu'ils l'aident à dégager les abords du gouffre.

Quand il eut terminé, Smith prit sa torche et promena le faisceau dans l'obscurité. Aucun moyen de descendre. Le trou sur lequel il était penché perçait le plafond voûté d'une caverne dont il ne voyait pas les limites. Des cailloux jonchant le sol provenaient des éboulis qui s'étaient accumulés au cours des siècles. On entendait un clapotis régulier, quelque part sous le halo.

« Qu'en pensez-vous ? dit-il en reculant.

— Je pense qu'il faut aller voir », répliqua Sarie en déroulant la corde posée près d'une boîte de gants en latex.

Smith ne put réprimer un froncement de sourcils. En dehors des gants et de quelques masques chirurgicaux basiques, ils ne possédaient pas d'équipement de prévention contre les dangers biologiques et, à part cette corde, aucun matériel d'escalade. Pas terrible. Mais encore une fois, il s'agissait de circonstances exceptionnelles.

« Tu es sûr que vous me tenez bien ? »

Comme il n'y avait pas de quoi accrocher la corde, Smith avait dû se résoudre à descendre en comptant sur Howell et les soldats ougandais. À les voir tous alignés, on aurait dit qu'ils jouaient au tir à la corde. Cette vision n'était guère rassurante.

« Tu le sauras bien assez tôt.

— Génial », marmonna Smith en tirant un bon coup sur la corde de manière à tester sa résistance. Puis il se glissa dans le trou. La corde fila sur une trentaine de centimètres. Il se trouvait à présent dans la même position que le soldat tout à l'heure, et n'avait pas trop envie de s'élancer dans le néant.

« Allez, vas-y », dit Howell en plantant le talon de ses bottes dans la terre pour bénéficier d'un maximum de traction.

Smith ferma les yeux, s'efforçant d'oublier les quinze mètres de vide sous ses pieds et la présence à l'arrivée du parasite dont ils investissaient la tanière.

Il respira à fond, relâcha ses membres crispés et enroula la corde autour de ses jambes. Quand il agrippa les nœuds faits par Howell, ses articulations blanchirent. En haut, les Africains poussaient des cris inquiets car son poids les entraînait vers le gouffre. Smith grimaça. La corde venait de filer sur une cinquantaine de centimètres encore.

« Il vaudrait mieux que tu te magnes », lança Howell d'une voix tendue.

Smith toucha bientôt le fond. Mais sentir la terre ferme sous ses pieds ne lui procura guère de réconfort. Il revérifia que le bas de son pantalon était bien enfoncé dans ses bottes et ses manches coincées par les gants en latex. « C'est bon, Sarie. J'y suis. À vous. »

Elle descendit maladroitement en calant ses pieds sur les nœuds. L'effort était si intense qu'elle grognait. Quand elle arriva à sa portée, Smith l'attrapa par les jambes et l'aida à atterrir.

« À vous voir faire, je croyais que c'était facile, commenta-t-elle en repliant sa main droite endolorie.

— Ça va ?

— Je ne me suis jamais sentie aussi bien. Merci beaucoup. Vous avez remarqué comme c'est sympa, ici ? »

Non, il n'avait pas remarqué, mais finalement elle n'avait pas entièrement tort. D'abord, la température avait chuté d'une bonne vingtaine de degrés et il y avait un léger courant d'air. À toute chose malheur était bon. Il suffisait parfois d'adopter un autre point de vue. Mais en l'occurrence, il fallait vraiment y mettre du sien pour trouver cet endroit sympa.

Elle voulut l'aider à se défaire de son sac mais, dans sa hâte, le laissa tomber par terre. Ensuite, elle s'acharna sur le rabat.

« Vous avez peur ? » demanda-t-il en écartant doucement ses mains tremblantes. Il détacha lui-même les fermoirs en plastique.

« Un peu. Je dois avouer que je ne raffole pas des espaces confinés. Et la plupart des parasites sur lesquels je travaille ne… Et vous ?

— Peur ? Oui. Peur des espaces confinés ? Non. Au contraire, je les adore. Surtout quand je porte une jolie combinaison de sécurité. »

Elle sourit. Le rayon lumineux venant de la surface fit étinceler ses dents. « En effet, ça pourrait être pire. »

Une ombre passa sur elle. Smith leva les yeux vers Howell qui les regardait d'en haut.

« Tout va bien pour vous ?

— Y a pas à se plaindre. On a l'air conditionné. »

L'Anglais secoua la tête. « Personnellement, je préfère cuire au soleil. »

Smith savait que Peter Howell n'aurait pas hésité une seconde à affronter vingt hommes armés avec rien d'autre qu'un stylo à bille et un sachet de thé humide. En revanche, il n'avait jamais été fan des petites bêtes qui rampent. Pour lui, ce n'était pas un combat équilibré.

« Je vais voir si je peux trouver un endroit où suspendre un filet, dit Sarie. J'aimerais attraper une chauve… »

L'écho d'une détonation leur parvint, suivi de deux autres bruits tout aussi reconnaissables : un choc sourd et le grognement d'un homme qui vient de se prendre une balle. Un instant plus tard, la corde dégringolait sur eux.

« Peter ! » hurla Smith. Mais Howell avait disparu et pour seule réponse, ils eurent droit à des rafales de fusil-mitrailleur. Il compta au moins trois armes différentes.

« Peter ! cria Sarie. Que se passe-t-il ? Vous allez bien ? »

Un autre bruit résonna au-dessus de leurs têtes puis soudain, tout s'obscurcit. Quand il réalisa ce qui se passait, Smith attrapa Sarie et la repoussa juste à temps pour lui éviter d'être écrasée par le soldat qui tombait.

Smith s'agenouilla près de l'homme et lui prit le pouls.

« Est-il…, hasarda Sarie.

— Rafale en pleine poitrine. Il était mort avant même de toucher le sol. »

Smith tendit à Sarie le fusil du soldat et inspecta ses poches à la recherche d'un objet susceptible de leur servir. Il trouva quelques shillings ougandais et une patte de lapin rose fuchsia qui visiblement ne fonctionnait pas.

« On ne pourra pas ressortir par le même chemin, dit Smith en l'entraînant hors du puits de lumière. Sarie ? Vous m'écoutez ? »

La jeune femme respirait mal. Elle semblait incapable de regarder autre chose que le cadavre. Smith se plaça entre elle et le soldat mort et la prit par les épaules. « Vous récupérez ?

— Donnez-moi juste une seconde, OK ? »

Elle ferma les yeux le temps de recouvrer un souffle normal. Quand elle les rouvrit, son regard semblait moins affolé. « Qu'est-il arrivé à Peter ?

— Pour l'instant, on ne peut rien pour lui. Il faut qu'on s'occupe de nous. Première chose, sortir d'ici.

— Comment allons-nous faire ? Je n'ai jamais été coincée dans une caverne cernée par des hommes en armes. Et vous ?

— Oui, ça m'est déjà arrivé.
— Vous plaisantez, j'imagine.
— Nullement. Vous sentez ce léger filet d'air ? »
Elle acquiesça.
« Il suffit de découvrir d'où il vient. »

La pierraille couvrant le sol de la grotte ralentissait leur progression mais heureusement la déclivité était nulle. Ils s'arrêtaient toutes les cinq minutes pour écouter les bruits derrière eux. Personne ne les suivait. On entendait juste tomber les pierres qui se détachaient de temps en temps du plafond.

Toujours plus étroit, le passage se terminait sur une paroi percée d'une brèche d'un mètre de large. Sarie voulut l'éclairer avec sa torche. Le faisceau révéla une autre paroi incrustée de cristaux. Le tunnel tournait sur la droite.

« Vous allez me dire qu'on doit continuer par là, n'est-ce pas ? »

Smith lui montra que le courant d'air passait par la brèche. « Si vous avez une meilleure idée, je suis tout ouïe. »

Elle resta plantée là, à se mordiller la lèvre d'un air misérable.

« Les dames d'abord, lança-t-il.

— Vous m'envoyez en première ligne ? J'y crois pas.

— Ne vous fâchez pas, Sarie, mais si vous paniquez je préfère que vous soyez devant moi que derrière. Allez-y doucement et attention à la tête. Je ne vous lâche pas d'une semelle. »

Il aurait aimé qu'elle réagisse aussitôt mais elle se contenta de regarder fixement le trou noir qui s'ouvrait devant elle. À tout moment, un bruit de pas pouvait retentir dans le tunnel par lequel ils étaient arrivés. Peter ferait l'impossible pour retenir les assaillants mais comme Smith ignorait leur nombre et leur type d'armement, il n'avait aucun moyen d'estimer le temps dont ils disposaient.

Sarie finit par se résoudre à ramasser le fusil pris sur le soldat mort et franchit la brèche.

Le goulet était si sombre et si étroit qu'il abolissait la notion de temps. Smith devait sans cesse consulter les aiguilles phosphorescentes de sa montre pour déterminer le temps écoulé. De temps à autre, Sarie s'accordait une courte pause pour hyperventiler puis se remettait en route sans se plaindre.

Ils progressaient ainsi depuis quinze minutes quand elle s'arrêta – plus subitement que d'habitude. « Jon ? Je crois que nous risquons d'avoir un problème.

— C'est bon. Je suis juste derrière vous. Ça va ?

— *Ja.* Mais je suis au bord du vide et ma torche n'est pas assez puissante pour éclairer le fond.

— Ramassez un caillou, lâchez-le et comptez jusqu'à ce que vous l'entendiez tomber.

— OK. J'y vais. »

Sa réponse se fit trop attendre à son goût.

« Six secondes.

— Ça fait un peu trop pour notre corde. La corniche où vous êtes mène-t-elle quelque part ?

— Sur la droite.

— Quelle largeur ?

— Cinquante centimètres.

— Vous pouvez vous glisser dessus ?

— Vous voulez dire sans tomber ?

— J'aimerais autant. »

Il entendit un soupir puis le frottement du fusil qu'elle faisait passer devant elle.

« Merde ! » s'écria-t-elle. Son juron se répercuta sur les parois de pierre. Smith était sur le point de lui demander ce qui se passait quand il entendit le fracas métallique du fusil au fond du puits.

Grandiose.

« C'est bon, Sarie. Pas de problème. Concentrez-vous sur ce que vous êtes en train de faire. »

Quand elle s'engagea à quatre pattes sur la corniche, il lui saisit la cheville bien qu'il doutât de pouvoir la retenir si jamais elle tombait. Il était fort probable qu'il la suivrait dans sa chute.

« Oui, ça va, dit-elle en faisant des efforts pour maîtriser son souffle. J'y suis. Je suis sur le rebord. Mais ça ne va pas plus loin. En fait, il y a un mètre de vide et après la corniche reprend.

— Vous pouvez vous relever ?

— Pas question.

— La seule façon de franchir un tel espace c'est de sauter.

— Vous croyez peut-être que je n'y ai pas pensé ? répliqua-t-elle avant de reprendre sur un ton plus conciliant. Je suis désolée, Jon. Je sais que vous essayez juste de m'aider. Mais cette corniche est tellement étroite que je suis déjà à moitié au-dessus du vide et la paroi au-dessus de moi m'a l'air très instable. C'est de la terre humide. Je ne vois pas comment je pourrais m'y accrocher pour garder l'équilibre.

— Je comprends, dit-il calmement. Voilà ce que vous allez faire. Vous allez reculer tout doucement jusqu'à ce que vos hanches arrivent au niveau de la cavité où je suis. Compris ?

— Ouais. D'accord. Je recule. Ça me va. »

La lumière de sa torche trembla sur les parois de la caverne.

« Vous y êtes presque. Vous vous débrouillez très bien. »

Il tendit la main et l'empoigna solidement par la ceinture de son pantalon.

« Moi aussi, j'aimerais beaucoup que nous fassions plus ample connaissance, Jon. Mais pensez-vous réellement que ce soit le moment ? »

Leur fou rire dura plus longtemps que ne le méritait cette plaisanterie mais leur permit de se détendre un peu.

« OK, Sarie. Je suis accroché à vous comme une tique sur un chien. Je ne bouge plus. Maintenant, vous pouvez vous lever sans crainte.

— Facile à dire.

— Oui en effet, ça m'est venu comme ça. »

De nouveau, ils éclatèrent de rire. Puis Smith se cala contre la paroi. La jeune femme souleva les hanches et quand ses épaules furent presque au niveau de la cavité, il tira sur la ceinture. Sarie se retrouva plaquée contre la roche.

« Tournez-vous légèrement vers la droite et cherchez une prise assez solide pour vous accrocher à la paroi.

— Ouais… d'accord. J'ai trouvé quelque chose. Ça m'a l'air assez solide.

— À vous de m'aider, maintenant. »

Moins d'une minute plus tard, il était debout, le dos collé à la paroi, le bout de ses bottes dans le vide. L'abîme qui s'ouvrait sous leurs pieds était aussi noir que l'espace intersidéral. Ils coulissèrent vers la droite puis il lui prit la main pour l'aider à franchir le trou.

De l'autre côté, le vent soufflait plus fort. Rapidement, ils constatèrent qu'ils devaient choisir entre lutter contre le courant d'air et garder l'équilibre. Alors, ils s'arrêtèrent.

« Éteignez votre torche une seconde, Sarie.

— Quoi ? Pourquoi ?

— Faites ce que je vous dis. »

Elle s'exécuta. Smith attendit que ses yeux s'habituent à l'obscurité. À travers les ténèbres, filtrait une lueur grisâtre. Le soleil.

44

Nord de l'Ouganda
25 novembre – 1549 GMT + 3

« Donnez-moi la main. »

Smith n'aurait jamais cru être aussi heureux de retrouver l'ardeur du soleil ougandais. En fait, il ne se rappelait pas avoir éprouvé sensation plus agréable. Le trou qui béait au-dessus d'eux faisait à peu près la même largeur que celui par lequel ils étaient entrés. Fort heureusement, un éboulis de deux mètres de haut leur facilita l'escalade.

Il prit la main de Sarie et l'aida à franchir la brèche en s'assurant que leurs têtes ne dépassent pas des herbes hautes. Une fois à l'air libre, la jeune femme s'allongea sur le dos et passa quelques instants à contempler le ciel en respirant à pleins poumons.

« Merci, Jon.

— Vive le travail d'équipe. »

Un coup de feu résonna au loin. Il passa un œil au-dessus des herbes.

« Ils tirent encore, dit Sarie. Ça n'arrête pas…

— Oui mais c'est plutôt bon signe.

— Que voulez-vous dire ?

— Cela signifie qu'il reste quelqu'un pour tirer et quelqu'un sur qui tirer. Donc, l'un de nos compagnons est encore en vie.

— Qu'allons-nous faire, alors ?

— *Nous* n'allons rien faire. Vous ne bougez pas d'ici. J'y vais seul.

— Pas question qu'on se sépare. Quand on a affaire à Caleb Bahame, il vaut mieux se battre que de rester les bras croisés à l'attendre. »

Son argument tombait sous le sens. Il n'aurait pas été chevaleresque de la laisser seule en plein territoire ennemi.

« Très bien, dit Smith en se mettant à ramper sur les coudes dans l'herbe. Restez bien derrière moi. Et rappelez-vous : calme et invisibilité. »

La chance les accompagna car, durant l'heure et demie qu'ils passèrent à ramper sur une distance de trois cents mètres à peine, d'après les calculs de Smith, aucune autre détonation ne se fit entendre.

Vers l'entrée de la caverne, la végétation se raréfiant, Smith fit signe à Sarie de l'attendre. Il s'aplatit contre le sol et régla sa progression sur les ondulations des herbes caressées par le vent. Après quinze minutes à ce rythme, il vit que la couverture végétale devenait presque inexistante. Poursuivre revenait à s'exposer aux tirs de l'ennemi. Heureusement, de là où il se tenait, il bénéficiait d'une vue suffisante. Peter Howell était assis, adossé à un rocher bas, près de l'homme qui leur avait sagement conseillé de regagner Kampala.

Smith se félicitait d'avoir pu ramper jusqu'à son ami sans se faire repérer quand Howell tourna la tête dans sa direction en tendant la main vers son arme. Smith lut de l'inquiétude dans ses yeux.

« Ne tire pas, murmura Smith. C'est moi. »

Howell pivota sur lui-même en s'arrangeant pour rester à couvert. Derrière lui, l'Africain salua le revenant d'un geste de la main et se mit à pianoter sur son téléphone satellite – sans doute pour informer Sembutu que Smith était encore vivant.

« Est-ce que Sarie va bien ? demanda Howell.

— Quelques bosses mais rien de sérieux.

— Je commençais à penser que vous vous étiez tirés au Cap.

— On a fait une pause déjeuner. Quelle est la situation ?

— Pas terrible, mec. On a perdu deux hommes et j'ai bien peur qu'on soit coincés ici. De temps à autre, ils tirent une rafale pour nous rappeler qu'ils sont encore là. De deux choses l'une, soit ils envoient des hommes pour essayer de nous prendre à revers soit ils attendent des renforts. » Il désigna du pouce l'Africain qui parlait rapidement dans son téléphone. « Okot et moi on est tombés d'accord. Notre seule chance consiste à attendre la nuit pour filer vers l'est. Mais je doute qu'ils nous en laissent le temps. Je crois qu'ils ne vont pas tarder à nous balancer un truc pas sympa sur le coin de la tronche. »

Okot rempocha son téléphone et ramassa son arme. Howell ne vit pas la crosse du fusil qui le frappa à la nuque et le fit basculer face contre terre.

Smith voulut lever son pistolet mais déjà l'Africain le visait à la tête. Il rappela ses hommes. Un moment plus tard, l'un d'eux agita un mouchoir blanc sale, au-dessus des herbes.

45

Près de Washington, DC, USA
25 novembre – 1159 GMT – 5

Randi Russell suivait une vieille Honda qui se traînait sur la route de campagne en attendant de pouvoir doubler entre deux virages. Son autoradio se mit à grésiller. Elle profita d'une ligne droite pour mettre le pied au plancher en tapotant impatiemment le volant de sa Chevy Aveo qui monta rapidement à cent kilomètres/heure.

Elle avait vendu sa Porsche et sa maison quelques années auparavant. À quoi bon les entretenir puisqu'elle passait la moitié de son temps à sillonner la planète ? Durant ses rares séjours au pays, elle habitait une ferme minuscule que lui prêtait son ancienne voisine de chambre à l'université. Cette dernière l'avait rénovée dans le but de s'y installer mais son emploi du temps l'en empêchait. C'était l'endroit idéal pour décompresser entre deux missions. Tranquille, située à deux heures de route de Washington, la maison était bâtie autour d'une énorme cheminée.

Quand l'émission d'information qu'elle tentait d'écouter fut complètement noyée sous les parasites, elle coupa la radio pour mieux réfléchir à l'affaire Jon Smith. Il n'avait toujours pas répondu au message qu'elle lui avait laissé et malgré son insistance, l'USA-MRIID ne démordait pas de la version officielle : le colonel Smith avait pris un congé pour convenances personnelles et il n'était pas joignable actuellement.

Son ami des Transports avait retrouvé la piste de Jon au Cap, en Afrique du Sud. L'Afrique, comme par hasard. Le continent dont feu Brandon Gazenga avait été le spécialiste.

Elle avait réservé un vol pour le lendemain sous un nom d'emprunt que la CIA ne connaissait pas. Comme disait le proverbe, une femme avertie…

La route grimpait. Russell remit un coup d'accélérateur pour maintenir sa vitesse autour de soixante-dix. Des plaques de neige commençaient à apparaître entre les arbres. Honnêtement, elle n'aurait pas craché sur un petit aller-retour en Afrique du Sud, pour changer. D'autant plus qu'elle avait horreur du froid. Elle imaginait Jon en train de se dorer au soleil, allongé sur sa planche de surf. Peut-être emporterait-elle un bikini au cas où elle aurait envie de rester quelques jours de plus.

Ou peut-être pas.

Leur relation était l'une des rares choses dans sa vie qu'elle ne maîtrisait pas totalement. Le destin les ramenait sans cesse l'un vers l'autre. Et quand ils se retrouvaient, c'était pour vivre des expériences limites où ils frôlaient la mort, la folie ou bien les deux. Tout cela les avait certes rapprochés mais elle se demandait à chaque fois si leur prochaine rencontre ne leur serait pas fatale.

En pleine montée, le moteur se mit à perdre de la puissance. La petite Chevrolet ralentit puis cala juste au moment où Randi la rangeait sur le bas-côté. Elle eut beau s'acharner sur la clé de contact, rien ne se produisit.

Cette stupide caisse avait moins de 15 000 kilomètres au compteur, une carrosserie quasiment neuve et juste un petit éclat sur le pare-brise. Après avoir passé un an sur un chameau qui lui crachait dessus dès qu'elle faisait mine de l'approcher, elle aurait bien mérité un moyen de locomotion digne de ce nom.

Sachant par expérience qu'il n'y avait pas de réseau dans ce trou perdu, Randi descendit de voiture, regarda vaguement sous le capot puis alla prendre son sac de gym sur la banquette arrière. Il restait un peu moins de sept kilomètres de côte jusqu'à la maison, le mercure était juste en dessous de zéro et le ciel légèrement dégagé. Elle avait le choix entre d'un côté un petit jogging à la fraîche, une tasse de thé et un coup de fil au garage et, de l'autre, une heure à se prendre la tête pour tenter en vain de réparer un moteur souffrant probablement d'une panne des circuits électroniques. Sa décision était toute prise.

Elle cherchait ses chaussures de marche dans son sac quand la Honda qu'elle avait doublée quelques minutes plus tôt s'arrêta derrière elle.

« Un ennui mécanique ? » dit un homme d'une petite trentaine d'années. D'un geste preste, il ouvrit sa portière et surgit de son véhicule à la manière d'un ancien boy-scout retrouvant l'enthousiasme de sa jeunesse.

« Oui mais tout va bien. Je gère.

— Nous pouvons vous déposer quelque part. Cela nous ferait plaisir.

— Merci beaucoup mais sincèrement, marcher me fera du bien. J'ai besoin d'exercice. »

La femme enceinte jusqu'aux yeux qui occupait le siège du passager parvint à s'en extirper. « On ne peut pas vous laisser comme ça, dans le froid, dit-elle en s'avançant vers Randi.

— Vraiment, tout va bien. Je… »

Comme ils se déplaçaient lentement, sans chercher à se positionner l'un par rapport à l'autre, Randi réalisa trop tard que le couple venait de sortir deux pistolets. Ils les braquèrent sur elle en visant la poitrine.

« Pourriez-vous nous remettre votre Glock, je vous prie, mademoiselle Russell ? »

Figée sur place, elle examina ses agresseurs. Ils étaient parfaitement placés – suffisamment éloignés l'un de l'autre pour empêcher une riposte rapide de sa part, et alignés de manière à pouvoir la soumettre à un tir croisé sans risquer de se blesser mutuellement. La femme qui avait adopté la position du tireur d'élite, genoux légèrement fléchis, ne se souciait plus guère de son gros ventre.

Elle ignorait à qui elle avait affaire mais ces deux-là étaient assurément des pros – elle était bien placée pour en juger. En plus, ils maîtrisaient totalement la situation. Non seulement ils connaissaient la marque de son pistolet mais, selon toute probabilité, ils s'étaient servis du système OnStar pour brouiller les circuits électroniques de sa Chevy, c'est-à-dire qu'ils possédaient des codes confidentiels auxquels de vulgaires pirates de la route n'auraient pas eu accès.

En se traitant de tous les noms, Randi retira lentement l'arme du holster qu'elle portait au niveau des reins. Elle s'était laissé surprendre en croyant à tort que ses nombreux ennemis se trouvaient à des milliers de kilomètres des États-Unis. Pourtant une seconde d'inattention suffisait pour se faire tuer.

« Éloignez-vous de votre véhicule, s'il vous plaît. »

Tandis qu'elle s'exécutait, une femme qu'elle n'avait pas encore vue descendit de l'arrière de la Honda et se dirigea vers elle. Par sa taille, sa tenue vestimentaire et même sa coiffure, elle ressemblait à la première. Randi la suivit des yeux quand elle s'assit au volant de la Chevy, démarra sans difficulté et s'éloigna à toute vitesse le long de la route.

Toute cette mise en scène semblait indiquer qu'ils ne comptaient pas l'abattre sur-le-champ. Elle devrait donc mettre à profit chaque seconde qu'il lui restait à vivre pour trouver un moyen de fuir. S'ils l'embarquaient à bord de la Honda, elle pourrait sans doute se servir de la lame qui ne la quittait jamais. C'était mieux que rien.

« On dirait que vous avez besoin d'une voiture, fit l'homme. Mais d'abord veuillez me donner le couteau que vous portez à la cuisse. »

46

Nord de l'Ouganda
25 novembre – 2018 GMT + 3

Mehrak Omidi se réveilla au bruit des acclamations et sortit de la tente où il s'était réfugié pour échapper aux morsures des insectes. Un grand nombre de soldats s'étaient massés autour d'un vieux pick-up. Il dut grimper sur l'estrade de Bahame pour apercevoir les deux hommes blancs qui gisaient à l'arrière.

On les emmena sans ménagement sous les coups de pied et les crachats de la foule en colère avant de les emprisonner en vue de leur prochaine exécution. Charles Sembutu avait failli à sa réputation. Avec les Américains, il s'était comporté comme une vieille femme. Alors qu'il aurait pu se débarrasser maintes fois de Smith et de son équipe, ils les avaient laissés approcher du camp sans rien faire. Il aurait pourtant été si simple d'appeler Omidi pour lui signaler leur position et ensuite se retirer tranquillement du jeu.

Quand les phares du pick-up s'éteignirent, on discerna une faible lueur à travers les arbres. Un moment plus tard, un 4 × 4 extravagant déboula au milieu du camp et s'arrêta en dérapant. Caleb Bahame en descendit d'un bond sans prêter attention aux manifestations de ferveur de ses soldats et aussitôt se pencha pour faire sortir du côté conducteur la femme blanche assise sur le siège du passager.

Omidi ne savait vers quoi diriger son regard, de la masse de cheveux blonds hirsutes ou de ce visage crispé qui s'efforçait de ne pas trahir sa peur. Il avait été incapable de satisfaire aux demandes réitérées de l'ayatollah qui tenait à ce qu'on libère le parasite pour l'anniversaire de la victoire, quitte à faire travailler leurs meilleurs biologistes 24 heures sur 24. La propension du saint homme à s'en remettre à l'aide de Dieu lui paraissait dangereusement naïve. Mais, encore une fois, force était de constater que la sagesse et la foi avaient triomphé des obstacles les plus insurmontables. Une belle leçon d'humilité.

Il sauta du podium et se retira dans la pénombre des premiers arbres pour mieux observer la prisonnière. Il avait douté de la faisabilité de leur projet, il avait craint les agences de renseignements américaines. Mais il avait eu tort. Dieu avait manifesté sa présence. Désormais toutes leurs entreprises seraient couronnées de succès. Sarie Van Keuren, la personne la plus qualifiée pour stabiliser le parasite et le transformer en arme, venait de lui être livrée sur un plateau.

*

En ouvrant les yeux, Jon Smith vit les formes vagues qui l'entouraient se fondre dans un plafond de pierre, des barreaux rouillés et, au-delà, un laboratoire rudimentaire. Comme il n'avait pas la force de se lever, il tourna mollement la tête vers le corps inerte de Peter Howell, allongé près de lui.

« Peter. Tu vas bien ? »

Le vieux baroudeur avait reçu un coup derrière la tête si violent que Smith redoutait qu'il ne se réveille jamais.

« Peter. Peux-tu… »

Smith perçut un faible gémissement puis un chapelet de paroles incompréhensibles.

« Quoi ? Qu'est-ce que tu as dit ? »

Howell répéta d'une voix plus ferme. « La mission la plus facile… Pour cinquante mille tickets… »

Smith peinait encore à se dresser sur son séant quand un cri perçant retentit. L'afflux d'adrénaline eut pour seul effet d'aggraver son mal de tête. D'instinct, il s'éloigna des barreaux tout en recherchant d'où provenait ce hurlement terrifiant.

Trois mètres plus loin, sur la paroi opposée de la caverne, une femme était emprisonnée dans une cellule pareille à la leur. Smith la vit tendre un bras entre les barreaux, eux-mêmes protégés par une bâche en plastique translucide maculée de sang. On aurait dit qu'elle essayait de les atteindre à tout prix, même au risque de se broyer les os.

« Vous êtes réveillés ? »

Smith se tourna lentement vers l'homme qui venait de s'exprimer. C'était un vieillard vêtu d'un tablier de grosse toile qui semblait avoir servi pendant cinquante ans dans un abattoir.

« Où est Sarie ?

— Qui donc ? » demanda l'homme.

Pour se hisser sur ses pieds, Smith attrapa à pleines mains les barreaux qui malheureusement paraissaient fort solides. Pendant ce temps, Howell constatait les dommages faits à son crâne.

« Sarie Van Keuren. Elle était avec nous.

— Je n'en sais rien. »

De toute évidence, l'homme ne faisait pas partie des fidèles de Bahame – il était trop blanc, trop vieux et, à en juger d'après son langage, trop instruit. « Qui êtes-vous ?

— Moi ? répondit-il, un peu étonné par cette question. Thomas De Vries, médecin à la retraite. On m'a kidnappé. J'ai dû soigner un homme et le maintenir en vie pour que Bahame puisse le tuer. Après, on m'a enfermé ici et on m'a ordonné d'inventer un moyen de transporter un parasite du cerveau.

— Avez-vous réussi ? »

Il secoua la tête. « Je ne suis pas un chercheur. Et même si je l'étais, je ne le ferais pas. » Il désigna la femme contaminée qui semblait accuser une certaine fatigue, ce qui ne l'empêchait pas d'agiter encore les bras entre les barreaux. « Bahame contamine une personne après l'autre pour garder le parasite en vie. On est dans la même galère, à présent. Quand elle commencera à agoniser, on vous mettra dans sa cellule. Et quand vous commencerez à agoniser, ce sera au tour de votre ami. Je suis désolé.

— Je trouve ça un peu fort de café, s'écria Howell pendant que Smith l'attrapait sous le bras pour l'aider à se lever. Dis-moi un peu, mec. Y a-t-il un moyen… »

Il se tut en entendant un bruit de pas. De Vries se précipita vers une table en contreplaqué posée sur des parpaings et fit semblant d'être occupé.

Quelques instants plus tard, Smith fut étonné de voir entrer non pas un Africain mais un homme visiblement originaire du Moyen-Orient qui, malgré ses vêtements maculés de boue et de sueur, arborait un air étrangement guindé. Mentalement, Smith lui fit une rapide toilette et, sous la crasse, découvrit un visage plutôt familier.

« Colonel Smith, monsieur Howell. Je dois dire que je suis surpris de la facilité avec laquelle vous vous êtes laissés capturer. »

Un accent perse. Il ne lui manquait plus que ce dernier élément pour mettre un nom sur cette tête. « Alors, on s'encanaille, Omidi ? »

L'homme sourit. « Bien vu, colonel. Cela dit, ma présence ici n'était pas difficile à prévoir. Il faut bien que quelqu'un empêche le Centre de recherches américain pour l'armement biologique de s'emparer de ce parasite et l'utiliser contre le peuple musulman.

— Bahame et vous formez une excellente équipe, commenta Howell. Quel est ce proverbe déjà ? Qui se ressemble… »

Omidi ne releva pas l'insulte. Dans sa position, il pouvait se le permettre. « Le gouvernement américain sait-il ce qui se passe ici ?

— Il va falloir y mettre un peu plus de conviction, lança Smith.

— Je ne crois pas. Mais peu importe. Le temps vous est compté. »

À nouveau, des pas résonnèrent sur les parois. Smith les compta dans l'espoir d'estimer la distance qui les séparait de l'entrée de la caverne. Il avait déjà glané quelques informations sur leur environnement : les barreaux semblaient solides malgré la rouille dont ils étaient en partie recouverts et la serrure était de fabrication récente. La plupart des instruments entreposés dans le laboratoire pouvaient servir à entailler les chairs mais aucun n'était assez gros pour entamer l'acier. Le vieux médecin était de leur côté mais n'avait ni le courage ni les capacités physiques nécessaires à une tentative d'évasion. En fin de compte, Omidi avait probablement raison. Le temps leur était compté.

Sarie entra la première. Elle trébucha comme si on l'avait poussée. L'une de ses manches était imbibée de sang, ses yeux rouges et gonflés mais, à part cela, elle paraissait indemne.

Caleb Bahame la suivait de près. Ses cheveux avaient un peu blanchi sur les tempes mais il ressemblait au jeune homme de vingt-cinq ans figurant sur les photos que Star avait glissées dans le dossier.

Howell se précipita sur les barreaux qu'il empoigna en foudroyant du regard l'Africain qui avançait d'un pas nonchalant vers le centre de la salle.

« Peter Howell, chantonna-t-il. Ça fait un bout de temps. Tu m'as l'air mal en point. »

Bahame remarqua la surprise sur le visage de Smith. « Peter ne vous l'a pas dit ? fit-il en souriant. Nous sommes de vieux amis. Il a tué beaucoup de mes hommes. Beaucoup de mes ouailles.

— Tu n'étais pas obligé de te cacher derrière eux, rétorqua l'Anglais.

— Ils m'aiment. Ils savent qui je suis. Ce que je suis.

— Et qu'est-ce que vous êtes, exactement ? demanda Smith sans obtenir de réponse.

— Tu sais, j'ai embauché un homme pour te surveiller, en Amérique, Peter. C'est un fait sans précédent. Tu devrais être flatté qu'une célébrité comme moi s'intéresse autant à toi.

— Ah oui, je me rappelle, lui renvoya Howell. Si jamais tu le cherches, il est enterré près de mon hangar. »

Le sourire de Bahame s'épanouit. « Tu dois être impatient de savoir ce qui est arrivé à Yacobo. C'était un brave garçon et il est devenu un brave soldat. Figure-toi que j'ai fini par retrouver un membre de sa famille. Une tante, je crois. Je lui ai ordonné de la violer puis de la brûler vive. Je n'ai pas eu besoin d'insister outre mesure. Il s'en est donné à cœur joie. »

Howell secoua si fort les barreaux que de la terre se détacha du plafond et tomba en pluie sur eux.

Bahame éclata de rire. « Dieu t'a ramené vers moi. Comme il l'avait promis. Je sens que je vais bien m'amuser.

— Fais-le maintenant, dit Omidi qui n'avait pas ouvert la bouche depuis l'arrivée de l'Africain.

— Chaque chose en son temps.

— Non, maintenant. Ils ne nous servent à rien. Les garder en vie nous fait courir un risque inutile. »

D'un geste dédaigneux et sans appel, l'Africain lui fit comprendre qu'il entendait savourer son triomphe pendant quelque temps encore. « J'ai dit chaque chose en son temps. Ces Blancs vont m'aider à soutenir le moral des troupes. Grâce à eux, mon peuple verra que personne ne peut s'opposer à ma magie.

— Nous avons un accord. Nous…

— Un accord ? C'est moi qui les ai capturés. Ils n'ont rien à voir avec notre accord.

— C'est moi qui t'ai dit où ils étaient. J'ai un informateur chez les Américains…

— C'est Dieu qui m'a dit où ils étaient. Toi tu n'es qu'un intermédiaire. »

Il saisit Sarie par les cheveux et l'attira vers lui. Elle eut l'intelligence de ne pas résister.

« Et maintenant que je la tiens, je n'ai plus besoin de toi, hein Mehrak ? »

De toute évidence, Omidi commençait à mesurer la fragilité de sa position. Bahame était peut-être un mystique doublé d'un psychopathe mais ses connaissances en biologie suffisaient à le convaincre de l'utilité de Sarie. Elle seule était capable de transformer le parasite en une arme plus maniable.

« On pourrait se la partager », proposa Omidi.

Bahame prit un air vaguement outré. « Elle ne fait pas partie de notre accord et je peux m'occuper d'elle moi-même.

— Bien sûr, tu as raison, fit Omidi sur un ton soumis frisant la servilité. Mais je dispose de toutes les installations nécessaires à l'utilisation de ses talents. Il y a certainement moyen de négocier. »

L'Africain hocha la tête. « Il y a toujours moyen de négocier entre deux bons amis. Allons, buvons un coup. Nous parlerons de tout cela. »

47

Près de Washington, DC, USA
25 novembre – 1244 GMT – 5

Le gravier gelé produisait un crissement incroyablement sonore sous ses pas. Randi marchait vers une petite cabane nichée dans les bois, à une quinzaine de kilomètres de la première route asphaltée. Jusqu'à présent, elle n'avait pas eu la moindre occasion de fausser compagnie à ses ravisseurs et cela ne risquait pas de s'améliorer. Ils la suivaient d'une dizaine de mètres, l'un à 30 degrés sur sa gauche, l'autre à 30 degrés sur sa droite, à la lisière de la forêt.

Ses chances de leur échapper et de disparaître dans les fourrés sans se prendre une balle étaient proches de zéro. Même un tireur à moitié moins bon qu'eux n'aurait pu la rater à cette distance. Et même, à supposer qu'un miracle se produise et qu'ils la manquent, elle se voyait mal courir dans la neige en jupe et talons hauts, sans une arme pour se défendre.

Randi s'arrêta devant la porte d'entrée et se tourna vers eux, avec un regard interrogateur. Sans son ventre en mousse, la femme « enceinte » paraissait nettement plus mince. Elle lui fit signe d'entrer.

Les arbres l'attiraient indiciblement. Randi leur jeta un coup d'œil discret avant de saisir la poignée de la porte. Elle n'avait qu'à rester en vie assez longtemps pour que quelqu'un commette une erreur. Il y avait plus brillant comme stratégie mais c'était sa seule possibilité.

Quand elle entra, un feu de bois vert crépitait à sa droite. L'espace d'un instant, elle savoura la chaleur qui en émanait. Un îlot surmonté d'une plaque de granit séparait la kitchenette au fond de la cabane et l'espace de séjour. Un homme se tenait penché près de l'évier mais on ne voyait pas ce qu'il faisait. Il mesurait un peu moins d'un mètre quatre-vingts, perdait ses cheveux et son costume semblait avoir horreur des fers à repasser.

« Randi, fit-il en levant les yeux vers elle. Je suis à vous tout de suite. Versez-nous un peu de vin. » Sur une table basse près de la cheminée, une carafe et deux verres miroitaient étrangement sous la lumière des flammes. Du plastique. Après un rapide examen de la pièce, elle comprit qu'on avait enlevé tous les objets plus dangereux qu'un coussin.

L'homme contourna l'îlot, posa sur la table une assiette de fromages et de fruits puis s'installa dans l'un des canapés placés devant la cheminée. « Je vous en prie, prenez place. »

Ce n'était pas un athlète mais derrière ses lunettes, son regard acéré – un peu trop acéré à son goût – faisait froid dans le dos. Il ne reflétait pas l'intelligence, il en était l'expression même.

N'ayant toujours pas le choix, elle s'assit en face de lui, versa du vin et lui tendit son verre. L'homme goûta une petite gorgée, hocha la tête d'un air approbateur. « Je craignais qu'il ne soit un petit peu éventé mais je suis heureux de constater que j'avais tort. Je vous en prie, ne le gâchez pas. Si je voulais vous tuer ou vous droguer, ce serait déjà fait. »

C'était tellement logique qu'elle n'hésita plus à porter le gobelet de plastique à ses lèvres. Il fallait le reconnaître. Ce type s'y connaissait en grands crus.

« D'abord, pardonnez-moi cette mise en scène. Il y a un monde fou qui vous surveille, et pas que des gens de chez moi. Il va falloir agir vite si on veut passer inaperçus.

— Des gens de chez vous ? » s'étonna Randi.

L'homme fronça les sourcils. « Excusez ma grossièreté. Je me nomme Fred Klein. »

Randi prit une autre gorgée de vin tout en méditant d'un air impassible.

« Dois-je en conclure que vous savez qui je suis ? fit Klein.

— J'ai entendu parler d'un Fred Klein autrefois. Il a travaillé pour la CIA pendant un temps puis il a passé quelques années à la NSA. Ensuite, je ne sais pas.

— Oh, il a un peu bricolé à droite et à gauche – jusqu'à ce qu'enfin nous nous rencontrions.

— Je vois », dit-elle sans cacher son scepticisme. Comme elle ne s'était jamais trouvée en sa présence, elle ne pouvait affirmer que c'était bien lui. Pourtant la chose l'intriguait. Il s'était bâti une solide réputation dans la communauté du renseignement et la soudaineté de sa démission avait entraîné quelques spéculations, dans les cercles où elle évoluait.

« Vous avez laissé un message à Jon Smith voilà quelques jours, reprit-il. Je lui en ai parlé et il a réagi avec inquiétude. »

Celui-là, on le retrouvait toujours dans les endroits les plus improbables.

« C'est gentil à lui de s'inquiéter mais je voulais simplement lui parler de ma sœur. Savez-vous où il se trouve en ce moment ? J'aimerais discuter avec lui.

— Malheureusement, nous nous sommes perdus de vue dernièrement.

— Quel dommage. Eh bien, j'essaierai de le joindre quand il rentrera. Merci pour la dégustation. Vous pouvez me ramener chez moi ? »

Klein sourit et enfonça un pic dans un cube de fromage. « Où est Jon ?

— Aucune idée.

— Dois-je en conclure que votre départ pour le Cap demain n'est qu'une coïncidence ?

— Tous mes compliments. Vous êtes drôlement bien informé.

— J'ai eu un peu de chance sur ce coup, je dois l'admettre. Il m'est arrivé de faire des affaires avec le faussaire tchèque qui a fabriqué votre passeport. Mais hélas, Jon n'est plus en Afrique du Sud.

— Non ? fit Randy trop heureuse de laisser parler son interlocuteur – le soi-disant Klein – sans dévoiler son propre jeu.

— Il s'est envolé pour l'Ouganda il y a quatre jours.

— Vraiment ? dit-elle d'une voix neutre. Très intéressant. »

Klein s'enfonça dans le canapé.

« Nous pourrions peut-être changer de sujet un instant. Si je suis au courant du message que vous avez laissé à Jon, ce n'est pas parce que nous le surveillons. C'est parce que nous *vous* surveillons.

— Moi ? Pourquoi ?

— Un certain personnage haut placé de notre gouvernement aimerait bien que vous rejoigniez notre petite famille pendant quelque temps.

— Quel personnage ? Quelle famille ? »

Klein écarta sciemment la première question. « Je travaille pour une organisation appelée Covert-One.

— Jamais entendu parler.

— Comme tout le monde. Nous formons une équipe d'intervention rapide – petite, réactive et sans aucun lien avec la bureaucratie classique. L'un de nos principaux agents vous est proche…

— Jon. »

Il confirma silencieusement.

« Maintenant je comprends mieux pourquoi…, commença-t-elle avant de s'apercevoir qu'elle en disait trop.

— Il va de soi que les choses dont je vous parle sont ultrasecrètes. »

Cela tombait sous le sens. Si l'on apprenait que certaines entités au sommet du gouvernement américain dirigeaient une organisation clandestine échappant à toute surveillance institutionnelle, ce serait la catastrophe. Cela étant dit, elle travaillait dans le renseignement conventionnel depuis assez longtemps pour admettre la nécessité d'une telle structure.

« Connaissez-vous un certain Brandon Gazenga, Randi ?

— Jamais entendu parler », souffla-t-elle.

Klein sourit. « Vous ne me facilitez pas les choses. Si vous ne le connaissez pas, dites-moi alors pourquoi vous avez demandé à votre ami du FBI d'envoyer quelqu'un chez lui. »

Cette fois, Randi ne cacha pas son étonnement. Quant à Klein, il afficha sa satisfaction d'avoir enfin obtenu une réaction de sa part.

« OK, Fred. Vous avez réussi à m'impressionner. Maintenant, expliquez-moi de quoi il retourne. Pourquoi choisir de me recruter maintenant ? Serait-ce parce que vous avez envoyé Jon en mission en Afrique et que ça tourne mal ? Auriez-vous besoin de moi pour le tirer d'affaire – et vous avec ? »

Il se renfrogna et piqua un autre morceau de fromage. « C'est légèrement plus compliqué que cela mais votre supposition n'est pas totalement inexacte.

— Venons-en au fait. Qu'est-ce que Jon fait en Afrique ? »

Klein prit le temps de réfléchir puis avec une télécommande, lança une vidéo sur la télévision. « Cette scène a eu lieu voilà deux semaines, dans le nord de l'Ouganda. Les hommes que vous voyez là appartiennent à notre meilleure unité d'opérations clandestines. À mon grand regret, ils sont tous morts. »

48

Nord de l'Ouganda
27 novembre – 1904 GMT + 3

Caleb Bahame faisait les cent pas dans la clairière. Plus le temps passait, plus ses allées et venues devenaient rapides et nerveuses. La plupart de ses hommes s'étaient réfugiés dans la jungle mais il restait quelques jeunes recrues assez inconscientes pour traîner dans les parages.

Omidi consulta sa montre. Deux heures de retard.

Il n'avait aucun moyen de contacter les hommes transportant les caisses d'armes. L'équipe de Bahame les avait bien réceptionnées mais ensuite, plus de nouvelles.

Leur situation était déjà assez délicate sans cela. Sembutu avait autorisé Omidi à se déplacer librement dans le pays sans en informer les agences de renseignements occidentales. Il avait également accepté que l'Iran lui livre des armes. Mais depuis, le président ougandais semblait avoir cédé à la panique. Encore une fois. Si jamais il commettait l'erreur stupide de revenir sur sa parole, si malgré la récompense promise, il estimait tout à coup que le fait d'armer Bahame comportait trop de risques, ce serait la catastrophe à court terme.

Un enfant-soldat surgit de la jungle. Alors qu'il courait vers eux, il dérapa et perdit l'équilibre en voyant Bahame brandir une machette en hurlant. Le garçon leva la main pour se protéger pendant qu'un torrent de paroles se déversait de sa bouche. La rage qui flamboyait dans les yeux du leader religieux subit un soudain refroidissement, si bien qu'au lieu de massacrer le gamin, il l'aida à se relever avec des gestes empreints de cordialité.

Point n'était besoin de parler leur dialecte pour comprendre ce qui s'était passé. On avait repéré la cargaison.

Quinze minutes plus tard, le premier camion apparaissait, brinquebalant sur la route défoncée par laquelle on transportait les malades vers et depuis les villages que Bahame tenait sous sa coupe. Sur ses flancs, s'affichait le logo d'une organisation humanitaire établie dans le pays. Quand les hommes balancèrent les premières caisses sur le sol de la clairière, le bois éclata et des rations d'urgence se répandirent.

Les jeunes soldats avaient beau souffrir de malnutrition, ils ne se précipitèrent pas sur cette manne. En fait, ils ne réagirent qu'au moment où l'un d'eux, équipé d'une barre à mine, décrocha le couvercle d'une caisse pleine de mortiers. Ce fut une explosion de joie.

Bahame prit la direction des opérations. Les caisses furent acheminées vers plusieurs lieux de stockage à la limite du camp, en fonction de leur contenu : fusils, mines, mitrailleuses, munitions. L'Africain suivait tous les déplacements d'un regard vide, comme envoûté. Quand le deuxième camion arriva, il se désintéressa du déchargement en cours pour aller vérifier l'énorme caisse remplissant à elle seule tout l'espace de la remorque. Omidi eut un sourire discret. Il avait craint que ce colis n'arrive jamais mais, de nouveau, Dieu l'avait entendu.

« C'est un cadeau pour toi, dit l'Iranien. De la part de son excellence l'ayatollah Khamenei. »

Bahame grimpa sur la remorque et hurla qu'on vienne l'aider. Omidi envoya deux garçons rabattre les rampes. On ouvrit la caisse par-devant. Bahame disparut à l'intérieur et se mit à bramer sa joie en donnant des coups de pied pour abattre les autres côtés.

Quand ce fut fait, une sorte de minitank apparut parmi les planches brisées. C'était un engin compact et anguleux, avec d'épaisses vitres en Plexiglas et un seul siège.

« Il est fabriqué par une société américaine pour les unités de police chargées du déminage, expliqua Omidi. Il paraît qu'il peut encaisser un tir de RPG et continuer de rouler à plus de soixante kilomètres à l'heure. »

Bahame sauta du camion et arracha le fusil-mitrailleur qui pendait au cou d'un soldat. La suite était à prévoir. Omidi se jeta par terre pendant que le fracas des rafales ricochant sur l'acier se répercutait à travers la jungle.

Quand il se releva, l'Africain était remonté sur le camion après avoir enjambé le corps d'une fille qui n'avait pas fui assez rapidement. D'une main délicate, il caressa la carrosserie intacte du minitank puis ouvrit la portière et se glissa dans l'étroite cabine de pilotage. Un instant plus tard, le moteur diesel se mit à tourner en dégageant une fumée noire.

Omidi recula vers l'estrade improvisée, installée à la limite des arbres, et composa un numéro sur son téléphone satellite. Après quelques cliquetis, une voix familière retentit.

« Oui ?

— Les deux premiers camions sont arrivés à bon port. »

Bahame fit descendre le véhicule sur les rampes, s'amusant à pourchasser ses soldats à travers la clairière.

« Devons-nous amorcer les derniers préparatifs ?

— Oui, immédiatement.

— Nous attendrons votre signal. »

Bahame fit demi-tour et partit pleins gaz vers son hôte iranien lequel, immobile sur son perchoir, savait pertinemment que l'Africain ne prendrait jamais le risque d'endommager le podium qui lui servait à dispenser la parole divine.

49

Langley, Virginie, USA
27 novembre – 1129 GMT – 5

Dave Collen s'écroula dans un fauteuil posé devant le bureau de Drake. Ses yeux rougis et son air hagard en disaient long sur son emploi du temps des dernières vingt-quatre heures. Non seulement il n'avait pas dormi mais ses efforts n'avaient abouti à rien.

« Nous ignorons toujours ce qui s'est passé pendant l'arrestation de Smith et son équipe. On sait seulement qu'ils ont été conduits dans une ancienne base militaire et relâchés huit heures plus tard. Des soldats ont témoigné avoir vu Smith menacer Sabastiaan Bastock avec un couteau. La police est intervenue et…

— Curieuse coïncidence, fit Drake. Et cela n'explique pas la mort de Bastock.

— Je ne me l'explique pas non plus mais comme nos informateurs n'ont pas accès à cette base, nous n'avons aucun moyen de savoir ce qui est arrivé là-bas.

— Et après leur libération ?

— Ils ont acheté un véhicule au marché noir et sont partis vers le nord, avec des hommes de Sembutu accrochés à leurs basques. Ils ont filé droit vers la ferme d'un certain Noah Duernberg où ils ont passé la nuit avant de s'enfoncer dans le territoire contrôlé par Bahame. C'est là que nous les avons perdus.

— Y a-t-il un lien entre Duernberg et le parasite ?

— Aucun à ma connaissance. Sa famille habite cette maison depuis deux générations. Son père était médecin. Il a eu quelques vagues contacts avec Idi Amin Dada.

— Un médecin ? Aurait-il eu vent de l'épidémie ? »

Collen haussa les épaules en signe d'ignorance. « Il est mort depuis longtemps et tu sais bien qu'en Afrique, ils ne sont pas très portés sur la conservation des documents.

— En gros, tu n'as rien de nouveau à m'apprendre, c'est cela ? grinça Drake qui commençait à perdre patience.

— Je t'avais averti que la disparition de Brandon nous priverait de notre réseau d'informateurs en Ouganda.

— Nous ne pouvons même pas envoyer quelqu'un chez Duernberg, histoire de jeter un coup d'œil ?

— C'est là que ça se corse. Après le départ de Smith et de son équipe, la ferme a brûlé de fond en comble, avec Duernberg à l'intérieur. Sa femme et son fils étaient partis à Kampala pour trouver un moyen de quitter le pays. Nous avons envoyé des gens sur place…

— Et alors ?

— Ils les ont retrouvés dans la baignoire, la gorge tranchée. »

Drake essuya ses lèvres moites d'un revers de main. On avait tué Duernberg pour l'empêcher de parler. Mais que savait-il ? Et qui avait ordonné son assassinat ?

Bahame ou quelqu'un d'autre ? Pourquoi pas Sembutu ? Cela expliquerait pourquoi Smith et ses deux acolytes avaient atterri dans une base militaire et qu'à leur sortie, on les avait suivis à la trace. Le président ougandais trafiquait-il avec les Iraniens ?

Comme s'il lisait dans ses pensées, Collen renchérit. « Larry, tout nous échappe. Cette histoire a commencé comme un simple exercice de manipulation politique et maintenant, voilà où nous en sommes : une escouade de marines perdue corps et biens quelque part dans la jungle, une famille assassinée. Et pour couronner le tout, notre plus redoutable espionne est en train de fourrer son nez dans nos affaires. Je pense qu'il est temps d'aller voir le Président et tout lui révéler.

— Tu commences à baliser ? » s'énerva Drake. Son éclat de voix rendit un son étrange dans la pièce calfeutrée. « Tant que tu ne courais aucun risque tout allait bien. Et maintenant…

— Putain, Larry ! Je suis avec toi depuis le début. J'ai fait toutes les sales besognes à ta place. Ce n'est pas toi qui te coltines le boulot quand il s'agit de trouver des gens fiables pour suivre Smith à travers cette foutue jungle. Où étais-tu quand j'assistais à l'agonie de Brandon ? Seulement voilà, nous avons perdu l'un de nos plus grands microbiologistes et la spécialiste mondiale des infections parasitaires. Imagine que Bahame les ait capturés. Ou pire… Omidi. Si c'était le cas, nous passerions sans transition d'une simple épidémie relativement facile à endiguer à l'arme de destruction massive la plus mortelle de l'histoire du monde moderne. »

Drake ouvrit la bouche pour répondre mais se ravisa, respira à fond et dit : « Je suis désolé, Dave. Je n'avais pas l'intention de mettre en doute ton dévouement.

— Laisse tomber. On s'échauffe trop vite en ce moment », répondit-il avec un sourire forcé.

Drake acquiesça. « J'admets que les risques – pour nous et pour le pays – dépassent largement nos prévisions. En revanche, je ne vois aucune raison de nous en remettre à Castilla. En quoi pourrait-il nous être utile ? Il a déjà causé la perte de notre meilleure équipe. Tu veux que nos soupçons se répandent sur la place publique ? Les politiciens s'en empareront. J'entends d'ici leurs rodomontades. Pendant ce temps-là, les Iraniens continueront à faire ce qu'ils faisaient, mais encore plus discrètement. Khamenei est en train de perdre pied – il le sait mieux que nous. Il n'a rien à perdre. Il n'a plus le choix. »

Drake s'interrompit pour laisser Collen répondre mais ce dernier regardait fixement le sol.

« Voilà ce que je propose, Dave. Nous remanions notre système de réponse bioterroriste – nous leur balançons un paquet de nouveaux scénarios, sans exclure le pire, c'est-à-dire la transformation du parasite en arme offensive. De cette manière, nous obtiendrons un plan d'urgence rapide à mettre en œuvre au cas où les Iraniens réussiraient à raffiner le parasite avant de le libérer. Les pertes seront plus élevées que prévu, certes, mais on ne devrait pas dépasser les sept cent mille morts. C'est le chiffre maximum que nous nous étions fixé. Cela dit, je doute que les Iraniens parviennent à leurs fins. J'ai le pressentiment que Smith et ses associés sont déjà morts. »

Son assistant accueillit son laïus d'un simple hochement de tête.

« Tu es d'accord ? » insista Drake.

Collen croisa enfin son regard. « Ouais, je suis désolé, Larry. Tu as raison. Depuis le début, nous pensions qu'abattre les Iraniens ne serait pas chose facile. Mais…

— Nous ne savions pas à quel point, dit Drake pour compléter sa phrase.

— Oui.

— Parfait. Randi Russell. Où en sommes-nous avec elle ?

— De ce côté-là, les nouvelles sont plus rassurantes. Nous la suivons pas à pas – physiquement et électroniquement. Elle n'a rien fait de particulier depuis qu'elle a téléphoné à l'administration des Transports.

— Elle n'a pas recontacté son copain du FBI ?

— Non, rien de ce côté non plus.

— A-t-elle encore essayé de joindre Smith ?

— Plus depuis son deuxième appel à Fort Detrick.

— Donc d'après toi, elle n'a rien obtenu.

— Tout ce que je peux dire c'est qu'elle n'en sait pas plus que ce qui était inscrit sur le bout de papier remis par Brandon.

— Tu crois qu'elle a jeté l'éponge ? Devons-nous renoncer à l'éliminer ? »

Collen fit signe que non. « Si c'était n'importe qui d'autre, je dirais oui, revoyons nos plans. Mais Randi Russell n'abandonne jamais. Une fois qu'elle a mordu à l'hameçon, elle ne lâche pas avant d'avoir bouffé la ligne et le pêcheur. À mon avis, elle s'accorde une petite pause, histoire de réfléchir un peu avant de repartir en chasse.

— Je suis d'accord. Alors il faut passer à l'action avant qu'elle tombe encore sur un truc qui nous aurait échappé. As-tu appelé Gohlam ?

— Tout est en place. Il a tous les renseignements sur elle. Il n'attend que notre feu vert. »

Drake pianotait nerveusement sur son bureau, le regard braqué sur la porte. Padshah Gohlam était un agent infiltré afghan, vivant au Maryland avec un visa d'étudiant. La CIA l'avait repéré depuis le début mais tolérait sa présence aux États-Unis dans l'espoir de s'approprier ses contacts. Ils avaient réussi à pirater son système de communication si bien que Collen avait pu se faire passer pour son officier traitant afghan sans pour autant éveiller les soupçons. Gohlam savait seulement qu'on l'avait activé pour éliminer un agent américain ayant causé la mort d'un très grand nombre de jihadistes à travers la planète.

Ce scénario semblait parfait. Non seulement personne à l'Agence ne mettrait en doute les mobiles de Gohlam mais ils seraient tellement embêtés d'avoir échoué qu'ils enterreraient l'affaire vite fait. Randi Russell et les circonstances de sa mort tomberaient dans le grand puits sans fond qui depuis toujours engloutissait les bévues de ces beaux messieurs du gouvernement.

« Vas-y.

— Soyons bien clairs, insista Collen, tu me demandes de l'envoyer tuer Russell. »

Drake hocha la tête. « Fais-le avant qu'elle s'arrange pour nous faire boire la tasse. »

50

Nord de l'Ouganda
27 novembre – 2105 GMT + 3

« Vous pouvez tenir encore un peu, Sarie ? »

Elle se colla contre les barreaux et tourna le cadenas qu'elle tenait en main pour que la scie rouillée de Smith l'attaque sous un angle plus pratique. Ils travaillaient là-dessus depuis des heures mais l'acier trempé était à peine entaillé. Pourtant, que faire d'autre ? S'asseoir et attendre la mort ?

Il avait l'impression que ses bras étaient en feu. La sueur qui dégoulinait le long de son nez l'étranglait dès qu'il avalait une bouffée d'air à l'odeur de sang. Quand il dévia et rata son coup, il laissa Howell prendre le relais.

Tourné vers la seule issue visible, le docteur De Vries faisait le guet. Il était trop vieux et trop fatigué pour leur prêter main-forte. Dans la cellule voisine, vautrée dans son propre sang, la femme contaminée s'affaiblissait rapidement. Quand elle vit qu'on la regardait, elle trouva quand même la force d'attraper les barreaux de ses mains broyées. Dans peu de temps, elle ne pourrait même plus faire ce geste. À ce moment-là, Bahame réapparaîtrait.

Smith s'adossa à la paroi et se laissa glisser jusqu'à terre en se demandant s'il avait bien envisagé toutes les possibilités d'évasion. Mais aucune autre idée ne lui vint.

« D'où connaissez-vous Bahame ? » demanda Sarie.

Son visage et celui d'Howell se touchaient presque. Elle sembla chercher la réponse dans ses yeux.

« Il fut un temps où nous fréquentions les mêmes cercles, dit-il en se mettant à scier le cadenas.

— Il est un peu tard pour les cachotteries, vous ne trouvez pas ? Nous allons mourir. »

Howell suspendit son geste le temps de lui renvoyer : « Quand on est mort on est mort mais quand on va mourir, c'est qu'on est encore vivant. Nuance. »

Il se remit au boulot. Smith se concentra sur les instruments du labo. Il y avait certainement là un objet, un outil susceptible de leur être utile.

Il lorgnait pour la vingtième fois le générateur hors d'usage posé contre le mur quand Howell reprit la parole.

« Voilà quelques années, j'ai bossé en Angola. Après, j'ai décidé de visiter un peu l'Afrique. Genre touriste. Je me suis retrouvé dans un village pas loin d'ici. Une association humanitaire travaillait sur un projet d'irrigation et comme ils manquaient de main-d'œuvre et que j'avais quelques connaissances pour avoir grandi dans une ferme, je leur ai donné un coup de main… Un poil plus haut, Sarie. »

Elle replaça correctement le cadenas pendant qu'il poursuivait. « Bahame n'était pas l'homme qu'il est aujourd'hui. Il dirigeait une bande d'anciens trafiquants de drogue et de coupe-jarrets. Des types qui passaient leur temps à piller et à violer. C'était avant qu'il rencontre Dieu, je suppose. » Howell sourit amèrement. « Toujours est-il que j'étais dans ce village depuis six mois quand ils ont débarqué.

— Que s'est-il passé ?

— Oh, ils nous ont rapidement débordés. Les gens qui vivaient là étaient des pacifistes. On n'avait aucune arme à part les ustensiles agricoles.

— Vous vous êtes enfui ?

— Vous seriez surprise de constater l'efficacité de certains de ces ustensiles, quand ils sont entre de bonnes mains. J'en ai tué six ou sept et après, j'ai dû me réfugier dans la jungle. J'ai bien essayé de revenir mais j'avais pris une balle et je ne pouvais plus courir. Hélas, au moment où j'ai réussi à stopper l'hémorragie, il était trop tard.

— Qui est Yacobo ? »

Tout à son effort, Howell ne répondit pas tout de suite. « Un gosse. Comme ses parents étaient morts, il logeait chez son oncle et sa tante. Mais il était livré à lui-même. Je l'aidais de temps en temps. Il ne méritait pas un tel destin, vraiment. »

Le ton de sa voix démentait ses propos. On devinait que Yacobo avait largement mérité son destin.

« Je suis désolée, Peter. »

Howell s'arrêta et fit un pas en arrière, signe qu'il avait besoin d'une pause.

Smith s'apprêtait à prendre sa suite quand De Vries se tourna vers eux.

« J'entends des pas ! Ils arrivent ! »

Smith prit Sarie par l'épaule et la fit reculer au fond de la cellule. Lorsqu'elle lui prit la main, il se sentit immensément coupable. Comment avait-il pu commettre la bêtise de l'emmener avec eux, alors qu'il connaissait pertinemment les risques encourus ?

Bahame entra avec l'enfant-soldat vu auparavant et les trois gardes qui avaient jeté Sarie en prison. La tactique imaginée par les Africains était simple mais pas infaillible, loin s'en fallait : le garçon, désarmé et trop petit pour servir de bouclier humain, déverrouilla la cage pendant que les gardes se plaçaient hors de portée, prêts à tirer en cas de problème. On pouvait supposer que des renforts attendaient dans le tunnel.

Il fallait s'y attendre. Nul n'avait envie de se retrouver dans la même cellule qu'une personne contaminée – surtout après avoir été témoin des épouvantables ravages causés par le parasite sur ses victimes. L'être le plus inoffensif tenterait le tout pour le tout afin d'échapper à son sort, quitte à y laisser la vie.

« Et maintenant, que va-t-il se passer, Caleb ? » demanda Howell en s'approchant des barreaux.

L'Africain sourit et fit un pas de côté pour laisser entrer Mehrak Omidi et un homme de haute taille vêtu d'une djellaba et d'un turban immaculés. Sa peau luisait comme de l'obsidienne, son regard sombre balaya la pièce. Ce n'était certainement pas un fidèle de Bahame. Plutôt un Soudanais.

« Qui est-ce ? » s'enquit Smith.

Omidi ne releva pas sa question, trop occupé à regarder l'homme dérouler le tapis de prière qu'il transportait avec lui et s'y agenouiller.

Pendant que le Soudanais faisait ses dévotions, on sentait Bahame bouillir d'impatience. Il trépignait comme un enfant à la messe.

« J'aimerais vous montrer pourquoi vous ne gagnerez jamais », dit Omidi quand l'homme se releva et dégagea le plastique tendu devant la cellule de la femme qui enfonça son bras entre les barreaux, avec un bruit sourd.

Au moyen d'une dague sertie de pierres précieuses, le Soudanais pratiqua une longue entaille sur son avant-bras puis tendit la blessure à la femme.

Il ne s'attendait pas à une telle violence. Quand elle s'agrippa à lui, il fut déséquilibré et projeté contre les barreaux. Du sang éclaboussa son bras. Il dut la saisir par les cheveux de sa main libre pour l'empêcher de le mordre. Ils luttèrent ainsi pendant trente secondes avant qu'il parvienne à la repousser. La femme était plus forte que lui mais pesait moins lourd et ses mains glissaient sur le bras du Soudanais, couvert de sang et de sueur.

Visiblement traumatisé par l'expérience qu'il venait de vivre, il recula sans quitter des yeux la femme qui hurlait sa rage et sa frustration.

Omidi désigna De Vries. « Occupez-vous de la blessure de Dahab. »

On aurait dit que le vieux médecin allait perdre connaissance. Il réussit pourtant à ramasser une paire de gants chirurgicaux et, d'une main relativement ferme, sutura la plaie.

Bahame grogna en montrant l'autre cage. Le garçon s'approcha et ouvrit le cadenas.

« Docteur Van Keuren, dit Omidi, veuillez sortir. »

Elle pressa son corps moite contre celui de Smith. « Je crois que je vais rester encore un peu, si cela ne vous ennuie pas.

— Vous savez ce qui vous arrivera si vous restez. Je vous offre un moyen de vous sauver. Je vous offre la liberté. »

Elle secoua la tête sans rien dire.

Howell tenait le bout de la scie entre les doigts. Il tourna doucement la main pour que Smith voie la lame remonter le long de son avant-bras. Un flot d'adrénaline inonda le cerveau de Smith, l'embrumant encore davantage. L'Anglais n'envisageait pas une tentative d'évasion – c'était inutile. Il proposait de tuer Sarie Van Keuren d'une manière rapide et indolore.

« Non… », martela Smith. Soudain, tout se brouilla dans son esprit. Il confondait Sarie et Sophia, le moment présent et les heures, les jours qu'il avait passés à regarder mourir la femme qu'il aimait.

Dans un soupir excédé, Omidi désigna De Vries, toujours occupé à bander le bras de Dahab. « Tuez le vieux. »

L'un des gardes pointa son arme sur le médecin. Sarie se précipita hors de la cellule en criant. « Arrêtez ! »

L'Iranien se contenta de sourire en lui tendant la main.

*

Omidi regarda le Soudanais pousser De Vries et Sarie à l'arrière d'un camion militaire bâché. Il enrageait de n'avoir pas encore pu éliminer Smith et

Howell. Mais ils ne payaient rien pour attendre. Ces deux-là étaient peut-être des hommes d'exception, pourtant jamais ils ne parviendraient à fausser compagnie aux soldats de Bahame et à franchir les multiples obstacles d'une jungle inconnue. Surtout qu'il leur restait bien moins de temps qu'ils ne l'imaginaient.

« N'oublie pas notre accord, dit Bahame pendant qu'Omidi s'apprêtait à grimper dans le camion. Tu me donneras tout ce que la femme découvrira.

— Bien sûr, mon bon ami. Nous combattons pour la même cause. La liberté de nos deux pays. »

Cette déclaration sembla plaire à l'Africain. Omidi serra la main qu'il lui tendait, comptant sur l'obscurité pour masquer son dégoût. Bahame plaçait ses propres désirs avant ceux de Dieu – un jour ou l'autre, il le paierait cher.

L'Iranien se hissa derrière le volant et démarra en passant la main par la fenêtre du camion pour saluer respectueusement son hôte.

Bahame rougeoyait sous la lueur des feux arrière. Omidi attendit que son image s'efface du rétroviseur extérieur pour sortir un petit GPS et l'allumer. Le signal transmettrait les coordonnées du camp de Bahame à une unité militaire ougandaise, stationnée à quelque deux cents kilomètres au sud-est.

Dans un sens, c'était dommage. Smith et Howell ne méritaient pas la mort rapide qu'il leur accordait. Non, ils méritaient de mourir de la même manière que leurs compatriotes : dans la démence et le sang.

51

Nord de l'Ouganda
27 novembre – 2153 GMT + 3

Bien qu'ils sachent l'un comme l'autre que le temps leur était compté, Jon Smith tenait le cadenas, Howell la scie. La femme contaminée ne bougeait presque plus. Elle ne réagissait même pas quand leurs regards se croisaient à travers le plastique éclaboussé de sang. Le parasite qui était en train de la tuer aurait bientôt besoin d'un nouvel hôte.

On entendit des pas dans le couloir. Howell cacha la lame au creux de ses reins et s'écarta des barreaux. Un instant plus tard, ils virent apparaître Bahame et son peloton spécialement entraîné pour faire entrer et sortir les prisonniers des cellules.

« Vous allez choisir celui d'entre vous qui y passera le premier, docteur. Vous ou votre bon ami Peter ? »

Howell haussa les épaules. Il n'avait aucunement l'intention de passer ses dernières heures vautré dans une cage infecte, à hurler comme un fou furieux. Il préférait se faire abattre dans une ultime tentative d'évasion. Smith, lui, hésitait. Depuis le temps qu'il était enfermé ici, il avait fini par se dire qu'une rafale en pleine poitrine lui éviterait une mort atroce. Mais son caractère et son entraînement le poussaient à survivre envers et contre tout. Aurait-il la force de se précipiter sur le canon d'un AK-47 ?

« Je suis désolé, dit-il en tapant sur l'épaule d'Howell. C'était une aventure de trop. »

L'Anglais sourit. « Souviens-toi, je disais que des hommes comme nous ne faisaient pas de vieux os. On n'a… »

Le fracas inimitable d'une bombe qui explose l'interrompit au milieu de sa phrase. Trois autres retentirent coup sur coup, ébranlant si fortement le sol que Smith, déséquilibré, dut se retenir d'une main à la paroi rocheuse. Un moment plus tard, on perçut au loin des tirs à l'arme automatique. Bahame fit demi-tour en éructant ses ordres mais n'eut pas le temps de replonger dans le tunnel.

À la déflagration suivante, Smith se protégea le visage avec le bras. Une partie du plafond s'écroula en soulevant un nuage de poussière qui obscurcit temporairement tout ce qui se trouvait autour d'eux. Espérant que l'explosion avait fragilisé les barreaux, il se jeta dessus. Howell le retint au dernier moment. La femme contaminée venait de quitter sa cellule et cherchait une nouvelle proie en agitant les bras en direction des deux hommes.

« Fais attention à tes yeux et à tes coupures ! » hurla Smith en se pressant contre la paroi du fond dans l'espoir d'échapper au sang qui ruisselait de ses mains.

Il ne fallut que quelques secondes à la femme contaminée pour comprendre qu'ils étaient hors d'atteinte.

Alors elle se retourna et traversa le nuage de poussière pour s'en prendre aux autres. Bahame était en train de se relever quand il la vit arriver. L'un des gardes et le jeune garçon avaient déjà fui. Le dernier soldat allait les suivre quand Bahame le retint par le bras et le jeta vers la femme qui manifesta sa joie en poussant un cri atroce, celui d'une possédée trop longtemps privée de l'objet de sa convoitise.

Elle fondit sur lui, toutes griffes dehors. Le soldat eut beau appeler à l'aide, l'homme qu'il révérait comme un dieu avait déjà disparu dans le couloir.

Le grondement de la bataille qui faisait rage à l'extérieur fut soudain recouvert par le crépitement d'un fusil-mitrailleur réglé sur automatique et les claquements des balles ricochant sur la pierre. Smith et Howell se jetèrent face contre terre. Le soldat reprit le contrôle de son arme dont il posa le canon sur la poitrine de la femme avant de presser sur la détente. Elle fut secouée par un violent soubresaut puis son corps inerte s'affaissa.

Smith se releva d'un bond, fonça comme un taureau contre les barreaux. Malgré les dommages causés à la caverne, la cage ne s'ouvrit pas.

« Hé ! » lança-t-il au garde blessé qui contemplait médusé le cadavre de la femme. À travers les tourbillons de poussière, on voyait nettement le désespoir dans ses yeux. Un désespoir si profond qu'il lui ôtait toute méfiance.

« Hé ! » insista Smith d'une voix assez forte pour être entendue malgré le vacarme de la bataille qui faisait rage à l'extérieur. « Tu parles anglais ? »

Le jeune homme regarda le tunnel menant à la liberté puis se retourna vers Smith. Il hocha la tête mais le reste de son corps semblait paralysé.

« Je suis médecin. Tu l'as entendu de la bouche même de Bahame, tout à l'heure. Ce n'est pas de la magie. Juste une infection. Je peux te soigner.

— Tu… Tu peux m'aider ? répondit-il avec un fort accent.

— Oui, mentit Smith. Mais il faut d'abord que tu me fasses sortir. »

L'homme jeta un autre coup d'œil vers le passage. Il hésitait.

« Bahame s'est enfui comme une femme, reprit Smith. Tu as vu la peur dans ses yeux. Il ne peut rien contre cette maladie. Moi si.

— Recule », dit-il en pointant son fusil sur le cadenas. Il tira une courte rafale. Smith ouvrit la grille d'un coup de pied et s'accorda une pause pour respirer l'air épais du souterrain. Ils étaient libres. La mort les attendait sans doute là-haut mais au moins, ils ne périraient pas dans cette caverne, piégés comme des rats.

En braquant son arme sur lui, le garde lui désigna du menton les instruments médicaux répandus sur le sol. « Tu me soignes. Allez !

— J'ai besoin de…

— La ferme ! hurla-t-il en visant Smith au front, entre les deux yeux. Tu me soignes tout de suite. Je veux retrouver ma maison. Mon village. Ma famille. »

Une nouvelle explosion ébranla la caverne. Smith se recroquevilla. Une large fissure s'ouvrit dans le plafond, juste au-dessus de lui. Il n'y avait plus une minute à perdre.

Il tomba à genoux, fouilla le sol autour de lui et finit par trouver une seringue. Quand il se releva, il vit Howell se glisser furtivement derrière l'homme blessé, trop inquiet de subir le même sort que la femme pour le voir arriver. Voulant répandre le moins de sang possible, l'Anglais avait renoncé à la scie et ramassé un caillou de la taille d'une balle de base-ball. Pour détourner l'attention du jeune homme, Smith lui montra la seringue.

Deux secondes plus tard, tout était fini. Jamais le garde ne reverrait son village et sa famille.

Smith suivit Howell dans le couloir sans oublier de ramasser le fusil-mitrailleur au passage. La sortie était proche. Ils restèrent un instant à couvert de chaque côté de la porte pour tenter de comprendre ce qui se passait dehors.

Ils dénombrèrent trois hélicoptères à la lumière des éclairs jaillissant de leurs mitrailleuses lourdes qui fauchaient tout ce qui dépassait du sol – arbres, soldats, enfants. Sa mission accomplie, la première flottille de chasseurs bombardiers s'éloignait par le sud mais rien ne prouvait qu'ils étaient tous passés.

Il régnait un chaos indescriptible. Partout, ce n'était que cadavres désarticulés, calcinés. Ayant perdu leur chef, les soldats survivants se traînaient à quatre pattes jusqu'aux caisses remplies d'armes dont ils semblaient incapables de se servir.

Smith fit un pas de côté pour rejoindre Howell et hurla au-dessus du tumulte : « Il faut qu'on retrouve notre 4 × 4. C'est le seul moyen de transport assez rapide pour rejoindre Omidi. Il a déjà pris trop d'avance. »

L'Anglais ne semblait pas l'entendre. Il fixait l'enfer devant lui d'un œil scrutateur.

« Peter ! Est-ce que tu…

— Là-bas ! » s'écria l'Anglais en désignant le côté ouest de la clairière. Un petit groupe de soldats assemblés en formation serrée trottinaient à la lisière de la jungle. Smith plissa les yeux et repéra ce qui passionnait tant son compagnon : les cheveux gris de Bahame luisant à la lumière des brasiers. Le leader religieux tentait d'échapper aux conséquences inévitables de son pacte avec les Iraniens.

Howell s'élança et traversa la clairière à toute vitesse en slalomant entre les cadavres et les soldats qui couraient en tous sens. Au passage, il s'empara d'une machette posée en travers d'une souche. Smith jura entre ses dents mais lui emboîta le pas, sans lâcher le fusil dont il ignorait s'il était encore chargé.

Par chance, les soldats qu'ils croisèrent étaient trop occupés à survivre pour leur chercher des ennuis. Smith pénétra dans la jungle quelques secondes après Howell et Bahame.

Quand il parvint en bordure d'une autre clairière, beaucoup plus petite que la première, il prit le temps d'examiner les lieux. Howell, lui, ne ralentit même pas. À la limite ouest de la clairière, trois silhouettes se découpaient sous un toit de lianes et de feuillages servant d'abri pour les véhicules. Le 4 × 4 qu'ils avaient acheté à Kampala était garé là.

Assis au volant, Bahame actionnait le starter. Mais il y avait plus grave. Les trois jeunes soldats avaient repéré l'homme blanc qui leur fonçait dessus avec une machette. Smith vit des éclairs jaillir des canons de leurs fusils.

Smith répliqua en tirant en l'air, ce qui lui permit de constater qu'il avait encore des munitions.

« Fichez le camp ! » hurla-t-il en faisant de grands gestes.

Au lieu d'obéir, ils continuèrent de plus belle. Leurs tirs passaient tous à plus de six mètres de Howell mais Smith n'avait pas envie d'attendre que l'un d'eux touche enfin sa cible.

Il régla son arme sur semi-automatique, visa et en toucha un en pleine poitrine. Les deux autres détalèrent sans demander leur reste, saisissant l'occasion pour rejoindre leurs villages. Le premier partit vers l'est et se fondit dans la jungle. Le second prit une direction moins judicieuse. Il passa derrière le Land Cruiser alors que Bahame faisait marche arrière.

Le pare-chocs le heurta aux jambes. Au lieu de freiner, Bahame lui roula dessus. Il voulut passer une vitesse pour s'engager sur la piste étroite qui s'enfonçait dans la jungle mais Smith ne lui en laissa pas le temps. D'un tir bien ajusté, il pulvérisa sa vitre. Une fraction de seconde plus tard, Howell arriva devant la portière et la débarrassa d'un coup de poing des derniers éclats de verre.

Dans le Land Cruiser, une arme cracha. L'Anglais bascula dans la poussière. Smith riposta mais la balle, au lieu de toucher le conducteur, perça la droite du pare-brise. L'Africain se retourna pour voir d'où venait la fusillade et, comprenant que la prochaine balle le tuerait, se glissa sur le siège du passager, ouvrit la portière et détala dans la forêt obscure.

« Peter ! Comment ça va ? »

Quand Smith le rejoignit, l'homme du SAS se relevait déjà. Par miracle, la balle l'avait manqué de quelques centimètres mais la poudre lui avait brûlé le visage et ses yeux ruisselaient de larmes.

« Tu y vois quelque chose ? » demanda Smith en scrutant le ciel à la recherche d'éventuels hélicoptères d'attaque. Il ouvrit de force l'une des paupières de Howell mais ce dernier refusa de se laisser examiner.

« Ouais, j'y vois, dit-il en s'écartant. Je vais bien. »

Ils avaient mieux à faire que discuter, aussi Smith se dépêcha-t-il de sauter à bord du Land Cruiser. « Les clés sont sur le contact et le réservoir est plein. Monte. Je conduis. »

Au lieu d'obéir, Howell fit demi-tour, ramassa la machette et dit : « Pars en avant. Je te rattraperai.

— Mais bon sang, qu'est-ce que tu racontes, Peter ? Monte dans cette putain de bagnole.

— Je suis désolé, Jon.

— Tu es désolé ? Je ne t'ai pas emmené avec moi pour que tu assouvisses ta soif de vengeance. Omidi est en possession du parasite et il vient d'enlever la seule personne capable de le transformer en arme…

— N'y vois rien de personnel, Jon, mais tu aurais dû me laisser faire quand nous étions dans cette cage. J'aime beaucoup Sarie mais sa mort aurait tout arrangé. Maintenant, à toi de jouer, mon pote. »

52

Nord de l'Ouganda
27 novembre – 2226 GMT + 3

Peter Howell sauta par-dessus un tronc pourrissant puis ralentit en voyant un groupe de soldats surgir devant lui. Quand ils l'aperçurent, au lieu de tirer, ils se dispersèrent dans les fourrés en poussant des cris de panique.

En l'absence de leur divin leader, ils semblaient incapables de s'organiser, d'autant plus que pour une fois, leurs ennemis n'étaient pas des villageois inoffensifs. On aurait dit que l'armée de l'air ougandaise au grand complet s'était donné rendez-vous ici pour déverser en une seule fois tout son stock de bombes et autres munitions. Derrière Howell, la jungle n'était qu'un gigantesque brasier chimique s'élançant sur une hauteur de trente mètres.

Les fidèles fuyaient en masse vers l'est où le terrain était plus praticable, croyant que la rivière les protégerait de l'incendie. Fatale erreur. Les Ougandais avaient dû cacher des troupes sur la rive opposée. Les gamins terrifiés le découvrirent à leurs dépens dès qu'ils plongèrent dans l'eau.

Howell remarqua un filet de sang sur une feuille. Il obliqua sur la gauche et se remit à courir. Le vent soufflait dans le bon sens pour l'instant mais si jamais il tournait, l'épaisse fumée l'aveuglerait. Il était trop proche du but pour s'en laisser détourner.

Un rotor d'hélicoptère vrombissait derrière lui. Il ne réagit qu'en sentant la vibration dans sa poitrine. L'hélico poursuivait la troupe de fuyards que Howell avait croisée quelques minutes auparavant. Quand le canon se mit à cracher, Howell se jeta à plat ventre. Les projectiles filant au-dessus de lui arrachèrent au passage quelques branches épaisses de quatre ou cinq centimètres qui tombèrent sur son dos pendant que l'artilleur calculait son prochain tir. On entendit crier des enfants. Dans son for intérieur, Howell leur souhaita une mort rapide – non par sympathie mais dans son propre intérêt. Rester coincé ici ne l'arrangeait pas du tout car, à chaque seconde qui passait, Bahame lui échappait un peu plus.

Son souhait fut exaucé. Les cris se turent, l'hélicoptère s'éloigna et Howell se remit en route. Bahame saignait beaucoup. Quand Smith avait tiré sur la vitre, les éclats de verre avaient dû lui entailler profondément la chair. Pourtant, sans la lumière du brasier, Howell aurait eu du mal à suivre sa trace. Il savait que, dans peu de temps, les ténèbres engloutiraient tout.

Le sol en pente l'entraîna vers un ravin obscur tapissé de plantes grimpantes, idéal pour une embuscade. Howell décida de continuer quand même, en suivant les taches de sang sur les plantes. Ses jambes brûlaient, l'odeur de la poudre et de la mort l'environnait de toutes parts. Cette poursuite l'enivrait comme une drogue mais au fond de lui, il devinait le danger qui le guettait. Il s'arrêta donc. Il n'était pas question de se faire tuer. Pas avant d'avoir abattu Bahame.

Howell agrippa une liane et se hissa. Arrivé au sommet de la pente, il se remit à courir en longeant le bord du ravin. Il allait moins vite qu'il n'espérait mais finalement, un mouvement dans les fourrés attira son attention.

Comme il faisait trop sombre pour voir ce que c'était, il se jeta à quatre pattes et rampa sans trop se poser de questions. Rien ne prouvait que ce soit Bahame. Le frémissement végétal aurait pu être causé par un aardvark. Dans ce cas, ce serait fichu. Il eut beau se raisonner, son corps bougeait beaucoup trop vite ; les feuilles sur son passage faisaient trop de bruit.

Le fracas de la détonation fut suivi d'une douleur lancinante à l'épaule. Howell plongea derrière un arbre. Son entraînement lui dictait d'amorcer une retraite stratégique, juste le temps d'estimer la position de Bahame et la gravité de sa blessure.

Mais il n'en fit rien, préférant poursuivre son agresseur quitte à se faire descendre. Un autre coup de feu déchira la nuit et se perdit dans le néant. Le tireur ne prenait plus le temps de viser ; il courait lui aussi. Un instant plus tard, Howell discerna sa silhouette. Ce n'était pas un enfant-soldat mais un homme adulte en treillis. Bahame.

Emporté par une dangereuse illusion d'invincibilité, Howell remarquait à peine les balles qui sifflaient à ses oreilles. La jungle, les explosions, les hélicoptères, plus rien n'avait d'importance. Il n'y avait plus que lui et Bahame. Les deux derniers êtres sur terre.

Il le rattrapa au bord du ravin où ils roulèrent, agrippés l'un à l'autre sur la couche de lianes qui tapissait la pente. Bahame sortit un couteau. Pour parer le coup, Howell dut lâcher sa machette. Il allait enfoncer ses deux pouces dans les yeux de l'Africain quand ils atterrirent brutalement.

La chute le surprit. Dans sa hâte, Howell avait oublié de vider ses poumons avant l'impact. Maintenant, il n'arrivait plus à respirer. Bahame, lui, avait prévu le coup. Il se releva tant bien que mal mais, au lieu d'achever son adversaire, voulut remonter en s'accrochant aux lianes.

Howell remercia le ciel que ses formateurs du SAS ne soient pas là pour assister à ce lamentable spectacle. L'Africain à moitié assommé essayait en vain d'escalader la pente ; il se hissait sur quelques dizaines de centimètres puis retombait de tout son poids. Quant à Howell, il le regardait faire sans bouger, allongé sur le dos, la bouche ouverte comme un poisson au fond d'une barque.

Chacune de ses pénibles inspirations lui apportait un peu plus d'oxygène. Ayant recouvré ses esprits, il rampa jusqu'à la machette.

« Trop… tard, Caleb. »

Bahame tourna la tête vers lui, ce qui eut pour effet de le faire lâcher prise. Il glissa le long de la pente, retomba à quelques mètres de Howell mais, au lieu de s'enfuir à toutes jambes, resta planté là comme une statue. On aurait dit qu'il ne comprenait pas comment le Dieu vivant qu'il était avait pu se laisser ainsi piéger.

Soudain, il déchira le devant de sa chemise, saisit l'un des osselets qu'il portait en collier et s'entailla profondément la poitrine. On vit le blanc de ses yeux étinceler à la lueur lointaine des brasiers. Puis il se mit à psalmodier dans sa langue maternelle.

« Tu convoques les démons pour qu'ils m'anéantissent ? » se moqua Howell en levant la machette assez haut pour vérifier si son épaule droite fonctionnait. La balle de Bahame n'avait fait que l'égratigner.

« Tu ne me trouves pas un peu trop vieux pour avoir peur du noir, Caleb ? »

53

Washington, DC, USA
27 novembre – 1706 GMT – 5

Le président Sam Adams Castilla souleva ses lunettes en titane et frotta ses yeux las. « Je ne comprends pas ce que tu me dis, Fred. Ce Larry Drake – que je connais depuis des années – a fait tuer l'un de ses analystes ?

— Sam, nous…

— Attends un peu. Il a fait tuer l'un de ses analystes pour aider les Iraniens à mettre la main sur une arme biologique apocalyptique qu'ils comptent utiliser contre l'Amérique ?

— C'est un peu plus compliqué que cela », dit Klein.

D'habitude, quand il présentait un dossier à son vieil ami, il faisait en sorte qu'il contienne autre chose que des hypothèses. Le président des États-Unis avait assez d'urgences à traiter. Mais pour vague qu'elle fût, la situation actuelle devait absolument être portée à la connaissance de Castilla. De plus, il fallait obtenir son soutien actif.

« Que veux-tu que je fasse, Fred ? Que j'appelle le directeur du FBI pour lui annoncer qu'un des meilleurs serviteurs de l'État s'est transformé en taupe islamiste ? Et s'il me demande des preuves – l'arme du crime par exemple – tu suggères que je lui sorte une côte de porc avariée ? »

Castilla se leva d'un bond et se mit à arpenter le Bureau Ovale.

« Sam, tu vas bien ? s'inquiéta Klein.

— Comment veux-tu que j'aille bien ? Si un autre que toi était venu me débiter de pareilles sornettes, je l'aurais fait virer puis enfermer à l'asile. Mais comme c'est toi, je suis obligé de prendre l'info au sérieux – et m'interroger sur la loyauté de l'homme qui dirige nos services de renseignements.

— Si cela peut te faciliter les choses, je doute que Larry soit un extrémiste – du moins pas un extrémiste musulman. En outre, il croit peut-être servir le pays.

— Mais bon Dieu, de quoi tu parles, Fred ? Il servirait le pays en épargnant les meurtriers de nos soldats ?

— Je pense qu'il veut orienter ta politique iranienne.

— Je ne saisis pas.

— Que ferais-tu s'il te présentait la preuve que le gouvernement iranien a trempé dans ces assassinats ?

— Je démolirais leur fichu pays pierre par pierre si bien qu'à la fin, il ne resterait rien de plus gros qu'un extincteur, tonna Castilla avant de se calmer subitement. Tu dis que Drake essaie de me manipuler ? Il veut que j'autorise des frappes militaires ?

— Si l'on tient compte de ses sentiments concernant la menace iranienne, je pense que cela mérite d'être pris en considération. »

Trop excité pour s'asseoir, Castilla se remit à faire les cent pas en marmonnant des paroles inintelligibles.

« Sam ?

— OK, fit le Président. Admettons que ce soit vrai – et je ne suis pas convaincu, loin de là. Quelle solution proposes-tu ? Drake possède un grand nombre d'alliés – dont je fais partie, je te signale. Abattre un homme qui connaît tous les secrets que l'Amérique essaie d'enterrer n'est pas une décision bénigne. »

Klein approuva d'un signe de tête et se pencha vers la tasse de thé fumante posée sur la table devant lui. « Pas bénigne du tout. Mais nous avons quelqu'un de confiance à l'intérieur de…

— Randi Russell a accepté ton offre.

— Honnêtement, je n'en suis pas tout à fait sûr. En revanche, je peux te dire qu'elle ne croit pas une seule seconde que Gazenga soit mort d'un empoisonnement alimentaire. Et elle n'abandonnera jamais Jon Smith.

— Des nouvelles de lui ? »

Klein fit non. « Et je crains qu'il n'y en ait pas de sitôt. La ferme par laquelle il est passé a été incendiée. Il semble que l'aviation ougandaise soit en train de pilonner sa dernière position connue. D'après nos renseignements, l'armée a trouvé le camp de Caleb Bahame.

— Si Bahame n'existe plus…

— La menace du parasite a peut-être disparu, elle aussi, compléta Klein. Mais je n'y crois pas trop. Je trouve un peu bizarre qu'après des décennies de chasse à l'homme, les Ougandais l'aient localisé justement cette semaine, comme par hasard. Il est fort probable que les Iraniens lui aient joué un mauvais tour après avoir obtenu ce qu'ils voulaient de lui. »

Soudain Castilla sembla perdre toute énergie. Il s'écroula dans son fauteuil. « Je suppose que tu as une idée ?

— Si Randi accepte de nous aider, nous avons une chance de contrôler Drake.

— Si tu le crois coupable pourquoi ne pas l'éliminer tout simplement ?

— Tu veux savoir pourquoi ? Parce que je n'en suis pas absolument certain. Et parce que nos problèmes avec Drake – s'ils existent – sont secondaires.

— Les Iraniens ? » Klein confirma d'un hochement de tête.

« Je vais envoyer des renforts en Ouganda. En même temps, je vais m'arranger pour obtenir des précisions via nos contacts en Iran. »

Castilla entreprit de fixer le plafond. « Pour résumer : tu comptes envoyer en Afrique une deuxième équipe chargée de résoudre une crise qui a très probablement tué ton meilleur agent et tu vas enquêter sur un programme de bio-armement ultra-secret concernant un pays dont nous ne connaissons même pas le jour de passage des éboueurs. »

L'espace d'un instant, Klein vit passer les visages de Smith et de Howell. Il écarta bien vite cette vision. Le temps de l'affliction n'était pas encore venu. « C'est de cela que nous devons parler, Sam. Les ressources de Covert-One sont limitées, contrairement aux tiennes. J'ai besoin de ton autorisation pour recruter le personnel nécessaire – auprès du CDC, de l'USA-MRIID, et des universités aussi. Enfin, je pense que tu devrais commencer à songer à une solution en cas d'échec. À mon avis, on en aura besoin.

— Tu veux parler d'une option militaire.

— Il convient de nous préparer à cette éventualité. Tu devras aussi déterminer le seuil de déclenchement des hostilités. »

54

Nord de l'Ouganda
28 novembre – 0143 GMT + 3

Jon Smith garda un moment le pied levé au-dessus du frein puis, aux abords d'une ornière de trois mètres de large, remit un coup d'accélérateur. Le Land Cruiser s'élança et atterrit sur ses amortisseurs renforcés sans autre récrimination qu'un léger grincement.

Rien n'indiquait avec certitude la direction prise par Omidi mais il y avait fort à parier qu'il se rendait à Kampala, seule ville du pays possédant des pistes d'atterrissage capables d'accueillir des gros porteurs. Comme le vent soufflant en direction de la ville emportait avec lui la fumée de l'incendie, le Land Cruiser avait parcouru les quarante premiers kilomètres sans risquer de se faire repérer depuis le ciel. Au moment où Smith avait émergé de cette chape d'invisibilité, les troupes de Sembutu n'étaient plus qu'un mauvais souvenir.

La barre d'éclairage halogène équipant le Land Cruiser permettait de monter à cent trente kilomètres-heure en ligne droite, ce qu'il fit une fois sorti du virage suivant. Où était passé ce salopard d'Iranien ? Smith avait-il commis une erreur de calcul ? Existait-il une piste d'atterrissage dans le Nord ? Omidi prévoyait-il de s'enfuir par un autre moyen ?

Il ne cessait de penser à Sarie mais au lieu de s'en tenir à la situation actuelle et aux dangers qu'elle courait entre les mains d'Omidi, des fantasmes incongrus venaient l'assaillir. Il se voyait vivant à ses côtés, en Afrique du Sud. Il occuperait un poste d'enseignement à l'université du Cap, passerait ses samedis à travailler chez elle, à la ferme, ferait griller du koudou au barbecue en partageant une bière avec les voisins. Et surtout, plus jamais il n'appréhenderait de décrocher son téléphone et d'entendre la voix de Fred Klein au bout du fil.

Il s'ébroua. D'où lui venaient ces idées stupides ?

Après un autre virage, il se pencha sur le volant. Deux points rouges vacillaient à l'horizon. Quand il fut à deux cents mètres, le vieux camion militaire qu'il suivait se mit à brinquebaler. C'était bien lui. Omidi l'avait repéré. Il accélérait.

Comme la chaussée trop étroite interdisait tout dépassement, Smith étudia d'autres approches. Emboutir l'arrière du véhicule ne servirait qu'à détruire l'avant du Land Cruiser. Sortir une arme par la fenêtre lui paraissait tout aussi déraisonnable. Restait une dernière solution guère plus satisfaisante.

Parmi les AK-47 qu'il avait ramassés dans la jungle, il choisit le moins pourri puis il enclencha le régulateur de vitesse, se dressa et passa la tête par le toit ouvrant.

Il arrivait à la hauteur de la roue arrière gauche quand la bâche couvrant le camion s'entrouvrit. Bien calé dans son habitacle, Smith orienta le canon du fusil vers sa cible. Dans la mire, apparut la silhouette agenouillée de Sarie Van Keuren. Dahab l'immobilisait de son bras bandé, replié autour sa gorge. Près d'elle, Smith repéra une mitrailleuse posée sur une caisse.

Le mouvement des deux véhicules réduisait considérablement sa marge de manœuvre. Sa seule option consistait à viser le centre de gravité de Sarie en espérant que la balle transperce le Soudanais, par la même occasion.

Smith hésita une fraction de seconde de trop. Le djihadiste passa en automatique, mitrailla la calandre du Land Cruiser avant de faire éclater le pare-brise.

En retombant sur son siège, Smith lâcha l'AK qui ricocha sur le toit et atterrit sur la piste en terre. Les balles sifflaient autour de lui. Il agrippa le volant pour tenter de reprendre le contrôle de son véhicule mais les roues côté passager plongèrent dans une ornière. Après une violente secousse, le Land Cruiser se retourna et poursuivit sa course sur le toit.

Un arbre l'arrêta. À présent, Dahab visait le châssis dans l'intention de mettre le feu au réservoir. Heureusement, ses balles rebondirent sur le blindage de protection qui avait tant impressionné Sarie. Les tirs cessèrent presque aussitôt.

Bien qu'à moitié assommé, Smith saisit un autre AK et réussit à s'extirper du véhicule par la vitre brisée. Lorsqu'il finit par se relever sur ses jambes flageolantes, le camion avait disparu dans les ténèbres.

55

Langley, Virginie, USA
27 novembre – 1902 GMT – 5

Randi Russell jeta un sandwich entamé dans la poubelle. La pièce qu'on lui avait attribuée de manière temporaire ne contenait rien à part un bureau, un téléphone, un ordinateur et le fauteuil où elle était assise. Le poster encadré près de la porte montrait quatre rameurs dans une barque, le tout surmonté d'une légende en forme de clin d'œil humoristique : « Vive le travail d'équipe ».

En ce moment même, elle ne désirait qu'une seule chose : retourner en Afghanistan. Elle voulait entendre à nouveau le vent siffler dans les montagnes, revoir la couleur saisissante des champs de pavots, se laisser engloutir par le vide. Là-bas, les choses étaient si simples. Les talibans faisaient tout pour avoir sa peau et ses hommes faisaient tout pour les en empêcher.

Elle avait toujours préféré jouer aux gendarmes et aux voleurs plutôt qu'à la poupée. Ce métier, elle l'avait choisi pour tenter de prolonger son enfance, avec d'un côté les méchants, de l'autre les gentils et entre deux, des tas de pistolets à bouchon.

Sauf qu'aujourd'hui, les flingues tiraient de vraies balles.

Elle avait passé deux jours à étudier les moindres aspects de la vie de Nathaniel Frederick Klein en employant tous les moyens à sa disposition, légaux ou pas. Le dossier professionnel de ce monsieur frisait la perfection. Tout le monde le respectait y compris ses ennemis qui le décrivaient non sans amertume comme un individu « brillant » et « un vrai patriote ». L'élément le plus intéressant de sa biographie – venant par ailleurs confirmer l'un de ses lointains souvenirs – demeurait son amitié avec le président Castilla qu'il connaissait depuis l'université.

Tout naturellement, Randi en avait déduit deux choses. Primo, le « personnage haut placé de notre gouvernement » auquel Klein avait fait allusion n'était autre que le Président. Deuxièmement, la Maison-Blanche avait non seulement fondé Covert-One mais elle lui fournissait les ressources nécessaires à l'exercice de ses prérogatives. Toutefois les déductions ne remplaçaient pas les preuves en bonne et due forme.

Suivant la même intuition, elle avait contacté Marty Zellerbach, lequel était le mieux placé pour analyser les informations contenues dans le genre de vidéo que Klein lui avait montrée. Marty savait forcément quelque chose. Son hypothèse s'était révélée payante. L'informaticien lui avait présenté ses conclusions après lui avoir fait jurer qu'elle ne révélerait à personne qu'il en conservait un exemplaire.

Ainsi donc, toutes les déclarations de Klein étaient exactes. Mais pouvait-on lui faire confiance pour autant ? Ou bien son apparente sincérité n'était-elle qu'une ruse magnifique ? Ce qui cadrerait parfaitement avec sa réputation de fin politique. Exerçait-il en indépendant ? Son modeste train de vie suggérait qu'il ne travaillait pas pour l'argent mais, là encore, Randi ne disposait d'aucune preuve. Ses fonctions clandestines lui rapportaient peut-être beaucoup mais il se gardait d'étaler sa richesse…

Et enfin, il y avait l'énigmatique Jon Smith. Toujours lui. C'était vraiment agaçant. Klein savait qu'en l'entendant prononcer son nom, elle finirait par accepter son offre – d'abord parce qu'elle voudrait s'assurer qu'il n'était pas mort, ensuite parce qu'une organisation dont Smith faisait partie ne pouvait être entièrement mauvaise. Mais comment être certaine que Jon participait bien aux opérations Covert-One ? Il pouvait tout aussi bien appartenir au camp adverse. Dans ce cas, Klein chercherait à la manipuler afin de retrouver sa trace et le pousser à baisser sa garde.

D'un côté comme de l'autre, cette affaire méritait qu'on s'y attarde. En fait, elle était coincée. Si Klein jouait franc jeu et qu'elle persistait dans son refus, un très grand nombre de personnes mourraient. S'il la faisait marcher, les pertes en vies humaines seraient encore plus importantes.

Randi réfléchit pendant quelques minutes puis décrocha le téléphone et composa le numéro de Charles Mayfield, directeur adjoint de la CIA.

« Ne me dis pas que tu appelles pour annuler notre déjeuner », dit-il en guise de bonjour.

Leur amitié ne datait pas d'hier. Mayfield l'avait toujours couverte, même au risque de desservir sa propre carrière. Mais jusqu'où voudrait-il aller ?

« Il faut qu'on parle, Chuck. Tout de suite.

— Cela ne me dit rien qui vaille. De quoi veux-tu qu'on parle ? »

Le coude posé sur le bureau, elle cala son menton dans sa main. Bonne question.

56

Nord de l'Ouganda
28 novembre – 0402 GMT + 3

Peter Howell freina dans un nuage de poussière, descendit à toute vitesse de la Jeep qu'il avait volée et se mit à courir vers le Land Cruiser accidenté. À la lueur du seul phare qui fonctionnait, il repéra des dizaines d'impacts de balles dans le capot et le flanc droit. Quand il se pencha pour examiner l'habitacle, il redoutait le pire.

Pas de sang et, Dieu merci, pas de cadavre. Juste deux AK-47 rouillés, sans chargeurs.

Il avait déjà perdu des amis en mission – en fait, Jon Smith était l'un de ses derniers camarades de combat encore en vie. Mais les autres avaient disparu dans des circonstances bien différentes.

Maintenant qu'il avait assouvi sa vengeance, il y voyait nettement plus clair. Et ce qu'il voyait ne lui plaisait pas du tout. Il avait sciemment compromis une mission qu'il avait juré de mener à bien. Il avait mis en péril des millions d'innocents menacés par le parasite et, pire que tout, il avait abandonné un homme qui aurait donné sa vie pour lui.

Howell s'éloigna du véhicule pour chercher des indices dans la couche de terre. Des empreintes de pas suivaient le bord de la route. Plus il avançait, plus la foulée s'allongeait. Smith était non seulement en vie mais assez valide pour courir. Et pas grâce à lui.

Sans attendre, il remonta dans la Jeep et mit le pied au plancher sans toutefois réussir à dépasser les soixante kilomètres à l'heure, calcul approximatif puisqu'à la place du compteur de vitesse, il n'y avait plus qu'un trou avec quelques fils arrachés. Par chance, le propriétaire du véhicule n'avait pas mis en gage la totalité de ses composants électroniques. Il restait la jauge de température, ce qui lui permit d'éviter la surchauffe.

Il roula presque une demi-heure sans tomber en panne tout en faisant de fréquents arrêts pour vérifier les empreintes. À chaque fois, la foulée devenait plus courte, plus indécise. Malgré l'obscurité, la température plafonnait encore à 38°. Même Jon Smith n'était pas capable de courir longtemps sous une telle chaleur. Aucun être humain n'en était capable.

Les phares de la Jeep n'éclairaient plus guère. Howell focalisa son attention sur l'étroite bande de lumière, le pied gauche posé sur la pédale de frein en cas d'obstacle inopiné.

Cette stratégie lui évita de briser un essieu mais l'empêcha de repérer à temps l'homme qui le visait avec un AK-47.

Howell freina à mort en donnant un coup de volant. La Jeep partit dans un tête-à-queue incontrôlé tandis que la silhouette plongeait dans la jungle pour ne pas se faire percuter. Quand la Jeep s'immobilisa, l'Anglais bondit sur la route en laissant ses armes à l'arrière. « Janani va faire la gueule quand il verra dans quel état tu as mis sa voiture. »

Au lieu de s'esclaffer, Smith remit son arme à l'épaule et entreprit de s'épousseter. Ses vêtements étaient trempés de sueur et son visage noir de suie prouvait qu'il avait traversé les brasiers allumés par l'aviation de Sembutu.

« Jon, je… »

Quand il arriva à bonne portée, Smith lui balança un coup de poing au ventre assez fort pour le terrasser. L'Anglais tomba à genoux et roula dans la poussière, en proie à d'irrépressibles haut-le-cœur.

« OK, dit-il quand il retrouva son souffle. Je m'y attendais un peu. Mais ça surprend quand même. Dis-moi, mec. À pied, ça fait un bout de chemin jusqu'à Kampala, non ?

— C'est la seule raison qui m'a dissuadé de te tirer dans le cul, répondit Smith en lui tendant la main pour l'aider à se relever.

— Y a de l'eau dans la Jeep », annonça Howell. Smith se précipita prendre une bouteille mais retira très vite sa main comme s'il s'était brûlé.

« Bon Dieu, mais qu'est-ce que c'est ? »

Howell le rejoignit, empoigna la tête tranchée de Caleb Bahame et contempla ses yeux mi-clos. De son côté, Smith essuya du revers de sa manche le sang répandu sur la bouteille.

« Juste un petit souvenir.

— À mon avis, avec un truc pareil, on risque de se faire remarquer », fit Smith en se versant de l'eau sur le visage.

Howell fronça les sourcils. « Ouais, tu as sans doute raison. Pourtant, admets que ça aurait fait un chouette cendrier. »

57

Près d'Entebbe, Ouganda
28 novembre – 0806 GMT + 3

Le soleil s'était levé et dardait ses rayons sur la circulation chaotique encombrant la route qui menait à l'aéroport d'Entebbe. Mehrak Omidi donna un coup de volant pour couper la route au pick-up des années 1970 qui essayait de le doubler sur la droite. Ensuite, il s'en voulut de s'être laissé emporter. Ce n'était vraiment pas le moment de provoquer un accident.

Un rapide coup d'œil à travers la lucarne brisée à l'arrière de la cabine lui confirma que tout allait bien. Sous la bâche du fourgon, Van Keuren et De Vries étaient toujours ligotés et bâillonnés. Quant à Dahab, posté tout au fond, il observait la route. Le Soudanais avait perdu une bonne partie de sa grâce et de sa prestance. Les chaos incessants compromettaient son équilibre et sa belle tunique blanche s'auréolait de grosses taches de sueur.

C'était prévu. Cet homme ne servait qu'à transporter le parasite et l'heure de sa mort approchait à grands pas. Il avait choisi le martyre en toute connaissance de cause. Dans peu de temps, son âme serait entre les mains de Dieu.

« Je les vois ! hurla Dahab.

— Qui ça ? » réagit Omidi en examinant dans son rétroviseur extérieur la file des véhicules qui roulaient derrière lui.

Le Soudanais parlait mal anglais. Il désigna quelque chose à travers la bâche qu'il venait de rabattre à l'arrière du fourgon. « Je vois les hommes blancs ! »

Sans quitter des yeux le rétroviseur, Omidi posa la main sur le pistolet à côté de lui. Il ne constata aucun mouvement suspect. Avait-il raté quelque chose ? Ou bien Dahab commençait-il à perdre la boule ?

C'est alors qu'il la vit : à une distance de dix véhicules derrière lui, une Jeep décapotée essayait de forcer le passage au risque d'emboutir les voitures qui venaient en face. Omidi essuya la poussière sur le rétroviseur et se focalisa sur les deux occupants du véhicule militaire. Ils étaient trop loin pour qu'il voie leurs visages mais leur allure générale, leurs vêtements, leur couleur de cheveux ne laissaient planer aucun doute. Son cœur s'emballa. C'était impossible et pourtant, il s'agissait bien de Jon Smith et Peter Howell.

De nouveau, ils voulurent s'extraire du trafic, cette fois sur la gauche, mais durent se rabattre en profitant d'un espace sur le bas-côté, lequel dominait un ravin.

Omidi sentait la panique le gagner. Pour y remédier, il inspira à fond puis expira lentement. Il ne pouvait pas échouer si près du but.

Droit devant, un avion décollait au-dessus du lac Victoria. L'aéroport d'Entebbe n'était qu'à vingt kilomètres mais il devrait rouler encore un peu pour atteindre sa véritable destination, une piste d'atterrissage où l'attendait un jet privé. À force de manœuvres, les deux hommes dans la Jeep grignotaient la distance qui les séparait. Au volant de son poids lourd, Omidi était incapable d'en faire autant.

Omidi échangea son pistolet contre un téléphone portable sur lequel il composa le numéro personnel de Charles Sembutu. Ce dernier répondit presque aussitôt.

« Monsieur le Président. Je suis sur la route d'Entebbe, au niveau de Kisubi. Smith et Howell ne me lâchent pas. Je…

— En quoi cela me concerne-t-il, Mehrak ? »

L'Iranien répliqua sur un ton volontairement calme et respectueux. « J'ai besoin que vous interveniez. Ils roulent à bord d'une Jeep. Envoyez vos policiers les cueillir pour conduite dangereuse. J'ai besoin de cinq minutes, c'est tout.

— Vous m'avez demandé d'appréhender ces deux hommes à fin d'interrogatoire. Je l'ai fait. Mais cela ne suffisait pas. Je vous les ai livrés en mains propres dans le nord du pays. Cela ne suffisait toujours pas. Si vous êtes incapable de vous occuper d'eux, c'est…

— Et moi je vous ai livré Bahame et sa bande, ce qui vous a permis de mettre fin à une insurrection qui promettait de vous anéantir.

— Dans ce cas, nous avons rempli l'un comme l'autre notre part du marché. Je vous souhaite bonne chance. »

Sembutu raccrocha ; Omidi jeta l'appareil sur le siège en le traitant de lâche.

Un rapide coup d'œil au rétroviseur l'informa que la Jeep cabossée ne progressait plus. De la fumée sortait du capot. Pourtant elle roulait toujours et le camion militaire se remarquait comme le loup blanc.

« Dahab ! »

L'Africain traversa le fourgon en titubant pour se coller contre la lucarne brisée.

« Changement de plan, annonça Omidi en articulant pour se faire bien comprendre. Fais-le maintenant. »

Dahab attrapa De Vries, le mit sur le ventre et sans se préoccuper de ses cris étouffés, lui entailla le dos. Van Keuren eut beau lui balancer des coups de pied maladroits, l'Africain poursuivit en se coupant le pouce. Puis il mit en contact les deux plaies.

De Vries comprit vite ce qui lui arrivait. Toute lutte était désormais inutile. Le corps agité de sanglots, il se mit à pleurer à travers son bâillon.

Sa mission accomplie, Omidi reporta son attention sur la route. « Dahab, tu descendras à l'aéroport d'Entebbe. Tu comprends ?

— Je comprends. Quels sont mes ordres ? »

58

Entebbe, Ouganda
28 novembre – 0828 GMT + 3

« Arrête-toi ici », dit Smith en se levant pour voir ce qui se passait derrière la fumée qui sortait du radiateur. Le camion d'Omidi avait bifurqué vers l'aéroport. Depuis, ils l'avaient perdu de vue. Leur Jeep toujours bloquée au milieu de la circulation avançait au ralenti.

« Il est par là, tu crois ? » dit Howell en se garant de manière à obtenir une vue directe sur le terminal et le parking, tout en n'alertant pas le personnel de sécurité. Deux hommes blancs en piteux état, conduisant une vieille Jeep de l'armée maculée de sang séché, risquaient d'éveiller une curiosité mal venue.

« Non, dit Smith en retombant sur son siège.

— Alors, quel est ton plan, chef ? »

Smith s'accorda un temps de réflexion mais comme aucune brillante idée ne lui venait, il opta pour une solution désespérée.

« On va aller voir dans l'aéroport, dit-il en se nettoyant le visage et les mains avec l'eau de leur dernière bouteille.

— Tu crois qu'Omidi veut embarquer Sarie sur un vol commercial ? »

Smith lui passa la bouteille. « Non, mais il dispose peut-être d'un jet privé. Dans le cas contraire, tu t'arrangeras pour que quelqu'un t'indique les autres pistes de la région.

— Et que feras-tu pendant que je jouerai au détective ?

— J'ai un coup de fil à passer », répondit Smith avec un air de conspirateur.

Howell fronça les sourcils. « Si cela ne t'ennuie pas, demande-leur d'envoyer la cavalerie. »

*

Ils entrèrent dans l'aéroport d'un pas résolu en arborant des T-shirts marqués du drapeau ougandais – les seuls vêtements que le vendeur de souvenirs installé à l'extérieur avait dans leur taille. Smith se composa un sourire débonnaire, aplatit ses cheveux mouillés et se dirigea droit sur une batterie de téléphones publics. En chemin, il croisa un garde peu soupçonneux mais très bien armé. Arrivé devant l'appareil, il s'aperçut qu'il n'y avait pas de tonalité. Même chose pour le deuxième. Et le troisième.

« Ils ne fonctionnent pas. »

L'employée de l'aéroport vêtue d'un uniforme bien repassé parlait anglais avec juste une pointe d'accent africain. « Je suis désolée. Nous avons subi un incendie récemment. Ils n'ont pas été réparés. Comme beaucoup de gens ont un portable aujourd'hui, ce n'est pas une priorité. »

Il réussit à lui sourire poliment. « J'ai vraiment besoin de contacter ma famille. Y a-t-il d'autres téléphones en état de marche ?

— J'ai bien peur que non.

— Pourriez-vous me prêter le vôtre ? Je vous dédommagerai, bien sûr.

— Malheureusement, le mien ne fonctionne pas à l'international. À mon avis, il ne vous reste qu'à en acheter un…

— Acheter un portable, l'interrompit-il. Mais oui. Où puis-je en trouver ?

— Vous suivez ce couloir jusqu'au bout et vous tournez à gauche. La boutique est juste là. Vous ne pouvez pas la rater. »

La boutique était précisément à l'endroit indiqué mais il n'y avait qu'une seule employée pour cinq clients. À en juger d'après l'énervement du premier dans la file et la fatigue qui se lisait sur le visage de la femme postée derrière le comptoir, l'affaire risquait de s'éterniser.

« Jon ? »

Smith pivota sur les talons. Howell lui faisait de grands signes derrière la vitrine. Ils se collèrent contre un mur en retrait.

« Nous avons un problème, mon pote.

— Quoi donc ? Il y a d'autres pistes d'atterrissage ?

— Non. Mais j'ai croisé ce grand échalas qu'on a vu dans la caverne.

— Celui qui s'est infecté lui-même ? »

Howell acquiesça d'un hochement de tête.

« Où ça ?

— En train de franchir les portiques de sécurité. Il prend un vol direct pour Bruxelles et n'a pas l'air en forme du tout. »

Smith cligna des yeux tout en additionnant le temps passé depuis la contamination et la durée du vol jusqu'à la Belgique.

« D'après l'estimation la plus optimiste fournie par De Vries, il commencera à manifester l'ensemble des symptômes à bord de l'avion, dit Smith. Quand il s'en prendra aux autres passagers, tout le monde croira avoir affaire à un terroriste. Impossible de savoir combien de personnes il contaminera avant qu'on réussisse à le maîtriser.

— L'embarquement a déjà commencé, précisa Howell. Nous n'avons pas beaucoup de temps. Peux-tu contacter quelqu'un ayant le pouvoir de faire atterrir cet avion dans un endroit sûr ?

— Ce type est un leurre, Peter. Omidi a contaminé quelqu'un d'autre. Dahab sert de diversion.

— C'est sûr. Mais quand même, pour une diversion je le trouve sacrément convaincant. »

Smith avait raison. Omidi pouvait se trouver n'importe où – à deux cents mètres d'eux, en train d'attendre l'arrivée de son jet privé dans une salle VIP ; à bord d'un hélicoptère de location volant vers une piste d'atterrissage perdue au fin fond de la brousse ; sur la route de la frontière, assis à l'arrière d'un véhicule banalisé bourré d'agents de sécurité iraniens. En ce moment même, leurs chances de lui mettre la main dessus étaient pour ainsi dire inexistantes.

Smith regarda le client qui râlait toujours à cause de son téléphone. Un autre garde passa devant le magasin, aussi lourdement armé et ostensiblement blasé que son collègue. Inutile d'intervenir dans la conversation. Non seulement l'employée ne le servirait pas plus rapidement mais la moindre dispute risquait d'alerter la sécurité de l'aéroport. Par ailleurs, demander au garde d'empêcher l'embarquement du Soudanais n'aboutirait qu'à rameuter une pléthore de bureaucrates, chose à éviter à tout prix, connaissant la lenteur proverbiale de l'administration africaine.

« Chef ? insista Howell.

— Je pèse le pour et le contre.

— Trouvons un moyen de le rejoindre dans l'aire d'embarquement. Si on fait vite, on pourra l'appréhender avant qu'il monte dans l'avion. »

Smith exprima son désaccord. « Et si jamais du sang giclait partout. En plus, on risque de se faire tuer ou arrêter. Et pendant ce temps, on aura une ou plusieurs autres personnes contaminées en liberté à Kampala ou dans l'avion lui-même. Reste-t-il des places sur ce vol ?

— C'est probable mais je crois que j'ai égaré mes papiers. »

Smith sortit de sa poche son passeport, ceux d'Howell et de Sarie. « Je les ai retrouvés dans la boîte à gants du Toyota. C'est bien la seule chose dont un enfant-soldat n'a pas usage dans la jungle.

— Si je comprends bien, on va le laisser s'envoler pour l'Europe ?

— Là où tu vois un avion, moi je vois un local de quarantaine disposant d'un bon système de communications internationales et seulement deux cents personnes susceptibles de contracter la maladie. »

Howell haussa les épaules pour souligner son scepticisme. « C'est toi qui commandes. J'espère seulement que tu sais ce que tu fais.

— Moi aussi », répondit Smith en se dirigeant vers le comptoir de Brussels Airlines.

59

Aux environs de Washington, DC, USA
28 novembre – 0257 GMT – 5

Padshah Gohlam consulta sa montre. Les aiguilles ne brillaient plus mais d'après l'emplacement des étoiles dans le ciel, il devait être plus de deux heures du matin. Son début de courbatures confirma cette estimation.

Il s'entraînait pour cette mission depuis le jour de sa naissance dans une région reculée d'Afghanistan. Les montagnes de l'Hindu Kush étaient plus arides que celles-ci mais il y régnait les mêmes frimas, la même solitude accablante. Son père, un homme d'une grande piété, lui avait enseigné à se déplacer comme une ombre légère et silencieuse parmi les reliefs désolés, seule manière d'échapper à la technologie américaine, et à tendre des embuscades aux forces spéciales qui s'employaient à confisquer son pays au nom de la chrétienté.

Après la mort de son père, les Américains assez naïfs pour voir en lui un soutien avaient accordé au jeune Padshah un visa pour aller étudier dans le

Maryland. Il avait beaucoup souffert au milieu de ces professeurs arrogants, de ces femmes impudiques qui s'asseyaient à côté de lui en cours. Aucune des matières enseignées ne parlait de Dieu. En fait, il avait passé son temps à attendre qu'on fasse appel à lui. Jusqu'à cette nuit.

Il rabattit doucement une branche de l'arbre sur lequel il était perché. De là-haut, il pouvait surveiller la fermette en partie cachée par les feuillages. Grâce à Dieu, l'espace entre les ramures lui accordait une vue directe sur l'allée menant au garage et le sentier givré filant jusqu'à la porte d'entrée.

Quand la neige se remit à tomber, il dut admettre que les vêtements de chasse achetés pour l'occasion étaient bien plus chauds que ceux de sa jeunesse. Par le passé, trop d'ennemis avaient eu la vie sauve à cause du froid qui avait fait trembler ses mains. Mais ce soir, il ne faillirait pas.

Au bout de plusieurs heures de patience, il vit enfin luire des phares. À travers sa lunette de visée, il suivit le véhicule qui tournait dans l'allée. La portière s'ouvrit, la lumière du plafonnier fit briller une chevelure blonde, la jeune femme descendit en titubant.

Elle est ivre, sans doute, pensa-t-il. En l'absence d'un père ou d'un mari pour la surveiller, cette créature devait passer ses nuits à traîner n'importe où. Voilà ce que les Américains voulaient faire subir à son peuple. Si on ne les en empêchait pas, ils les dépouilleraient de leur identité et transformeraient leurs filles en prostituées. Comment un pays incapable de contrôler ses femmes pouvait-il espérer contrôler l'Afghanistan ?

Le col de son manteau long rabattu sur les oreilles, elle se dirigea maladroitement vers l'entrée de la maison. C'était donc elle, la fameuse Randi Russell ? La femme qui avait tué un si grand nombre de ses frères talibans ? Maintenant qu'il la voyait en vrai, il avait du mal à y croire.

Comme elle se présentait à lui de profil, il attendit qu'elle se tourne vers la porte. Quand son dos s'encadra au centre de son viseur, Gohlam inspira et retint son souffle en s'efforçant de se calmer pour ne pas risquer un mouvement involontaire anticipant le recul du fusil.

Contrastant avec le silence absolu du manteau neigeux, la détonation produisit un fracas effroyable dont l'écho se répercuta à travers la forêt avant de se fondre dans le sifflement de ses oreilles. Russell bascula en avant, rebondit sur la porte et s'écroula sur le tas de neige accumulé près de l'allée.

Gohlam arma de nouveau, promena sa lunette de visée sur le dos ensanglanté de sa victime et s'immobilisa au niveau de la nuque. Il prononça une prière silencieuse pour ses camarades tombés à cause de cette femme. Son index se crispa sur la détente.

Son tir produisit un bruit bizarre et, au lieu du choc de la crosse lui percutant l'épaule, il ressentit une série de picotements, comme si des échardes s'enfonçaient dans sa joue.

Réalisant soudain ce qui venait de se produire, il se jeta sur la droite, évitant de justesse la deuxième balle qui se ficha dans le tronc de l'arbre contre lequel il s'appuyait. Sa chute de branche en branche amortit le choc final. En touchant le sol, il se reçut en roulé-boulé, se releva sans trop de difficulté et prit ses jambes à son cou. Quand il entendit la détonation suivante, il crut que son heure était venue de rejoindre Dieu, mais la balle ne fit que siffler près de son oreille.

Randi Russell essaya de bouger. Son corps ne répondait plus. Seul son instinct lui dictait de se mettre à couvert. Elle entendait des cris, des coups de fusil mais ses bras, ses jambes étaient comme morts. La douleur dans son dos avait laissé place à un étrange engourdissement. Quant à ses poumons, elle n'aurait su dire s'ils fonctionnaient encore. Elle regardait sans comprendre la tache rouge qui s'élargissait sur la neige près d'elle.

« Randi ! »

Une sensation de légèreté l'envahit quand on la traîna loin de la maison.

« Tiens bon, Randi ! »

Mais elle en était incapable. Pas cette fois. Elle ferma les yeux. Toujours plus légère. Ils avaient tout organisé dans les moindres détails. Comment diable avait-elle fait pour se retrouver ainsi affalée dans la neige ?

Éric Ivers tenait le col de Randi d'une main et de l'autre, dirigeait le canon de son fusil vers les bois. Il n'arrivait pas à viser. En revanche, l'homme juché sur le toit de la fermette n'avait aucun problème pour ajuster ses tirs.

« On y est presque, Randi ! Accroche-toi ! », l'encourageait Ivers. Dans leur sillage, s'étirait une traînée rouge. Il s'arrêta derrière la voiture pendant que sa partenaire traversait la route à fond de train et disparaissait dans les bois. La voix du tireur d'élite retentit dans la radio. « Je n'ai plus de visibilité. L'homme n'est pas blessé. »

Ivers jura entre ses dents. Il ne savait que faire de Randi. C'était un combattant, pas un médecin. Finalement, il décida de la mettre à plat, au cas où elle vomirait. Puis il partit à la recherche de sa partenaire.

« Karen, tu as quelque chose ? dit-il dans son micro de gorge.

— Facile à pister vu que la neige est fraîche mais il me faudrait du renfort.

— J'arrive. »

Ivers pénétra dans le bois vingt-cinq mètres au-dessus de l'endroit où elle se trouvait et choisit de passer à découvert pour gagner du temps.

Dès qu'il vit un fusil cracher devant lui, il bifurqua et se fondit dans le sous-bois pour mieux surprendre sa proie.

« Je l'ai eu ! fit la voix de Karen dans la radio. Le tireur est à terre. Je répète, le tireur est à terre. »

Ivers arriva par le flanc. Karen avançait à pas lents vers un homme couché sur le dos en travers d'une souche. Elle lui hurlait de ne pas bouger mais l'homme cherchait quand même à se relever.

Trop faible pour tenir son fusil, il le lâcha et roula sur le côté gauche en faisant en sorte de cacher ses mains. Ivers qui voyait la scène sous un autre angle, aperçut le tube métallique sortir de la parka en tissu camouflage.

« Une bombe ! brailla Ivers. Karen, baisse-toi… »

Il se couvrit les yeux pour échapper à l'éclair aveuglant et se jeta dans la neige. Un souffle brûlant embrasa l'air au-dessus de lui.

Quand il leva la tête, sa partenaire gisait au sol, visiblement blessée mais encore assez vaillante pour le rassurer d'un pouce tremblant. Soulagé, Ivers régla sa radio sur un autre canal crypté.

« Monsieur Klein. Vous êtes là ?

— Oui. Allez-y.

— Randi s'est pris une balle entre les omoplates. Le tireur transportait une bombe. Il ne reste pas grand-chose de lui.

— Comment a-t-il pu s'approcher suffisamment de la cabane pour ajuster son tir ?

— Je ne sais pas, monsieur. Mais j'en prends toute la responsabilité. Le reste de l'équipe a été parfait.

— Ce n'est pas le moment de pinailler sur qui a fait quoi, Éric. Votre situation est-elle stable ?

— Nous avons un début d'incendie dans la forêt, monsieur Klein. Je ne suis pas sûr que la neige suffira à l'éteindre.

— Compris. Un hélicoptère d'extraction sera là dans quatre minutes. Brûlez la cabane et la voiture de Randi. Après ça, fichez le camp. Mieux nous effacerons nos traces, plus nous aurons de temps pour terminer ce qu'il nous reste à faire. »

60

Centre de l'Ouganda
28 novembre – 0953 GMT + 3

Dès que l'avion se stabilisa, Jon Smith attendit l'extinction du voyant lumineux pour déboucler sa ceinture de sécurité et remonter l'allée entre les sièges de la classe affaires. Derrière le rideau de séparation, il aperçut Dahab dont la haute stature et le turban lui donnaient l'air d'un phare dominant les autres passagers. Assis près du hublot, il agitait la tête et lançait des regards méfiants autour de lui tout en s'épongeant le visage avec un mouchoir.

Smith approcha l'œil de l'espace entre les deux pans de rideau, redoutant de voir des taches de sang sur le tissu blanc du mouchoir. Rien, Dieu merci. Mais ce n'était qu'une question de minutes.

« Vous souhaitez encore un peu de champagne ? »

Smith se retourna. L'hôtesse était en train de poser une coupe sur le plateau de Howell.

« Elle m'a l'air presque vide, dit l'Anglais en tapotant la bouteille qu'elle tenait en main. Si vous me la laissiez, tout simplement ? »

Elle obéit avec entrain puis repartit vers la kitchenette en prendre une fraîche. Howell porta la coupe à ses lèvres et la vida sous le regard désapprobateur de sa voisine qui, de toute évidence, n'appréciait pas de voyager coincée entre deux hommes sentant aussi fort que des chameaux en rut.

Comme toujours, Howell avait prévu un coup d'avance. La bouteille serait une arme utile – assez lourde pour causer de sérieux dommages au crâne ayant la mauvaise idée d'entrer en contact avec elle mais assez contondante pour minimiser l'épanchement de sang.

L'hôtesse réapparut, avec un plateau de fromages cette fois. Elle s'adressa à Smith. « Vous avez déjà la bougeotte ? Pourtant, nous avons décollé depuis quinze minutes à peine. Un morceau de brie vous aiderait-il à vous détendre ?

— Je ne crois pas, dit-il puis il baissa la voix. Je suis le colonel Jon Smith de l'armée américaine. Je dois discuter avec le pilote d'un problème touchant directement cet avion.

— Un problème ? Quel genre de problème ?

— Nous traquons un terroriste depuis plusieurs semaines. J'ai fini par le repérer à l'aéroport d'Entebbe mais je n'ai pas pu l'empêcher de monter dans l'avion. »

Elle écarquilla les yeux sans toutefois paraître convaincue. « Vous avez des papiers sur vous ?

— Juste un passeport. Pour des raisons évidentes, je ne transporte rien qui puisse m'identifier comme un agent du gouvernement américain. »

Elle le dévisagea un instant et, comme il n'avait pas l'air de plaisanter ou de souffrir de démence, pivota sur les talons et partit en direction du cockpit. « Je vais parler au pilote. »

Lorsqu'il reprit son poste d'observation, Dahab se disputait avec son voisin. Smith serra les mâchoires. Il allait prévenir Howell quand le Soudanais se calma d'un coup, comme s'il venait d'oublier la cause de leur différend.

« Monsieur ? appela l'hôtesse derrière lui. Voulez-vous me suivre, je vous prie ? »

Elle le conduisit dans la kitchenette où un petit homme sévère en uniforme l'attendait.

« Je suis Christof Maes, le commandant de ce vol, fit-il en tendant une main hésitante. Il paraît que nous avons un problème ?

— J'en ai peur, commandant. Le terroriste soudanais que j'étais en train de traquer a réussi à monter à bord…

— Est-il armé ? A-t-il pu introduire une arme malgré les mesures de sécurité ?

— Ce n'est pas une arme au sens strict, répondit Smith en embrayant sur l'histoire qu'il avait échafaudée durant le décollage. En fait, nous avons affaire à une forme très maligne de tuberculose résistante à tout traitement. L'individu projette de répandre la contagion en Europe.

— Si je comprends bien, vous n'avez aucun papier d'identité à me montrer ni aucune preuve de ce que vous avancez.

— Si vous me laissez utiliser la radio de bord, je vous obtiendrai une confirmation.

— Je préfère avertir les autorités de Bruxelles par moi-même. Ils peuvent…

— Il sera peut-être trop tard, commandant. Cet individu est extrêmement violent. C'est un psychotique. Il sait que mon partenaire et moi-même sommes montés à bord et je parie qu'il ne se laissera pas faire. De plus, il va falloir organiser une quarantaine pour les passagers.

— Une quarantaine ? Vous pensez que ce sera nécessaire ?

— Malheureusement oui. Si vous me donniez accès à votre radio, je pourrais contacter mon équipe, laquelle avertirait votre gouvernement. C'est la manière la plus efficace de traiter la situation actuelle.

— Malheureusement, l'accès au cockpit est rigoureusement interdit, répondit-il en sortant un téléphone satellite de sa poche. Prenez ceci. Moi de mon côté, je vais informer le contrôle au sol…

— Ce téléphone me convient parfaitement, répliqua Smith en se retenant pour ne pas le lui arracher des mains. En revanche, abstenez-vous de contacter le sol, s'il vous plaît. Mieux vaut laisser nos gouvernements respectifs gérer cette affaire hautement délicate. »

Maes sourcilla en regardant Smith composer un numéro. « Je vais attendre un peu, colonel. Mais ensuite, je vous demanderai de décliner votre identité de manière plus convaincante. »

Smith hocha la tête et se détourna en entendant la voix de Maggie Templeton. Sa présence au bout du fil lui fit l'effet d'un rayon de soleil.

« Creative Party Supplies. Avec qui voulez-vous entrer en relation ?

— Salut Maggie, c'est Jon sur une ligne non cryptée. Est-ce que Fred est dans le coin ?

— Il est impatient de vous parler, dit-elle sur un ton égal appris à l'entraînement. Ne quittez pas, je vous prie. »

Klein arriva un instant plus tard. « Salut Jon. C'est bon de t'entendre. Que s'est-il passé ? Nous avions perdu le contact.

— Désolé, Fred. Impossible de mettre la main sur un téléphone. Peter et moi sommes à bord d'un avion de Brussels Airlines en route pour l'Europe.

— Dois-je envoyer l'un de nos représentants vous accueillir à l'aéroport ?

— Je ne pense pas que ce soit nécessaire. Il y a un homme malade ici. Mehrak et Sarie ont décidé de ne pas repartir avec nous. J'ignore comment ils vont faire pour rentrer à la maison. »

Après une courte pause, Klein répondit : « Compris. L'homme dans l'avion est-il très malade ?

— Je pense qu'il va avoir besoin d'aide d'ici deux heures.

— Y a-t-il des installations de premier secours à bord ?

— Je l'espère.

— Je vais voir si nous pouvons organiser quelque chose, Jon. Je te rappelle dès que possible. »

La communication se termina. Smith restitua le téléphone.

« C'était une conversation très cryptée, observa froidement le pilote. Votre ami britannique aurait-il des preuves de son identité sur lui ? »

Il en avait mais son passeport argentin au nom de Peter Jourgan ne pèserait pas bien lourd dans la balance.

« Attendez encore un petit peu, commandant. Mon équipe va résoudre ce problème. Nous n'allons pas tarder à obtenir confirmation.

— Et pendant ce temps ?

— J'aimerais que vous m'autorisiez à maîtriser notre homme. »

Le pilote refusa catégoriquement. « Impossible. Avant que je sache exactement qui vous êtes et que j'obtienne le feu vert de mes supérieurs, vous ne tenterez rien contre aucun passager de ce vol. Suis-je assez clair ? »

Smith aurait préféré une autre réponse mais pour l'instant, il devait se contenter de celle-là. Il repartit vers le rideau de séparation et s'arrêta près de Peter Howell.

« T'es-tu montré convaincant, mon pote ?

— Apparemment non. J'ai parlé à mon directeur. Il va se mettre en contact avec les Européens pour tenter d'obtenir une coopération.

— J'espère que ton directeur est très rapide et très persuasif, dit-il en désignant l'espace séparant les deux pans de rideau. Jette donc un œil. »

Une hôtesse tendait un rafraîchissement à Dahab mais ce dernier, totalement prostré, ne faisait pas attention à elle. Le poing serré, il tambourinait sur le hublot à intervalles réguliers, un coup toutes les six secondes exactement.

« On y va quand tu veux, Peter, mais dans le meilleur des cas, on devra se débrouiller seuls.

— Et dans le pire ?

— L'équipage nous sautera dessus. »

Howell soupira doucement. « Trop de passagers dans trop peu d'espace, Jon. On risque de tout faire foirer. »

Malgré leur épuisement, ils faisaient le guet depuis deux heures quand l'hôtesse se présenta derrière Smith et lui tapa sur l'épaule. Il la suivit dans le cockpit tout en récitant une prière silencieuse. Pourvu que Klein ait fait un miracle. Un fin liseré rouge soulignait le turban de Dahab qui semblait avoir totalement perdu la notion des événements. Fort heureusement, le passager assis près de lui s'était retranché à l'arrière de l'appareil. Un problème de réglé, un millier d'autres à venir.

« Je ne sais toujours pas qui vous êtes précisément, dit le pilote au moment où Smith entra dans la cabine et ferma la porte. Pourtant je dois admettre que vous disposez d'une grande influence. Nous avons été détournés vers une base militaire sur une île près des Maldives. Il semble également que nous serons escortés par un chasseur venant d'un porte-avions américain patrouillant près d'ici. »

À son expression, on devinait qu'il n'appréciait guère de se faire assister par la marine américaine. Maes était assez intelligent pour savoir qu'un avion de chasse ne pouvait rien faire pour les aider. Sa présence signifiait surtout que si les choses tournaient vraiment mal, son appareil n'atterrirait jamais.

« On nous a annoncé dans des termes très explicites que vous étiez dès à présent le commandant de cet appareil. Nous devons obéir à vos ordres sans poser de questions. »

Smith hocha la tête en poussant un soupir de soulagement. Encore une fois, Fred Klein avait tout arrangé.

Vêtu d'un uniforme de copilote auquel s'ajoutaient des lunettes de soleil et une casquette dont la visière lui cachait le front, Jon Smith descendait l'allée d'un pas tranquille en souriant aux passagers assis de part et d'autre sans cesser de surveiller le Soudanais du coin de l'œil.

Le personnel d'accompagnement recueillait toujours plus de plaintes. Smith comprenait pourquoi. Le Soudanais était dans un piteux état et les bords de son turban si imprégnés que le sang lui coulait à présent sur le visage. Il ne semblait pas s'en apercevoir et continuait à tambouriner contre le hublot.

Aussi redoutables que fussent des virus comme Ebola ou Marburg, Sarie avait raison de les qualifier de stupides machines biologiques. Les parasites qui infectaient cet homme semblaient presque doués d'intelligence, comme s'ils comprenaient qu'il était temps pour eux de trouver un nouveau corps à habiter, leur hôte actuel étant sur le point de mourir.

Dahab regardait fixement Smith approcher avec, au bout du bras, un sac à courrier en toile de jute contenant une clé anglaise et un rouleau d'adhésif – tout ce qu'il avait pu trouver de plus sophistiqué en termes d'armement et d'équipement Hazmat.

Il s'arrêta devant les toilettes du fond. Une hôtesse jouant l'affolement parcourut l'allée et présenta son impressionnante poitrine aux deux hommes assis derrière le Soudanais.

« Vous m'avez l'air costaud, messieurs, dit-elle en suivant à la lettre le scénario que Smith lui avait concocté. Un chariot à boissons vient de se renverser, à l'avant. Pourriez-vous venir m'aider ? »

Pendant que les deux hommes s'éloignaient à sa suite, Smith sortit le ruban adhésif du sac et s'en servit pour coller les lunettes de soleil sur son visage. Une paire de gants chirurgicaux compléta son équipement de protection.

Le spectacle pouvait commencer.

D'une démarche toujours aussi nonchalante, il se glissa sur les deux sièges libérés derrière Dahab, sortit la clé anglaise et vérifia une nouvelle fois que la cordelette passée dans les œillets du sac coulissait correctement.

Son manège attira l'attention des passagers. Il sourit de toutes ses dents au petit garçon qui le dévisageait, trois rangées devant. Les gants se dissimulaient facilement. Quant à la bande adhésive, l'ombre portée de sa visière en cachait l'essentiel. Au bout de quelques minutes, tout le monde replongea qui dans son livre, qui dans son film.

L'air de rien, Smith se leva, refit un sourire à l'enfant qui le fixait toujours et, d'un geste fluide, enfonça le sac en toile sur la tête de Dahab. L'Africain voulut se redresser mais découvrit que sa ceinture était attachée – ce dont Smith s'était assuré au préalable, en passant dans l'allée.

Dahab allait mettre la main sur la boucle quand Howell, sautant par-dessus les gens qui abandonnaient leurs sièges juste devant, l'en empêcha. D'une main, Smith tirait sur la cordelette resserrant le sac autour du cou de Dahab, de l'autre, il brandissait la clé anglaise dans l'intention de l'assommer, malgré les oscillations de l'avion et les déplacements des passagers affolés.

Au tout dernier moment, le Soudanais se jeta en avant avec une force surhumaine. La clé anglaise rata sa cible. Smith fut emporté malgré lui et bascula par-dessus le dossier.

S'ensuivit une mêlée indescriptible. Il y avait si peu d'espace entre les sièges de la classe économique que ni Smith ni Howell n'arrivaient à ajuster leurs coups. Faute du recul nécessaire, Smith renonça à utiliser la clé anglaise. Agrippé au sac en toile de jute, il maintenait la cordelette serrée autour du cou du Dahab tandis que ce dernier lançait un bras en arrière pour le saisir à la gorge.

Dès que la poigne du Soudanais se referma sur son cou, le cerveau de Smith cessa d'être alimenté en sang et en oxygène. Cette main n'était pas humaine. Il voulut prendre appui contre la cloison de l'appareil mais n'y voyait plus assez clair pour s'orienter. Où était cette fichue cloison ? Quand il entendit un os craquer, il crut que sa colonne vertébrale venait de céder. Or, bien au contraire, il sentit faiblir la pression sur son cou. Il y eut un autre claquement assourdi. Lorsqu'il recouvra la vue, il aperçut Howell occupé à briser l'un après l'autre les doigts de son agresseur.

Au troisième doigt, Smith se dégagea et tomba dans l'allée, la bouche ouverte pour mieux happer l'air. Il était libre.

Mais le Soudanais aussi. Ayant détaché sa ceinture de sécurité, il avait réussi à se lever et à s'engouffrer en titubant dans l'allée, Howell accroché à son épaule comme une poupée de chiffon. Smith assis par terre lui attrapa les jambes, avec succès car l'autre s'affala comme une masse, mais sur Howell malheureusement. Le sac sur sa tête glissa, immédiatement replacé par l'Anglais, malgré la pluie de coups qui s'abattait sur lui, dont le bruit sourd évoquait celui du pilon avec lequel le boucher martèle sa viande.

Smith lâcha les jambes de l'Africain, empoigna la clé anglaise et l'abattit de toutes ses forces sur sa nuque.

Au lieu de tomber raide mort, Dahab redoubla de violence envers le pauvre Howell. Le sac et le turban le protégeaient en partie des coups, le parasite le rendait insensible.

Pourtant Smith continuait à frapper, sans relâche, grognant et soufflant comme un damné. Quand il constata que le crâne de l'Africain s'amollissait sur le côté gauche, il concentra ses coups sur cette zone, les dents serrées, en y mettant toutes ses forces.

L'homme finit par s'affaisser. Hors d'haleine, Smith retomba, le dos collé contre le siège de derrière. Les lunettes de soleil scotchées sur son visage n'avaient pas bougé. Il les arracha et vérifia que sa blessure à la joue était toujours protégée.

Non sans effort, Howell s'extirpa de sous la masse inerte du Soudanais et tenta de se composer une attitude digne d'un officier du SAS. Mais ses jambes ne le portaient plus. Après quelques tentatives infructueuses, il se retrouva par terre, secoué par une quinte de toux incontrôlable.

61

Nord de l'Éthiopie vu du ciel
28 novembre – 1312 GMT + 3

Jon Smith enjamba le sac-poubelle contenant le cadavre de Dahab et passa la tête par la porte entrouverte des toilettes. « Tu vas bien, Peter ? »

Penché au-dessus du lavabo, Howell devait s'appuyer des deux mains pour ne pas tomber. Quand il parla, du sang ruissela sur son menton.

« La grande forme, merci.

— Penses-tu qu'il ait saigné sur l'une de tes blessures ?

— Comment veux-tu que je le sache, Jon ? Mon corps tout entier n'est qu'une masse de chair meurtrie.

— Ouais…

— Et toi ?

— Pareil.

— Alors, attendons. Nous verrons bien ce qu'il en est. »

Le pilote avait fait de son mieux pour calmer les passagers en leur racontant que Dahab était un trafiquant de drogue recherché pour meurtre et ses deux agresseurs des agents d'Interpol. Mais tout le monde n'était pas convaincu. Les murmures prudents au départ avaient évolué en débats houleux, menés en plusieurs langues. À présent, on avait droit à un bourdonnement incessant. Deux hommes debout dans l'allée se disputaient si fort qu'on pouvait raisonnablement penser qu'ils en viendraient aux mains dans deux secondes. Quand l'un d'eux tomba sur les genoux de la femme derrière lui, Smith franchit le rideau et asséna un bon coup de poing sur la cloison.

« S'il vous plaît ! Puis-je avoir votre attention ? »

Une chape de silence s'abattit sur la cabine. Tous les regards convergèrent vers lui.

« Je m'appelle Jon Smith et je suis médecin dans l'armée des États-Unis. Si vous m'accordez une minute, je vais vous expliquer ce qui est en train de se passer. »

Il ne parvenait pas à adopter le ton ferme et serein qu'il avait espéré mais se consola en songeant à la chance qu'il avait de pouvoir encore parler. Il ressentait toujours la poigne de Dahab sur sa gorge couverte d'hématomes.

« L'homme qui est mort était un terroriste. »

Le volume des conversations enfla de nouveau. Smith se retrouva pris sous le feu des questions. Avait-il des complices dans l'avion ? Avait-on trouvé une bombe ? Pourquoi l'avait-on laissé monter à bord ?

Smith attendit la fin de la cacophonie pour leur resservir le scénario imaginé pour l'équipage.

« Il n'était pas armé et il n'y a pas d'explosifs à bord. Cet homme était porteur d'une forme de tuberculose résistante aux médicaments. Il avait l'intention de contaminer le continent européen. »

Des passagers hurlèrent d'autres questions. On sentait la peur croître sensiblement.

« Je vous en prie ! Laissez-moi terminer. J'insiste sur le fait que ce type de tuberculose peut être traité avec des antibiotiques spéciaux. Néanmoins, ces médicaments sont onéreux et nous ne disposons que de quelques milliers de doses. Si la maladie se répandait, nous serions confrontés à une grave pandémie. En revanche, les personnes voyageant à bord de cet avion n'ont aucun souci à se faire. Nous sommes en route vers une base navale où nous serons pris en charge par des spécialistes américains. Je doute fort que l'un d'entre vous ait contracté la maladie mais si jamais c'était le cas, vous recevriez tous les soins nécessaires jusqu'à votre rétablissement. »

*

Depuis le cockpit, Jon Smith observait la scène qui se déroulait à terre. Trois avions de transport C-5 et divers véhicules militaires étaient alignés sur le tarmac. On dressait des tentes médicales. Des silhouettes en combinaisons vertes passaient en courant dans la lumière aveuglante des projecteurs. Ce spectacle n'était pas fait pour apaiser les angoisses des passagers mais ce genre de subtilités n'était plus d'actualité.

Quand il toucha le sol, l'avion rebondit légèrement et roula jusqu'à une barrière métallique. Des hommes armés en tenue de sécurité biologique l'encerclèrent. Pour empêcher toute tentative de décollage, on bloqua les roues avec des parpaings. Les voix des passagers enflèrent de nouveau dans la cabine, à tel point que Smith faillit ne pas entendre sonner le téléphone satellite du pilote.

« Smith. J'écoute.

— Quelle est votre situation ? demanda Fred Klein.

— Malheureusement, le patient a succombé. Nous l'avons enveloppé et placé à l'arrière.

— Risque de contagion ?

— Pour les passagers et l'équipage, je dirais minimal. Pour Peter et moi, de moyen à haut.

— Je vais vous faire sortir de l'appareil. Nous avons besoin de vous pour gérer une situation délicate. Tout le monde reste à sa place jusqu'à la fin des préparatifs. Je vous retrouve à l'issue la plus proche du cockpit. Nous apportons une échelle.

— Deux minutes, dit Smith. Il faut que j'informe les passagers.

— Deux minutes. »

Quand il sortit du cockpit, il vit que Peter essayait de le rejoindre malgré les gens qui s'agrippaient à lui en désignant les soldats à travers les hublots.

« Votre attention, s'il vous plaît ! Écoutez-moi ! »

Howell profita de la diversion pour boitiller jusqu'à l'avant de l'appareil.

« Peter et moi allons débarquer, commença Smith avant d'être submergé par les cris.

« Tout le monde se calme et m'écoute ! Nous avons été en contact direct avec le terroriste. Nous sommes les deux personnes les plus susceptibles d'avoir contracté la maladie. On va nous placer en quarantaine pour vous éviter tout risque de contamination.

Des équipes médicales vont bientôt atterrir. À ce moment-là, vous pourrez sortir.

— Quand aurons-nous les antibiotiques ? hurla quelqu'un.

— Vous n'en aurez sans doute pas besoin. Cette forme de tuberculose n'est pas particulièrement contagieuse. Et vous êtes entre de bonnes mains. »

On entendit un coup à la porte. Smith actionna la poignée d'ouverture. Quand il rabattit le panneau, l'homme qui avait frappé était déjà redescendu et se dirigeait vers une barricade de sacs de sable protégeant une batterie de mitrailleuses.

Quelques passagers se précipitèrent vers la sortie. Howell leur bloqua le passage. « Je vous en prie, restez en arrière, dit-il en reculant vers l'échelle. Je suis peut-être contagieux. »

Cette déclaration eut sur eux un effet dissuasif. Smith se faufila dehors et dévala l'échelle en évitant de regarder les mitrailleuses braquées dans son dos.

62

Diego Garcia
28 novembre – 2300 GMT + 6

« On avance, messieurs. »

Le soldat qui marchait devant Smith les incitait à presser le pas. Un groupe d'hommes en combinaisons de sécurité les encercla. Le jet privé vers lequel Howell et lui se dirigeaient semblait à peine sorti de la chaîne de montage. Sur sa carlingue, aucun signe ne trahissait l'identité de son propriétaire ou son éventuelle connexion avec les États-Unis. Smith grimpa les marches de la passerelle et marqua un temps d'arrêt avant de s'engouffrer dans la trappe.

Sur sa gauche, une cloison en plastique isolait hermétiquement le tiers avant de la cabine. Dans l'espace restant, on avait enlevé tous les sièges sauf les deux du fond. Sur l'un des coussins était posée une bouteille de scotch single malt et sur l'autre deux verres et deux paires de menottes. Fred Klein avait pensé à tout, comme d'habitude.

Howell le suivit dans l'allée, prit la bouteille et se laissa choir dans un fauteuil. Avec un gémissement de bien-être, il inclina le dossier en cuir. Smith lui présenta les verres qu'il remplit avant de prendre le sien pour trinquer. « Buvons aux plaisirs fugaces du moment présent. »

Ce toast en valait un autre. Smith leva son verre et savoura la douce brûlure de l'alcool le long de sa gorge irritée. Lorsqu'à son tour il s'adossa, il repéra un engin de la taille d'une boîte à chaussures, fixé près de la cloison transparente. Sauf erreur de sa part, cette chose couronnée d'une rangée de LED verts contenait assez de plastic pour désintégrer l'avion, en cas de nécessité.

« Comment vous sentez-vous, messieurs ? »

Smith se pencha en avant et plissa les yeux pour tenter de remettre l'homme qui émergeait du cockpit, dont la voix lui rappelait fortement celle de Fred Klein. Ses cheveux, qu'il portait mi-longs d'habitude, étaient tondus au ras du crâne. À la place de ses lunettes, il portait des lentilles de contact bleues. Le costume fripé qu'il arborait hiver comme été avait disparu, remplacé par un uniforme amidonné de l'armée américaine si étroit qu'il lui faisait une taille de guêpe. Smith soupçonna la présence d'un corset. Ce déguisement très élaboré modifiait radicalement son apparence. Peter Howell tomba dans le panneau.

« Beaucoup mieux, mon général », répondit-il en brandissant la bouteille de scotch en guise de salut martial.

Klein s'assit de l'autre côté de la paroi en plastique. « À la lecture du rapport, je me suis dit que vous auriez besoin d'un verre, les gars.

— Merci mon général », dit Smith en jouant le jeu.

Klein accueillit sa réponse d'un bref hochement de tête puis continua.

« Si vous êtes contaminés, les premiers symptômes apparaîtront entre sept et quinze heures à partir de l'exposition. C'est bien cela ?

— Oui mon général, confirma Smith en calculant pour la centième fois le temps écoulé depuis leur bagarre avec Dahab : sept heures et trente-neuf minutes. Comme vous le savez, tout commence par une perte des repères suivie de saignements. Ensuite, le malade sombre dans la folie furieuse. »

L'avion se mit à rouler. Klein leur fit signe. « Attachez-vous. »

Le message était clair. Après avoir bouclé leurs ceintures, ils se passèrent les menottes au poignet, l'autre bracelet étant fixé aux accoudoirs.

« Je sais également, colonel, que je ne pourrai rien faire pour vous aider.

— C'est exact, mon général. Mais je compte sur vous pour abréger nos souffrances. Peter ne me contredira pas, je pense.

— Si cela s'avère nécessaire, nous saurons gérer la situation.

— Merci mon général. »

De nouveau, Klein accueillit ses remerciements d'un bref hochement de tête. « Vous nous avez mis dans un sale pétrin, tous les deux. D'après nos experts, Van Keuren est tout à fait capable de transformer le parasite en arme de destruction massive, et en très peu de temps par-dessus le marché. Apparemment, elle est la grande spécialiste du transport des parasites. Elle a même écrit un livre sur le sujet. Un genre de manuel à usage des biologistes désireux de transférer leurs échantillons du terrain au laboratoire. »

Smith prit une gorgée de whisky et fit la grimace quand l'alcool réveilla les coupures qui lui entamaient l'intérieur de la joue. Il était clairement responsable de la situation. À maintes reprises, il aurait pu supprimer le problème Sarie Van Keuren, mais à chaque fois, il avait reculé de peur d'avoir son sang sur les mains. Maintenant, c'était le sang de plusieurs millions de personnes qui risquait de couler à cause de lui.

« J'ai longtemps discuté avec le Président, poursuivit Klein. Notre marge de manœuvre est plutôt réduite. Commençons par les aspects négatifs. La diplomatie piétine – nous ne savons même pas par où commencer. Les Iraniens auront beau jeu de nier toute implication. Face à cela, nous disposons uniquement du témoignage de deux hommes qui – je regrette de devoir le dire – seront probablement morts dans quelques heures.

— Quelles sont les options militaires ? s'enquit Howell.

— C'est compliqué. Nous n'avons aucun argument convaincant à présenter à nos alliés. Par ailleurs, les Russes et les Chinois ne vont pas attendre les bras croisés que nous nous décidions à attaquer. À supposer bien sûr que nous soyons en mesure de rassembler les troupes nécessaires. Une frappe chirurgicale serait envisageable mais nous ignorons tout de l'endroit où se terre Omidi et où il a emporté le parasite.

— Je sais, j'ai merdé, lança Smith. Faut-il vraiment en rajouter une couche ? »

Les sourcils de Klein se levèrent en accent circonflexe. Smith passa en mode examen de conscience. Son agressivité était-elle due à la colère, à la fatigue ou bien à quelque chose d'autre ?

« Je n'avais pas l'intention de vous vexer, colonel. Tous les gens qui connaissent le dossier savent que vous avez fait votre possible. Bon, où en étais-je ?

— J'espère que vous allez aborder les aspects positifs, maintenant, mon général, intervint Howell.

— Oui, j'ai une bonne nouvelle. La CIA a mis au point plusieurs plans d'urgence en cas d'attaque bioterroriste. L'un d'entre eux peut facilement s'adapter à la situation présente. Pour le peaufiner, nous avons rassemblé une équipe d'experts. Nous installons des procédures, des équipements sur tout le territoire des États-Unis. En toute discrétion bien évidemment. Et nous sommes en train de rapatrier un certain nombre de soldats basés à l'étranger.

— A-t-on estimé les pertes potentielles ? demanda Smith.

— 300 000 victimes directes de l'infection, d'après les prévisions les plus optimistes. Mais il faudra ajouter à cela 20 000 à 30 000 victimes dues au chaos général qui s'ensuivra. Tout compte fait, on approchera sans doute le million.

— C'était ça, la bonne nouvelle ? s'écria Smith. La mort envisagée d'un million de personnes ?

— Évidemment, nous espérons rester en dessous de ce chiffre. L'homme contaminé que vous avez tué dans l'avion pourrait nous en apprendre long sur le parasite. En tout cas, il nous aidera à affiner notre plan de confinement.

— Un plan de confinement ? Comment cela ? Les Iraniens sont en train de fabriquer une arme qui pourrait nous faire regretter la bombe atomique et nous, nous travaillons sur un *plan de confinement* ?

— Attendez, ce n'est pas tout. Nous sommes en pourparlers avec la résistance iranienne.

— La résistance ? Vous avez pris contact avec Farrokh ?

— Contact, c'est beaucoup dire. Nous avons fait des appels du pied à des personnes qui se disent proches de lui. Tout cela en sous-main, colonel. Vous imaginez ce qui arriverait si on apprenait que nous pactisons avec le chef de la résistance iranienne. »

À présent, Howell buvait son whisky au goulot. « Avec tout le respect que je vous dois, mon général, vous ne semblez pas très sûr de ce que vous avancez.

— Ce n'est pas entièrement faux. Écoutez, nous avons pris le risque de leur dévoiler plus ou moins l'étendue du problème et nous leur avons demandé de nous aider à faire entrer en Iran un commando de forces spéciales chargé de repérer l'usine où Omidi travaille sur le parasite.

— Et qu'ont-ils répondu ?

— Ils ont refusé catégoriquement. En revanche, ils ne sont pas contre une visite du médecin chargé de l'enquête et de son escorte britannique.

— Ils ne sont pas contre ?

— Je n'ai pas pu obtenir mieux. Ce sont des gens très soupçonneux.

— Donc, à supposer que nous ne mourrions pas en route, vous comptez nous envoyer en Iran ?

— J'en ai peur, oui. Vous entrerez par la Turquie. Après, vous serez mis en relation avec la résistance. Vous gagnerez leur confiance et vous leur demanderez de vous aider à retrouver Van Keuren. Il ne vous restera plus qu'à nous communiquer les infos et ce sera à nous de jouer. »

Smith se contenta de dévisager son patron. « C'est tout ?

— C'est énorme, je sais, Jon. Et pour être honnête, je ne me fais pas trop d'illusions. Si jamais vous parveniez à rencontrer Farrokh, il y a de fortes chances pour qu'il vous considère comme des espions et vous tue.

— Et un million de personnes mourront », conclut Smith.

Klein rectifia. « Un million d'*Américains*. Nous avons mis au point des plans de représailles et je peux vous dire que ça ne sera pas joli.

— À combien estimez-vous les pertes iraniennes ?

— Une fois que nous aurons anéanti leurs capacités militaires, nous prévoyons de détruire toutes leurs grandes villes, leur réseau électrique et leur système d'approvisionnement en eau potable. En l'absence de tout précédent historique, nul ne peut chiffrer les pertes en vies humaines. Tout ce que je peux vous dire, c'est que les morts subséquentes, dues à la maladie, à la famine et à la soif pourraient être dix fois supérieures à celles provoquées par l'assaut initial. Si nous ne pouvons pas utiliser le scalpel, Jon, nous n'hésiterons pas à prendre le marteau. »

63

Centre de l'Iran depuis les airs
28 novembre – 2234 GMT + 3:30

Sarie Van Keuren sentait le regard d'Omidi posé sur elle pendant qu'elle marchait vers la queue de l'avion, un gobelet d'eau à la main.

« Thomas ? Vous avez soif ? Voulez-vous boire un peu ? »

Fermement sanglé sur son siège, le vieux médecin portait une camisole de force et des menottes aux chevilles. Voir ce fragile vieillard harnaché comme un psychopathe ou un tueur de masse lui faisait mal au cœur.

Elle en avait vu de toutes les couleurs durant ses années de recherches sur les parasites mais cette situation touchait à l'inconcevable. Sa raison avait beau lui dire que les êtres humains n'étaient pas différents des autres membres du règne animal, au fond d'elle-même elle avait toujours cru au pouvoir de l'âme. Dès lors, le fait de voir cet homme pacifique se transformer en monstre sanguinaire la remplissait d'une terreur indicible.

« Thomas ? » Son regard vide restait fixé sur le siège devant lui. Quand il finit par tourner la tête, elle eut honte de la peur qu'elle éprouvait. Dans ses yeux hagards, elle ne perçut aucune étincelle. De Vries ne la reconnaissait même plus. Il était seul face à sa folie.

Comme toujours lorsqu'elle se sentait déprimée, abandonnée ou effrayée, son esprit la ramenait vers la science. Comment ce parasite fonctionnait-il ? Quelles zones du cerveau attaquait-il ? À quelle vitesse se multipliait-il ? L'apathie qu'elle constatait chez Thomas constituait-elle une première étape dans la formation d'une créature sans compassion ni miséricorde ?

« Nous y sommes presque, dit Omidi. Asseyez-vous. »

Elle le foudroya du regard mais le visage de l'Iranien resta de marbre – un peu comme celui de son compagnon d'infortune. Certains hommes n'ont pas besoin d'un parasite pour devenir des monstres.

La piste d'atterrissage était bien camouflée. Ils devaient se trouver à moins d'une centaine de mètres du sol quand les deux bandes de lumière qui la délimitaient apparurent. Au-delà, Sarie discernait seulement quatre élévations rocheuses et plus loin, la paroi d'une falaise soulignée par le clair de lune.

« Votre nouvelle maison, répondit Omidi. C'est là que vous rendrez le parasite transportable tout en augmentant sa virulence.

— Quoi ? Pourquoi voulez-vous faire une chose pareille ? Bahame est fou mais vous non. Comment un individu assez sensé pour mesurer les effets de ce parasite sur ses semblables pourrait-il vouloir s'en servir comme d'une arme ? »

L'Iranien la gratifia d'un sourire amusé. « L'Occident a créé des codes moraux fonctionnant en sens unique, docteur Van Keuren. Si pour tuer un seul homme dont l'idéologie leur déplaît, les Américains balancent un missile sur une école primaire ou un marché, les pertes occasionnées sont considérées comme des dommages collatéraux – un regrettable effet secondaire dans une guerre qui ne dit pas son nom. Si, à l'inverse, un avion s'écrase contre un immeuble de bureaux américain, il s'agit d'un acte de terrorisme qui ébranle la planète tout entière. Pourquoi cette différence de traitement, d'après vous ?

— Je ne vois même pas de quoi vous parlez.

— L'Occident veut faire croire au monde que la guerre ne se justifie que par l'emploi d'armes soi-disant honorables. Et après cela, ils font tout pour empêcher les autres pays d'acquérir ces armes. Ils se permettent de stocker des milliers d'ogives nucléaires et d'en menacer mon pays, mais nous n'avons pas le droit de faire de même. Ils ne se gênent pas pour tuer un nombre incalculable de femmes et d'enfants avec des bombes sophistiquées sorties des usines Lockheed Martin et General Dynamics, mais il est inadmissible qu'un musulman se serve d'un engin explosif fabriqué au fond de sa cave. En changeant constamment les règles du jeu en leur faveur, les Américains ont réussi à manipuler la terre entière. Mais cette époque est révolue. Leur époque est révolue. L'ordre des choses est sur le point de changer. »

64

Est de la Turquie
29 novembre – 0820 GMT + 2

« Un train produit un bruit plus aigu quand il approche et plus grave quand il s'éloigne. Comment appelle-t-on ce phénomène ? »

Jon Smith s'éveilla en sursaut de son demi-sommeil et cligna les yeux.

« Euh… L'effet Doppler ? »

L'homme assis au volant du break lui fit un grand sourire dans le rétroviseur et appuya sur l'accélérateur pour franchir une congère débordant sur la route de montagne où ils roulaient.

Cela faisait plus de dix-neuf heures qu'ils avaient tué Dahab mais Klein avait décidé de pécher par excès de prudence en fournissant à leur escorte une longue liste de questions destinées à identifier les premiers symptômes et des instructions précises sur la manière de procéder ensuite.

Ils avaient l'impression de lutter contre la mort devant les caméras d'un jeu télévisé hyperviolent. On rate une question, on se prend deux balles dans la tête et on finit calciné sur le bas-côté après avoir été aspergé d'essence.

Le véhicule fit une embardée sur la droite et resta coincé sur un tas de neige. Leur chauffeur – un certain Nazim – leva les bras en signe d'agacement. « Comment vous dites, déjà ? Terminus, tout le monde descend ? »

Il ouvrit sa portière d'un coup d'épaule et sortit en grimaçant sous les gros flocons balayés par le vent. Smith ne savait rien de lui sauf qu'il faisait partie des nombreux agents indépendants dont Klein utilisait les précieux services, à travers le monde.

Howell descendit d'un bond, prit le Turc par l'épaule et l'accompagna à l'arrière du véhicule. C'était bon de le voir se comporter normalement. Bahame était mort, Dahab aussi, et le laps de temps séparant la contamination des premiers symptômes largement dépassé. Pour des gens comme eux, ce qu'ils vivaient en ce moment ressemblait plus ou moins à de la routine.

Leurs skis et leurs sacs reposaient déjà dans la neige près de la voiture quand Smith sortit à son tour dans le froid. Il avait l'impression d'être passé sous les roues d'un trente-cinq tonnes. Pas de blessures graves mais son corps était couvert d'hématomes et d'écorchures, sans parler des douleurs musculaires diverses et variées. En plus, il avait à peine fermé l'œil puisqu'il avait passé l'essentiel du vol vers la Turquie à guetter le moindre accès de colère ou de confusion mentale pendant que Howell ronflait sur sa bouteille.

« J'ai fait mon maximum pour que ça ait l'air plausible », dit Nazim en leur tendant à chacun des frusques de paysan dans les tons gris clair et blanc. Smith ôta ses vêtements et laissa quelques instants le froid engourdir les grosses ecchymoses qu'il avait dans le bas du dos et au coude. Puis il enfila son nouvel accoutrement.

« J'ai vérifié moi-même les skis. Ils sont en parfait état, ajouta Nazim. Pour les bottes, l'une des paires n'est franchement pas terrible mais il paraît que ce n'est pas un problème. »

Quand il vit les bottes en question, Smith réussit à esquisser un sourire. Un chef-d'œuvre d'efficacité. C'était ses bottes à lui. Klein – ou plus probablement Maggie Templeton – était allé les chercher dans son garage et les avait expédiées par avion en Turquie juste à temps pour qu'il les ait à son arrivée.

« Vous allez là-bas », dit le Turc en désignant un canyon coincé entre deux flancs de montagne balayés par les vents. Smith voulut porter son regard plus haut mais entre la neige et les nuages gris suspendus comme des tentures au sommet des parois, on n'y voyait pas à plus de quatre cents mètres.

« La frontière iranienne se trouve à dix kilomètres environ. Il n'y a pas de structures défensives à proprement parler mais vous risquez de croiser des patrouilles. Vos passeports et les autres documents sont dans vos sacs. Pour la petite histoire, vous êtes deux randonneurs partis à l'aventure dans les montagnes. Le mauvais temps vous a fait perdre votre chemin. Pas très original. À votre place, j'éviterais les mauvaises rencontres.

— Et les hommes de Farrokh ? » demanda Smith qui enfilait ses bottes, appuyé contre le pare-chocs.

Malgré le tabassage en règle qu'il avait subi quelques heures plus tôt, Howell, toujours frais, était en train de fixer les peaux de phoque sur leurs skis, seule manière de leur assurer la traction nécessaire à l'escalade du canyon.

« Ils savent que vous arrivez et par quelle route.

— Comment les identifier ? »

Nazim réfléchit un instant. « Ils ne vous tueront pas tout de suite.

— Pas de mot de passe ?

— Nous avons du mal à communiquer avec eux. Il y a trop d'intermédiaires.

— Génial. »

Dès que Smith se releva, le Turc referma la porte arrière du break. Il avait hâte de décamper.

« Connais-tu l'état de la neige, Nazim ? Est-elle stable ?

— Hélas, je viens d'un petit village de Méditerranée, dit-il en se rasseyant derrière le volant. Pour moi, la neige c'est de la neige. »

Le moteur se mit à ronronner. Le véhicule amorça un demi-tour pour s'extraire de l'ornière. Quand les roues furent dégagées, Nazim descendit sa vitre et fit signe à Smith d'approcher.

« Monsieur Klein dit que vous avez beaucoup d'ennemis. Peut-être même à l'intérieur de vos agences de renseignements. Ne vous fiez pas à n'importe qui. »

Sur ces mots, il repartit d'où ils étaient venus. Au bout de quelques mètres pourtant, il freina et se pencha par la vitre. « Peter ! Pendant la bataille de Gaugamela, en 382 avant Jésus-Christ, qui possédait la plus grande armée ?

— Darius. Et c'était en 331. »

Nazim leva le pouce et disparut dans le brouillard. On entendit le break descendre la pente glissante en dérapage contrôlé.

Smith attacha ses fixations puis vérifia que les batteries de sa balise d'avalanche étaient bien chargées. « Tu es prêt ?

— Fin prêt. »

Smith désigna le canyon d'un mouvement du menton. « L'âge avant la beauté. »

65

Centre de l'Iran
29 novembre – 1044 GMT + 3:30

Sarie Van Keuren suivait sans rechigner. Elle n'avait pas le choix.

Elle venait de passer onze heures enfermée dans une salle du genre dortoir sans même s'assoupir. Entre De Vries, les Iraniens, Smith et le parasite, elle avait de quoi alimenter ses insomnies jusqu'à la fin de ses jours.

Mehrak Omidi ouvrit une lourde porte d'acier pareille à toutes celles qu'ils venaient de franchir et lui fit signe d'entrer. Comme elle reculait, il la poussa à l'intérieur.

La pièce n'était qu'une salle de conférences très banale, avec une grande table au centre et pas assez de sièges pour tout le monde. Les expressions des personnes assemblées là allaient de la ferme résolution à la panique à peine contrôlée.

Sarie ne leur accorda qu'un simple regard. Autre chose l'intéressait. Derrière une paroi de Plexiglas, une pièce blanche en forme de cube abritait un homme prostré : Thomas De Vries.

Quand il la vit entrer, il se précipita sur la cloison transparente qu'il martela de ses poings serrés, la bouche tordue en un cri silencieux. Le sang qui ruisselait sur son visage ravivait les coulures asséchées laissées par les précédentes hémorragies.

Elle détourna les yeux en essayant de se persuader que cette chose n'avait plus rien de commun avec le médecin qu'elle avait côtoyé en Ouganda. De Vries n'existait plus – Mehrak Omidi et l'implacable cruauté de la nature l'avaient retranché du genre humain.

« Permettez-moi de vous présenter votre équipe, lança Omidi en refermant la porte dans un claquement métallique qui lui fit l'effet d'une sentence irrévocable.

— Mon équipe ?

— Les hommes qui vont vous aider à modifier le parasite. Pour le rendre plus contrôlable. » L'un après l'autre, il lui présenta des biologistes, des chimistes, des techniciens de laboratoire dont elle ne retint pas tous les noms. Au lieu d'écouter, elle préférait capter leurs regards, espérant y découvrir une étincelle qui fît sens pour elle. Pourquoi les avait-on choisis ? Était-ce la crème du monde scientifique iranien ou simplement des fidèles parmi les fidèles ?

Les présentations terminées, Omidi désigna une pile de dossiers au centre de la table. « Ils ont tous lu mes observations au sujet du parasite et connaissent votre carrière et votre réputation.

— Ma carrière et ma réputation ? s'entendit-elle répondre comme si sa voix venait d'ailleurs. De quoi parlez-vous ? Que faites-vous ici, tous autant que vous êtes ? » Elle leur montra De Vries qui, vaincu par l'épuisement, avait fini par tomber à genoux au pied de la paroi vitrée. « Vous le voyez ? Ils veulent que vous transformiez ce malheureux en arme offensive. Pour tuer d'autres êtres humains.

— Votre indignation vous honore, dit Omidi. Mais dites-moi, il n'y a pas si longtemps, vous faisiez équipe avec un microbiologiste participant au programme de recherches américain sur le bio-armement et un ancien agent des services secrets britanniques. Je me trompe ?

— Les États-Unis n'ont pas de programme de bio-armement, rétorqua-t-elle.

— Quelle naïveté, docteur ! Les Américains dépensent plus pour leur défense que tous les autres pays du monde réunis. Ils sont les seuls à avoir utilisé un engin nucléaire en temps de guerre – contre des cibles civiles. » Tout en discourant, il regardait son public. De toute évidence, ses arguments ne soulevaient guère d'enthousiasme. « À la moindre provocation, ils n'hésitent pas à bombarder les pays non chrétiens – parfois, ils n'ont même pas besoin de provocation. Croyez-vous réellement qu'ils imposeraient une quelconque limite à leurs programmes de recherches ?

— Même si c'était vrai, pourquoi les imiter ?

— L'arme que nous développons ici ne sera jamais utilisée, docteur. Elle nous servira de dissuasion – une mesure de sécurité pour empêcher l'Amérique d'attenter à notre liberté.

— Qu'est-ce qui vous fait croire que vous en garderez le contrôle ? Que personne d'autre ne mettra la main dessus ? Qu'elle ne sortira pas de cette usine par accident ? Nous devons détruire ce parasite. Il faut qu'il disparaisse.

— Il ne disparaîtra pas. Vous le savez.

— On n'est pas obligé de…

— Ça suffit ! » tonna Omidi. Renonçant à utiliser Sarie comme faire-valoir pour agrémenter sa conférence, il appuya sur l'interphone et prononça quelques mots que tout le monde comprit sauf elle. Dans un frottement de tissus général, les uns se trémoussèrent sur leur siège, les autres passèrent d'une jambe sur l'autre. Des regards nerveux furent échangés.

Dix secondes plus tard, une porte coulissante s'ouvrait au fond du cube où De Vries était emprisonné, révélant une minuscule cabine d'ascenseur et son unique occupant, un homme grand à la peau sombre, avec des épaules de déménageur et une barbe fournie. On ne lisait aucune peur dans ses yeux, juste un peu de méfiance.

Lorsque De Vries entendit la porte s'ouvrir, il fit volte-face, se leva d'un bond et se rua sur le nouveau venu qui, ne pouvant faire marche arrière, l'affronta en montrant les poings.

À son allure patibulaire, on devinait qu'il avait vu et probablement commis de nombreuses violences au cours de son existence. Pour un dur à cuire dans son genre, un vieillard bedonnant et visiblement blessé ne constituait pas une menace.

Sa stupéfaction fut d'autant plus grande lorsqu'il fut soulevé de terre et projeté contre le mur derrière lui. De Vries lui griffa le visage en visant de préférence les yeux, tandis que le balèze levait le bras pour se protéger et cherchait un appui sur le mur dans le vain espoir de contre-attaquer.

Dès que l'espace entre eux fut suffisant, l'homme lança la jambe et frappa De Vries du bout de sa botte. Un coup de pied qui aurait terrassé n'importe qui d'autre. Le vieux médecin resta campé sur ses jambes puis repartit à la charge et renversa son adversaire.

S'ensuivit une lutte indescriptible. De Vries bougeait les bras avec une telle célérité qu'on pouvait à peine suivre ses gestes. L'homme vaincu avant même de combattre faisait encore de pathétiques tentatives pour parer les coups. Ils restèrent agrippés l'un à l'autre pendant un temps qui parut infini puis la porte de l'ascenseur s'ouvrit sur un individu armé, revêtu d'une combinaison de sécurité biologique.

De Vries abandonna sa victime à peine consciente pour se précipiter sur le soldat. L'éclair qui jaillit du canon se refléta sur la paroi vitrée. Le médecin tomba comme une masse et se tortilla sur le sol, cherchant vainement à se relever.

L'arme cracha une deuxième fois. Les voisins de Sarie poussèrent en chœur un cri étouffé et retinrent leur souffle quand la balle vint se loger dans la poitrine du vieillard. Sarie n'aurait su dire s'ils réagissaient au massacre d'un homme désarmé ou au spectacle incroyable de ce même homme qui refusait de mourir malgré la pluie de balles qui le transperçait.

De Vries ne bougeait plus. Des volutes de fumée flottaient dans la pièce cubique. On enfourna la dépouille dans l'ascenseur. Le balèze rampait vers la vitre de séparation. Une profonde entaille fendait sa joue droite depuis l'oreille jusqu'à la commissure des lèvres. Sur l'arête du nez, le cartilage était à nu. Il disposait encore de ses deux yeux mais leur regard suppliant manquait de netteté.

Sarie avala sa salive. Elle avait envie de vomir. Omidi commenta : « Nous l'avons sorti de prison où il attendait son exécution pour viol et meurtre. Le prendre en pitié vous ferait perdre un temps que je vous conseille d'utiliser de manière plus productive. »

Toute sa vie, elle avait connu le danger – quand elle prospectait dans le bush, quand elle habitait la ferme de son père ou sa propre maison à l'extérieur du Cap. Mais ce danger-là, elle avait grandi avec. Il faisait partie d'elle.

Celui qu'elle affrontait aujourd'hui était de nature différente. Elle n'avait pas le ciel au-dessus de la tête, pas de vieux fusil entre les mains – rien de son environnement familier. Elle ne se battait pas contre la malaria, un serpent ou une bande de voyous. Elle était enfermée dans un souterrain à plusieurs centaines de mètres de la surface, où elle risquait de perdre la raison et de finir saignée à blanc sous les yeux d'une poignée de scientifiques à la botte d'Omidi, occupés à prendre des notes.

Elle régula sa respiration comme le psychologue le lui avait enseigné quand elle était enfant. Le calme revint peu à peu. Omidi cherchait à briser sa résistance en jouant sur la peur et les vaines promesses. Elle ne se laisserait pas avoir. De toute façon, qu'aurait-elle à gagner en l'aidant ? Jamais elle ne reverrait sa maison, son pays. Sa vie s'achèverait là. Point barre. Restait à savoir comment utiliser au mieux le temps qu'il lui restait ?

Sarie laissa son visage refléter l'effroi et l'affolement pour mieux dissimuler ce qu'elle éprouvait réellement. En elle, sourdaient la colère et la haine. Ces sentiments-là l'accompagneraient jusqu'au bout. La colère et la haine.

*

« En Afrique, les maladies se répandent rapidement, dit-elle pour introduire le discours qu'elle avait travaillé durant ses heures d'incarcération. Le sida en est le meilleur exemple. En Occident, les choses sont différentes. Ces pays disposent d'un système de réponses médicales sophistiquées, d'un réseau médiatique fiable et d'une population éduquée. »

Du coin de l'œil, elle voyait l'homme dans la cage de verre la regarder fixement. Elle en perdit le fil de ses pensées.

« Continuez, ordonna Omidi.

— Le signe avant-coureur de la contamination est la perte des repères. La télévision diffusera des mises en garde à ce sujet et, comme presque tout le monde en Amérique possède une maison, une arme et un téléphone, les options seront les suivantes : se barricader, abattre les malades, appeler la police ou une ambulance… »

Bien sûr, elle racontait n'importe quoi. La phase de perte des repères n'était ni assez longue ni assez identifiable pour qu'on la remarque vraiment. Un père ou une mère de famille pouvait tomber malade pendant que son conjoint était au travail et développer les symptômes seul dans son coin. Ou alors, les premiers symptômes pouvaient apparaître la nuit, pendant le sommeil. Sans traitement disponible, incapables de faire face à l'affluence de patients violents, les hôpitaux seraient vite débordés. Les proches des victimes, croyant bien faire, défendraient leurs parents contaminés contre les autorités, lesquelles n'auraient d'autre choix que d'euthanasier les malades afin de contenir la pandémie. Quant aux armes, à quoi serviraient-elles ? La plupart des gens n'auraient pas la force d'abattre leurs parents, leurs amis. D'autres, pris de panique, tireraient sur tout ce qui bouge.

Omidi hocha la tête d'un air méditatif. Son arrogance, sa misogynie œuvraient contre lui. Bien qu'il n'ait aucune connaissance en biologie et en contrôle des maladies, il ne pouvait imaginer qu'on se joue de lui – surtout une femme.

« Je suis d'accord, déclara-t-il finalement. Voilà pourquoi vos efforts devront porter sur deux aspects. Vous rendrez le parasite facilement transportable et vous ferez en sorte que la contamination soit plus rapide avec des effets plus violents. Comme cela, les gens n'auront même pas le temps de réagir. »

66

Langley, Virginie, USA
29 novembre – 1607 GMT – 5

« Ainsi donc, nous n'avons encore aucune certitude », conclut Lawrence Drake en feuilletant la pile de rapports de police et d'incendie.

Dave Collen glissa un autre dossier sur le bureau. « On n'a pas trouvé de cadavre, si c'est ce que tu veux dire. Mais comme l'enquête locale n'est pas terminée, je me garderai de toute conclusion hâtive. Moi, tout ce que je vois c'est que la voiture est garée devant la maison mais que Russell a disparu. D'après les flics, elle était chez elle quand c'est arrivé.

— Et toi, qu'en penses-tu ?

— Je n'en sais rien. Je ne voulais pas prendre le risque de faire surveiller son domicile. Nous ignorons la manière dont l'incendie s'est déclaré et ce qui est arrivé à Gohlam. On peut imaginer qu'au lieu d'une arme à feu, il a préféré se servir d'un engin incendiaire et qu'il se soit fait exploser – soit par accident soit exprès.

— Cela fait beaucoup de suppositions, Dave.

— Je sais, mais pour l'instant, je n'ai rien d'autre à te donner. Il est possible que Russell ait fui et qu'elle se cache quelque part. Mais j'en doute. Avec un Afghan collé à ses basques, je parie qu'elle a plutôt cherché à se renseigner sur ses commanditaires.

— À moins que le message de Brandon lui ait fait peur. »

Collen hocha la tête. « Malheureusement, il y a pire. Nous avons tout lieu de penser que les Iraniens ont attrapé Van Keuren.

— A-t-on effectué une mise à jour des pertes éventuelles ?

— Même avec le plan de réponses que nous avons élaboré au prétexte d'actualiser notre programme de secours en cas d'attaque biologique, on pourrait atteindre le million, maintenant que Van Keuren est dans le coup. »

Drake siffla entre ses dents et désigna le dossier que Collen avait placé sur son bureau. « Smith et Howell ? »

Son assistant hocha la tête. « Ils étaient dans l'avion de Bruxelles qui a été détourné vers la base militaire de Diego Garcia. Selon la version officielle, le système de navigation est tombé en panne et l'appareil a dû se poser d'urgence. D'après les quelques renseignements militaires que nous avons pu glaner, l'un des passagers, un Soudanais, avait contracté une maladie inconnue. Il a été tué. Les autres passagers sont tous indemnes et seront bientôt libérés.

— Qu'en est-il de Smith et Howell ?

— Ils ont pris un jet privé. Nous n'en savons pas davantage. Chaque fois que j'ai voulu creuser, je me suis heurté à une impasse. »

Castilla, songea Drake. C'était sûrement lui. « Savons-nous où ce jet est allé ? »

Collen ouvrit le dossier d'un coup sec, tourna les pages et s'arrêta sur une photo satellite montrant un petit avion atterrissant sur une piste au milieu de nulle part. « La Turquie. Juste après, ils se sont dirigés vers l'Iran. Quand le véhicule est arrivé dans les montagnes, il est passé sous la couverture nuageuse et nous l'avons perdu. J'ai envoyé un homme sur place mais leurs traces étaient déjà recouvertes. D'après lui, ils ont roulé jusqu'à ce que l'épaisseur de neige les empêche de continuer. À une dizaine de kilomètres de la frontière iranienne.

— Dans quel but ? »

Collen posa le doigt sur la carte topographique de l'est de la Turquie.

« Selon toute probabilité, Smith et Howell ont escaladé ce massif à pied.

— Pour résumer, l'énigmatique docteur Smith et un ex-agent du MI6 sont en route pour l'Iran sur un ordre qui ne peut émaner que de la Maison-Blanche. Les Iraniens détiennent peut-être Van Keuren et nous ignorons où est le cadavre de Randi Russell. C'est pas croyable, Dave. Qu'est-ce qui va encore nous tomber sur le coin de la gueule ?

— Ne voyons pas tout en noir. Même si Castilla trempe dans cette affaire, il y a fort à parier qu'il joue ses dernières cartes. Sinon pourquoi aurait-il pris le risque d'envoyer ces deux hommes traverser seuls la frontière iranienne ? Comment feront-ils pour trouver l'usine où

Omidi a transporté le parasite ? Et même s'ils la trouvent, que veux-tu qu'ils fassent pour l'arrêter ? »

Deux questions intéressantes, certes, mais aucunement prioritaires dans l'esprit de Drake. Il se demandait surtout pourquoi la CIA avait été tenue sur la touche. D'accord, Castilla n'avait pas envie qu'on sache qu'il recourait à des agents clandestins. Mais quand même, tout cela sentait mauvais.

« Avons-nous quelqu'un de confiance dans cette partie de l'Iran ? »

Collen hocha la tête. « Sepehr Mouradipour. Un ancien agent des forces spéciales iraniennes originaire de la région où Smith et Howell ont été infiltrés.

— Fiable ?

— Lui et ses hommes sont les meilleurs, pourvu qu'on y mette le prix. »

Drake se pencha, posa les coudes sur ses genoux et se perdit dans la contemplation du tapis à ses pieds. Deux voies se présentaient à lui. Soit il se retirait du jeu en mettant l'ignorance de la CIA sur le compte des habituels dysfonctionnements du renseignement, soit il restait dans la course et faisait l'impossible pour éradiquer une menace potentiellement plus redoutable que le IIIe Reich et l'Union soviétique. L'Allemagne d'Hitler n'aurait jamais eu les moyens d'envahir l'Amérique du Nord. Quant aux membres du Politburo, ils n'auraient jamais renoncé à leurs datchas en Crimée et à leurs top models tchèques.

Mais les musulmans étaient différents, et l'autodestruction faisait souvent partie de leur mode de vie.

Il leva les yeux vers Collen. « Donne-lui tout le fric qu'il veut mais qu'il nous en débarrasse. »

67

Ouest de l'Iran
30 novembre – 0802 GMT + 3:30

Jon Smith ouvrit la fermeture Éclair de la tente et se glissa dehors pendant que Howell roulait les sacs de couchage. Des nuages masquaient encore le soleil levant mais les bourrasques commençaient à faiblir. Le vent du nord avait soufflé pendant une bonne partie de la nuit, faisant un tel raffut qu'on se serait cru dans une gare. Son rugissement s'enflait, progressait lentement vers eux, puis il frappait leur abri de Nylon comme pour le déchirer.

En s'enfonçant dans un mètre de neige fraîche, Smith contourna un mur de pierre sans doute vieux de 2 000 ans. À son extrémité, une sculpture de presque deux mètres de haut représentait une tête surmontée d'une coiffure ornementale. Jadis, ce curieux personnage surveillait l'entrée d'une ville prospère ; aujourd'hui, fonction moins prestigieuse, elle servait à caler l'un des cordages qui maintenaient leur tente d'aplomb.

Ils en étaient à leur deuxième jour de randonnée entre le désert de glace turc et le désert de glace iranien. Smith sentait l'angoisse le gagner. Sarie se trouvait quelque part en Iran mais où exactement ? Et le parasite ? Avait-elle accepté de mettre son expertise au service d'Omidi en vouant des millions de personnes à une mort certaine ? Ou avait-elle refusé de collaborer, se condamnant elle-même ?

Il avait de plus en plus de mal à garder la tête froide, à considérer leur situation avec l'attention qu'elle méritait. Il ne savait plus faire qu'une chose : chausser ses skis et avancer encore et toujours, jusqu'à ce que ses poumons explosent. Mais pour aller où ?

La tête de Howell surgit de la tente. Il examina le ciel avec un sourire.

« Ça pourrait être pire.

— On verra si tu penses la même chose après dix heures de piste.

— Chaque jour passé à la surface de la Terre est un bon jour, dit-il en traînant leurs sacs à travers la neige. Quel est le programme de la journée ? »

Smith désigna la pente escarpée qui commençait à dix mètres de leur campement puis ils entreprirent de démonter la tente. Cette déclivité avait sans doute, un jour, avantagé les archers de la ville face aux armées d'invasion, mais à présent elle ne servait qu'à hurler « terrain piégé » à tous les skieurs assez fous pour s'y aventurer.

Howell chaussa ses skis, glissa jusqu'au bord du vide et jeta un regard inquiet aux falaises et corniches dominant le canyon plongé dans l'ombre. Par-dessus son épaule, il désigna du pouce les têtes silencieuses qui les contemplaient. « Une grenade bien placée et nous rejoindrons nos amis ici présents comme résidents permanents. »

Smith enfonça la tente dans son sac et partit rejoindre l'Anglais. « Tu oublies un truc – nous essayons de tomber dans une embuscade. »

Howell haussa les épaules. « Alors, voyons le bon côté des choses.

— Quel est-il ?

— On se fera probablement tuer dans la descente. »

À ces mots, il donna un coup de patin et s'élança sur la pente neigeuse. Il esquiva un rocher qui affleurait, la poudreuse gicla en décrivant une courbe au-dessus de sa tête. Il prit de la vitesse.

Smith s'alarma. Une grande plaque de neige vacillait sous les pieds de son ami. Elle se détacha, glissa et tomba dans le vide. Pourtant, l'avalanche qu'il redoutait ne se produisit pas. Quelques instants plus tard, en contrebas, Howell lui faisait de grands signes enthousiastes avec son bâton.

Il mit l'AvaLung dans sa bouche puis le recracha. L'engin était conçu pour aider un skieur enfoui sous la neige à respirer jusqu'à l'arrivée des secours. Mais s'il déclenchait une avalanche, la neige les recouvrirait tous les deux. Et comme personne ne viendrait les secourir, mieux valait mourir vite.

La corniche sur laquelle il était perché faisait un mètre cinquante de haut. Il sauta, atterrit jambes fléchies, se redressa comme un ressort et se mit à dévaler la pente. En d'autres circonstances, il se serait régalé. Cette sensation de montagnes russes était grisante. Il s'accorda un instant de plaisir à rouler sur les bosses tout en surveillant le pack de neige derrière lui. L'avalanche redoutée n'eut pas lieu.

Quand il le rejoignit, Howell souriait de toutes ses dents à travers les glaçons qui pendaient à ses poils de barbe. « Tu crois qu'on a le temps de s'en refaire une petite ? »

Oubliant un bref instant la raison de leur présence ici, Smith éclata de rire.

« On pourra peut-être revenir avant de quitter le pays », dit-il en déchaussant ses skis. Il s'apprêtait à replacer les peaux de phoque quand il réalisa que Howell ne l'écoutait pas ; il semblait médusé par ce qu'il voyait sur la paroi du canyon devant eux.

« Tu as repéré quelque chose, Peter ?

— Du mouvement au sommet.

— On n'y peut rien. Remets tes peaux et on y va. »

Howell s'exécuta mais à contrecœur. Foncer tête baissée dans un piège grossier était déjà assez contrariant pour un agent du SAS mais ne rien faire pour en sortir lui paraissait insupportable.

« Et derrière nous ? » demanda-t-il.

Smith fit coulisser son regard vers le sommet. « Je ne vois rien. Mais cela ne… »

Trois mètres sur leur droite, quelque chose explosa dans la neige. Ils se jetèrent au sol tandis que le fracas assourdi d'une détonation se répercutait jusqu'au pied de la falaise. Smith roula sur lui-même pour tenter de se relever mais d'autres balles firent gicler la poudreuse tout près d'eux, les recouvrant de cristaux de glace.

« Tir croisé ! » hurla Howell en glissant instinctivement la main dans sa veste, à la recherche d'un pistolet inexistant. Il avait juste oublié que des skieurs perdus dans la montagne n'étaient pas censés être armés.

La fusillade s'intensifia, avec des tirs toujours plus ajustés. Espérant se mettre à couvert, Howell clopina en direction d'un rocher à la base du canyon. L'épaisseur de neige rendait son avancée ridiculement lente. À présent, les balles sifflaient à ses oreilles à raison d'une par seconde. Les tireurs étaient au nombre de trois, estima Smith. Howell ne s'en sortirait pas.

Puis soudain, le silence s'abattit sur le paysage gelé.

Howell ralentit et finit par s'arrêter à quelques mètres du rocher. Comme le soleil perçait à travers les nuages, il se protégea les yeux d'une main pour mieux observer le sommet de la roche.

« Restez où vous êtes ! Pas un geste ! »

La voix se répercuta à travers l'espace immense. Impossible d'en déterminer la provenance. Puis, des deux côtés du canyon, des cordes dansèrent le long des parois. Avant que leurs extrémités ne touchent le sol, plusieurs hommes s'élancèrent dans le vide et se mirent à descendre en rappel. Entre Smith et Howell, d'autres balles soulevèrent des paquets de neige, comme pour leur rappeler que tout mouvement agressif de leur part trouverait une réponse rapide et adaptée.

68

Ouest de l'Iran
30 novembre – 1449 GMT + 3:30

Une fois soulagés de leurs sacs à dos, on leur fit comprendre que s'ils traînaient trop, on les abandonnerait à leur sort. Ce qui signifiait la mort assurée, car le vent devenait de plus en plus violent et le système de haute pression faisait chuter les températures. Avec leurs skis, les vêtements qu'ils portaient et rien d'autre, ils ne tiendraient pas longtemps.

Pour l'instant, Smith estimait qu'il n'y avait pas lieu de s'inquiéter. Leurs neuf ravisseurs avançaient en file indienne à travers la plaine mais l'espace entre chacun ne cessait de s'agrandir. Le jeune homme censé le surveiller s'était arrêté cent mètres derrière lui. Visiblement épuisé, il prenait appui sur ses bâtons pendant qu'un homme l'aidait à enlever son sac surdimensionné avant de le transférer sur son dos. Smith sourit quand il réalisa que le bon Samaritain n'était autre que Peter Howell.

Comme ces gens ne disaient rien, à part pour aboyer des ordres ou lancer des menaces, Smith se demandait toujours qui ils étaient vraiment. Des envoyés de Farrokh ? Une patrouille de l'armée iranienne les conduisant en prison pour avoir franchi la frontière ? Des bandits, des trafiquants de drogue à l'affût d'une rançon ?

Pour ce qu'il en voyait, ces gars-là étaient tout le contraire d'une unité d'élite. Ils savaient à peine skier et leur entraînement physique laissait à désirer. Quant à leur équipement, il était au mieux vétuste, au pire hors d'usage.

Smith sentit le vent glacial pénétrer dans ses poumons quand il pressa l'allure pour rejoindre le soldat qui l'avait dépouillé de ses quarante kilos de paquetage, quelque temps plus tôt. L'homme avançait une main enfoncée dans la poche de sa veste. De l'autre, il tenait ses deux bâtons de ski. À sa foulée maladroite, on devinait son épuisement. La monotonie de l'escalade menaçait de lui ôter ses dernières forces.

Quand Smith surgit près de lui et descendit prestement l'une des fermetures Éclair latérales de son sac à dos, il sursauta mais ne fit rien pour se protéger de l'arme dont son prisonnier américain s'était certainement emparé.

En fait d'arme, Smith lui tendit la paire de gants d'escalade dernier modèle qu'il avait emportée en cas de besoin. Le jeune homme le regarda par-dessus la croûte de glace tapissant ses lunettes cerclées de métal et le remercia d'un petit mouvement de tête.

D'un bon pas, Smith remonta toute la file.

« Votre équipe a besoin d'une pause », dit-il quand il parvint à la hauteur de l'homme qui assurait le commandement, lequel pivota sur lui-même, manifestement surpris de constater la vitesse et la discrétion avec laquelle son prisonnier venait de parcourir la distance qui les séparait.

« Je crois plutôt que c'est vous qui en avez besoin. »

En guise de réponse, Smith lui désigna du pouce la troupe qui peinait derrière lui.

Le chef se retourna vers ses hommes. Son agacement se transforma en exaspération quand il vit Howell, à présent chargé d'un sac à dos et d'un fusil, occupé à donner une conférence au débotté sur la manière de se déplacer dans la neige sans trop se fatiguer. « Des étudiants, des intellectuels, cracha l'homme dans un anglais presque parfait. Ils donneraient leur vie pour la cause mais on a beau les entraîner comme il faut, la plupart n'ont pas... Comment dites-vous ?

— Les capacités physiques ? » suggéra Smith.

L'homme secoua vigoureusement la tête, ce qui eut pour effet de soulever la neige couvrant son bonnet et de la disperser sur sa barbe bien taillée.

« Pas de couilles. Voilà la triste réalité. Ce n'est pas comme vous, les Américains et les Britanniques. En Occident, un médecin et un vieil homme peuvent traverser la jungle ougandaise, échapper aux terroristes les plus sanguinaires du monde et parcourir ensuite soixante kilomètres au cœur des montagnes iraniennes. Vous êtes des tueurs. Vous êtes nés pour ça, on vous a élevés pour ça. »

Il s'éloigna sur ses skis. Smith le regarda partir sans ajouter un mot.

« Tu t'es fait un nouvel ami ? » dit Howell en se pointant derrière lui. Cinquante mètres plus loin, le suivant dans la file s'efforçait de mettre en pratique les conseils du Britannique.

« En fait, j'ai la nette impression qu'il ne nous aime pas. Mais d'après ce qu'il vient de me dire, je pense que nous avons trouvé les gens que nous cherchions.

— Cela signifie-t-il que nous sommes censés leur faire confiance ?

— On n'a pas trop le choix.

— J'avais un pote qui répétait tout le temps "Qu'est-ce qui peut arriver de pire ?"

— Tu *avais* ?

— Mine antipersonnel. On n'a jamais pu retrouver de morceaux assez gros pour garnir le cercueil. Je me dis qu'il a fini par répondre lui-même à sa question. »

Sans faire de commentaire, Smith reprit son ascension du canyon à une allure qui, de nouveau, l'amena juste derrière le chef des ravisseurs. « Nous devrions considérer que nous sommes du même bord, en ce moment.

— Du même bord ? fit l'autre sans se retourner. Comme en 1953, quand la CIA a déposé le gouvernement que nous avions élu démocratiquement pour le remplacer par un régime dictatorial ? »

Smith se mordit les lèvres : cet homme était leur seule chance de trouver Farrokh mais quand son pays était insulté, il avait du mal à se contenir.

« Dites-moi si je me trompe mais cette intervention ne faisait-elle pas suite à la nationalisation des avoirs de la British Petroleum en Iran ?

— Ah j'oubliais. Votre sacro-saint pétrole. La chose la plus importante au monde – plus importante que la vie de personnes innocentes. Plus importante que la démocratie que vous voulez imposer au monde entier, exception faite de l'Arabie Saoudite où les femmes n'ont même pas le droit de conduire une voiture.

— Nous demandons seulement un approvisionnement régulier en carburant et la garantie que nos citoyens soient bien traités. En retour, nous continuerons à alimenter très généreusement la pompe à fric qui se déverse sur toute la région.

— Votre argent ne nous intéresse pas. Ce qui nous intéresse c'est construire un système de dissuasion nucléaire pour nous protéger contre votre gouvernement qui nous a publiquement menacés d'anéantissement.

— Notre gouvernement n'a jamais adopté pareille position – il s'agissait simplement de quelques grandes gueules du Congrès.

— Mais les régimes changent, n'est-ce pas ? Et les circonstances évoluent.

— Je ne crois pas que nous résoudrons les problèmes de la planète ici et maintenant, rétorqua Smith tandis que le soleil glissait derrière les montagnes. Alors, disons que nos deux pays se sont très mal comportés mais qu'il vaut mieux désormais se concentrer sur l'avenir que sur un passé révolu. »

69

Centre de l'Iran
1er décembre – 2206 GMT + 3:30

À l'intérieur de son énorme combinaison de sécurité, Sarie Van Keuren se déplaçait avec précaution en jetant de fréquents coups d'œil dans son dos aux tuyaux mal fixés qui la fournissaient en oxygène. On aurait dit que ce laboratoire avait été monté en l'espace de quelques semaines, sans grand respect des protocoles de confinement.

Il fallait quand même reconnaître qu'Omidi avait de la suite dans les idées. Il avait séparé le labo – comme d'ailleurs toutes les autres pièces qu'elle utilisait – en deux parties. Derrière une cloison vitrée, elle disposait d'une vue imprenable sur la cellule où était enfermé l'homme contaminé, rappel constant du sort qui l'attendait si elle n'obéissait pas au doigt et à l'œil.

L'homme qu'Omidi avait qualifié de violeur et de meurtrier manifestait à présent tous les symptômes de la maladie tout en demeurant très alerte. Il épiait chaque mouvement de Sarie ou des personnes travaillant dans les salles adjacentes, et il exprimait sa fureur impuissante par des va-et-vient frénétiques accompagnés de coups incessants contre la vitre.

Elle essaya de le reléguer dans un coin de son cerveau mais cela n'eut guère d'effet sur son état nerveux. À quelques mètres d'elle, le cadavre de De Vries gisait sur une table de dissection. Le haut de son crâne avait disparu et son visage exprimait une rage éternelle. Le sang s'accumulait dans la rigole qui courait en dessous, avant de se déverser dans le sol sans décontamination préalable. Globalement, ce labo valait à peine mieux que la caverne de Bahame.

La lamelle coincée sous la lentille de son microscope contenait une section transversale du cerveau de De Vries. Plusieurs prélèvements – en plus d'une connexion internet lourdement surveillée – avaient été nécessaires pour confirmer ou réfuter certaines de ses hypothèses au sujet de l'infection.

Le parasite attaquait en premier le lobe frontal et le cortex cingulaire antérieur, privant la victime de toute faculté de raisonnement complexe et l'empêchant par là même de contrôler des émotions basiques telle que la colère ou de saisir les conséquences potentielles de ses actes.

Plus intéressant, il endommageait les neurones miroirs servant à créer chez les êtres humains l'empathie nécessaire aux relations sociales. Cette destruction suivait un modèle très spécifique, toutefois, encore qu'elle ne vît pas très bien pourquoi. Selon la meilleure des hypothèses, le parasite supprimait la capacité des victimes à s'identifier à leurs semblables non contaminés, tout en les rapprochant des individus porteurs de la maladie. Ce qui donc expliquerait pourquoi ils ne s'attaquaient pas entre malades.

Le phénomène hémorragique la passionnait plus que tout. Si les vaisseaux capillaires de la tête explosaient, c'était à cause d'une forte concentration parasitaire dans cette zone, mais pas nécessairement parce que l'infection les ciblait en particulier. Comme les éternuements, la toux ou la diarrhée, il s'agissait de symptômes sélectionnés par l'évolution, servant à diffuser l'agent pathogène d'un sujet à l'autre. Le saignement du cuir chevelu n'était pas si important qu'il y paraissait. Les victimes ne mouraient pas d'hémorragie mais d'une destruction partielle du cerveau.

Le parasite qui se multipliait rapidement semblait posséder un code génétique des plus adaptables. Quand une zone donnée du cerveau souffrait de surpopulation, le parasite mutait et partait s'installer ailleurs, perturbant alors des fonctions autonomes telles que le rythme cardiaque, la thermorégulation et la respiration.

Elle avait rassemblé tous ces éléments d'observation essentiels en un laps de temps très court. C'était la bonne nouvelle. La mauvaise, c'était qu'elle ne savait qu'en faire.

70

Centre de l'Iran
2 décembre – 0755 GMT + 3:30

La dernière chaise disponible se trouvait en bout de table, près d'Omidi. De part et d'autre, siégeaient les scientifiques de haut niveau qui constituaient sa prétendue équipe de recherche, chacun dans sa spécialité. Aucun n'avait de compétences particulières en parasitologie mais ils étaient tous experts dans leur domaine, même si certains ne payaient pas de mine. Ce qui les rendait d'autant plus dangereux.

« Docteur Van Keuren, dit Omidi quand elle fut assise. Vous avez effectué l'autopsie initiale de Thomas De Vries. Qu'avez-vous découvert ? »

Elle qui n'avait jamais su mentir décida de s'y mettre sans tarder. C'était une question de survie. Il n'y aurait pas de chevalier blanc, pas de cavalerie débarquant à point nommé. Elle était livrée à elle-même.

« Le parasite suit un cycle de reproduction très rapide. Son adaptabilité est similaire à tous ceux que j'ai pu rencontrer. Ce qui devrait le rendre assez facile à modifier. Pour obtenir une apparition rapide de la totalité des symptômes, nous devrons le tester sur des animaux de laboratoire afin de sélectionner artificiellement les parasites agissant le plus vite, au fil des générations. »

Elle n'avait rien révélé d'original. Un étudiant de biologie de deuxième année aurait pu en dire autant. Mais Omidi ne semblait pas s'en apercevoir. Sa tâche serait peut-être plus facile qu'elle ne le craignait.

« Pourrez-vous également raccourcir le délai entre la contamination et la mort, docteur ? Et dans l'affirmative, la capacité du parasite à se répandre sera-t-elle compromise ? »

À peine allumée, la lueur d'espoir s'éteignit. Omidi venait de poser une question qu'elle aurait aimé éluder le plus longtemps possible – une question à laquelle elle ne pouvait répondre sans proférer des mensonges susceptibles de la trahir.

« Les attaques sur le lobe frontal et les zones liées du cerveau sont en corrélation avec le saignement mais pas seulement. Pour moi, elles n'augmentent pas la charge parasitaire mais elles la ciblent mieux tout en ralentissant le processus menant à l'hémorragie fatale. Le saignement n'étant qu'un effet secondaire.

— Êtes-vous certaine que l'hémorragie soit à l'origine de la mort ? »

Elle fit son possible pour dissimuler sa montée d'adrénaline. Que savait-il exactement ? « Les blessures et l'épuisement sont probablement les premières causes du décès, dit-elle pour biaiser.

— Mais à part cela ? demanda-t-il.

— Je… Je pense que l'hémorragie est la réponse évidente mais je ne me suis pas attardée sur la question. Je ne suis pas neurologue.

— Ah, fit Omidi en désignant l'homme assis à sa droite. Heureusement, nous en avons un en la personne de Youssef. »

Le docteur Youssef Zarin était le seul homme de l'équipe impossible à classer dans une catégorie. Ceux qui correspondaient au genre mous étaient généralement affublés d'un visage rond et glabre – des universitaires, des chercheurs occupant un poste bien peinard dont Omidi les avait délogés juste avant qu'elle arrive. Ils semblaient aussi effrayés qu'elle et quand on les approchait sans faire de bruit, ils avaient tendance à laisser choir les objets qu'ils tenaient en main.

La deuxième catégorie regroupait les croyants. Ceux-là avaient un physique robuste et de longues barbes mais moins de matière grise que leurs homologues mous. Eux aussi tremblaient devant Omidi mais plutôt parce qu'il leur inspirait une crainte révérencieuse. Quand ce dernier évoquait la montée du pouvoir iranien et le déclin de l'Occident, leurs regards se perdaient à l'horizon comme ces fermiers qu'on voit sur les peintures soviétiques.

Et puis il y avait Zarin, un type costaud et barbu qui, de prime abord, ressemblait à ses collègues croyants. Mais par ailleurs, il était fort brillant et, quand il se croyait seul, s'abîmait dans une réflexion inquiète, ce qui le classait plutôt du côté des mous. Quant au dernier critère – son attitude face à Omidi –, il était difficile à décrypter. Quelque chose dans son comportement évoquait le mépris.

« Je serais curieuse d'entendre ce que le docteur Zarin a découvert », dit Sarie.

Zarin la remercia d'un geste de la tête tout en fixant sur elle son regard sombre et prudent. « Je crois que l'hémorragie des victimes est aggravée par leur sudation extrêmement importante et leur agitation permanente. Le docteur Van Keuren a raison de dire que les blessures ou l'épuisement sont les causes les plus probables de la mort, mais si nous mettons de côté ce facteur, ce sont les dommages causés aux fonctions cervicales autonomes, et non l'hémorragie, qui les tuent. »

Sarie réalisa que son sourire poli était resté figé assez longtemps pour qu'il semble peint sur son visage. Elle essaya de se détendre mais dans son for intérieur, elle s'invectivait comme le faisait son père lorsque l'une de ses vaches détruisait une clôture. Si Zarin avait déjà compris cela, que savait-il d'autre ? Qu'avait-il pu raconter à Omidi ?

« Et la question du transport du parasite ? intervint un autre dont le nom lui échappait. Plus l'attaque de la maladie sera rapide plus nous aurons de difficultés à utiliser un hôte humain.

— Là n'est pas le problème, répondit Sarie. À ma connaissance, il n'existe pas de parasite dont le transport nécessite un équipement supérieur à celui que vous avez ici. Mais ce serait une perte de temps que de travailler sur cet aspect maintenant. Quand nous entamerons le processus de reproduction sélective, des changements pourront intervenir, ce qui nous amènera à revoir les procédures de transport. »

En réalité, les probabilités que les modifications en question influent sur la portabilité étaient proches de zéro. Mais plus longtemps elle les empêcherait de livrer leur arme, plus elle aurait de chances de mener à bien son plan de sabotage.

71

Ouest de l'Iran
3 décembre – 1051 GMT + 3:30

À travers sa lunette de visée, Sepehr Mouradipour observait les hommes qui avançaient en rang d'oignons sous les bourrasques de neige. Le ravin peu encaissé qu'ils parcouraient était presque plat, si bien que leur formation avait fini par se resserrer.

Vêtu d'une combinaison blanche à capuche, à moitié enfoui dans la neige, il se tenait allongé sur un matelas gonflable qui l'isolait du froid. Même son visage portait des traits de peinture blanche. Sa silhouette pouvait donc se confondre avec n'importe quel autre relief.

Le groupe qu'il pistait semblait essentiellement composé d'Iraniens comme lui – des fidèles de Farrokh, selon ses informations. Des traîtres et des athées. Il les aurait tués avec plaisir mais ce n'était pas à l'ordre du jour.

Il finit par repérer au milieu de la colonne les hommes qu'il était chargé d'enlever. Ils portaient une tenue de ski gris clair à l'occidentale. Le premier avait les épaules larges, la peau sombre et des mèches de cheveux noirs dépassaient de son bonnet de laine. Son compagnon plus mince avait la peau claire et, derrière ses grosses lunettes de ski, on devinait son visage brûlé par le soleil.

Mouradipour pressa un bouton sur le côté de son fusil pour signaler à ses troupes la présence de leurs cibles à deux cents mètres. Le LED équipant l'intérieur de ses lunettes clignota sept fois en réponse. Ses hommes se tenaient prêts.

La colonne couvrit la distance dans un laps de temps légèrement supérieur à son attente mais sur ce type de terrain, les calculs demeuraient approximatifs. Il savait que son équipe s'arrangerait pour réajuster leur plan d'attaque sans son aide. Il exigeait de ses troupes une discipline absolue. Ceux qui ne l'avaient pas respectée n'étaient plus de ce monde. Le groupe avec lequel il travaillait à présent avait mené à bien neuf missions similaires sans la moindre erreur matérielle.

Mouradipour attendit que le milieu de la colonne parvienne au niveau de la falaise qu'il avait repérée au préalable puis il pressa trois fois sur le bouton.

Tout se passa en un clin d'œil.

Ses hommes surgirent de leurs cachettes, des tireurs apparurent sur la crête devant lui. Parmi les soldats de Farrokh, certains tentèrent maladroitement de saisir les armes accrochées à leurs sacs à dos avec leurs gros gants de montagne. Moins de cinq secondes plus tard, ils étaient tous à genoux, les mains sur la tête.

Mouradipour dévala la pente neigeuse, s'approcha du premier Occidental, lui arracha son couvre-chef et compara son visage au portrait gravé dans sa mémoire. Le teint correspondait, les hautes pommettes aussi mais les yeux n'étaient pas bleu vif comme sur la photo. Un effet de lumière ? Des lentilles de contact ?

Quand il retira les grosses lunettes que portait le second, Mouradipour découvrit horrifié le visage lisse d'un homme de trente ans à peine.

« C'est un piège ! », hurla-t-il en persan, puis il se dépêcha d'attraper le fusil suspendu à son épaule.

Plusieurs rafales de mitraillette retentirent. L'un après l'autre, ses hommes s'écroulèrent dans la neige, autour de lui. Leurs soi-disant prisonniers, si empotés quelques instants auparavant, se précipitèrent sur le sol gelé pour laisser le champ libre à des tireurs embusqués, tout en sortant des pistolets dissimulés sous leurs vestes.

Mouradipour venait d'empoigner son arme quand un balayage lui fit perdre l'équilibre. Avant même de toucher le sol, il sentit qu'on lui passait un lacet de métal autour du cou. Le col de sa combinaison isolante se déchira aussitôt. À chacun de ses mouvements, le métal glacé s'enfonçait un peu plus profondément.

Il aperçut un skieur solitaire approcher en slalomant entre ses hommes morts ou moribonds. Malgré l'épaisseur des vêtements, la silhouette lui paraissait étrangement fine et souple. Quand elle s'arrêta et rabattit son gros capuchon, Mouradipour découvrit avec stupéfaction les cheveux blonds coupés court et la peau délicate d'une jeune femme.

« Vas-y, téléphone », maugréa Randi Russell en replaçant la sangle du fusil qui lui sciait l'épaule.

Elle avait quitté les États-Unis dans la cale d'un Starlifter C-141B, franchi clandestinement la frontière iranienne et passé les dix-neuf dernières heures à traquer ce salopard. D'où son humeur.

Le jour de son soi-disant assassinat, Fred Klein l'avait équipée d'une nouvelle armure dont il s'était entiché : un tissu de soie génétiquement modifiée quatre fois plus solide que le Kevlar et pesant au maximum cinquante kilos, poches de faux sang comprises.

Il lui avait si bien vanté les mérites de son nouveau joujou qu'elle avait fini par se laisser convaincre. Pourtant, il y avait de quoi hésiter. Il s'agissait ni plus ni moins que d'affronter les balles d'un assassin afghan avec sur le dos un accoutrement fabriqué dans le même tissu que sa petite culotte. L'hématome de trente centimètres de large qui partait de ses omoplates et s'étirait le long de sa colonne vertébrale avait vaguement la forme et la couleur d'un coucher de soleil sur Miami.

« Téléphoner ? dit Mouradipour. Je ne vois pas de quoi tu parles.

— T'as pas intérêt à me raconter des bobards, Sepehr. Crois-moi sur parole. »

Il ne répondit pas aussitôt. Au lieu de cela, il promena son regard sur les cadavres qui s'enfonçaient dans la neige fondant sous la chaleur du sang.

« Et si j'accepte de passer ce coup de fil ?

— On te gardera le temps de vérifier que tu n'as pas eu l'idée idiote d'alerter ton interlocuteur en utilisant un genre de code. Après, si tout fonctionne bien, on te laissera partir.

— Quelles sont les garanties ?

— Les garanties ! Moi je te garantis que si tu ne passes pas ce foutu appel dans les cinq prochaines secondes, mon ami ici présent se fera une joie de te trancher la tête. »

Le fil d'acier se resserra autour de son cou. Après une brève hésitation, l'Iranien glissa la main dans sa poche.

Randi fit un pas en arrière et regarda au loin en plissant les yeux. Toutes les cartes, photos satellites et autres coordonnées dont Mouradipour s'était servi étaient des faux très bien imités, destinés à l'éloigner de Jon et Peter, lesquels se trouvaient à quelque cent cinquante kilomètres vers le nord. Enfin, à condition qu'ils ne soient pas morts de froid, tombés sur une patrouille frontalière iranienne ou qu'ils n'aient été abattus d'une balle dans la nuque par Farrokh dont le caractère imprévisible était notoirement connu.

Elle sortit son téléphone satellite pour informer Covert-One que Mouradipour était sur le point de passer son appel et qu'ils devaient se tenir prêts à le tracer. Klein l'ignorait mais Charles Mayfield faisait la même chose depuis les quartiers généraux de la CIA – une petite vérification indépendante qui permettrait à Randi de mieux dormir la nuit.

Elle fit demi-tour et s'éloigna lentement sur ses skis. La colère montait en elle, accompagnée d'un désarroi profond d'autant moins facile à contrôler qu'il lui était peu familier. Quand les gémissements du vent eurent couvert la voix de ses hommes, elle s'arrêta pour réfléchir. Elle aurait tant aimé ne rien trouver ici qu'un paysage de neige. Elle aurait tant aimé que Klein se trompe.

Mais il n'était plus temps de se bercer d'illusions. Elle était désormais intimement convaincue que le coup de fil de Mouradipour aboutirait là où Klein prévoyait qu'il aboutirait : chez un homme dont elle avait maintes fois exécuté les ordres au péril de sa vie. Un homme qu'elle avait toujours respecté et admiré.

Lawrence Drake.

72

Ouest de l'Iran
3 décembre – 1503 GMT + 3:30

Ils ne virent réellement le village qu'au moment où ils y pénétrèrent. Certaines habitations étaient creusées à l'intérieur de formations rocheuses en forme de cône, hautes d'une trentaine de mètres. Les bâtiments les plus modernes semblaient vieux de mille ans. Ces maisons construites en pierre et contenant une seule pièce exiguë étaient cernées de barrières vermoulues protégeant le bétail.

Smith arriva par l'est sur une pente trop escarpée pour les Iraniens dont la plupart avaient renoncé à exercer une quelconque autorité sur lui. Emporté par son élan, il rejoignit la piste couverte de neige tassée qui tenait lieu de rue principale et s'y engagea. Des visages apparurent aux fenêtres givrées puis disparurent tout aussi vite. On n'aimait pas trop les étrangers, par ici.

Sentant une main lui tapoter le dos, il se retourna et reconnut l'homme qui avait conduit leur interminable expédition à travers les montagnes. Ils s'arrêtèrent près d'une volée de marches grossières, ôtèrent leurs skis puis grimpèrent jusqu'à une porte creusée dans la falaise. L'homme frappa une série de coups et, un moment plus tard, disparut presque entre les bras d'un colosse armé d'un AK-47.

La sensation de chaleur sur la peau de son visage lui fit un effet enivrant. Smith entra et marcha jusqu'à la cheminée en foulant un amoncellement de tapis traditionnels.

« Où puis-je trouver Farrokh ? » demanda-t-il en enlevant ses gants pour se réchauffer les mains devant la flamme. Le voyage avait pris trois jours – bien plus qu'il n'avait prévu – et nul ne savait si, entre-temps, Omidi avait ou non réussi à transformer le parasite en arme. Ni même s'il s'en occupait. Pour ce que Smith en savait, il aurait déjà pu introduire un individu contaminé aux États-Unis et anéantir la moitié de la population.

« Mangez donc quelque chose. »

Une belle jeune femme coiffée d'un fichu arriva un moment plus tard avec un plat de *koo koo* et deux tasses de thé fumant.

« Écoutez, je n'ai plus le temps de jouer à ce petit jeu. Je veux voir Farrokh. Maintenant. »

L'Iranien retira une première couche de vêtements et se laissa tomber sur une pile de coussins bariolés, près du foyer. « Farrokh est un homme occupé. »

Sans son bonnet et ses lunettes de soleil, il avait l'air plus jeune. Ses yeux reflétaient non seulement une intelligence peu commune mais aussi le calme de celui qui se sait investi d'un pouvoir.

« C'est vous, n'est-ce pas ? dit Smith en se maudissant intérieurement pour sa stupidité. Vous êtes Farrokh. »

Pour seule réponse, il désigna les coussins étalés près de lui. « Je vous en prie, docteur Smith. Vous avez fait un long voyage. Reposez-vous. »

Il enleva ses vêtements de ski en essayant de maîtriser son impatience et s'assit. Le rythme de vie dans cette partie du monde était différent du sien. Il aurait été inutile de combattre des règles culturelles vieilles de plusieurs millénaires.

« Notre organisation doit être largement dispersée pour survivre à la mort de ses membres. Mais pour répondre à votre question, oui, je suis celui qu'on appelle Farrokh. »

Malgré tous ses efforts de diplomatie, Smith n'arrivait pas à cacher sa colère. « Mais alors, pourquoi tout ce cinéma ? On m'avait dit que vous saviez ce qui est en jeu.

— Je suis un homme prudent de nature, répliqua Farrokh. Quand quelqu'un veut s'allier à moi, j'aime bien voir ce qu'il a dans le ventre avant d'accepter. Cela n'a rien d'une perte de temps. En fait, c'est la raison pour laquelle je suis toujours en vie. »

Smith reprit la parole sur un ton plus calme. « Quel est le verdict ?

— Vous m'avez l'air d'un type sérieux.

— Donc vous me faites confiance maintenant ? »

Dans un éclat de rire, Farrokh attrapa les tasses de thé et en tendit une à Smith. « Les gens en qui j'ai confiance, je peux les compter sur les doigts d'une main et votre présence ne me fera pas pousser un doigt supplémentaire.

— Mais vous croyez en l'existence du parasite. Vous savez que votre gouvernement s'en est emparé.

— Oui, encore que je ne voie pas en quoi cela me concerne. »

Bien qu'il fît tout pour donner le change, il était évident que cette histoire de parasite le concernait au premier chef.

« Je comprends que vous n'aimiez pas beaucoup les États-Unis mais vous devez admettre qu'ils ne vous ont pas trop harcelés, ces derniers temps. Croyez-vous que cela continuera si Omidi lâche une arme biologique à l'intérieur de nos frontières ? »

Farrokh haussa les épaules. « L'Amérique est directement ou indirectement responsable de la mort de millions d'Iraniens. Vous avez mis au pouvoir un dictateur de la pire espèce et sans vous, nous ne vivrions pas sous ce régime islamique répressif et rétrograde. C'est peut-être un simple retour des choses.

— Non. Vous êtes plus intelligent que ça. Quel que soit le nombre d'Américains que vous tuerez, il en restera toujours un pour appuyer sur le bouton. Et c'en sera terminé de vos rêves de libéralisation politique. »

Farrokh hocha la tête pensivement. « L'ayatollah est sénile et Omidi fou à lier. Il croit que cette arme leur vient de Dieu et qu'il guidera leurs mains quand ils l'utiliseront pour détruire les ennemis de l'Islam.

— Je ne suis pas sûr que cette méthode fonctionne.

— Moi non plus. J'ai fini par comprendre que Dieu prend rarement position en de telles matières. Les justes et les innocents sont tout aussi susceptibles de souffrir que les méchants, peut-être plus. Compter sur l'intervention divine est le comble de l'arrogance et de la stupidité. L'Amérique possède à la fois le pouvoir et la volonté de massacrer quiconque exprime la moindre résistance. »

Malgré lui, Smith entendait le discret tic-tac de la vieille pendule accrochée au mur. On aurait dit qu'il s'amplifiait au fur et à mesure de leur inutile débat géopolitique.

« L'Amérique est une force de stabilisation dans le monde et vous le savez tout aussi bien que moi. Combien de pays possédant notre puissance économique et militaire auraient montré la même retenue ? Que ferait votre pays avec notre arsenal ? Que feraient les Allemands avec notre arsenal ? »

Farrokh savoura son thé pendant quelques instants avant de passer de la philosophie politique à des sujets plus empiriques. « Savez-vous où a été conduite le docteur Van Keuren ?

— Non, nos sources de renseignements en Iran sont quasiment inexistantes.

— Ah, c'est donc à moi d'agir encore une fois ?

— C'est votre pays et je suppose que ce genre de choses ne vous est pas étranger.

— Il y a des bruits qui courent. »

Les paroles étaient énigmatiques mais pas le ton employé. Le réseau de Farrokh avait sans aucun doute creusé la question depuis le moment où les hommes de Klein l'avaient contacté.

« Où est-elle ?

— Nous avons récemment constaté une activité inhabituelle dans une usine de recherches abandonnée, au centre du pays. Par ailleurs, un grand nombre d'universitaires et de scientifiques ont été réquisitionnés par le gouvernement et depuis lors, leurs familles sont sans nouvelles. C'est trop énorme pour une simple coïncidence.

— Cette usine est-elle lourdement protégée ?

— Elle est souterraine et l'entrée bien gardée.

— J'ignore si je pourrai obtenir un appui aérien mais je vous assure que je vais essayer. »

Farrokh fronça les sourcils et s'adossa contre les coussins.

« Pensez-vous réellement que j'encouragerais une attaque étrangère sur mon propre pays ? Je suis un réformateur, pas un traître.

— Mais… »

L'Iranien l'arrêta d'un geste. L'homme qui leur avait ouvert s'encadra sur le seuil, avec un air moins cordial que tout à l'heure. Il ne portait plus son arme en bandoulière.

« Teymore va vous conduire dans vos appartements. J'espère que nous aurons bientôt l'occasion de reprendre cette discussion. »

73

Centre de l'Iran
3 décembre – 1912 GMT + 3:30

Au moyen d'un scalpel, Sarie Van Keuren préleva un échantillon sur le cerveau posé sur la table. La petite taille de l'organe ne lui facilitait pas la tâche mais elle se félicitait d'avoir réussi à convaincre Omidi que les expériences sur les animaux étaient plus productives. Derrière la cloison vitrée, la pièce jouxtant son laboratoire était remplie d'un étrange assortiment de singes en cage. Certaines contenaient des animaux de laboratoire, les autres des bêtes volées dans des zoos ou à des particuliers.

Chaque cage était recouverte d'un tissu, précaution indispensable pour éviter que les singes ne se blessent mortellement sur les barreaux en essayant d'atteindre les humains qui vaquaient à leurs occupations, de l'autre côté de la vitre. C'était du moins la raison que Sarie avait donnée à son geôlier. En réalité, elle voulait surtout empêcher qu'ils se voient les uns les autres – subtile distinction ayant échappé à Omidi et à ses chiens savants.

Soudain, elle remarqua que sur un certain nombre de cages, les tissus portaient des taches de sang, à mi-hauteur. Elle nota l'heure sur un calepin et se remit à travailler sur le cerveau de singe.

Pour rendre le parasite moins dangereux, il existait un certain nombre de possibilités dont la plupart ne tenaient pas la route. La plus évidente consistait à faire évoluer le processus de mutation pour que le parasite attaque les cornées des victimes et provoque la cécité. C'était biologiquement imparable mais impossible à mettre en œuvre. Une bande de chimpanzés tournant en rond à l'aveuglette risquait fort d'attirer l'attention. Les courtisans d'Omidi n'étaient pas des cadors mais il ne fallait pas non plus les prendre pour des demeurés.

Ensuite, elle avait songé à accroître la capacité d'attention des personnes contaminées. Au début, elle avait cru tenir la solution parfaite, quoique horrible. En réduisant la confusion des sujets lors des attaques, elle leur aurait permis de tuer plus et plus vite, interrompant du même coup la chaîne des contaminations. Malheureusement, les zones du cerveau commandant le phénomène de l'attention étaient mal définies. Le parasite, lui, travaillait la question depuis des millions d'années.

Curieusement, la solution résidait dans les neurones miroirs. Elle avait déjà réussi à modifier le modèle de reconnaissance mutuelle des individus contaminés en jetant les premières bases d'une animosité réciproque. Ce plan comportait des faiblesses évidentes mais si elle pouvait inciter les victimes à s'entre-tuer, elle serait en mesure de réduire le taux de diffusion du parasite d'au moins 40 %.

Plus important encore, elle avait découvert que le parasite avait une relation exposition-réponse significative – plus importante était la charge initiale, plus vite les symptômes apparaissaient. Pour faire croire à Omidi qu'elle accomplissait des progrès dans la réduction du temps de développement de l'ensemble des symptômes, elle avait administré aux cobayes des doses de plus en plus fortes de sang infecté.

Cette modification réduisait également le délai de survie des individus contaminés, ce qui ne plaisait guère à Omidi. Sarie le soupçonnait d'avoir créé une unité semblable à la sienne, dans une autre installation quelque part, pour vérifier le résultat de ses recherches sur le problème du délai de survie. La diminution progressive du nombre de ses collègues iraniens semblait corroborer cette supposition. Ils devaient tester ses « modifications » sur des êtres humains. Dans peu de temps, ils découvriraient la supercherie.

Voilà pourquoi il importait tant que la deuxième phase de son plan soit mise en œuvre dans les meilleurs délais. Malheureusement, elle ne savait pas encore en quoi cette deuxième phase consistait.

Ayant terminé son étude sur la coupe transversale du cerveau, Sarie entama la procédure de décontamination puis entra dans la grande pièce voisine du laboratoire. Quatre mous travaillaient sur des ordinateurs relativement vétustes. Ils la regardèrent s'asseoir devant le seul terminal équipé d'un système d'exploitation en anglais.

Elle commençait à entrer ses notes quand Youssef Zarin rapprocha sa chaise.

« Je sais ce que vous faites, lui murmura-t-il à l'oreille.

— Pardon ? répondit-elle sans cesser de taper des chiffres factices dans la matrice des taux de mortalité.

— J'ai vérifié vos données. J'ai examiné certains de vos échantillons. »

Elle sourit sans desserrer les dents. Malgré la peur qu'elle sentait croître, elle refusait de se laisser déconcentrer.

« Les dommages causés aux neurones miroirs évoluent très rapidement.

— Hélas, je dois avouer mon ignorance en neurologie, Dr Zarin. Rappelez-moi la définition des neurones miroirs ? »

Ce fut à son tour de sourire. « Vous seriez surprise d'apprendre que j'ai lu votre article sur les effets de la toxoplasmose sur le comportement humain. Il met remarquablement en valeur vos dons d'analyse et votre connaissance du fonctionnement cérébral.

— Merci du compliment », dit-elle sur un ton un peu trop cordial pour une femme dans sa position. Mais comment trouver le ton juste, en l'occurrence ? « Pourtant, je ne suis pas tout à fait sûre que… »

Le murmure de Zarin devint presque inaudible. « Je crois que si ces changements se poursuivent, les victimes du parasite ne seront plus capables de faire la différence entre les gens contaminés et les autres. »

Elle cessa de taper mais ses doigts restèrent suspendus au-dessus du clavier.

« C'est très malin de votre part, reprit Zarin. J'aurais cru que vous vous contenteriez de réduire les pulsions agressives mais bien sûr, c'était trop évident, n'est-ce pas ? Je vous tire mon chapeau. C'est bien l'expression que vous employez ?

— Vous vous méprenez…

— Je ne prétends pas être votre égal, docteur, mais je ne suis pas ignare.

— Vous…, bredouilla-t-elle en s'efforçant de trouver une réponse crédible. J'ai peut-être raté un effet secondaire en voulant diminuer le délai d'apparition des symptômes. Nous pourrions… »

D'un signe de tête, il lui fit comprendre que ses efforts étaient inutiles. Elle se tut.

« Non, plus j'y pense, plus j'y vois du génie. Avec un peu de temps, cela pourrait réduire considérablement la propagation de l'infection. Malheureusement le temps est une denrée rare en ce moment.

— Comment cela ?

— Nous ne sommes pas tous des fondamentalistes et des fanatiques, Sarie. Autrefois, les États cherchaient à acquérir des armes toujours plus destructrices. Mais cette époque est révolue. Il ne peut en être autrement. Grâce à la technologie, les hommes ont acquis un pouvoir démesuré, celui de détruire tout ce que Dieu a créé. »

Était-ce un subterfuge ? Espérait-il lui soutirer des confidences en lui tenant ce discours ? Que cherchait-il exactement ? En tout cas, une chose était claire, il l'avait démasquée. Inutile de feindre davantage. Inutile de protester. Si Youssef Zarin était sincère, il pourrait l'aider à sauver des millions de vies. S'il voulait la piéger, elle était déjà morte.

« Vous n'en parlerez pas à Omidi ? » dit-elle sans perdre de vue les caméras fixées en hauteur, un peu partout dans la pièce.

« Omidi est un porc. Il joue sa dernière carte. Il fait partie de ces politiciens capables du pire pour conserver le pouvoir, et sous couvert de piété en plus. Je vais vous aider. Mais je crains que votre méthode soit inefficace. »

Il avait raison, bien sûr. Elle aussi jouait sa dernière carte. Même si on lui accordait le temps nécessaire pour perfectionner les modifications génétiques, le résultat ne serait pas à la hauteur. Le parasite s'adaptait trop facilement – lâché dans un pays moins isolé que l'Ouganda, il évoluerait à une vitesse dévastatrice, les symptômes deviendraient indécelables, ses modes de propagation changeraient, la période de contagion augmenterait.

Une voix au fond d'elle-même lui répétait de se montrer prudente mais elle se sentait si seule. Elle avait désespérément besoin de quelqu'un à ses côtés.

« Y a-t-il un moyen de s'en sortir, Youssef ? Peut-on communiquer avec le monde extérieur ? J'ai des amis qui pourraient nous aider. »

L'Iranien secoua la tête. « Nous sommes à une centaine de mètres sous terre. Tous les messages qui sortent d'ici doivent être approuvés par Omidi en personne.

— Alors, trouvons quelque chose d'autre. »

Il acquiesça. « Et vite. À mon avis, les collègues qui nous ont quittés – ceux qui soutiennent Omidi – sont en train de mettre au point un moyen de transporter le parasite sans recourir au corps humain.

— Quoi ? Vous en êtes sûr ?

— Il est venu me voir pour me demander si j'étais d'accord pour que les travaux sur le transport du parasite attendent jusqu'à la réalisation de la séquence génétique finale. J'ai pris votre parti mais les questions qu'il me posait étaient trop techniques pour venir de lui. Je suis certain que ses conseillers l'incitent à penser que les modifications n'affecteront pas les modalités de transport.

— Alors il faut qu'on sorte d'ici tout de suite, Youssef. Il faut trouver de l'aide.

— Je crains que ce ne soit impossible. Néanmoins nous ne sommes pas totalement impuissants.

— Que voulez-vous dire ?

— Je suis déjà venu ici, voilà quelques années. À l'époque, ces laboratoires secrets servaient déjà à la recherche en bio-armement. On m'avait chargé de rédiger un rapport sur les problèmes liés à la sécurité. Il y en avait beaucoup – des systèmes archaïques, inadaptés, des procédures bâclées, sans parler des fissures dans les murs et les plafonds. Le gouvernement comptait sur l'isolement de cette usine. Le premier village est à deux heures de voiture d'ici.

— Je suppose qu'ils ne vous ont pas écouté. Ce laboratoire est une bombe à retardement. »

Il hocha la tête. « Peu après mon inspection, l'Amérique a attaqué l'Irak. Comme mon gouvernement craignait de subir le même sort, il a condamné les locaux.

— Donc vous connaissez parfaitement les faiblesses du système de sécurité ?

— Mieux que quiconque. » Sarie se cala dans son siège et regarda par-dessus l'épaule de Zarin les scientifiques qui faisaient leur possible pour se fondre dans le décor. Elle se demanda ce qu'ils diraient s'ils connaissaient le sort auquel Youssef et elle s'apprêtaient à les condamner.

74

Centre de l'Iran depuis les airs
4 décembre – 1014 GMT + 3:30

Quand l'antique hélicoptère russe piloté par Farrokh franchit la crête, Smith crut qu'il allait tomber en morceaux. Il agrippa le tableau de bord rouillé en regardant se rapprocher le sol de la vallée.

Il n'avait accès ni à son téléphone ni à aucun autre moyen de communication et toutes ses questions – avait-on localisé Omidi et le parasite ? où était passé Peter Howell ? quand diable allaient-ils finir par se remuer ? – étaient poliment écartées.

« Là-bas », hurla Farrokh par-dessus le battement des rotors. Il désignait un groupe d'une cinquantaine de personnes si éloignées qu'on les discernait à peine. Certaines avançaient en formation à la manière des militaires, d'autres semblaient lancées dans une course d'obstacles.

« Notre tout nouveau terrain d'entraînement », expliqua l'Iranien. Il décrivit un cercle à la verticale de ses troupes avant d'atterrir à l'ombre d'une haute falaise. « Autrefois, nous nous contentions de protester pacifiquement en nous appuyant sur les dernières innovations technologiques. Mais plus nous remportons de victoires plus les ripostes du gouvernement se font brutales.

— Donc vous développez une branche armée ? »

L'Iranien coupa le moteur et sauta hors de l'appareil, Smith sur les talons. « Il ne s'agit pas d'une force offensive. Je crois qu'avec un peu de patience, nous gagnerons sans répandre le sang. Renverser les vieillards retranchés au sein du gouvernement serait une piètre stratégie.

— Mieux vaut attendre qu'ils meurent et prendre leur place sans faire de vagues.

— Tout juste, dit Farrokh. Une agression physique contre nos dirigeants ternirait notre image. C'est pareil aux États-Unis. Les gens ont beau détester ce régime, ils désapprouveraient qu'on le renverse dans la violence. Mais par ailleurs, en tant que leader politique, je ne peux pas laisser mes partisans à la merci de nos adversaires. Ce serait irresponsable.

— Espérer le meilleur en se préparant au pire, commenta Smith. Cette stratégie m'a toujours réussi. »

Il protégea ses yeux du soleil et se tourna vers les deux hommes qui peinaient à franchir un mur de trois mètres. Puis il effectua un travelling à droite où des troufions allongés sur le ventre tiraient sans trop de succès sur des cibles placées à cinquante mètres. Leur instructeur faisait les cent pas derrière eux et s'arrêtait de temps en temps pour corriger une mauvaise position ou donner un conseil. Malgré le grand chapeau de paille qui lui cachait le visage, on le reconnaissait à son énergie et à son allure à la fois gracieuse et athlétique.

« Veuillez m'excuser un instant », dit Farrokh en s'éloignant vers un groupe d'individus occupés à étudier une carte déroulée sur une table pliante.

Smith hocha la tête et poursuivit son chemin. Quand il parvint aux abords du champ de tir, il mit ses mains en porte-voix. « Peter ! »

Howell pivota sur lui-même puis aboya quelque chose aux hommes allongés dans la poussière. Un instant plus tard, ils cavalaient tous vers des cordes à nœud suspendues à un portique.

« Je commençais à me faire du mouron pour toi, mon vieux, dit Howell en serrant la main de son ami.

— Je pourrais dire la même chose. Mais tu m'as l'air de tenir la forme.

— Un lit de camp et trois repas par jour. Que faut-il de plus à des types comme nous ? »

La question était certes passionnante mais ils décidèrent tacitement de remettre le débat à plus tard. « Quoi de neuf ?

— Quarante-huit hommes ayant quelques mois de formation militaire et neuf vétérans de l'armée dont deux issus des forces spéciales. Cela dit, ils sont comme moi – plus tout jeunes.

— Et les quarante-huit autres ? Sont-ils en mesure de se battre ? »

Howell fronça les sourcils. « Ils sont de bonne volonté et sacrément intelligents. Mais si tu veux mon opinion, je parie qu'au moins la moitié d'entre eux ne sort jamais sans un inhalateur.

— On se rend à la bataille avec l'armée dont on dispose, pas avec celle qu'on souhaiterait avoir.

— C'est vrai. Mais veille à rester derrière eux quand ils commenceront à tirer. »

75

Centre de l'Iran
5 décembre – 0201 GMT + 3:30

Jon Smith avait les jambes raides. Il changea de position pour soulager ses articulations. Il se trouvait à deux cent trente kilomètres au nord-est du camp d'entraînement de Farrokh et son voyage s'était terminé à cheval. Un moyen de locomotion tranquille et fiable en terrain accidenté, certes, mais son dernier contact avec un cheval remontait à son cinquième anniversaire.

De son télescope à vision nocturne monté sur un trépied, il balaya lentement le paysage, la double barrière grillagée, les miradors, les abris des mitrailleuses. Le pire était invisible à ses yeux. En effet, le laboratoire de bio-armement était construit sous terre – à une très grande profondeur, si les renseignements de Farrokh étaient exacts.

Au centre du périmètre lourdement défendu, s'élevait une concrétion rocheuse au flanc de laquelle on apercevait une surface lisse de couleur grise : des portes en acier de trois mètres cinquante de haut et d'une épaisseur inconnue. On pouvait difficilement envisager pire scénario à moins d'imaginer une place forte défendue par des robots géants venus d'une autre planète.

« Vous n'avez toujours pas les plans de l'usine ? » dit-il sans s'énerver. Ils étaient couchés sur un terrain sablonneux mêlé de gravier, à mille cinq cents mètres à l'est de la barrière. S'approcher davantage aurait exigé des talents militaires que son compagnon n'avait pas.

« Hélas non, répondit Farrokh.

— Le permis de construire ? Des plans d'architecte ? Le rapport d'inspection ?

— Ils ont fait disparaître toute information sur ce site. C'est justement ce qui nous a mis la puce à l'oreille. »

Les miradors et la barrière extérieure, construits de bric et de broc avec des matériaux locaux, paraissaient récents. En fait, la mauvaise qualité de ces structures servait à donner le change. Elles risquaient moins d'être repérées d'avion que des bâtiments en dur.

Smith braqua son télescope sur les deux miradors protégeant l'entrée puis descendit vers la base de celui qui se trouvait le plus à l'est. Même s'il savait précisément où regarder, il lui fallut trente secondes pour repérer sa cible mouvante.

Peter Howell et un ancien agent des forces spéciales iraniennes encore plus âgé que lui avaient passé les cinq dernières heures couchés sous une bâche, à ramper vers les défenses extérieures de l'installation. Ils venaient d'atteindre le bord du fossé quand Smith entendit vibrer le téléphone sur la hanche de Farrokh.

L'Iranien consulta le message affiché sur l'écran puis tendit l'appareil à Smith.

Fossé. 2 m prof. 4 m larg. Pont piégé.

C'était ce qu'il redoutait en espérant se tromper. Tout intrus cherchant à s'introduire dans le complexe autrement que par l'entrée principale serait pris au piège et haché menu par les mitrailleuses juchées au sommet des miradors.

« Donc on n'a pas le choix. C'est soit la porte principale soit rien du tout », dit Farrokh.

Smith hocha la tête dans l'obscurité tout en songeant que le « rien du tout » était le scénario le plus probable. Il ne voyait pas comment une troupe pourrait approcher sans se faire repérer à des kilomètres. En plus de cela, pour accéder à la fameuse entrée, il fallait passer le pont piégé.

Farrokh composa une brève réponse sur son téléphone et regagna son poste d'observation pendant que Smith s'allongeait sur le dos pour regarder le ciel étoilé en se demandant si Sarie était encore en vie. Dans ce bunker peut-être.

« Combien d'invités à la fête, Farrokh ?

— Cinquante braves prêts à mourir pour leurs convictions.

— Artillerie ?

— Non. Nous avons bien quelques explosifs mais aucun moyen de les projeter sur l'ennemi autrement qu'à la main.

— Et l'électronique ? Pouvons-nous couper leurs communications ?

— Non, ils utilisent le satellite et nous ne disposons d'aucun outil pour interrompre le signal.

— L'électricité ?

— Il n'y a pas de câbles. Ils doivent produire leur courant eux-mêmes. »

Smith poussa un long soupir. Cette opération était trop importante pour se contenter de demi-mesures. Faire une brèche dans la sécurité sans terminer le travail n'était pas envisageable. On risquait une fuite du parasite. Si jamais on parvenait à forcer l'entrée, il faudrait stériliser toute l'installation, récupérer Sarie Van Keuren ou bien l'éliminer.

« J'ai besoin de discuter avec mon camp, Farrokh. Nous avons peut-être assez d'informations pour les convaincre de pénétrer dans l'espace aérien iranien. Nos bombes antibunker…

— C'est hors de question. Je n'enverrai pas l'armée américaine combattre mon pays.

— Je suis l'armée américaine.

— Excusez-moi mais c'est un peu différent.

— Des millions de vies sont en jeu, Farrokh. Ce n'est pas un…

— Si vous aviez su avec certitude que les Irakiens ne possédaient pas d'armes de destruction massive, qu'auriez-vous fait ? Auriez-vous aidé les forces de l'air irakiennes à franchir vos frontières et à détruire vos bases militaires pour stopper une invasion qui semait la dévastation dans cette région ? Nous avons cinquante hommes prêts à mourir à mon signal, colonel. Rien de plus. »

Smith roula sur le ventre en se demandant si, pour accéder au téléphone, il ne ferait pas mieux de prendre un caillou et de l'écraser sur la nuque de l'Iranien.

Malheureusement, ce dernier entrait un code PIN à chaque usage.

« C'est vous le patron, Farrokh. Appelez Howell et votre homme. Dites-leur de revenir. Je veux m'en aller d'ici avant l'aube. »

L'Iranien envoya le message. Quelques instants plus tard, le téléphone vibra.

Pa enkr. G 1 ID. On va rgolr.

76

Centre de l'Iran
5 décembre – 0654 GMT + 3:30

Quand Sarie entra dans la pièce aux singes, elle fut accueillie par des hurlements à glacer le sang, des coups répétés contre les barreaux. Elle n'avait qu'une envie, enlever cette combinaison qui l'étouffait et partir en courant. Pourtant, elle réussit à se contrôler, posa son écritoire sur une table et glissa son pouce dans l'anneau du piston d'une énorme seringue.

L'animal dont la seringue contenait le sang en était au dernier stade de la maladie. Les fragiles parasites suspendus à l'intérieur du réservoir arrivaient en fin de vie. Elle n'avait plus le temps de réfléchir, de peser le pour et le contre, d'imaginer une fin moins horrible à ce cauchemar. Il fallait agir.

Lorsqu'elle passa devant la première cage bâchée, les singes réagirent au bruit de ses pas et s'élancèrent sur les barreaux en tendant les bras pour l'attraper. La section suivante contenait des animaux contaminés depuis quelques heures seulement. Ceux-là ne remuaient pas du tout. En l'entendant arriver, ils restèrent prostrés au fond de leur cage. C'était la troisième section qui l'intéressait – celle qui abritait les sujets non infectés.

Une perfusion reliait chaque bête à un système central programmé pour l'injection de drogues et d'agents pathogènes. Sarie y appliqua la seringue et tapa une ligne de commande sur un ordinateur portable recouvert de plastique. La charge parasitaire envoyée était d'une magnitude supérieure à celle qui aurait été inoculée lors d'une attaque sur le terrain. Grâce à la formule qu'elle avait mise au point, les singes par groupes de deux ou de trois présenteraient la totalité des symptômes à peu près au même moment, puis le groupe numéro un déclinerait tout en conservant environ 30 % de sa force et de sa mobilité. Largement assez pour devenir une arme mortelle.

Désormais il était inutile de respecter les consignes de sécurité prévues en cas d'injection mais elle les accomplit avec les mêmes gestes précis que tous les autres jours. Avec les caméras braquées sur elle, il n'était pas question de dévier de la routine.

Au moment où elle passa dans le bureau extérieur, la pendule sur le mur marquait sept heures trente. Youssef Zarin était seul, penché sur un terminal d'ordinateur entouré de dossiers et de papiers en vrac.

Elle s'assit près de lui, le dos tourné à la caméra de surveillance. Un schéma s'affichait sur le moniteur. Par le plus extraordinaire des hasards, les mots de passe étaient encore valides. Après l'inspection, l'installation avait dû fermer si vite que personne ne s'était préoccupé de détruire les codes informatiques. Zarin avait donc plein accès au réseau et ses connaissances en programmation lui permettaient d'en profiter.

« Tout est prêt ? »

Il fit oui de la tête. « Quand nous déclencherons l'alarme, toutes les portes donnant sur l'extérieur se fermeront automatiquement, comme prévu par les procédures de sécurité. J'ai seulement apporté deux subtiles modifications au système. La première concerne les portes intérieures. À l'origine, elles étaient programmées pour se fermer et rester verrouillées afin de compartimenter le bâtiment et contenir la fuite toxique dans un espace aussi restreint que possible. Je n'ai pas touché à la procédure de verrouillage mais j'ai introduit une erreur dans la fermeture des portes.

— Donc, quand les serrures s'enclencheront, les portes s'ouvriront et resteront ouvertes, dit Sarie.

— Exactement. L'autre procédure m'a donné plus de mal. J'ai dû écrire entièrement le programme mais j'ai effectué une simulation et ça fonctionne parfaitement.

— Les cages des singes ?

— Oui. Elles s'ouvriront et ne pourront plus se refermer. »

Elle approuva d'un hochement de tête mais son cœur battait la chamade. Ils étaient en train de transformer cette usine en sépulcre souterrain. Bientôt, ces locaux seraient le théâtre d'une violence inimaginable puis, après le chaos, viendrait le silence éternel.

« Ça va ? demanda Zarin soudain soucieux.

— Oui.

— Cela n'aura rien d'une partie de plaisir, n'est-ce pas ?

— Non. Mais je suis sûre que nous avons fait le bon choix.

— Moi aussi, répondit-il. Pourtant, j'aurais aimé revoir ma famille. Il y a tellement de choses qu'on oublie de dire quand on croit avoir tout son temps. »

Un sourire triste joua sur le visage de Sarie. Elle n'éprouvait pas le besoin de dire au revoir à quiconque. Quand sa disparition deviendrait un fait établi, l'université organiserait une cérémonie d'adieu du meilleur goût. Ses collègues évoqueraient son souvenir en branlant du chef. Combien de fois ne l'avaient-ils pas mise en garde contre les dangers de la brousse africaine ? Et la vie reprendrait son cours.

« Excusez-moi, dit Zarin en se levant. Je vais prier. »

Elle le regarda partir en regrettant de n'avoir pas hérité de la dévotion paternelle. Comme il n'y avait pas la moindre goutte d'alcool dans ce lieu, un peu de réconfort venu d'en haut aurait été le bienvenu.

Il restait encore un peu de marc dans la cafetière. Elle devrait s'en contenter. Quelle étrange impression : il ne lui restait plus assez de temps à vivre pour se préparer une vraie tasse de café.

Elle imagina la réaction des gens qui entreraient plus tard dans ce laboratoire. Que penseraient-ils en voyant tout ce sang, les cloisons protectrices éventrées, les dépouilles des animaux mélangées aux cadavres des humains ?

Mais tout cela importait peu car, à ce moment-là, le parasite ne serait plus qu'un mauvais souvenir.

77

Centre de l'Iran
5 décembre – 0902 GMT + 3:30

Assise devant le terminal de Zarin, Sarie Van Keuren regardait les minutes s'égrener sur la pendule avec, en fond sonore, l'inlassable bourdonnement des singes. Elle aurait aimé que Zarin revienne – qu'il ne la laisse pas seule au moment fatidique. Mais elle respectait son besoin de se recueillir.

Elle avait du mal à reconnaître son propre visage dans le reflet de l'écran de veille. Ces traits tirés, ces yeux cernés, cette expression hagarde semblaient appartenir à une autre femme. Une femme qui se serait aventurée trop loin de chez elle.

Elle essuya une larme et toucha le clavier. Le moniteur se ralluma. Après quelques clics, l'icône commandant le verrouillage des issues s'afficha sur l'écran. Elle passa le curseur dessus en songeant à Zarin et à la famille qu'il laisserait derrière lui. À la famille qu'elle n'aurait jamais.

Il lui suffit d'un frémissement à la surface de la souris pour activer l'alarme dont le vacarme couvrit aussitôt les hurlements simiesques. Sarie retint son souffle. Elle aurait voulu s'enfuir en courant mais fit l'effort de se calmer. Mieux valait en terminer au plus vite.

Mais rien ne se passa.

Sarie fit pivoter sa chaise pour vérifier la porte donnant sur le couloir. Elle était encore fermée alors qu'elle aurait dû s'ouvrir automatiquement. Quant à la serrure… Désorientée, elle cliqua de nouveau sur l'icône. L'alarme vibrait toujours mais la porte restait close et les singes bien enfermés dans leurs cages.

L'écran vacilla, passa au noir pendant quelques secondes puis revint sur la page d'accueil. Sarie tapa le mot de passe de Zarin. Elle allait accéder au plan du bâtiment quand la porte derrière elle s'ouvrit enfin.

L'ordinateur n'y était pour rien. Sarie se leva d'un bond. Au même instant, trois hommes armés de mitraillettes firent irruption dans la pièce, suivis de près par Omidi qui traînait Youssef Zarin derrière lui. La jambe droite de l'universitaire était fracturée, son pantalon couvert de sang. Quand Omidi le lâcha, il s'écroula sur le sol carrelé.

« Vous pensiez peut-être que je ne voyais rien ? tonna Omidi. Croyez-vous vraiment que j'ignorais le rapport de Zarin sur ce laboratoire ?

— Je…, balbutia Sarie. Je pensais que la serrure d'une des cages était défectueuse. C'est… »

L'Iranien se précipita sur elle et la gifla assez fort pour l'envoyer rouler par terre. « Nous surveillons tous les ordinateurs ! Nous l'avons vu réécrire les procédures de sécurité. Maintenant dites-moi ce que vous avez fait !

— Rien ! »

Omidi colla le canon de son arme sur la nuque du neurologue. « Répondez-moi ou il mourra !

— Je vous l'ai dit – rien ! plaida Sarie. Je n'ai pas vraiment raccourci le délai d'apparition de la totalité des symptômes. J'ai seulement injecté des doses de plus en plus importantes. » En disant cela, elle savait qu'elle ne leur apprenait rien.

« La grande Sarie Van Keuren n'a rien trouvé de mieux à faire ? répliqua-t-il sans enlever son doigt de la détente. J'exige la vérité ! Tout de suite ! »

C'était fichu. Il ne lui restait plus qu'une dernière diversion susceptible de sauver quelques vies. « C'est bon ! Ne lui faites pas de mal. J'ai sélectionné des parasites qui attaquent la cornée pour ajouter la cécité aux autres symptômes. »

La détonation la fit sursauter. Elle leva la main pour se protéger du sang et de la matière cérébrale qui venaient de jaillir du crâne de son collègue iranien.

« Vous montrerez à nos chercheurs comment vous avez fait pour saboter le parasite et comment réparer les dégâts », ordonna Omidi en tournant son arme vers elle.

Sarie fixait le cadavre d'un regard médusé. Elle n'avait plus peur ; elle ne ressentait plus rien. Finalement elle redressa la tête, regarda Omidi droit dans les yeux et lui fit un doigt d'honneur.

78

Centre de l'Iran
5 décembre – 0930 GMT + 3:30

Quand les roues s'enfoncèrent dans un trou rempli de sable, le camion fit une embardée, la bâche à l'arrière se souleva et Peter Howell put apercevoir le véhicule similaire qui les suivait de près en essayant de ne pas se laisser distancer. Cette opération relevait de la folie pure, il faudrait un miracle pour qu'ils réussissent.

Il referma la bâche d'un coup sec et passa en revue le visage des hommes entassés parmi les sacs de sable servant à alourdir le camion. La froideur, l'intense concentration de ses anciens collègues du SAS lui manquaient terriblement. Ici, chaque expression racontait une histoire différente. Il y lisait la haine – envers lui, les Britanniques en général, le gouvernement iranien –, la peur, le manque d'assurance.

Il aurait pu lancer une conversation amusante, histoire de leur remonter le moral, mais comme la plupart ne parlaient pas anglais, ses efforts risquaient de tomber à plat. Il renonça donc et colla son œil devant un petit trou de la bâche. L'éclat du soleil l'aveugla. Le camion s'approchait des deux miradors dressés de part et d'autre du portail d'entrée. Sur chacun, on devinait la présence d'une mitrailleuse et d'un groupe d'artilleurs certainement plus aguerris que n'importe lequel des gamins avec lesquels il voyageait – dont la plupart étaient en train de vivre les dernières minutes de leur courte existence.

Leur chauffeur, un malabar nommé Hakim ayant fait carrière dans les forces spéciales, se mit à ralentir. Après la cinquantaine de simulations à balles réelles qu'il leur avait imposées, Howell fut ravi de voir ses jeunes recrues vérifier leur fusil comme à l'exercice.

Le camion s'engagea sur le pont de béton en rebondissant sur ses amortisseurs. Howell se replaça à l'affût derrière la bâche. L'une des deux sentinelles postées dans la guérite s'approcha de la portière du chauffeur tandis que son collègue partait inspecter le chargement. Howell ne comprenait pas un traître mot de ce que disait Hakim mais l'agacement qu'on percevait dans sa voix semblait faire écho aux grincements de l'embrayage du camion qui arrivait derrière.

Howell sortit un pistolet .22 prolongé d'un silencieux qu'il considéra d'un air dubitatif tout en écoutant les pas de la deuxième sentinelle. Il aurait préféré un couteau mais Smith, qui se trouvait à bord de l'autre camion avec Farrokh, le lui avait déconseillé, craignant que cette vision ne provoque chez les troufions une réaction d'effroi.

La bâche remua. Howell leva tranquillement son pistolet. Inutile de se précipiter – il faudrait un moment pour que les yeux de l'homme s'adaptent à la pénombre et, si Hakim était aussi convaincant qu'il en avait l'air, il ne se méfierait pas.

Howell attendit que le soldat rabatte le pan de toile pour agir. Il lui tendit la main comme pour l'aider à monter et de l'autre lui tira une balle dans l'œil.

La combinaison du petit calibre et du silencieux produisit un son presque inaudible. Howell amortit la chute du corps en le guidant vers la plate-forme. Puis deux de ses hommes le hissèrent à l'intérieur, un peu trop lentement pour Howell qui nota un retard inexcusable d'une seconde et demie.

Le conducteur du deuxième véhicule esquissa un signe de tête à son intention : personne n'avait encore remarqué l'absence de la sentinelle. L'emplacement des miradors était idéal pour protéger le pont par un feu croisé mais inefficace pour surveiller des véhicules bâchés.

Après avoir essuyé un filet de sang sur le rabat de la remorque, Howell aida l'un de ses hommes à descendre. Deux soldats déguisés étaient censés prendre la place des sentinelles dans la guérite. Les femmes présentes dans le camp de Farrokh leur avaient cousu des uniformes assez ressemblants.

Le jeune homme bomba le torse, s'avança d'un pas tranquille vers le deuxième camion et s'arrêta devant la vitre du chauffeur. Pendant ce temps, Howell descendait de la remorque avec une poignée d'hommes. Smith faisait de même de son côté.

Howell regarda ses troupes, leva le pouce, sortit de sa cachette et se mit à arroser le mirador ouest. La sentinelle survivante sortit son arme de poing mais n'eut pas le temps de s'en servir. Hakim l'abattit d'une seule balle avant de mettre le pied au plancher en laissant Howell et ses hommes à découvert.

Comme prévu, la première rafale tirée depuis le mirador n'atteignit personne. Surpris par la soudaineté de l'attaque, les gardes peinaient à passer sans transition de l'ennui au combat. De toute évidence, ce n'était pas leur baptême du feu. Howell put très vite confirmer que la conception et la fabrication de ces miradors les rendaient imprenables, surtout face à un ennemi ne disposant pas d'artillerie lourde.

Du coin de l'œil, il vit Smith et ses troupes concentrer leurs tirs sur l'autre mirador et Hakim emboutir le portail. Après avoir défoncé les battants, il bascula sur deux roues, vacilla quelques secondes et finit par se renverser sur le flanc. L'Iranien voulut sortir par la vitre mais un sniper, perché dans un mirador du secteur ouest, lui transperça le cou.

Un jeune homme à la droite de Howell reçut une rafale de mitrailleuse en pleine poitrine. L'Anglais plongea vers le deuxième camion, toujours à l'arrêt sur le pont. Le chauffeur s'acharnait sur le démarreur mais l'embrayage ne voulait rien savoir et l'exprimait en grinçant horriblement.

Les snipers des miradors avaient recouvré leurs esprits et leur adresse. Un autre homme tomba. Howell vit Smith piquer un sprint, suivi de près par un chapelet de balles.

Derrière le portail enfoncé, des hommes sortaient en hâte du camion couché pour s'abriter derrière le châssis, hors de portée des tireurs d'élite mais pas des artilleurs postés dans les tours. Heureusement, ces derniers ne les visaient pas encore.

Dès qu'il entendit le moteur démarrer, Howell roula sur lui-même de manière à dégager le passage. Le camion s'élança sous la mitraille.

« Faites sauter le pont, bande de connards ! » marmonna Howell en se précipitant derrière le véhicule.

Au même instant, comme si son imprécation avait porté, le souffle d'une violente explosion le projeta sur le sol en béton.

Étourdi par le choc, il leva les yeux sur le mirador qui oscillait déjà sur sa base. Quelques secondes plus tard, l'édifice s'inclina vers la tour située de l'autre côté du pont.

« Génial, Hakim. Bravo mon salaud », lança Howell quand les deux structures s'abattirent dans un terrible fracas et que les mitrailleuses se turent.

Durant leur expédition de reconnaissance, ils avaient déplacé au pied du mirador les charges censées piéger le pont. Hakim, qui avait passé l'essentiel de sa carrière dans une unité de démolition d'élite, leur avait garanti que la tour basculerait sur sa voisine. Bien sûr, Howell ne l'avait pas cru, sachant par expérience que les choses se passaient rarement comme prévu dès que les armes commençaient à cracher.

Venant d'entrer dans le périmètre, le deuxième camion accéléra en direction de l'énorme porte d'acier enchâssée dans la roche. Voyant cela, Howell courut à l'est du pont et se jeta sur Smith, couché au bord du fossé de protection.

Le véhicule percuta la porte à près de soixante kilomètres à l'heure. L'impact fit exploser les charges placées sous le plancher. Howell ne connaissait pas encore le résultat de cette action d'éclat mais dans son for intérieur, il salua la bravoure du chauffeur.

« À qui le tour ? hurla-t-il en enlevant le capuchon de sa lunette de visée.

— Ça tire encore dans les miradors à neuf heures et trois heures, lui répondit Smith sur le même ton. Des troupes arrivent par le nord pour prendre à revers les gars planqués derrière le camion renversé. »

Dans la lunette, Howell finit par repérer un mouvement le long de la barrière ouest. Six hommes. Il tira une rafale et blessa superficiellement le premier. Les autres partirent à fond de train se réfugier derrière un rocher, cent cinquante mètres plus loin.

« Au fait, Peter, dit Smith pendant que son ami cherchait une autre cible à abattre. C'est bon de te savoir en vie. »

79

Centre de l'Iran
5 décembre – 0946 GMT + 3:30

Sarie Van Keuren n'avait pas l'intention de se laisser faire mais hélas ses ruades et ses coups de poing ne produisaient aucun effet sur l'homme qui la traînait le long du couloir. Elle perdit l'équilibre et faillit s'étaler par terre. Au même instant, la sonnerie d'alarme fut coupée.

Bien qu'elle ignorât ce qui se tramait dehors, elle avait bien évidemment remarqué le changement qui s'était opéré chez ses ravisseurs quelques minutes plus tôt, quand le bruit sourd d'une explosion était parvenu jusqu'à eux. Le sourire hautain d'Omidi avait fondu comme neige au soleil et il s'était mis à cavaler dans les couloirs en aboyant des ordres aux occupants des bureaux et des laboratoires.

L'homme lui fit franchir des portes blindées qu'elle n'avait jamais vues ouvertes, au-delà desquelles les scientifiques fidèles à Omidi, dont le nombre avait baissé au cours des derniers jours, couraient en tous sens, les bras chargés de dossiers, d'échantillons et de disques durs.

Le soldat la libéra et pointa sur elle un doigt menaçant assorti de quelques mots faciles à interpréter. Elle n'avait pas intérêt à bouger.

Puis il courut prêter main-forte aux chercheurs. Visiblement, il s'agissait d'empiler tous les appareils qui n'étaient pas vissés au sol sur un toboggan aboutissant dans l'incinérateur. Sarie se détourna du chaos qui faisait rage dans le labo et regarda la pièce mitoyenne sur sa gauche. Trois hommes contaminés martelaient de leurs poings la cloison vitrée. Leurs mains n'étaient plus qu'une bouillie sanglante. Ils ne montraient aucune animosité les uns envers les autres, ne semblaient même pas s'apercevoir de leurs présences mutuelles. Pourtant, ils étaient porteurs de la toute dernière version du parasite. Se pouvait-il que ses modifications n'aient pas d'effet sur les humains ? S'était-elle trompée dans les doses ? Autre solution : s'ils avaient le choix entre leurs semblables et des gens en bonne santé, les malades préféraient peut-être s'en prendre à ces derniers.

Le regard braqué sur deux moniteurs placés en hauteur, Mehrak Omidi s'excitait vainement sur un clavier d'ordinateur. Sarie s'avança pour mieux voir la mosaïque d'images.

Une bataille faisait rage à l'extérieur. Sarie sentit son cœur se soulever de joie. Des hommes en armes affrontaient ses ravisseurs. Son enthousiasme retomba de moitié dès qu'elle comprit que ce n'étaient pas des

Américains. Ces gens avaient des têtes d'Iraniens et leur inexpérience crevait les yeux, même les siens. Certains tiraient sans même regarder devant eux.

Omidi bondit de son siège et courut vers un coffre réfrigéré dont la porte s'ouvrit dans une bouffée d'air glacé, après qu'il eut composé un code interminable. À l'intérieur, Omidi récupéra plusieurs fioles en verre montées sur un support, qu'il transféra avec moult précautions dans une valise capitonnée.

Comme on faisait de moins en moins attention à elle, Sarie recula jusqu'au bureau voisin, mit les mains derrière elle et attrapa discrètement les ciseaux posés dessus. Elle les faisait glisser dans la ceinture de son pantalon quand Omidi referma la valise et la rejoignit, suivi de trois hommes à lui.

Il lui saisit le bras et l'entraîna dans le couloir après une courte pause sur le seuil pour brailler ses dernières instructions aux deux gardes qui restaient dans la pièce, lesquels obéirent aussitôt en faisant glisser la sangle de leurs fusils-mitrailleurs. Sous le regard horrifié de Sarie, les soldats abattirent froidement les scientifiques qui s'acharnaient encore à détruire les preuves de leurs ignobles recherches.

La fusillade cessa au bout de quelques secondes. Un nuage de fumée volait dans la pièce. L'odeur de la poudre brûlait les sinus. Le regard de Sarie passait des cadavres étendus par terre à leurs assassins puis aux trois hommes contaminés qui tambourinaient toujours sur la vitre. Lorsque Omidi l'entraîna dans le couloir, elle n'eut pas la force de résister.

L'écho de la fusillade les accompagna. Ils s'arrêtèrent devant une autre porte d'acier. L'un des hommes d'Omidi pianota sur un clavier fixé dans le mur. La porte pivota sur ses gonds. Sarie découvrit une immense caverne éclairée, au plafond soutenu par des piliers en béton. On l'embarqua dans la cabine d'un camion militaire. Omidi s'assit à côté d'elle, la valise serrée sur son cœur.

Il suivit son regard et grimaça un sourire. « Mes fidèles ont trouvé la solution pour maintenir le parasite en vie pendant presque quarante-huit heures. C'est suffisant pour arriver au Mexique et passer en douce la frontière américaine. »

Le garde qui s'installa au volant transportait un ordinateur, celui de Youssef Zarin. Omidi l'alluma le temps qu'un deuxième soldat se hisse à l'arrière du véhicule et s'installe aux commandes d'une mitrailleuse.

« Quelle ironie, n'est-ce pas ? triompha Omidi. Le programme que vous avez créé pour nous détruire va nous sauver. »

Le moteur toussota. Un instant plus tard, ils sortaient du parking. Il fallait agir vite.

La paire de ciseaux était encore glissée dans sa ceinture. Elle s'en empara et enfonça la pointe dans les côtes du chauffeur tout en maintenant le volant de l'autre main. Bien que sa blessure fût superficielle, l'homme poussa un cri de surprise et de douleur. Par réflexe, il écrasa la pédale de frein.

Quand ils furent projetés en avant, elle tendit le bras et se raccrocha instinctivement à la poignée de la portière qui s'ouvrit. Il ne lui restait plus qu'à envoyer Omidi rouler par terre. Elle le poussa avec tant de conviction qu'elle tomba elle aussi. Sa chute fut assez brutale mais comme elle y était préparée, elle se reçut en roulé-boulé. En revanche, Omidi atterrit sur le dos.

La valise lui échappa, glissa hors de portée. Sarie mit la main dessus, saisit la poignée et dans le même élan se releva avec souplesse.

Sans un regard en arrière, elle partit à toute vitesse vers la porte qu'ils avaient passée cinq minutes plus tôt. Des cris s'élevèrent puis ce fut le crépitement monocorde de la mitrailleuse sur le plateau du camion. Les balles passèrent loin d'elle.

Mais déjà l'artilleur faisait pivoter son canon et recommençait à tirer, dans la bonne direction cette fois. Sarie plongea derrière un pilier. La violence de la mitraille était telle que le béton céda. Le pilier s'écailla. Puis soudain tout s'arrêta.

« Docteur Van Keuren, appela Omidi au milieu du silence retrouvé. Écoutez-moi. Vous n'avez nulle part où aller. Montrez-vous. Je vous promets qu'on ne vous fera pas de mal. Vous m'entendez ? »

Elle sortit la tête avant de se rabattre brusquement. L'homme qu'elle avait poignardé avançait droit vers elle, un pistolet à la main, une tache de sang sur sa chemise. Omidi assis par terre pianotait sur l'ordinateur portable qui avait bien tenu le choc.

L'Iranien mentait. Il n'avait ordonné le cessez-le-feu que par crainte d'endommager la valise. À la prochaine occasion, il la ferait abattre et emporterait le parasite en Amérique. À moins qu'il ne décide de l'enlever encore une fois pour la remettre au boulot.

Aucune de ces deux solutions ne la tentait particulièrement.

Lorsque Sarie entendit la porte grincer dans son dos, elle réalisa que Omidi venait de lancer le programme écrit par Zarin. Son intention était claire : piéger ses assaillants à l'intérieur des locaux et libérer les animaux contaminés.

Serrant la valise contre sa poitrine, elle s'élança vers la porte qui se refermait. La mitrailleuse se remit à cracher mais elle n'y prit pas garde. Elle ne voyait qu'une chose, franchir cette porte avant que l'espace soit trop petit pour elle.

Une douleur lancinante lui transperça la jambe. Elle tomba, glissa sur le ventre et lâcha la valise. Son dérapage se termina contre la porte. Elle allait repartir dans l'autre sens pour récupérer la valise quand une balle explosa sur le mur à dix centimètres de son crâne.

Le battant de la porte lui heurta l'épaule. Espérant retarder la fermeture, elle s'arc-bouta, poussa mais le moteur était trop puissant. L'homme qu'elle avait poignardé s'apprêtait à la rejoindre, le canon de la mitrailleuse tourné vers elle, la valise hors de portée. Elle n'avait plus le choix, il fallait qu'elle se sauve.

Elle glissa le reste de son corps par la fente et retira ses pieds juste à temps pour ne pas se faire broyer par le mécanisme. Puis elle resta allongée, hors d'haleine.

Sa blessure à la jambe était superficielle. Avec une manche de sa blouse, elle se fabriqua un bandage. Elle ignorait qui avait eu la bonne idée d'attaquer le laboratoire mais peu importait. C'était sa seule, sa dernière chance.

Sarie bascula sur le côté et se releva sur les genoux. Soudain, elle se figea. Malgré le sifflement qui l'assourdissait, elle venait d'entendre un léger bruissement dans le lointain.

Les singes. Ils étaient libres.

80

Centre de l'Iran
5 décembre – 1015 GMT + 3:30

Jon Smith passa le nez au-dessus du fossé asséché. Le sniper occupait toujours son poste, au sommet du mirador édifié au nord-est de la clôture. Les choses se présentaient mal. Les hommes de Farrokh étaient presque tous coincés derrière le camion de Hakim. L'opération risquait de s'enliser dans une guerre d'usure impossible à remporter.

Au-dessus de lui, à plat ventre sur le pont, Howell s'efforçait de les couvrir et y parvenait plutôt bien. C'était un tireur hors pair. Farrokh passait de l'un à l'autre avec des gestes rassurants, des paroles encourageantes. Mais la plupart faisaient peine à voir.

La distance qui les séparait des miradors encore debout rendait inefficaces les mitrailleuses placées en hauteur. Les artilleurs les avaient donc troquées contre des fusils. Ils tiraient bien mais sans plus, à l'exception d'un seul, un véritable prodige perché au sommet de la tour nord-est. Il avait déjà fait mouche à trois reprises.

Quand son visage barbu apparut, Smith essaya de le prendre de vitesse. Peine perdue, la balle ricocha sur le pont, arrachant un gros morceau de béton près de l'épaule de Howell. Parfaitement immobile, l'Anglais restait concentré sur sa lunette de visée.

« Aurais-tu l'amabilité d'abattre ce fils de pute, Jon ?

— J'y travaille. »

La balle suivante souleva un peu de sable à cinquante centimètres de la tête de Smith. Howell tira quelques rafales sans conviction en direction du sniper. Rester plantés là à servir de cible aux Iraniens qui avaient déjà dû appeler des renforts ne leur semblait guère judicieux. D'un autre côté, s'ils sortaient à découvert, la fine gâchette dans la tour nord-est s'en donnerait à cœur joie.

Ils en étaient réduits à jouer aux devinettes. Sur quel côté du mirador apparaîtrait-il la prochaine fois ? Pour avoir le temps d'ajuster son tir, Smith devait prévoir la position de sa cible à trente centimètres près, pas plus.

« Je crois que je vais attraper un coup de soleil », fit Howell, histoire de manifester son mécontentement. Il n'était pas venu jusqu'ici pour participer à ce jeu de cache-cache mortel.

« Sud, est ou ouest ?

— Quoi ? maugréa Howell.

— Choisis.

— Sud.

— Un nombre entre un et dix.

— Six. »

Smith visa le côté sud de la tour, six pieds à partir de la gauche, et attendit. Cinq secondes. Dix. Quinze. Par le plus extraordinaire des hasards, le visage barbu refit son apparition précisément à l'endroit que Howell avait indiqué.

Smith retint son souffle et pressa sur la détente. Une fraction de seconde plus tard, le projectile ayant franchi l'enceinte, la tête du sniper bascula en arrière, du sang jaillissant de son crâne.

« Tu as une chance de cocu, Peter. Allez, on bouge ! »

Les hommes de Farrokh sortirent de leur abri et se remirent à tirer sur la brochette de soldats que Howell avait tenus en respect. Mais ils étaient trop mal placés pour s'occuper des autres snipers des tours.

Smith essayait de courir malgré le sable mou. Il entendait les balles siffler à ses oreilles. « Dégage à droite ! »

Howell suivit son conseil, plongea derrière les sacs tombés du camion au moment de l'accident et se mit à arroser les miradors qu'il avait en ligne de mire. Smith, quant à lui, sauta par-dessus le cadavre d'un des leurs et se glissa près de Farrokh qui tentait de dissuader ses neuf derniers hommes de gâcher leurs munitions en tirant n'importe où n'importe comment.

« Tout va bien ! Remettez-vous à couvert ! »

Farrokh leur hurla de se retrancher derrière le camion. Smith attrapa le plus jeune d'entre eux, lui arracha le portable avec lequel il s'ingéniait à filmer le combat et le traîna jusqu'à Howell.

« Le mirador à trois heures ! cria Smith en le jetant aux pieds de l'Anglais. Tu comprends ? Couvre le mirador à trois heures ! »

Le jeune homme allait protester quand une rafale souleva la terre à deux mètres de lui. Il s'aplatit sur le ventre et posa son fusil sur un sac de sable. C'était son premier combat mais il avait beaucoup chassé avec son père et savait manier une arme.

Howell lui donna une tape dans le dos. « Tu vas y arriver. »

Farrokh et les autres s'étaient réfugiés contre le plateau du camion vidé de son chargement. Les hommes d'Omidi tentaient de viser le réservoir d'essence protégé par une plaque de blindage.

Smith profita d'une trouée pour se placer dans le prolongement du rocher abritant l'entrée de l'installation souterraine. Les lourdes portes avaient subi de gros dommages mais elles tenaient encore bon. Entre les deux panneaux d'acier, on apercevait juste une brèche de cinquante centimètres sur un mètre cinquante. Ce serait suffisant. À condition, bien sûr, qu'ils arrivent jusque-là. Le camion était leur seul rempart. Sans lui, ils auraient depuis longtemps succombé aux tirs croisés.

« On y va ! hurla Smith en plongeant ses doigts dans le sable, sous le toit de la cabine. On redresse ce tas de tôle ! »

Farrokh et ses hommes vinrent lui prêter main-forte. Le camion décolla de quelques centimètres.

« Continuez ! » braillait Smith pour couvrir le bruit des coups de feu que Howell et son nouveau protégé échangeaient avec les soldats postés dans les miradors. L'homme sur sa gauche reçut une balle dans l'omoplate. Il lâcha prise, le camion retomba dans le sable. « Plus fort ! »

Ils réussirent à le redresser jusqu'à ce que les roues se campent dans le sol. Smith finit le travail, plongea par la fenêtre ouverte et d'un coup de coude enfonça l'embrayage.

Lorsqu'il tourna la clé de contact, il fut étonné d'entendre le moteur démarrer presque aussitôt. Le camion bondit vers l'entrée de l'usine tandis que les balles aspergeaient sa portière blindée.

Quand le poids lourd percuta un obstacle et que le moteur cala, Smith ouvrit la portière d'un coup de pied et se glissa dehors.

Au loin, un nuage de poussière avançait vers l'usine. C'était le convoi qu'ils avaient laissé derrière eux pour ne pas alerter les troupes d'Omidi. Mais hélas, il leur faudrait encore quinze bonnes minutes pour les rejoindre.

Bien collé au flanc du camion, Smith se rapprocha des portes d'acier. Un courant d'air froid passait à travers la brèche. Des néons miroitaient à l'intérieur. À part ça, rien. Aucun bruit, aucun mouvement.

Il resta un instant interdit puis une rafale volatilisa le pare-brise du camion. Howell faisait tout ce qui était humainement possible pour résister, mais ils ne tiendraient plus très longtemps.

« On fait quoi maintenant ? » demanda Farrokh en se glissant près de lui. Smith mit son fusil à l'épaule et sortit le .45 qu'on lui avait donné. Une arme lourde et peu maniable, mais il s'en contenterait.

Il avança la main mais une détonation retentit et l'arme s'envola.

« Bordel ! » dit-il en se jetant en arrière. Il compta ses doigts.

Les tirs suivants éparpillèrent les hommes de Farrokh. Smith tendit l'oreille et compta. Il y avait trois, peut-être quatre armes différentes, toutes dirigées sur l'orifice étroit qu'ils devaient absolument franchir.

« Est-ce qu'il vous reste des explosifs ? »

Farrokh fit non de la tête. « Les troupes qui arrivent ont quelques grenades mais tout le reste, nous l'avions mis dans le camion.

— Vous plaisantez, j'espère. Vous n'avez rien gardé ?

— À quoi cela nous aurait-il servi si nous n'avions pas passé cette porte ? »

Sa réponse était peut-être sensée mais Smith aurait aimé entendre autre chose. Il leur restait le camion. Mais comment l'utiliser ? Foncer dans les portes ne mènerait sans doute nulle part – elles tenaient encore bon.

D'autres rafales retentirent à l'intérieur. Smith s'écarta vivement puis il comprit que ce n'était pas lui qu'on visait. Après les tirs, il y eut des cris de panique puis un hurlement suraigu n'ayant rien d'humain. Un singe.

Pour en avoir le cœur net, il ramassa un bout de pare-chocs carbonisé et l'agita devant la brèche. Les tirs, les cris se poursuivirent comme si de rien n'était. Smith détestait s'engager à l'aveuglette mais l'occasion ne se représenterait pas de sitôt.

« Peter ! appela-t-il. Allons-y ! »

Howell encouragea son disciple d'une tape dans le dos puis courut rejoindre Smith qui hurlait des ordres pendant que Farrokh traduisait.

« Toi. Tu prends la place de Peter et tu couvres ces tours du mieux possible. Vous trois, servez-vous du camion et de tout ce que vous pourrez trouver pour bloquer cette porte après notre passage. Rien ne doit sortir d'ici. Vous comprenez ce qu'on essaie de faire, hein ? »

Ils acquiescèrent tous en chœur. « Très bien. Tenez bon. Les renforts sont en chemin. Vous autres, venez avec nous. »

Smith plaça son fusil d'assaut devant lui, respira profondément et sauta à travers la brèche. Il se jeta au sol et rampa vers une cloison tout en commandant aux autres de l'imiter.

Il avait bien calculé : trois soldats gardaient l'issue. Mais en ce moment, ils avaient d'autres soucis. Trop occupés à vider leurs chargeurs sur les deux petits singes couverts de sang qui bondissaient comme des canaris affolés dans une cage, ils n'avaient même pas remarqué sa présence. Les balles de leurs fusils-mitrailleurs fusaient en tous sens, ricochant sur la pierre et l'acier.

Farrokh entra, suivi de ses hommes. Smith l'attrapa par la chemise et le plaqua au sol.

« Restez… » Mais c'était trop tard. Sous le coup de la panique, le deuxième soldat dans la file venait de lever son arme. Il se mit à arroser les petites boules rouges qui bondissaient comme des ressorts tout autour d'eux.

« Peter ! Les singes ! » beugla-t-il au moment où l'Anglais franchit à son tour la brèche.

Les gardes d'Omidi ne s'intéressaient qu'aux bestioles agrippées au plafond. Par conséquent, Smith n'eut aucune peine à s'en débarrasser. Une seule rafale en pleine poitrine suffit à les expédier dans un monde meilleur.

« Cessez-le-feu ! » beugla-t-il. Réfugié dans un coin de mur, Howell suivait du bout de son arme le singe perché sur un plafonnier ovale suspendu à deux câbles. Comme personne ne semblait l'avoir entendu, Smith recula vers Farrokh, attrapa le fusil de l'homme le plus proche et le secoua violemment. « Arrête ! »

Quand il arriva au suivant, plusieurs ampoules explosèrent. Dans la pénombre, ils n'avaient plus aucune chance contre ces petits démons. Smith arracha l'arme des mains du deuxième homme. Il allait s'occuper du troisième et dernier quand un singe tomba du plafond et s'en chargea à sa place.

Dans un hurlement, le jeune soldat lâcha son arme pour empoigner l'animal qui lui mordait la nuque.

Howell saisit l'occasion. Sa balle fit exploser la boîte crânienne du singe et dans le même temps, sectionna la moelle épinière du garçon, leur accordant une mort rapide et indolore à l'un comme à l'autre.

Bien que plus petit et plus vif, le dernier singe semblait désorienté par les ombres dansantes projetées par la dernière lampe oscillant au plafond. Farrokh et ses hommes le suivaient du bout de leurs fusils. Cette fois-ci, ils ne cédèrent pas à la panique et s'abstinrent de tirer.

L'animal s'élança, rata une brèche dans le béton et se cogna la tête en tombant. Ses déplacements devinrent moins frénétiques. On pouvait enfin viser. Quand Howell tira sa première balle, le singe pivota sur lui-même ; la deuxième lui arracha une bonne partie de la cage thoracique.

Soudain, tout bruit cessa. On n'entendait plus que leurs souffles hachés et le grincement de la lampe qui se balançait. Smith fut le premier à se relever, comme enivré par ce brusque silence. Il tendit la main à Farrokh et à ses hommes, lesquels le considérèrent d'un regard absent. Howell s'aventurait déjà sur le plan incliné menant à l'étage inférieur.

« Il faut voir le bon côté des choses, dit l'Anglais en disparaissant derrière un coin de mur. Que pourrait-il nous arriver de pire ? »

« Dégagé ! » annonça-t-il en franchissant un angle mort. Il y avait des caméras de surveillance un peu partout mais quelle importance, à présent ?

Au milieu du couloir, ils tombèrent sur trois cadavres en blouses blanches, abattus d'une balle dans la nuque.

« On ne touche à rien. »

N'obtenant pas de réponse, il se retourna vers Farrokh. « Vous traduisez ? »

L'Iranien lui adressa un regard ironique en désignant ses hommes d'un geste du pouce. « Vous croyez vraiment que c'est nécessaire ? »

Il avait raison. Les jeunes gens étaient comme pétrifiés. Ils n'auraient pas effleuré ces corps pour tout l'or du monde.

Chaque pièce en enfilade fut vérifiée. Les unes étaient vides, les autres jonchées de cadavres dont aucun ne portait de marques de morsures. On les avait exécutés.

Dans un labo, Smith découvrit deux personnes affalées sur leurs bureaux. Toujours aucune trace de Sarie. Il en fut soulagé même si sa mort aurait arrangé bien des choses. Il avait déjà assez de problèmes à régler sans devoir la sortir des griffes des services secrets iraniens par-dessus le marché.

Un gémissement étouffé retentit au loin. Smith s'immobilisa, l'oreille aux aguets. Le bruit se rapprochait, mêlé à d'autres dans une clameur menaçante.

« Tu entends ça ? dit Howell. Ils sont plus de deux, ce coup-ci. »

Il avait raison. Les hurlements formaient un tout indifférencié. Il fallait trouver une solution de repli. S'ils restaient dans ce couloir, ils ne tiendraient pas trente secondes.

« Par ici ! » ordonna Smith en faisant demi-tour pour s'engouffrer dans la pièce qu'il venait de quitter. Quand les autres furent entrés, il claqua la porte derrière eux sans voir tout de suite que le pêne empêchait la fermeture.

« Farrokh. La serrure. Vous pouvez faire quelque chose ? »

L'Iranien s'agenouilla pour mieux voir. « Non. C'est un système électronique. Contrôlé depuis un poste central, je suppose.

— Ils arrivent ! » hurla Howell. Il s'empara d'un fusil et glissa le canon par la fente étroite entre le battant et le chambranle de la porte.

Ils étaient une bonne dizaine. Le sang qui imbibait leurs blouses dégoulinait sur le sol, laissant des traînées rouges derrière eux. Smith s'accroupit, passa son .45 sous le fusil de Howell et tenta de viser telle ou telle cible. Peine perdue.

« Farrokh ! Tenez la porte. »

L'Iranien colla son dos contre le battant. Ses hommes se précipitèrent pour l'aider. Les hululements qui venaient du couloir recouvrirent leurs prières.

81

Centre de l'Iran
5 décembre – 1102 GMT + 3:30

Le bras réapparut dans l'entrebâillement. Sarie l'entendait remuer dans le noir, avec des petits coups secs, comme s'il cherchait à attraper quelque chose. Elle recula d'un bond au milieu des blouses suspendues dans le placard encombré. Sa main se crispa sur la ceinture de cuir enroulée autour de la poignée de la porte.

Avec l'extrémité pointue d'un manche à balai brisé, elle le frappa au niveau du biceps, comme elle l'avait déjà fait à cinq reprises. Le propriétaire du bras ne broncha même pas, préférant changer de tactique. Au lieu de tâtonner, il se mit à tirer sur le battant.

Elle aurait voulu se boucher les oreilles pour ne plus entendre ses cris de rage. Peut-être devrait-elle le faire, après tout. Il n'y avait aucun moyen de sortir de là. Elle sentait ses forces l'abandonner alors que le monstre, de l'autre côté, continuerait à la harceler jusqu'à ce que son cœur lâche. Si elle le laissait entrer, tout serait fini en moins d'une minute.

Il réussit à passer l'épaule. Son visage halluciné se dessina dans l'obscurité – les filets de salive rose qui pendaient de sa barbe, ses yeux hagards cherchant sa proie parmi les ombres.

Elle lui enfonça la pointe du manche dans la figure, creusant une profonde entaille près de l'œil. Cette nouvelle blessure ne produisit aucun effet. Elle laissa donc tomber le bout de bois et, prenant appui sur le mur avec un pied, saisit la ceinture à deux mains et fit levier de manière à coincer son agresseur entre le battant et le montant de la porte.

Ses avant-bras brûlaient, ses paumes moites glissaient sur le cuir. La ceinture lui échappait. L'espace grandissait. L'homme passa la tête. De sa balafre coulait un sang infecté. Des gouttes tièdes lui éclaboussèrent les mains. Elle s'en fichait. De toute façon, dans quelques secondes, elle ne sentirait plus rien – elle aurait lâché prise.

Elle allait renoncer quand soudain le visage horrible disparut.

Le pêne de la serrure produisit un bruit métallique. La porte s'était refermée. Sarie perçut des coups de feu, des cris étouffés, mais son esprit était incapable d'analyser la situation.

Quelques instants plus tard, elle s'aperçut qu'on tirait de nouveau sur le battant.

« Fous-moi la paix, salopard ! hurla-t-elle en s'emparant du manche à balai pour embrocher la main de son agresseur, laquelle s'esquiva juste à temps.

— Sarie ! C'est vous ? »

La main réapparut. Sarie répliqua de la même manière.

« Lâchez cette porte, Sarie ! Et arrêtez de me frapper ! »

L'accent n'était pas iranien. Mais américain. Et cette voix lui rappelait quelqu'un.

« Sarie. Écoutez-moi. Ouvrez la porte. OK ? »

La ceinture lui tomba des mains. La lumière l'aveugla lorsque Jon Smith entra dans le placard et la souleva dans ses bras.

« Vous allez bien ? » dit-il en recherchant sur elle les éventuelles coupures par lesquelles le parasite aurait pu la contaminer. Son inspection terminée, il la posa par terre. « Que s'est-il passé ? Il vous a blessée ? Est-ce que… »

Elle secoua la tête, jeta les bras autour de son cou et éclata en sanglots. L'homme qui l'avait attaquée gisait sur le sol, quelques mètres plus loin, le crâne défoncé. Près du cadavre, Peter Howell et trois Iraniens armés surveillaient le couloir vide.

« Je suis désolé mais on n'a pas beaucoup de temps, dit Smith en l'écartant avec douceur.

— Encore moins que vous ne croyez, répondit Sarie en s'essuyant les yeux. Les chercheurs d'Omidi ont rendu le parasite transportable. J'ai tenté de l'arrêter mais il est parti avec. »

« Parti ? Que voulez-vous dire, Sarie ?

— Je veux dire qu'il est monté dans un camion et qu'il a déguerpi. »

82

Centre de l'Iran
5 décembre – 1123 GMT + 3:30

Entre ses paupières plissées, Mehrak Omidi regardait au-delà du pare-brise poussiéreux le ruban de bitume qui filait jusqu'à l'horizon. La chaussée déformée, l'équilibre précaire du soldat qui tenait la mitrailleuse à l'arrière les empêchaient de dépasser les quatre-vingts kilomètres heure. Une lenteur exaspérante.

« À quelle distance es-tu d'Avass ? »

Son téléphone satellite coincé entre le menton et l'épaule, Omidi consultait régulièrement un GPS portatif. Le village d'Avass, un arrière-poste de trois mille habitants, était trop petit pour y figurer mais d'après la topographie, Omidi se permit une estimation.

« Moins d'une heure, Excellence.

— Et le laboratoire ? demanda l'ayatollah Khamenei. Comment les choses évoluent-elles sur place ?

— Tous les occupants sont contaminés. La porte principale a été fracturée.

— Les Américains ?

— Des Iraniens. Des résistants, je suppose. Mais je parie que les Américains trempent dans l'affaire.

— Donc ils sont au courant.

— Hélas oui, Excellence. »

Une peur inconnue creusait son chemin à travers ses entrailles. Il n'y aurait pas de retour en arrière – ils avaient brûlé tous les ponts derrière eux. Bahame avait probablement péri et, d'après la presse internationale, son armée aussi. Il ignorait si Jon Smith vivait encore mais une chose était certaine, il avait eu le temps d'informer sa hiérarchie. Les Américains n'allaient pas tarder à réagir – avec leurs alliés si possible, sans eux si nécessaire.

« Excellence, je suis désolé. Je…

— Ne le sois pas, Mehrak. Tu as toujours été un soldat de Dieu. Le plus fidèle, le plus tenace. »

Cela faisait des dizaines d'années que Omidi n'avait plus entendu une telle détermination dans la voix du vieillard.

« Arrête-toi à Avass, poursuivit Khamenei. J'ai contacté le poste de police. Ils sont en train de rassembler nos fidèles. Ils te protégeront jusqu'à l'arrivée de l'armée.

— Combien de temps ?

— Le premier avion de transport devrait atterrir dans quatre heures au maximum.

— Quatre heures », articula Omidi. Autant dire une éternité. Leurs ennemis savaient qu'il s'était enfui. Ils étaient déjà sur ses traces.

« Excellence, je… »

Sa vitre explosa, le camion fit une violente embardée. Omidi lâcha le téléphone pour se tapir sous le tableau de bord, la valise nichée au creux des bras, tandis que les balles criblaient sa portière.

Malgré le sang qui coulait de sa blessure au front, le chauffeur parvint à reprendre le contrôle du véhicule. Déséquilibré par le choc, l'artilleur se remit en position et fit pivoter son canon vers l'ennemi qui venait d'apparaître sur la crête, à l'est de la route.

Un instant plus tard, le rugissement de la mitrailleuse lourde remplaça le tintement des balles sur la portière. Un peu soulagé, Omidi se releva juste assez pour regarder à travers le pare-brise. Le chauffeur mit le pied au plancher.

Une petite voiture rouillée surgit en face d'eux, au sommet d'une côte. L'étroite portion de route qui les séparait, coincée entre ravin et falaise, interdisait toute manœuvre. La voiture accéléra. Omidi vit le conducteur courbé sur le volant. De toute évidence, il avait décidé de leur rentrer dedans.

La mitrailleuse à l'arrière du camion pivota sur sa base. Le fracas des balles devint assourdissant ; elles déchirèrent la calandre, semèrent un chapelet de trous dans le capot et finirent par arracher le toit.

La petite voiture dérapa, la tête du conducteur ne tenait plus que par une bande de peau. Puis ce fut la collision. Le pare-chocs du camion encaissa le plus gros de l'impact sur sa partie droite. La voiture alla percuter la paroi rocheuse.

« Mehrak ! Tu es là ? Mehrak ! »

La voix de Khamenei continuait à jaillir du téléphone tombé sous le siège. Toujours planqué sous le tableau de bord, Omidi tâtonna quelques instants avant de mettre la main dessus.

« Oui, Excellence. Je suis là.

— Que s'est-il passé ?

— On nous a attaqués. La résistance. Ils savent que cette route est la seule qui mène au laboratoire.

— Tu es blessé ?

— Non. Je vais bien.

— Et le parasite ? »

Omidi entra un code sur le clavier de la valise qui s'ouvrit d'un coup, révélant neuf fioles séparées.

« Intact.

— Dieu soit loué.

— S'il y a des terroristes sur la route, Excellence, il y en aura plus encore dans le village.

— Je vais avertir les nôtres, à Avass. Ils t'attendront pour t'escorter.

— Merci, Excellence.

— Mehrak, tu sais combien je tiens à ce que ces fioles arrivent entières à Téhéran. Nous avons rassemblé sept hommes avec des visas américains. Ils sont prêts à partir. Nous devons frapper vite et fort avant que l'Amérique ait le temps de répliquer. »

83

Centre de l'Iran
5 décembre – 1141 GMT + 3:30

« C'est tout ce qu'on a ? » demanda Smith en posant les yeux sur la pièce de musée qu'on lui présentait comme une grenade.

Trop essoufflé pour parler, le jeune soldat lui fit signe que oui.

« Comment ça se passe du côté de l'entrée principale ?

— Nous étions quatre, fit l'autre en haletant. Je suis le seul survivant.

— Sarie. Il y a combien de singes dans l'usine ?

— Trente et un. Plus deux humains contaminés, sans compter celui que vous avez tué.

— On recule ! » hurla Howell. Les griffes du singe faisaient un terrible raffut sur le sol du couloir.

En se servant des matériaux disponibles – essentiellement des meubles de bureau –, ils avaient construit une paire de barricades allant du sol au plafond. Dans l'interstice, Howell et Smith se tenaient prêts à faire feu, leurs compagnons d'armes rassemblés quelques pas derrière eux. La bête enragée approchait à toute vitesse. Par les brèches de la barricade, on voyait s'agiter des taches rouges.

La barrière de fortune résista au premier assaut. Ils avaient laissé quelque part entre deux meubles un passage assez voyant pour que le singe le repère vite mais trop étroit pour qu'il s'y faufile. Lorsque le macaque passa la tête dans le trou, Smith laissa à Howell l'honneur de lui loger une balle dans le crâne.

« Ça marche ! s'écria Farrokh. Je dois admettre que j'avais des doutes.

— Un coup de bol, répondit Howell en vérifiant son chargeur. Avec un, c'est facile. Avec deux, peut-être aussi. Mais s'ils débarquent en masse, ils passeront au travers. »

Il disait vrai. Les humains contaminés étaient certes dangereux mais leur taille faisait d'eux des cibles relativement lentes et faciles à atteindre. Ce qui n'était nullement le cas de ces petits monstres. D'après Sarie, les six chimpanzés adultes ne tomberaient pas dans le piège de la barricade. Ils procéderaient à leur manière.

« Et maintenant ? » s'enquit Farrokh. Il savait que les renforts étaient arrivés mais ignorait ce qui se passait exactement au-delà des barricades.

« Sarie, vous êtes sûre que c'est la porte par laquelle Omidi a quitté l'usine ? demanda Smith.

— Absolument. Le fait qu'elle soit verrouillée prouve qu'elle donne sur l'extérieur.

— Alors il faut la franchir.

— L'acier est trop épais, signala Farrokh. Cette grenade n'y suffira pas. »

Il avait raison. S'ils plaçaient l'explosif contre le métal, la déflagration ne ferait que le déformer et rendrait la porte plus difficile à ouvrir.

« Peut-être que..., hésita Farrokh.

— Quoi ? Si vous avez une idée, parlez.

— Je n'ai jamais travaillé sur ce type de mécanisme mais je suis ingénieur. Si on vous avait demandé de concevoir ce truc, comment auriez-vous imaginé le système de fermeture ?

— Mais c'est bien sûr..., fit Smith en regardant le mur à gauche de la porte. Pourquoi chercher midi à quatorze heures ? Pour bloquer cette porte, il suffit de déplacer un élément via un simple déclencheur. »

Ils entreprirent de démonter la barricade la moins exposée et entassèrent les matériaux récupérés de manière à orienter la déflagration vers le mur, près de la porte. Ce faisant, ils amputaient leur structure défensive mais au point où ils en étaient, cela valait le coup d'essayer.

Quand ils eurent terminé, Smith dégoupilla la grenade. « En arrière tout le monde ! »

Ils se recroquevillèrent dans un coin. L'explosion répandit dans l'air une fine poussière de béton.

Tout se passa comme prévu. Non seulement le système de fermeture apparaissait mais il était tordu et calciné. Smith dégagea les débris pendant que Farrokh examinait le dispositif.

« C'est bien cela », dit-il en désignant la tige d'acier logée contre le mécanisme principal.

Smith ramassa un éclat de béton et frappa plusieurs fois sur la barre pour la déformer. Pendant ce temps,

Farrokh et ses hommes tiraient sur le battant. La porte pivota mais pas assez, malgré leurs efforts.

« Jon, intervint Sarie. C'est quoi ce truc au-dessus du trou que vous avez fait ? »

Comment avait-il pu rater cela ? Un réseau de câbles noircis pendait du rail supérieur, bloquant les mouvements de la porte. Il les arracha, et la porte s'ouvrit d'une trentaine de centimètres. Un jeune soldat s'avança. « Je crois que c'est assez large pour moi ! Je peux passer.

— Non ! » hurla Smith, mais trop tard.

L'homme s'était à peine faufilé dans l'embrasure qu'une détonation retentit. Il s'affaissa. Son corps resta coincé entre la porte et le chambranle.

Farrokh se mit à couvert. En revanche, Smith décida de tenter le tout pour le tout en se servant du cadavre comme d'un bouclier. Plus question de perdre une seule seconde. Omidi avait déjà trop d'avance.

D'autres coups de feu retentirent. Les unes après les autres, les balles se logèrent avec un bruit mat dans la chair du soldat mort. Smith l'attrapa par la veste et le souleva. À vue de nez, l'ennemi n'avait qu'une seule arme, un semi-automatique avec des munitions conçues pour l'impact, pas la pénétration.

« Peter ! Tu me suis ! »

L'Anglais déboula au moment où Smith poussait le cadavre sanglant à travers l'embrasure. De l'autre côté, ils découvrirent une vaste caverne servant de parking, éclairée par intermittence.

Chaque balle alourdissant davantage son fardeau, Smith avait du mal à le bouger. Il sentit Howell se presser contre lui. Les deux hommes bifurquèrent sur la droite et se dissimulèrent derrière un pilier qui semblait sur le point de s'écrouler.

Howell se mit à riposter en avançant. Le tireur couché était si proche à présent que chaque impact de balle l'aspergeait de sable et de gravier. À moitié aveuglé, il se leva pour rejoindre la camionnette garée une vingtaine de mètres plus loin. Mais quand il l'eut atteinte, au lieu de se protéger derrière, il continua tout droit.

« Je crois qu'il en a eu marre, commenta Howell. Qui l'en blâmerait ? »

Smith se retourna vers la porte. « Dégagé. Vous pouvez venir. »

Dès que Sarie, Farrokh et les trois hommes qu'il lui restait eurent franchi le seuil sans encombre, Smith retourna dans le couloir prendre une table qu'il coinça dans l'embrasure.

« Vous, vous restez, dit-il en désignant les soldats de Farrokh. Rien ne doit sortir d'ici – même si c'est quelqu'un que vous connaissez. Vous comprenez ? Dites-leur de passer par l'entrée principale. Ils trouveront une équipe chargée d'examiner leurs blessures. »

Puis, Farrokh sur les talons, il courut vers un groupe de véhicules garés au fond de la caverne. Comme les clés de contact étaient introuvables, Smith désigna l'Iranien. « Puisque vous êtes ingénieur, vous devez savoir démarrer un moteur sans les clés, non ?

— Vous confondez ingénieur et voleur, colonel.

— Génial », marmonna Smith pendant que Howell faisait le guet au cas où le fuyard aurait changé d'avis. Quant à Sarie, elle avait disparu.

Il allait l'appeler quand un moteur se mit à ronronner quelque part dans le parking. Un pick-up rempli de matériel d'entretien ne tarda pas à freiner en dérapant devant lui.

« Je vous dépose ? fit Sarie en se penchant par la vitre.

— Peter ! On y va ! »

Elle lui laissa le volant, se glissa sur le siège du milieu tandis que Farrokh claquait la portière côté passager. Le pick-up roulait déjà lorsque Howell se jeta sur le plateau arrière en repoussant les pelles et les boîtes à outils pour se faire un peu de place.

La caverne était bien plus grande et labyrinthique qu'ils n'auraient cru. En suivant des traces de pneus fraîches, ils trouvèrent la sortie camouflée.

Aussitôt, Farrokh prit son téléphone. Le soleil dans les yeux, Smith fonçait pour rejoindre la route du Nord. Parvenus à quelque huit cents mètres de l'enceinte extérieure, ils se retournèrent vers l'usine en contrebas. Une bataille faisait rage dans le bâtiment. Des camions militaires bloquaient le pont. Des sacs de sable abritaient des nids de mitrailleuses.

Après avoir échangé quelques mots au téléphone, Farrokh se tourna vers Smith. « Mes hommes ont attaqué un véhicule équipé d'une mitrailleuse sur la route d'Avass.

— C'est eux, dit Sarie. C'est le camion d'Omidi. Ils l'ont arrêté ? »

L'Iranien fit signe que non. « Des hommes à nous les attendent dans le village. Ils ont leur signalement.

— Sont-ils capables d'arrêter un véhicule pareil ? demanda Smith.

— Si on les laisse faire, oui. Malheureusement, Avass abrite de nombreux partisans du régime.

— Et dans l'usine, que se passe-t-il exactement ?

— La situation se stabilise. Les deux derniers humains contaminés sont morts, mais il reste encore des singes en liberté.

— Combien parmi vos soldats ont-ils été exposés au parasite ?

— Beaucoup. Ils ont été pris en charge par les équipes et selon les procédures que vous avez mises en place. Ils connaissaient les risques encourus en s'engageant à mes côtés.

— Des nouvelles de l'armée iranienne ?

— Hélas oui. Une force d'élite vient de décoller. »

84

Aux environs d'Avass, Iran
5 décembre – 1204 GMT + 3:30

Mehrak Omidi aperçut Avass depuis le sommet d'une petite côte. Des maisons vétustes bordant un dédale de ruelles mal entretenues. Aux abords du village, la route s'inclinait le long d'une pente vertigineuse où l'asphalte s'interrompait, remplacée par des pavés usés par mille ans de passages quotidiens.

« On y est ! », dit-il en tapant sur l'épaule du chauffeur pour attirer son attention sur les quatre véhicules arrêtés un peu plus loin. Une voiture de police et un pick-up rempli d'hommes en armes démarrèrent devant eux. Quand ils dépassèrent les deux autres, Omidi les regarda dans le rétroviseur extérieur se placer de chaque côté d'eux. Khamenei avait dit que leur escorte les conduirait dans le centre jusqu'au poste de police transformé en fortin par leurs partisans.

Il leur fallut encore dix minutes pour entrer dans le village. Agrippé à sa valise, Omidi regardait les hautes maisons, les habitants qui se dépêchaient de gagner les trottoirs de peur de se faire renverser. Les complices de

Farrokh étaient partout, à le surveiller, à l'attendre, à comploter contre lui. Tous ces gens étaient des suspects potentiels. Il ne ferait plus jamais confiance à personne.

Ils croisèrent un marché animé où les vendeurs s'alignaient devant une halle en pierre tendue de vieux tapis. Le long des trottoirs, des étals présentaient divers articles, allant des bijoux aux épices en passant par les gadgets occidentaux dont son peuple ne savait plus se passer.

À l'extrémité nord du marché, deux hommes en pantalon à poches et pull de laine s'escrimaient à monter une grande caisse sur un trottoir, sous le regard indifférent d'une femme qui discutait dans son portable.

Au passage de leur convoi, les déménageurs posèrent leur charge et s'éclipsèrent dans une allée, avec un air trop naturel pour être honnête. La femme tourna les talons, elle aussi, et se fondit dans la foule qui entrait et sortait de la halle.

« Stop ! » cria Omidi à son chauffeur. Ce dernier enfonça la pédale de frein. Les roues se bloquèrent, le véhicule de derrière emboutit leur pare-chocs. Le bruit de l'impact fut avalé par le fracas d'une déflagration.

Comme l'engin explosif contenu dans la caisse était entouré de clous, le pick-up qui les précédait fut enveloppé d'un brouillard mortel, saturé de shrapnel surchauffé. La voiture de police vira à droite, dispersa un groupe de marchands qui s'enfuyaient et s'écrasa contre les arches de pierre formant la devanture d'une pharmacie.

La fusillade débuta peu après. Les tirs semblaient venir de partout – des allées étroites rayonnant depuis la grande rue, des toits, des fenêtres, des vitrines.

« Fonce ! beugla Omidi. Sors-nous d'ici ! »

Quand il remarqua que le camion ne démarrait pas, il leva les yeux et vit le chauffeur affalé sur le volant. La mitrailleuse à l'arrière cracha quelques rafales puis se tut. Le corps de l'artilleur rebondit sur le pare-brise arrière avant de basculer sur la chaussée.

Les balles qui fusaient lui coupaient toute retraite. Les tourbillons de vapeur brûlante qui jaillissaient du radiateur menaçaient de l'aveugler. Il ne tiendrait plus longtemps.

Quelqu'un ouvrait sa portière. Omidi se fit tout petit, poussa la valise derrière lui.

Au lieu de lui tirer dessus, l'homme lui tendit la main. « Venez ! Dépêchons-nous ! »

Plié en deux, Omidi le suivit jusqu'à la pharmacie pendant qu'une bonne poignée de combattants fidèles au régime faisaient rempart de leurs corps et mitraillaient tout ce qui bougeait autour d'eux.

L'homme qui courait devant lui et un autre sur sa droite tombèrent l'un après l'autre, ce qui détruisit la cohésion de son bouclier humain. Omidi les abandonna à leur sort et fila se mettre à l'abri. Les arches protégeant la devanture de la pharmacie n'étaient plus qu'à quelques mètres quand il sentit un choc violent dans le dos. Projeté sur une table encombrée de lampes à huile, il s'affala par terre. Une main puissante le repêcha et l'entraîna vers le seuil de la boutique.

Il serrait toujours contre lui la valise, à présent couverte de son propre sang. Une fois entré, son sauveteur se posta près d'une fenêtre brisée. À chaque rafale, il se plaquait contre le mur tandis que les balles pulvérisaient les objets alignés sur les étagères.

Omidi rejoignit à quatre pattes les commerçants tassés sous des tables. Le voyant arriver, deux hommes sortirent de leur abri et le traînèrent un peu plus loin.

« Comment vas-tu ? demanda l'un d'eux. Je crois que tu es touché ! »

Il voulut examiner la blessure mais Omidi l'en dissuada d'une tape sur la main. Ses jambes s'engourdissaient, son esprit aussi. Les troupes de Farrokh étaient trop nombreuses, trop bien préparées pour les hommes recrutés en toute hâte par Khamenei. Elles s'empareraient de la pharmacie avant l'intervention de l'armée.

Omidi fit de son mieux pour teinter d'autorité sa voix chevrotante. « Tu travailles ici ? » demanda-t-il à la femme penchée près de lui.

Elle répondit non et désigna un homme aux cheveux blancs, tapi dans un coin. Omidi rampa vers lui sans lâcher la valise.

« Toi ! C'est toi le pharmacien ?

— Oui », fit l'homme en écarquillant les yeux. Des éclats de bois venaient de jaillir du présentoir que deux policiers poussaient contre une fenêtre fracassée. « Je m'appelle Muhammad Vahdat.

— Je suis Mehrak Omidi, le ministre des Renseignements. »

L'homme ne réalisa pas tout de suite. « Oui… oui, bien sûr. Je vous ai vu…

— Écoute-moi », l'interrompit Omidi en sentant son esprit s'embrumer. Il perdait beaucoup de sang.

« Les hommes, là, dehors, appartiennent à Farrokh. Ils ont fabriqué une arme biologique et je sais de source sûre qu'ils comptent la tester sur cette ville. »

L'homme changea d'expression. Son visage crispé par la terreur se détendit comme s'il allait s'évanouir. « Ici ? Mais nous ne sommes qu'un…

— Cette ville est l'endroit idéal pour eux. Petite, isolée et religieuse, le coupa Omidi en tapotant sa valise d'une main dégoulinante de sang. J'ai l'antidote. Je l'ai mis à l'abri dès que j'ai appris les intentions de Farrokh. Il me faut des seringues. Pour tout le monde. Vous en avez ?

— Oui. Bien sûr. Derrière le comptoir.

— Allez me les chercher, que je commence les injections.

— Mais c'est loin…

— Vous préférez mourir à petit feu d'une maladie qui vous dévore de l'intérieur ? »

Une fois qu'il eut pesé le pour et le contre, le pharmacien se mit à plat ventre et rampa vers le fond de son officine.

Assis contre un mur, Omidi le regarda s'éloigner en luttant pour ne pas s'évanouir.

Les dernières expériences sur le parasite avaient considérablement amélioré la relation dose-réponse. Et il y avait assez de produit dans cette valise pour injecter à chaque personne présente une charge parasitaire bien plus importante que celle induite par transmission classique. Selon les barèmes développés par ses chercheurs, l'ensemble des symptômes apparaîtrait dans moins de deux heures.

C'était la seule solution. Le destin du parasite et celui de l'Iran étaient désormais étroitement liés. Il ne permettrait pas que des traîtres s'en emparent et les réduisent à néant.

85

Avass, Iran
5 décembre – 1410 GMT + 3:30

« Encore une impasse », maugréa Peter Howell en contournant une maison en pierre.

Il avait raison. Ils étaient entrés dans Avass à pied et se trouvaient dans une ruelle sinueuse, à cinq pâtés de maisons du centre. Les deux forces en présence s'étaient retranchées.

Farrokh protégeait leurs arrières. Il se frayait un chemin à travers une plaque de neige protégée du soleil par un large auvent, tout en discutant avec animation dans son téléphone.

« Omidi s'est réfugié dans une pharmacie avec, d'après nos estimations, quatre hommes armés et une vingtaine d'otages, leur rapporta-t-il. Il a toujours la valise et mes hommes disent qu'il est gravement blessé.

— Comment parvenir jusqu'à lui ? demanda Smith.

— La rue qui passe devant la pharmacie est impraticable et il n'y a pas d'issues de secours, ni à l'arrière ni sur le côté.

— Savez-vous quand les forces iraniennes sont censées débarquer ?

— Dans une heure environ, dit Farrokh. Deux C-130 transportant des parachutistes Takavar. Il y en aura sept autres ensuite, on ignore quand exactement.

— Combien sur Avass et combien sur l'usine ?

— Je n'en sais rien. Mes hommes ont condamné l'installation souterraine. Ils ont organisé une bonne ligne de défense. Ils tiendront jusqu'à la mort du parasite. »

Smith n'en était pas si sûr – neuf avions pouvaient transporter six cents hommes et les Takavar faisaient partie des unités d'élite iraniennes.

On entendait mieux les tirs, à présent. Smith suivit Howell sur un talus boueux s'achevant par un muret. Depuis leur perchoir, ils bénéficiaient d'une vue imprenable sur les combats. Malheureusement, le désordre régnant dans le village brouillait les cartes. Il y avait des combattants partout – derrière les voitures, sur les toits, en embuscade au coin des rues – mais impossible de dire à quel bord ils appartenaient. La carcasse d'un pick-up finissait de brûler devant un bâtiment ressemblant à un marché couvert. L'épaisse fumée qui s'en dégageait n'arrangeait rien. Les arches de pierre protégeant la pharmacie dont parlaient les hommes de Farrokh semblaient assez robustes pour arrêter un tank et derrière chaque fenêtre barricadée, on devinait la présence d'un tireur.

« Si nous pouvions avancer jusqu'à ce camion en travers de… », amorça Howell. Il s'interrompit en voyant un homme surgir d'une cachette et courir vers une voiture renversée d'où il espérait sans doute mitrailler plus facilement la pharmacie. Un tir de barrage brisa le silence. L'homme fut abattu avant même d'avoir fait cinq pas.

« J'ai rien dit », dit Howell.

Smith se laissa glisser le long du muret en jurant dans sa barbe. Dans moins d'une heure, les Takavars leur tomberaient dessus. En deux temps trois mouvements, les troupes de Farrokh seraient réduites à néant et Omidi s'envolerait pour Téhéran.

« Vous n'avez rien de plus lourd que des fusils d'assaut ?

— Une roquette antichar, répondit Farrokh en désignant un toit vers le nord. Là-haut. »

Smith risqua un œil au-dessus du muret. Derrière une cheminée, un homme filmait avec son téléphone, un lance-roquettes sanglé sur l'épaule. L'angle n'était pas idéal mais, avec un peu de chance, on parviendrait à viser entre les arches.

« Il faut essayer, dit Howell. On n'a pas le choix.

— Quoi ? Hors de question. Il y a des otages. Des femmes, des enfants. »

Smith repassa le nez au-dessus du muret. « Si Omidi est grièvement blessé, on pourrait lui proposer un arrangement. Sa liberté contre la valise.

— Je le connais mieux que personne d'autre ici, répliqua Sarie. Si vous voulez cette valise, il faudra le tuer d'abord.

— C'est vrai, abonda Farrokh. Omidi n'est pas un homme de compromis. »

Smith essayait de mettre au point une solution tactique tout en s'efforçant de ne pas évoquer les visages des personnes retenues à l'intérieur du bâtiment.

« Dans ce cas, c'est Peter qui a raison. Demandez à votre homme s'il peut s'en occuper. »

Farrokh le foudroya du regard. « Je vous trouve un peu désinvolte. Si ces gens étaient des otages américains et l'arme une menace envers l'Iran, feriez-vous le même choix ? »

Smith tendit le cou pour mieux voir la pharmacie, déterminer la solidité des barricades aux fenêtres et apercevoir éventuellement les hommes planqués derrière. Quand il arriva au niveau de la dernière ouverture, il détecta un mouvement. L'étagère poussée contre la fenêtre se balança violemment ; les quelques articles encore posés dessus dégringolèrent.

« Non… », murmura-t-il quand il vit apparaître le flic caché derrière. L'homme détacha les derniers morceaux de vitre puis il se retourna vivement et se mit cogner à bras raccourcis sur un ennemi invisible. Des balles se fichèrent dans le mur de façade. L'une d'elles l'atteignit à l'épaule mais il n'en tint aucun compte. Il se battait encore lorsque deux autres balles le touchèrent au milieu du dos. Alors, il pivota sur lui-même et s'affala inanimé sur le rebord de la fenêtre. Un instant plus tard, le visage ensanglanté d'une femme s'encadra au même endroit. Elle sauta sur l'homme blessé et, mue par une rage indicible, se mit à le mordre sans s'occuper des balles qui pleuvaient sur elle.

« Il les a contaminés ! hurla Smith. Il faut les détruire. Il faut balancer cette foutue roquette ! »

Farrokh était toujours en communication avec l'artilleur posté sur le toit. Il lui hurla un ordre. Un instant plus tard, un trait de fumée se dessinait dans le ciel. Le missile passa sous une arche et explosa devant les lourdes portes de la pharmacie, causant beaucoup de fumée et de bruit mais peu de dommages.

Smith passa la sangle de son fusil au-dessus de sa tête, colla l'arme entre les mains de Sarie et sortit son .45. « Tirez à vue. Vous m'entendez ? Tuez tout ce qui bouge. »

Les victimes d'Omidi sortirent de la boutique au milieu d'un nuage de fumée. Farrokh s'époumonait dans son téléphone. Howell tirait sans se presser, faisant mouche à chaque coup. Malgré son habileté, Sarie découvrit que tuer des gens était plus difficile que tirer sur des animaux ou des cibles en carton. Les hommes postés sur les toits ou dans les rues comprirent trop tard ce qui était en train de se passer.

86

Centre de l'Iran
5 décembre – 1439 GMT + 3:30

Le général Asadi Daei se tenait sur le seuil du cockpit. Le C-130 venait de décoller de la base et virait sur son aile droite. D'après les tout derniers rapports, une cinquantaine de traîtres étaient retranchés dans le laboratoire souterrain et vingt-cinq autres se battaient dans les rues d'Avass. Heureusement, la police locale avait réussi à mettre Mehrak Omidi à l'abri dans un bâtiment où il attendait le premier largage de parachutistes.

Daei allait demander une nouvelle estimation de l'heure prévue pour l'attaque quand le pilote se tourna vers lui en tapotant ses écouteurs, signe qu'on souhaitait lui parler.

Le général s'empara d'un casque, se pencha sur le copilote et actionna une manette pour isoler la ligne. « Ici Daei. »

Il se redressa en reconnaissant, au milieu des parasites, la voix de l'ayatollah Khamenei. « Brèche totale dans la sécurité, général. »

Daei avait été blessé à trois reprises lors de la guerre avec l'Irak mais ce message laconique lui provoqua une sueur froide. Le mot « brèche » signifiait que la maladie dont on lui avait parlé n'était plus sous contrôle. « Brèche totale » voulait dire que des sujets contaminés circulaient en liberté dans les rues.

« Je comprends, Excellence.

— Dieu soit avec toi. »

Daei changea de canal et s'adressa aux commandants des autres transports de troupe. « Nous passons au plan Thêta. Je répète. Plan Thêta. »

Quand tous ses officiers eurent accusé réception, il raccrocha le casque sur la cloison et resta un instant immobile. La tête lui tournait. Dans les autres avions, les commandants étaient en train d'ouvrir des enveloppes et de décrire à leurs équipes respectives la nature de la situation qu'ils allaient affronter une fois au sol. Leurs ennemis, de simples citoyens dotés d'une force surhumaine, attaquaient tout sur leur passage comme une meute de chiens enragés. Un scénario tenant du fantasme paranoïaque. Mais l'info venait d'Omidi, lequel ne pouvait être soupçonné d'hystérie.

Daei passa à l'arrière de l'appareil où une équipe biomédicale occupait les sièges réservés aux passagers non militaires. « Nous avons une brèche totale. »

Aussitôt, les scientifiques débouclèrent leurs harnais et se mirent au travail. Ils sortirent les combinaisons de sécurité rangées dans des malles, fourragèrent dans leur équipement et échangèrent des indications d'une voix paniquée.

Étant donné la situation, Daei devrait concentrer l'essentiel de ses troupes sur Avass. Il débarquerait son équipe d'intervention biologique sur une piste voisine pendant que les parachutistes arpenteraient les rues en tirant à vue. Leur seule mission à présent consistait à ramener en vie une victime du parasite. Une fois en vol, on lui communiquerait le lieu où il devrait conduire le malade.

Quelque part au sud de leur position, des bombardiers attendaient le feu vert pour lâcher leurs missiles sur le village. Aucun des Takavars n'en réchapperait. On ne pouvait courir le risque qu'ils répandent l'épidémie ou contredisent la version officielle, après leur retour à la base.

87

Langley, Virginie, USA
5 décembre – 0619 GMT – 5

« Ces images ont été prises voilà six heures environ », dit Dave Collen.

Le DCI s'assit devant l'ordinateur portable où défilaient une série d'images prises par satellite. Elles étaient floues et l'agrandissement n'arrangeait rien mais la férocité des combats ne faisait aucun doute. Un camion militaire avait explosé après avoir embouti une sorte d'éminence rocheuse. Entre les plaques de tôle calcinées, des corps humains gisaient sur le sable.

« Une usine souterraine ? » demanda Drake tandis qu'apparaissaient d'autres clichés : un groupe d'hommes redressant un camion renversé, les mêmes en train de le pousser tout en se protégeant derrière.

Collen hocha la tête. « Nous n'étions pas au courant et, pour autant que je sache, les autres agences de renseignements non plus. Si l'on se fie aux données collectées par le satellite sur les six derniers mois, la zone a connu une activité croissante. Impossible de dire ce que trafiquent les Iraniens mais en tout cas, ils font tout pour qu'on n'en sache rien.

— Ce serait en lien avec le parasite ?

— Rien ne le prouve mais j'en mettrais ma main au feu. Il y a une semaine, nous avons photographié un jet privé en train d'atterrir sur une piste abandonnée, non loin de là.

— Omidi ?

— Encore une fois, je n'ai aucune preuve mais les indices concordent. Nous savons que Smith et Howell ont jugé bon de franchir à pied la frontière iranienne. Nous avons appris que des biologistes iraniens de renom ont été enlevés par la police secrète. Et maintenant cet avion... Je suis quasiment sûr qu'Omidi est en possession du parasite et qu'il s'apprête à le transformer en arme, dans cette usine souterraine. Peut-être avec l'aide de Sarie Van Keuren.

— Je suppose que nous ne sommes pas les seuls à disposer de ces données.

— Tu supposes bien. Ces images viennent du National Reconnaissance Office. »

Il fallait s'y attendre. Smith et Howell n'étaient pas partis en Iran pour affronter seuls les troupes de Khamenei. Non, ils avaient contacté la résistance, si bien qu'après leur exécution par Sepehr Mouradipour, Farrokh avait repris le flambeau. Et grâce aux informations fournies par les deux Occidentaux, il avait trouvé l'usine d'Omidi. Restait à savoir ce qu'il comptait en faire.

« Ce n'est pas tout, reprit Collen. On nous a rapporté de violents combats dans les rues d'un village situé à cent cinquante kilomètres au nord de cette usine. Les

Iraniens ont envoyé des forces spéciales aéroportées. Une escadrille de bombardiers vient de décoller.

— Heure d'arrivée estimée ?

— Il se peut que les paras aient déjà investi le terrain. Nous n'avons pas de nouvelles des bombardiers.

— Le parasite aurait-il pu sortir de l'usine ?

— Nous n'avons aucun informateur sur place et le satellite a quitté la verticale de la zone. Il ne repassera que dans six heures. »

Drake poussa un soupir excédé. « Je dois… »

Le téléphone sonna. Drake regarda le numéro entrant. Le Bureau Ovale.

Castilla était un homme réglé comme du papier à musique. Avec lui, les réunions de travail étaient programmées toujours à la même heure. Les coups de fil surprise n'étaient pas du tout dans son style. Surtout à une heure aussi matinale.

Drake décrocha. « Monsieur le Président.

— Qu'est-ce qui se passe en Iran, Larry ? Vous avez vu ces images satellites ?

— Je suis en train de les visionner, monsieur. Nous rassemblons les données sur…

— Deux factions inconnues s'entre-tuent dans une usine iranienne dont nous n'avons jamais entendu parler et vous, vous rassemblez des données ?

— Nous devrions en savoir davantage très bientôt. Le…

— Je suis à Camp David, Larry. Je vous ordonne de m'y rejoindre dans une heure avec toutes les infos en votre possession. Je veux savoir ce que les Iraniens fabriquent dans ce bunker enfoui au milieu de nulle part. Et je veux savoir qui marche sur leurs plates-bandes. Vous m'entendez ?

— Monsieur, ce ne sera pas suffisant. C'est compliqué de…

— Je vais donc me répéter. Larry, je vous veux dans mon bureau dans une heure. »

Drake avala sa salive. Il avait la nausée, des gouttes de sueur perlaient sur son front. « Oui, monsieur. »

Il reposa lentement le combiné sur son socle. « Rassemble tout ce que nous avons sur le parasite et les Iraniens.

— Tout ? demanda Collen, visiblement alarmé.

— Nous partons pour Camp David. Nous prendrons le temps d'élaborer une stratégie et de trier les infos à bord de l'hélicoptère. Il n'est pas question que tout s'écroule maintenant, alors que nous touchons au but. »

88

Avass, Iran
5 décembre – 1505 GMT + 3:30

Jon Smith ralentit l'allure pour vérifier que tout le monde suivait. Sarie tenait la cadence sans difficulté – son expérience de la brousse africaine lui faisait oublier sa jambe blessée. En revanche, Farrokh respirait péniblement. Il avait du mal à faire deux choses à la fois : garder le rythme et hurler aux habitants de se barricader chez eux. Howell fermait la marche en exécutant des entrechats peu gracieux pour mieux couvrir leur flanc.

Rassuré, Smith sauta par-dessus un panier abandonné dans sa fuite par un marchand de légumes. Soudain, une douleur cuisante explosa dans sa tête. Il tomba sur les pavés inégaux et roula sur lui-même. Au même instant, la détonation se répercuta sur les façades en pierre.

Il n'avait plus d'équilibre, plus de vision claire de ce qui l'entourait. Inutile donc d'essayer de se relever. Smith resta plaqué au sol le temps de reprendre ses esprits. Sarie l'attrapa par la veste et le traîna derrière une voiture garée.

« Ne bougez pas ! » dit-elle en déchirant un bout de la parka qu'elle avait trouvée en chemin pour se vêtir. Elle appuya la bande de tissu sur la tête de Smith. « Jon ? Ça va ? Combien de doigts vous voyez ? »

Il cligna des yeux en fixant la main qu'elle lui montrait. Sa vision retrouva un peu de netteté. « … deux ? »

Elle l'aida à se redresser et, quand elle estima qu'il tenait debout tout seul, le lâcha doucement.

« Je vais bien. C'est juste… juste une égratignure.

— C'est plus qu'une égratignure, Jon. Ça m'a l'air assez profond.

— Pas de souci. J'en ai vu d'autres.

— Tu es encore des nôtres, vieux ? »

Howell avait pris le volant d'un gros camion d'allure soviétique. Farrokh l'aidait à manœuvrer pour le placer en travers de la rue.

« Toujours vivant.

— Eh bien, si on ne casse pas d'ici fissa, ça ne durera pas. »

Il avait raison. Ils ignoraient presque tout de la situation : le nombre de personnes contaminées convergeant vers eux, l'importance des troupes iraniennes qui n'allaient pas tarder à fondre sur le village.

« Omidi leur a injecté le parasite, dit Sarie qui n'en revenait toujours pas. Il a infecté des innocents juste pour le maintenir en vie.

— On s'en inquiétera plus tard, répliqua Smith. Si le type qui vient de me tirer dessus transmet notre position ou parvient à nous prendre à revers en passant par les toits, on va avoir de sérieux problèmes. Il faut avancer.

— Comment ? Il peut…

— Ennemi en vue ! » hurla Howell. Un homme venait de passer le coin de la rue. Quand il les vit, il poussa un cri rauque, comme s'il toussait. Un flot de sang jaillit de sa bouche et se déversa sur le devant de sa chemise. Howell cala le canon de son pistolet sur le capot du camion. Affolé, Farrokh se mit à tirer à tout-va mais parvint quand même à toucher sa cible au ventre et à la cuisse gauche. Howell lui perça le sternum d'une seule balle. L'homme à terre faisait des efforts désespérés pour se relever. L'Anglais garda son arme braquée sur lui jusqu'à ce qu'il cesse de gigoter.

« Couvrez notre flanc ! » dit Smith en entraînant Sarie contre un mur. Il tapota son fusil. « J'ai besoin que vous fassiez quelque chose pour moi.

— Quoi ? » s'étonna-t-elle.

Il désigna la limite des toits. « Que vous abattiez le mec, là-haut.

— Moi ? Pourquoi moi ?

— Parce que je n'y vois pas clair, que Farrokh tire comme un pied et que Peter doit assurer nos arrières.

— J'aimerais bien qu'on fiche le camp d'ici, lança Howell. Et le plus tôt sera le mieux.

— On y travaille ! répliqua Smith avant de reporter son attention sur Sarie. Écoutez-moi, je vais sortir à découvert. À ce moment, vous passerez la tête au coin de ce mur et vous guetterez les réactions du sniper.

— Vous êtes dingue ? Il a déjà failli vous tuer. Maintenant, il a eu tout le temps de se préparer.

— Voilà pourquoi vous devez l'abattre.

— Je ne suis pas un soldat, Jon. Je…

— Aujourd'hui si. » Il recula d'une dizaine de mètres pour la prise d'élan, respira à fond et partit à toute vitesse. Quand il la dépassa, Sarie s'aplatit contre le mur.

Il y eut une détonation. Une balle se ficha dans la pierre, à quelques centimètres de lui. Quand le deuxième tir retentit, il crut que son heure était venue mais non, il resta bien droit et atteignit sain et sauf le coin de mur suivant.

Plusieurs éclairs percèrent les ombres de l'immeuble voisin. Lorsque Smith voulut faire demi-tour, il perçut un crépitement étrange.

Le tireur était suspendu à l'envers dans un enchevêtrement de câbles électriques d'où jaillissaient des gerbes d'étincelles.

Sarie, Howell et Farrokh coururent le rejoindre. Smith ne leur accorda pas un regard, trop occupé à scruter le ciel pour déterminer d'où venait le bourdonnement qui s'amplifiait à chaque seconde. Deux C-130 apparurent à la verticale. Ils volaient si bas qu'on apercevait leurs soutes ouvertes.

« Je suppose que si vous disposiez d'une frappe antiaérienne, vous me l'auriez dit ? lança Smith quand Farrokh s'arrêta près de lui.

L'Iranien ne répondit pas. Déjà les premiers parachutes s'épanouissaient sur le ciel bleu sombre.

89

Comté de Frederick, USA
5 décembre – 0701 GMT – 5

Ils avaient laissé derrière eux les lumières des faubourgs de Washington. Larry Drake balaya du regard la campagne enténébrée puis se tourna vers Dave Collen, assis près de lui au fond de l'hélicoptère.

« Malgré tous les renseignements attestant la connexion Iran-Ouganda, on peut toujours leur faire croire que nous attendions des preuves plus tangibles, dit Collen.

— Mais alors, comment expliquer que nous ayons changé d'avis et rassemblé toutes ces données ?

— C'est là que le regretté Brandon intervient. Nous dirons qu'il est mort avant d'avoir pu confirmer la véracité des infos selon lesquelles des agents iraniens auraient rencontré le président Sembutu. Nous avons remué ciel et terre en vain, la perte de Brandon nous ayant privé de nos contacts à Kampala. »

Les meilleurs mensonges comportaient une bonne part de vérité. Celui-ci ne manquait pas à la règle.

« Possédons-nous la preuve que l'attaque de l'usine a été perpétrée par la résistance ?

— Non.

— Pouvons-nous en fabriquer une ?

— Farrokh n'a jamais rien laissé filtrer et le Président sait pertinemment que nous n'avons pas d'informateurs sur place. Ce serait trop risqué.

— Alors disons-lui simplement que l'organisation de Farrokh est la seule capable de lancer une opération de cette envergure en Iran. Après, on joue sur la peur. Non seulement le parasite existe mais il se trouve entre les mains des Iraniens et cette usine joue un rôle majeur dans l'histoire. Nous avons plusieurs possibilités. Soit l'épidémie a déjà éclaté en Iran, soit le gouvernement iranien a réussi à transformer le parasite en arme de destruction massive qu'il prévoit d'utiliser contre nous, soit Farrokh a l'intention de s'en emparer pour renforcer sa position.

— La dernière proposition est un peu tirée par les cheveux.

— Vraiment ? Jusqu'à ce jour, nous considérions la résistance iranienne comme un mouvement populaire relativement pacifique, et maintenant nous avons la preuve qu'il s'agit d'une organisation paramilitaire hiérarchisée. C'est suffisant pour que Castilla revoie son opinion sur Farrokh. Si nous jouons finement, nous pourrons même le pousser à autoriser une attaque unilatérale av... »

Un fort vrombissement lui coupa la parole. Une lumière rouge se mit à clignoter dans la cabine. Le moteur de l'hélico semblait mal en point. Il s'arrêtait, repartait, s'arrêtait de nouveau. Drake rétablit la connexion avec le pilote.

« Mais bon Dieu, que se passe-t-il ? Quel est le problème ?

— Une panne d'alimentation, je pense ! répondit le pilote tandis que l'hélicoptère partait dans une série de loopings nauséeux. Il faut que je me pose. Tout de suite ! »

Le souffle court, Collen se rejeta contre son siège et resserra son harnais d'épaules.

« Mais vous êtes malade ! On survole une forêt ! » hurla Drake dans le micro de son casque.

« Par là ! fit le pilote. Il y a une clairière à l'est. »

Le nez de l'appareil plongea dans la direction indiquée. Le moteur poussif menaçait de tomber en rade à tout moment.

Drake se sentait mal. Le sang pulsait dans ses tempes, sa bouche s'emplissait de bile. Il retira son casque. Soudain, un cran au-dessus du signal d'alarme, un long cri inarticulé enfla dans ses oreilles. Lorsque les patins de l'hélico heurtèrent brutalement le sol, il comprit que ce cri sortait de lui. Le harnais lui cisaillait la poitrine, le crissement du métal pénétrait comme un foret dans ses oreilles.

Puis ce fut le silence. Le pilote coupa l'alimentation électrique, les cadrans s'éteignirent. Seuls les rotors tournoyaient encore, emportés par leur élan. Un filet de sang s'échappait du crâne de Drake. Une simple égratignure causée par un choc sur le hublot. À part cela, il n'était pas blessé. Il l'avait échappé belle.

Le pilote ne disait rien, préférant balancer des coups de pied dans la porte. Quand elle finit par s'ouvrir, il sauta et disparut dans l'obscurité. Le bruit de ses pas retentit un moment dans la clairière puis s'effaça lui aussi tandis que les premières lueurs de l'aube commençaient à dissiper les ténèbres.

« Hé ! Où allez-vous ? »

Pas de réponse.

Drake se tourna vers Collen et lui posa la main sur l'épaule. « Dave. Tu vas bien ? »

Encore sous le choc, Dave respirait la bouche ouverte. Il répondit d'un simple hochement de tête.

« Les papiers, fit Drake en désignant les documents top secret éparpillés dans la cabine. Ramasse-les et range-les dans la valise. »

Il attendit quelques secondes que Collen réagisse puis se pencha pour descendre de l'appareil. Une bouffée d'angoisse l'étreignit lorsqu'il comprit que le pilote, un ancien garde-côtes décoré pour sa bravoure, les avait plantés là.

Drake sortit son portable en jurant à mi-voix. Pas de réseau. Le pilote avait-il lancé un appel de détresse ? Il ne s'en souvenait pas. En constatant leur retard, le staff du Président contacterait Langley. Mais dans combien de temps les secours arriveraient-ils ? Il gelait à pierre fendre et il ne portait qu'un costume.

« Enfoiré ! » brailla-t-il, laissant enfin libre cours à sa rage. Il fracassa le téléphone sur la carlingue de l'hélicoptère. Tout aurait dû se passer comme sur des roulettes. Mais il avait fallu que Castilla lui fiche des bâtons dans les roues en envoyant cette escouade de malheur. Et Gazenga, qui s'était mis en tête de jouer les héros. Maintenant, voilà qu'il était perdu au milieu de nulle part alors que le président des États-Unis l'attendait pour lui passer un savon. Désormais, à la moindre erreur – un instant d'égarement dans le labyrinthe de ses propres mensonges – tout l'édifice lui retomberait sur la tête.

Il s'obligea à respirer profondément. La vapeur blanche qui sortait en rouleaux de sa bouche se mêlait à la lumière pâle de l'aube. « Dave ! Mais qu'est-ce que tu… » Quelque chose se dessinait à la limite de la clairière, contre le rideau sombre des arbres.

Ils n'étaient pas seuls.

90

Aux environs d'Avass, Iran
5 décembre – 1540 GMT + 3:30

Jon Smith se protégea les yeux du soleil. Le ciel était presque entièrement couvert de parachutes. La cinquantaine de villageois qui les avaient rejoints poussaient des cris affolés. Leur troupe marchait de plus en plus vite en direction du désert. Vingt mètres devant lui, il aperçut les cheveux blonds de Sarie. Farrokh et elle remontèrent la colonne pour venir lui parler.

« On a dénombré sept blessés, dit-elle en arrivant à portée de voix.

— Vous leur avez parlé ? Sont-ils entrés en contact avec des malades ? »

Farrokh acquiesça. « L'un d'entre eux est tombé dans les escaliers, un autre a reçu une balle. Mais les cinq autres ont été agressés.

— Ils portent des plaies ouvertes, ajouta Sarie. Je ne connais pas bien les effets d'une injection de parasites à haute dose mais, à mon avis, il faut nous attendre à une réaction plus rapide que d'habitude.

— Combien de temps ?

— Disons sept heures avant l'apparition de tous les symptômes. Huit avec un peu de chance.

— Comment les séparer du groupe ?

— Je ne vois pas trop un Américain, un Britannique et une Sud-Africaine obliger des familles iraniennes à abandonner leurs blessés, dit Farrokh.

— Et vous ? Vous êtes iranien. Ces gens vous connaissent.

— Je ne suis pas mieux placé que vous, Jon. Les habitants de cette région sont des traditionalistes, des gens sans éducation. S'ils apprennent qui je suis, ils me tueront. Et même si nous leur cachons mon identité, ils refuseront de m'écouter. Pour eux, je suis un homme de la ville, un libéral. »

Smith ralentit pour regarder passer la foule des réfugiés. Ces gens ne comprenaient pas ce qui leur arrivait. Ils réagissaient à cette inexplicable agression comme leurs ancêtres l'avaient fait pendant un millier d'années, en s'enfonçant dans le désert, là où aucun étranger ne s'aventurait sans se perdre.

« Que se passe-t-il ? dit Howell en tendant la main vers son pistolet. Qu'est-ce qui cloche ? »

Ce qui clochait c'était que Smith ne maîtrisait plus du tout la situation. Il ignorait non seulement où ces gens se dirigeaient mais ce qu'ils comptaient y faire. D'autres groupes comme celui-ci étaient en train de se répandre un peu partout, rejoints par des amis, des parents. L'armée iranienne ne pourrait y remédier. Croire le contraire revenait à s'illusionner et, dans le contexte actuel, l'illusion était un piège mortel.

« Farrokh, dit Smith. Passez-moi votre téléphone. »

L'Iranien hésita. « Pour quoi faire ? Donner l'ordre à vos bombardiers d'anéantir mon pays ? Installer un autre dictateur ?

— Je vais être honnête avec vous, répliqua Smith sur un ton assez courroucé pour que les villageois fassent un détour pour l'éviter. J'ignore ce que fera Castilla. Mais je vous garantis que cette épidémie va se répandre – d'abord en Iran puis à travers tout le Moyen-Orient. Quand ce sera fait, vous regretterez même les pires heures de la dictature.

— Non ! répondit Farrokh d'une voix déjà moins assurée. On ne peut pas…

— On ne peut pas quoi ? Je ne sais pas si vous êtes au courant mais nous tournons en rond dans le désert. Que voulez-vous faire ? Affronter les parachutistes ? Vous réfugier dans un de ces canyons avec un groupe de personnes contaminées et attendre la nuit ?

— Non. Je…

— Alors, décidez-vous, chef ! »

Une femme vêtue d'un manteau imbibé de sang s'écroula à quelques mètres d'eux, à bout de forces. Les villageois autour d'elle se précipitèrent pour lui porter secours. Sarie leur hurla : « Arrêtez ! Ne la touchez pas ! »

Comme personne ne parlait anglais, elle récolta pour toute réponse quelques regards étonnés virant tout de suite à l'indifférence.

Farrokh contemplait la scène sans mot dire. Tout à coup, il entra son code PIN et tendit le téléphone à Smith.

Ce dernier s'écarta un peu de la foule pour composer son numéro. Pendant ce temps, Howell surveillait l'allure des gens, à l'affût d'une éventuelle menace.

« Allô ? »

Entendre la voix de Fred Klein ne lui procura pas l'immense soulagement qu'il avait escompté.

« Nous avons des problèmes.

— Jon ? Seigneur ! Tu vas bien ? Où es-tu ?

— À environ quinze cents mètres d'un village nommé Avass.

— Alors c'est vous qui avez attaqué l'usine, dans le Sud.

— Tu es au courant ?

— Nous avons quelques clichés satellites et pas grand-chose d'autre. On a tenté d'envoyer des U-2 survoler la zone mais l'aviation iranienne quadrille l'espace aérien. Et d'autres appareils sont en route. Quelle est votre situation ?

— Mauvaise, Fred. Le parasite a été libéré dans l'usine. Et ici, les choses me filent entre les doigts. Je peux juste te dire que plusieurs habitants d'Avass ont été contaminés et que leurs victimes sont en train de chercher refuge dans les canyons.

— Je t'entends mal, Jon, et je veux éviter tout malentendu. Es-tu en train de me dire que des personnes contaminées présentant des symptômes se baladent en liberté dans ce village et commencent à se disperser aux alentours ?

— C'est tout à fait cela. Aurais-tu une solution à me proposer ?

— Durant les dernières semaines, nous avons acheminé du matériel et des équipes spécialisées dans la guerre biologique vers les frontières irano-irakiennes et irano-afghanes. Mais tes amis de l'USAMRIID et du CDC disent que ce ne sera peut-être pas suffisant. »

Ils ont raison, songea Smith. Pour instaurer avec succès des procédures de quarantaine, il fallait réunir un certain nombre d'éléments : des malades coopératifs, désireux de se faire soigner, des vecteurs de contagion connus et des traitements en quantité suffisante. En temps normal, cela fonctionnait, même en présence d'agents pathogènes aussi dévastateurs que la variole. Mais aujourd'hui, on était confronté à une situation inédite.

« Nous travaillons plus ou moins à l'aveuglette, poursuivit Klein. Et je ne te raconte pas la panique qui règne ici. En ce moment même, le Président discute avec l'état-major des armées et des émissaires venus d'Europe, de Chine, de Russie. L'un de nos sous-marins à ogives nucléaires patrouille au large des côtes iraniennes et il n'est pas exclu que l'ordre lui soit donné d'attaquer. Tu comprends ce que je dis ? »

Au lieu de répondre, Smith regardait Sarie et Farrokh tenter de repousser les gens qui s'agglutinaient autour de la femme blessée. Il songeait au malheur qui s'abattait sur ce peuple et se répandrait bientôt dans le monde entier. Dans le village, on soignait sans précaution des malades contaminés pendant que d'autres partaient s'abriter dans des canyons et que d'autres encore roulaient en direction des villes environnantes, pour se réfugier chez des proches.

« Jon ? Tu es toujours là ?

— Allez-y, Fred. Envoyez les bombes. Rasez toute la région. »

Il y eut un long silence à l'autre bout de la ligne. « Encore une fois, je veux m'assurer d'avoir bien entendu. En tant que spécialiste des maladies infectieuses en général et de cette épidémie en particulier, tu recommandes l'emploi des armes nucléaires tactiques centrées sur votre position.

— Oui, je le recommande.

— Y a-t-il quelqu'un avec toi ? Van Keuren ? Peter ? »

Smith tendit le téléphone à Howell qui le prit sans comprendre tout de suite pourquoi. « Allô ? Oui, mon général. Je reconnais votre voix. »

Smith se tenait le ventre, il avait envie de vomir. C'était une peine capitale qu'il venait de prononcer. Selon toute probabilité, non seulement lui et ses amis mais des milliers de personnes innocentes allaient mourir d'ici peu.

« Une balle lui a éraflé le cuir chevelu, fit Howell au téléphone. Mais il va bien. Oui, malheureusement… Je pense que c'est la seule solution raisonnable, étant donné la situation sur le terrain. »

Smith sentit qu'on lui tapait sur l'épaule. Howell lui rendit le téléphone.

« Jon ? dit Klein.

— Je suis là.

— Tu peux me donner ta position ? Je vais contacter l'un de nos hélicoptères pour qu'il vienne vous…

— Tu sais aussi bien que moi que c'est impossible, Fred. Fais ce que je te dis. Point barre.

— Je vais transmettre ta recommandation au Président avec mon avis favorable, reprit Klein après une longue pause. Merci pour tout ce que tu as fait, Jon. Et bonne chance à vous tous. »

Smith glissa le téléphone dans sa poche d'une main tremblante.

« Ça va bien, mon pote ? fit Howell en l'attrapant par le bras pour l'aider à se redresser.

— J'ai connu des jours meilleurs, Peter.

— Je suppose que les choses auraient pu mieux se terminer, dit-il en lui serrant la main. Mais tant pis. Je veux que tu saches que ça a été un privilège de travailler avec toi. »

91

Comté de Frederick, Maryland, USA
5 décembre – 0722 GMT – 5

« Qui est là ? »

Lawrence Drake fit un pas en avant. Sous ses semelles, les feuilles gelées crissèrent dans le silence de la clairière. « Il y a quelqu'un ?

— Larry, à qui… », s'étonna Dave Collen, toujours assis dans la cabine de l'hélicoptère. Drake lui intima le silence.

« La ferme. Mets plutôt ces papiers en sécurité ! »

À l'est, l'aube repeignait en gris l'épaisse couverture nuageuse et projetait une lueur diffuse sur la forme qui se profilait au loin. Peu à peu, il distingua la carrosserie d'un énorme 4 × 4 garé à côté d'une fourgonnette. Quatre silhouettes – trois hommes et une femme – se tenaient immobiles devant les deux véhicules.

Le souffle coupé par le vent glacial, Drake s'arrêta pour mieux observer le rideau sombre des arbres bordant la clairière.

Mais bien sûr, c'était évident. L'accident d'hélicoptère était un coup monté. On avait soudoyé le pilote pour qu'il les dépose dans ce trou perdu. Mais qui avait fait cela ? Des terroristes ? Des agents étrangers ? Étaient-ils venus pour le tuer ?

Il y a quelques années, une telle machination aurait été impensable. Mais les musulmans ne respectaient pas les règles établies durant la guerre froide. Ils se permettaient tout et n'importe quoi. La vie même était devenue pour eux une monnaie d'échange.

« Que voulez-vous ? » articula-t-il d'une voix pâteuse.

Le soleil d'hiver commençait à percer derrière les nuages, ajoutant certains détails à la scène qui s'offrait à lui. La femme était grande, athlétique, ses cheveux blonds luisaient dans la pénombre. Il ne discernait pas son visage mais quelque chose en elle lui parut familier. Peut-être était-ce cette énergie féline qui émanait de sa personne, même quand elle ne bougeait pas.

Il tourna les talons puis s'arrêta pile en entendant son nom.

« Où allez-vous donc, Larry ?

— Russell ? glapit-il. Randi Russell ? Mais que se passe-t-il ? Qu'est-ce que vous faites ici ?

— J'ai trouvé la bande de tueurs que vous avez envoyée sur les traces de Jon et Peter. »

Il tenta de maîtriser les muscles de son visage. Mais la peur était la plus forte. Heureusement il faisait sombre et elle était loin. « De quoi parlez-vous ?

— Vous vous êtes laissé berner, reprit-elle. Tous les documents que vous avez vus défiler sur leur séjour en Iran, c'est moi qui vous les ai envoyés, avec l'aide de Chuck Mayfield : leur plan de vol depuis Diego Garcia, les photos satellites du véhicule à bord duquel ils ont franchi les montagnes. Tout. Pendant ce temps-là, ils étaient à des centaines de kilomètres. »

Drake éprouvait quelque difficulté à gonfler ses poumons. Il lui fallut quelques secondes pour se composer une attitude. Pas question de se laisser déborder. Il y avait forcément une solution. D'abord, faire marcher ses méninges.

Si elle disait vrai, s'il s'était basé sur des infos truquées, cela signifiait au moins deux choses : Smith vivait encore et le coup de fil de Sepehr Mouradipour était une mise en scène. De plus, leur conversation avait dû être enregistrée.

Il n'osait pas se retourner vers Collen, toujours occupé à ramasser ces maudits papiers. Toutes les preuves de leur trahison se trouvaient là, dans cet hélicoptère.

Si Russell mettait la main sur les documents, sa situation deviendrait extrêmement compliquée. Encore qu'il ne faille pas trop dramatiser. Un homme comme lui avait plus d'un tour dans son sac et la politique n'était pas une affaire d'enfants de chœur.

« Je veux parler au Président. »

Russell secoua la tête. « Je ne crois pas qu'il ait envie de vous parler. »

Drake grogna de douleur et s'écroula par terre. Il venait de recevoir un coup derrière les genoux. On lui tordit les bras dans le dos, des menottes se refermèrent sur ses poignets. Il entendit les cris de Dave Collen qu'on sortait de l'hélicoptère.

Quelqu'un l'empoigna et le remit debout. Russell se dirigeait vers lui.

« Que comptez-vous faire, Randi ? Me traduire en justice ? Non, j'en sais trop long sur beaucoup de gens haut placés. Savez-vous combien d'affaires louches je garde au chaud dans mes armoires ? Les opérations clandestines, les magouilles, les accords secrets ? Et vous, Randi ? Et le bon docteur Smith ? Pour qui travaillez-vous exactement ? Le Président aurait-il mis sur pied une organisation hors-la-loi ? Si c'était le cas, et si la chose venait à s'ébruiter, je ne donnerais pas cher de son avenir politique. »

Elle s'arrêta à quelques pas de lui et resta à l'examiner, la tête légèrement penchée. « Les toubibs m'ont dit que si votre tueur à gages avait visé deux centimètres plus à gauche, mon gilet pare-balles ne m'aurait pas sauvée. Au mieux, j'aurais fini dans un fauteuil roulant.

— Vous êtes la crème des agents secrets, Randi. Il faut bien le reconnaître. Mais là, vous ne jouez pas dans votre division.

— Vous n'avez pas de leçon à donner. Regardez-vous ! Vous avez juré de protéger votre pays et les gens qui y vivent ! rétorqua-t-elle. Vous avez promis de vous montrer loyal envers eux et envers les agents qui risquent leur vie pour vous tous les jours.

— Vous êtes d'une incroyable naïveté, Randi. C'est bon, enlevez-moi ces foutues menottes. Et dites à Castilla que j'ai l'intention de lui présenter ma démission pour convenances personnelles mais que je n'attendrai pas éternellement sa réponse.

— Pour vous reconvertir dans le privé, Larry ? Avec un salaire mirobolant à la clé ? Pourquoi avoir monté cette histoire de fous ? Pourquoi avoir camouflé l'existence d'une arme biologique capable de tuer des millions d'Américains ? Tous ces innocents qui sont morts en Ouganda. Et ceux qui sont en train de mourir en Iran. Et que faites-vous de Jon et de Peter qui ne rentreront jamais chez eux ? On oublie tout et on recommence, c'est ça ? »

Drake transpirait. La réputation de Randi Russell, la sainte colère qui l'enflammait avaient de quoi impressionner. Pourtant, cette femme n'était qu'un pion parmi tant d'autres, un simple rouage dans une machine trop vaste et trop complexe pour qu'elle la perçoive en totalité.

« Ne le prenez pas sur ce ton, Randi. Quoi que vous disiez, Castilla ne me mettra pas sur la touche, pas avec tout ce que je sais. Et après le fiasco Lazarus, la CIA ne peut pas se permettre un nouvel échec. »

Dans un grand éclat de rire, elle lui tourna le dos et repartit en direction des véhicules garés à la limite des arbres. « Qui est le plus naïf des deux, en ce moment, Larry ? »

Drake sentit une arme sur sa nuque. On le fit avancer de force. Collen arrivait à ses côtés. L'homme qui le tenait en respect transportait la valise contenant les documents compromettants.

La porte arrière de la camionnette était ouverte. Les hommes de Russell en sortirent trois grands sacs en plastique noir qu'ils traînèrent jusqu'à l'hélicoptère. Déconcerté, Drake les regarda faire en se demandant ce qu'ils pouvaient bien contenir. Quand ils passèrent près de lui, la réponse lui vint dans un spasme d'épouvante.

Des cadavres.

« Attendez ! cria-t-il. Que… »

L'homme qui le menaçait de son arme le poussa de nouveau. Drake trébucha et faillit s'étaler sur le sol glacé. Dès qu'il arriva devant la porte arrière de la camionnette, Randi le saisit par le col et le jeta à l'intérieur. « Vous avez raison, Larry, la CIA ne peut pas se permettre un nouvel échec.

— Non ! » hurla-t-il pendant que Collen subissait le même traitement.

La porte se referma sur eux, le moteur se mit à tourner. Tapis dans le noir, ils sentirent le véhicule démarrer. Un instant plus tard, retentit le bruit tant redouté, celui de l'explosion destinée à faire disparaître toute trace de leur passage. Dans l'hélicoptère calciné, on découvrirait trois corps méconnaissables.

Aux yeux du monde entier, le patron de la CIA aurait succombé à un regrettable accident aérien.

Il aurait droit à des funérailles nationales. Dans son éloge funèbre on vanterait son altruisme et son dévouement indéfectible envers sa patrie. Sa femme pleurerait devant un cercueil contenant la dépouille d'un inconnu, on lui remettrait ensuite la bannière étoilée étalée dessus et elle ignorerait jusqu'à la fin de ses jours l'emplacement de la véritable sépulture de son mari, une tombe anonyme creusée dans la terre du pays qu'il avait trahi.

92

Aux environs d'Avass, Iran
5 décembre – 1839 GMT + 3:30

« Arfa ! Vous m'entendez ? Répondez ! »

Le général Asadi Daei fulminait en regardant ses hommes s'employer, avec une lenteur presque comique, à faire descendre un 4 × 4 blindé sur la rampe du C-130. Harnachée de pied en cap, l'équipe biomédicale attendait sur le côté depuis bientôt cinq minutes.

Les bureaucrates du ministère des Renseignements ayant surestimé l'état du terrain où il devait atterrir, le pilote avait dû survoler la route menant à Avass dans l'espoir de repérer un tronçon assez large et plat pour s'y poser. Ils venaient de perdre vingt minutes à cause de cette erreur impardonnable et en plus, ils s'étaient éloignés du village.

« Arfa ! Répondez ! »

La radio crachota. La voix presque inintelligible du responsable des troupes d'intervention lui parvint entre les parasites. Daei s'éloigna des médecins qui trompaient leur énervement en vérifiant leur équipement pour la énième fois.

« Mon général ? Vous m'entendez ?

— Mal. Où en êtes-vous ? Avez-vous sécurisé le centre-ville ? »

Pour toute réponse, Daei eut droit à une rafale d'artillerie suivie d'une série de braillements incompréhensibles dont le major Arfa était l'auteur.

« Major ! Vous êtes là ?

— Je suis là, mon général. Non, n'avons pas pu sécuriser la zone dans sa totalité. Difficile de distinguer les forces de police des insurgés, surtout maintenant qu'il fait nuit. Et il y a des civils…

— Je me fiche de savoir qui est qui ! tonna Daei. Vous êtes censés éliminer tous ceux qui ne vous prêtent pas main-forte. C'est clair ?

— Très clair, mon général. Mais…

— Il n'y a pas de mais, major ! Suivez les ordres.

— Oui, mon général. »

Daei comprenait la réticence du major, lequel ignorait toutefois que des avions bombardiers faisaient route vers eux avec pour mission de rayer de la carte le village d'Avass et tout ce qui s'y trouverait, soldats compris. Les derniers parachutistes refermeraient le périmètre autour des fuyards avant de mourir eux aussi, dans un ultime sacrifice. C'était à ce prix que la zone serait nettoyée.

« Avez-vous capturé une victime du parasite, major ?

— Nous avons failli en attraper deux, mais ces gens sont plus forts et plus rapides que prévu. Le premier s'est tué en tombant dans un ravin. Quant à l'autre, nous avons dû l'abattre. »

De rage, Daei frappa du poing sur le fuselage du C-130. Derrière lui, il discernait déjà le grondement des bombardiers. Il ne prit même pas la peine de se retourner.

« Je veux que ce soit parfaitement clair, major. Si j'entre dans Avass et que je m'aperçois que vous n'avez pas réussi à appréhender un seul malade, vous le regretterez. Et je ne parle pas seulement de vous mais aussi de votre famille. Me suis-je bien fait comprendre ? »

Arfa répondit mais ses paroles se perdirent entre les parasites et les vrombissements aériens. Furieux, Daei fit un demi-tour sur place et leva les yeux vers le ciel nocturne. L'escadrille se découpait au loin, sur fond de clair de lune. Que faisaient-ils ?

« Répétez, major. Je ne… »

Arfa s'interrompit. Un bombardier venait de décrocher. Il prenait de l'altitude. Sous cet angle, on voyait parfaitement la ligne de sa carlingue. Un profil reconnaissable entre tous.

Daei laissa tomber la radio, quitta la route, sauta dans le sable et se mit à courir. « Éloignez-vous de l'avion ! hurla-t-il aux scientifiques qui le regardaient, abasourdis, détaler à travers le désert. Mettez-vous à couvert ! »

*

Smith ne vit rien venir. Le choc lui fit perdre l'équilibre. Il lâcha son pistolet. Son premier réflexe fut d'éjecter le type qui lui avait sauté dessus mais il préféra se recroqueviller pour amortir sa chute sur le sol rocheux.

Un léger craquement l'informa qu'il venait de se briser une ou deux côtes. Peu importait, il devait avant tout récupérer son arme. Peine perdue. Son agresseur, qui devait bien peser vingt-cinq kilos de plus que lui, le tenait fermement plaqué à terre.

« Peter ! Le pist… »

Il vit un éclair doré traverser l'obscurité. Soudain libéré du poids qui l'étouffait, Smith roula sur lui-même. Malgré la douleur lancinante, il récupéra le pistolet et s'élança vers Sarie qui commençait à faiblir face au colosse dont elle venait de le débarrasser. Il rétablit l'équilibre des forces en collant le canon de son arme sur la nuque de l'homme.

Ensuite, il écarta la jeune femme pour mieux tenir en respect les réfugiés qui les observaient, le visage nimbé par la lune. Du groupe de cinquante qu'ils avaient rejoint en fuyant Avass, ne restaient plus que vingt-cinq individus dont quatre malades déclarés. Parmi eux, trois en étaient au stade de la confusion. Le dernier avait attaqué les deux adolescents qui l'aidaient à marcher.

Farrokh était intervenu en leur criant de se méfier mais quand ils l'avaient vu agiter son fusil, les villageois pris de panique s'étaient mis à courir en tous sens, se bousculant les uns les autres pendant qu'une poignée d'hommes tentait en vain de maîtriser le forcené et de protéger les deux garçons dont visiblement il était le père.

Howell décida de s'en charger mais comment faire mouche au milieu d'une foule en mouvement quand on n'y voyait pas à dix mètres ? Finalement, l'homme contaminé envoya valser le voisin qui le ceinturait. Il allait se jeter sur ses fils quand sa poitrine passa une fraction de seconde devant la mire de Howell.

Ce fut un tir époustouflant – la balle frôla quatre personnes avant de s'enfoncer au centre de la masse. L'homme bascula sur le dos en gesticulant et en beuglant comme un damné.

Quand son corps devint inerte, tous les regards se tournèrent vers Howell dont l'arme fumait encore. Personne ne comprenait vraiment ce qui se passait. Depuis le départ, ils se demandaient ce que ces trois Occidentaux faisaient parmi eux. Jusqu'à présent, ils les avaient tolérés mais là, c'en était trop. Un Anglais venait d'abattre leur voisin, un type inoffensif qu'ils connaissaient depuis l'enfance.

Farrokh voulut tirer profit du soudain silence pour leur fournir une explication mais personne ne s'intéressait à lui. Il n'avait pas menti : dans cette région d'Iran, le leader de la résistance n'avait aucun poids. Sa parole ne valait pas plus cher que la leur.

Le garçon auquel Howell avait sauvé la vie se releva et se mit à les invectiver. Ses accusations ne firent qu'attiser l'indignation des autres villageois.

« Je crois que nous ne sommes plus les bienvenus, dit Smith. Il est temps de prendre congé. »

Mais Farrokh ne s'avouait pas vaincu. Il persistait à plaider leur cause sans voir qu'il perdait son temps. Il faillit se faire renverser par un homme bien plus âgé que lui. De la troupe en colère jaillissaient des insultes que même Smith, avec ses trois mots de persan, pouvait facilement traduire.

Comprenant enfin son impuissance, Farrokh tira une courte rafale en l'air et courut rejoindre ses compagnons. Leurs armes toujours braquées sur la foule, ces derniers reculaient en se penchant pour échapper aux lancers de pierres.

« Les trois autres malades ne vont pas tarder à devenir agressifs, dit Sarie. On ne peut pas abandonner tous ces gens. Nous sommes les seuls à être armés.

— Nos armes sont inutiles, dit Smith. Tout le village est ligué contre nous. On ne peut plus rien pour eux.

— On ne peut plus rien pour eux ? » répéta-t-elle. La peur et le désespoir transformaient sa voix à tel point que Smith avait du mal à la reconnaître. « Les Iraniens sont incapables de gérer la situation. Ces malheureux n'ont aucune idée du sort qui les attend.

— Elle a raison, insista Farrokh. Vous disiez que les Américains nous aideraient, Jon. Où sont-ils ?

— Je n'en sais rien.

— Comment cela ? Pourtant, vous leur avez parlé.

— Oui, je leur ai parlé.

— Et alors ? »

Il chercha de l'aide du côté de Howell mais n'en trouva pas.

« Je leur ai dit de raser toute la zone, avoua-t-il platement.

— Qu'entendez-vous par raser ? demanda Sarie.

— Nous avons un sous-marin nucléaire au large des côtes iraniennes. Je leur ai dit de l'utiliser. »

Farrokh retrouva l'usage de la parole. « Je ne comprends pas. Par sous-marin nucléaire, vous entendez sous-marin à propulsion nucléaire transportant des armes conventionnelles…

— J'entends sous-marin transportant des missiles nucléaires. »

Smith vit arriver le coup mais ne prit pas la peine de le parer. Il reçut la crosse du fusil en pleine poitrine et se fit encore plus mal en tombant. Howell, la main suspendue à quelques centimètres de son arme, ne semblait pas pressé de défendre son ami. Quant à Sarie, le choc l'avait rendue muette.

« Vous avez dit à vos copains d'attaquer mon pays avec des armes nucléaires ? Je vous ai fait confiance. Mes hommes sont morts pour vous !

— Farrokh…, bredouilla-t-il, suffoqué autant par la douleur de ses côtes brisées et que par le poids de l'épouvantable décision qu'il venait de prendre. Je n'avais pas le choix. Je ne pouvais pas risquer… »

À ces mots, le ciel s'illumina à l'ouest. La première explosion fut suivie, un instant plus tard, d'un grand vacarme qui fit trembler la terre. Un mur de flammes haut d'une trentaine de mètres s'éleva de la route bitumée, à quelque vingt-cinq kilomètres d'Avass.

Quand les avions survolant le brasier s'éloignèrent les uns des autres en éventail, leurs silhouettes se dessinèrent dans la clarté des flammes. Smith finit par les identifier. Des F-16 américains.

Son esprit, engourdi par la certitude de l'attaque nucléaire imminente, ne réagit pas tout de suite.

« Tout compte fait, Castilla ne m'a pas écouté, dit-il enfin. Il ne recourra pas aux armes nucléaires ! Farrokh, repassez-moi votre téléphone. Si je peux leur donner notre position, nous aurons une chance de sortir vivants de ce foutoir. »

Épilogue

Centre de l'Iran
9 décembre – 1618 GMT + 3:30

Smith se raccrocha à la console supportant le système informatique du Humvee. Randi Russell, qui tenait le volant, accéléra malgré la route défoncée. Ils étaient tombés l'un sur l'autre la veille, dans l'hôpital de campagne provisoire installé par les Nations unies où il briefait ses homologues sur les effets du parasite. Elle faisait partie d'une équipe dépêchée par la CIA, chargée d'étouffer les foyers d'insurrection menaçant de gêner les efforts déployés pour endiguer la pandémie.

« Tu es sûre de savoir où tu vas, Randi ? Je ne vois que des cailloux et du sable par ici.

— Farrokh adore la solitude et l'anonymat, hurla-t-elle pour couvrir le rugissement du moteur. Mais maintenant qu'on le connaît, on n'a pas l'intention de le lâcher de sitôt. »

Assise à l'arrière, Sarie se pencha entre les sièges. « Il va bien ?

— Oh, très bien. Je pense qu'il profite juste des derniers moments de paix et de tranquillité avant de s'immerger dans le monstrueux foutoir qu'il a créé. »

Les informaticiens de Farrokh avaient envoyé sur le net des heures de films vidéo montrant les derniers événements dans le laboratoire souterrain et à Avass. Depuis, le monde entier avait mis le pays à l'index. Les Russes et les Chinois eux-mêmes avaient pris de lourdes sanctions contre l'Iran. Al Jazeera diffusait des diatribes anti-iraniennes vingt-quatre heures sur vingt-quatre. La Ligue arabe reprochait aux États-Unis de n'avoir pas rasé le pays.

« Nous n'avons toujours pas reçu l'ordre de lui tomber sur le poil ? demanda Peter Howell installé près de Sarie.

— Les politiciens en ont décidé ainsi, répondit Randi. Bien qu'à mon avis cela ne mène nulle part. »

Elle freina d'un coup sec. Les roues du véhicule patinèrent puis s'immobilisèrent. « C'est là que vous le trouverez, dit-elle en désignant un sentier de chèvres qui serpentait sur une colline pierreuse.

— Ça m'a l'air drôlement raide, dit Sarie avec appréhension. Et c'est en plein soleil. »

Sa blessure à la jambe s'était un peu infectée et entre les antibiotiques, la fièvre et les journées de travail de vingt heures, elle accusait la fatigue. Howell l'aida à descendre de voiture. « J'ai été heureuse de vous rencontrer, Randi, dit-elle en se penchant par la vitre ouverte.

— Moi de même. Vraiment, vous êtes sûre de vouloir grimper là-haut ? Sinon, je peux vous déposer.

— Non, je veux lui faire mes adieux.

— À votre guise. J'enverrai quelqu'un vous chercher tous les trois dans deux heures. »

Sarie sourit, donna une petite tape sur le rebord de la fenêtre puis s'élança derrière Howell qui s'engageait déjà sur le premier lacet.

« Tu ne veux pas te joindre à nous ? » demanda Smith.

Randi secoua la tête. « Je préfère rester dans l'ombre, en ce qui concerne Farrokh. Aujourd'hui, l'Occident chante ses louanges mais les choses ont tendance à changer par les temps qui courent. Et comme tu le sais, quand elles changent, c'est moi qui m'y colle.

— Toujours cet intolérable cynisme. »

Les lèvres de Randi s'ourlèrent d'un sourire énigmatique. « Sois plus gentil, Jon. Tu me dois bien ça.

— Pour une balade de quelques kilomètres ? Et d'ailleurs, j'ai comme l'impression que ce Hummer, tu l'as volé. »

Elle regarda le désert d'un air pensif. « Tu as déjà entendu parler de Sepehr Mouradipour ?

— Le mercenaire iranien ? Aux dernières nouvelles, il sévissait dans les Balkans ou un truc comme ça.

— Tes informations sont périmées. Il exerçait en Iran à la solde de Larry Drake. Si je n'avais pas été là, vous auriez foncé droit dans le piège. »

Le visage de Smith se figea. On lui avait brièvement rapporté la trahison de Drake et la curieuse coïncidence de sa mort dans un accident d'hélicoptère, tout en lui faisant comprendre qu'on ne répondrait pas à ses questions sur le sujet. C'était une opération

Covert-One – comment diable Randi aurait-elle pu en entendre parler ? Et s'y trouver mêlée par-dessus le marché ?

Visiblement ravie de son désarroi, elle le laissa mariner encore un peu avant de lui lancer : « Au fait, tu as le bonjour de Fred Klein. »

Smith se rendit compte qu'il ne respirait plus lorsqu'il expulsa l'air contenu dans ses poumons. Surpris par le soulagement qu'il ressentait, il avoua : « Je suis heureux que tu sois dans la boucle, Randi. C'était un secret difficile à garder. »

Elle se renfrogna. « Quoi, que me caches-tu ? Tu n'es donc pas un simple médecin de campagne ? »

Il ouvrit la bouche pour parler mais elle l'arrêta d'un geste. « C'est bon. Quand tu rentreras aux États-Unis, tu auras tout le temps de me présenter tes plates excuses dans un restaurant hors de prix.

— D'accord, à condition qu'on partage le vin.

— Pas question, répliqua-t-elle sèchement avant de lui désigner Sarie qui peinait à grimper la pente. On dirait que ta petite amie a besoin d'aide. »

Elle venait de mettre un point final à leur conversation. Smith ouvrit sa portière mais avant de descendre, prit la main de Randi et y déposa un gros baiser. « Tu es une déesse parmi les femmes. Un parangon de vertu et de beauté…

— C'est un bon début », dit-elle en le poussant hors du véhicule. Elle démarra dans un nuage de poussière et de gravier. Smith la regarda s'éloigner en se moquant de lui-même. Un dîner assècherait son compte en banque mais au diable l'avarice. Cette femme était la meilleure des espionnes et, avec elle et

Peter Howell à ses côtés, il pouvait espérer vivre assez longtemps pour assister à son prochain anniversaire.

Il lui fallut plus de temps que prévu pour rejoindre Sarie. Il lui passa un bras autour de la taille, non pas pour l'aider mais parce qu'il aimait sentir son corps près du sien. En réalité, question santé, il ne valait guère mieux qu'elle. Les médecins militaires lui avaient enlevé une plaque de cheveux excessivement grande et une compresse de gaze recouvrait les trente-cinq points de suture qui fermaient son cuir chevelu entaillé. En plus de cela, quand il lui prenait l'envie de respirer un peu trop fort, ses trois côtes brisées se rappelaient douloureusement à son souvenir.

Sarie désigna Howell qui escaladait les rochers d'un pas léger. « C'est dingue, on a l'air d'avoir été renversés par une semi-remorque alors qu'il gambade comme s'il revenait d'une partie de golf. Tu peux me dire pourquoi ? »

Smith sourit de ses lèvres fendues. « Crois-moi, tu n'es pas la première personne à me poser la question. Comment tu te sens ?

— Je survivrai. Mais je ne ferais pas cela tous les jours. »

Ils ne prononcèrent plus un mot jusqu'à leur arrivée. En haut, ils trouvèrent Farrokh assis en tailleur au bord d'une haute falaise. Quelques mètres plus loin, Howell contemplait la vallée.

« J'avoue que c'était une sacrée mission », déclara l'Anglais quand Smith l'eut rejoint.

Décidément, Howell était le roi de l'euphémisme. En réalité, la réussite de cette mission relevait ni plus ni moins du miracle.

Dans la vallée, les rayons du soleil illuminaient la plus grande concentration de technologie militaire et médicale jamais réunie dans un même lieu, dont trois laboratoires mobiles de niveau quatre et une piste d'atterrissage temporaire construite en moins de sept heures où des avions-cargos se posaient en flux continu, ravitaillant les équipes en vivres et en équipement. Dans le ciel, des hélicoptères d'attaque appartenant à une douzaine de pays patrouillaient le désert. Plus haut encore, des satellites espions et des avions de surveillance russes, européens, américains quadrillaient la région au moyen d'une imagerie thermique capable de dépister le moindre animal à sang chaud dans un rayon de trois cents kilomètres.

À l'est, s'étendait la zone de quarantaine, une immense ville de tentes marquées à l'insigne de la Croix-Rouge, ceinte d'une barrière temporaire, où les personnes ayant eu des contacts avec des victimes du parasite attendaient qu'on les examine.

Toutes les entrées de canyon étaient protégées par des fils de fer barbelés, des nids de mitrailleuses et des champs de mines. Aux alentours, chaque ville, chaque village abritait un contingent des forces de coalition. On avait entré leurs coordonnées dans les ordinateurs de navigation des missiles de réserve. Si jamais on signalait une intrusion impossible à maîtriser par les troupes au sol, ces agglomérations seraient rayées de la carte en l'espace de quelques minutes.

« Normalement, je n'apprécie pas que les politiciens décident à la place des militaires sur le terrain, poursuivit Howell. Mais dans le cas présent… »

Smith s'assombrit. Certes, il était soulagé d'avoir eu la vie sauve mais il estimait encore que Castilla avait pris un risque exagéré en ne suivant pas sa recommandation.

Pourtant, il fallait bien se rendre à l'évidence. Le Président avait misé juste. Le dernier contact avec une victime du parasite avait eu lieu quarante-huit heures auparavant. Un homme contaminé avait tenté d'attaquer une équipe des forces spéciales belges qui nettoyaient un réseau de cavernes dans le Nord. Par chance, l'homme ralenti par une fracture du fémur avait été abattu à temps.

« Je sais ce que vous pensez. Je devrais remercier les Américains de n'avoir pas irradié un tiers de mon pays, c'est cela ? intervint Farrokh.

— Ne soyez pas trop dur avec Jon, répondit Sarie. À sa place, je crois que j'aurais fait la même chose. »

Sans quitter des yeux les allées et venues des forces de la coalition, l'Iranien demanda : « Et maintenant, que fait-il ? Pourquoi la communauté internationale n'intervient-elle pas pour aider les populations comme elle l'a fait en Libye ?

Smith songea un instant à lui fournir une explication diplomatique mais il savait que Farrokh ne s'y laisserait pas prendre.

La vidéo que ses hommes avaient diffusée sur internet n'avait pas seulement choqué le monde entier. Une alliance improbable s'était formée, rassemblant les laïques libéraux, les religieux modérés et même certains conservateurs désireux de respecter l'anathème lancé par quelques imams contre les armes biologiques. Face à la taille et à la virulence sans précédent des manifestations qui éclataient en Iran, le gouvernement des mollahs, prêt à tout pour rester au pouvoir, n'hésitait pas à envoyer l'armée.

« C'est une situation compliquée, Farrokh. Nous...

— Dois-je supposer que ces complications expliquent pourquoi plus de trois mille de mes concitoyens sont morts sous les coups de l'armée iranienne, au cours des dernières quarante-huit heures ? »

Smith soupira. « Personne n'a jamais souhaité cela. Mais il faut que vous compreniez ce qui est en jeu. Je n'ai jamais vu autant de militaires étrangers et de forces de l'ONU rassemblés sur le même théâtre d'opérations, sans parler de la presse, des observateurs internationaux et des organisations comme l'OMS et le CDC américain. N'oubliez pas que Khamenei dispose toujours de missiles. Si jamais il les envoyait sur nos lignes de défense, toute l'opération pourrait capoter d'un seul coup. À la suite de quoi, l'épidémie gagnerait Riyad, Le Caire, Damas... Il n'était pas question de prendre ce risque.

— D'où votre pacte avec le diable.

— On a conclu un genre de pacte de non-agression avec Khamenei tout en précisant qu'au moindre coup de feu tiré à moins de deux cents kilomètres de nos hommes, nous anéantirons son armée et interdirons le survol du pays jusqu'à ce que nous ayons des photos couleur de lui en train de se balancer au bout d'une corde.

— Traduction : nous sommes seuls, conclut Farrokh.

— Vous n'avez pas cessé de me dire que l'Occident ne devait pas se mêler de vos affaires. Eh bien, nous avons un dicton en Amérique : quand tu fais un vœu, réfléchis bien avant.

— Et le parasite ?

— Ce point ne relève pas de ma sphère d'influence, dit Smith. Le président Castilla a confié le dossier à une chercheuse sud-africaine dont vous avez sans doute entendu parler. »

Farrokh se tourna vers Sarie. « C'est vrai ?

— Juré craché, dit-elle en lui tapotant l'épaule. Désormais, le colonel ici présent me doit obéissance. »

Smith sourit. Il aurait fait le salut militaire s'il avait pu lever le bras assez haut.

« Avez-vous pu guérir les personnes contaminées ? » s'enquit Farrokh.

Sarie se rembrunit. « La plupart des victimes avaient déjà développé tous les symptômes. À ce stade de la maladie, les dommages cérébraux sont irréversibles. Nous ne pouvions vraiment rien pour eux. En revanche, si nous pouvions intervenir au cours de la première heure suivant la contamination, je pense que nous en viendrions à bout avec un cocktail d'antiparasitaires. Hélas, jusqu'à présent, nous n'avons pas trouvé la bonne combinaison.

— La maladie se répand toujours, alors ?

— Je crois pouvoir vous répondre que non, encore qu'il faille rester prudent, dit Sarie. Il nous reste à déterminer les modes de propagation chez certaines espèces animales. Des tests sont en cours. La bonne nouvelle c'est que le climat de la région est si aride que la faune sauvage n'est pas très importante. Quant au bétail, il est facile à surveiller. Je pense qu'on va s'en sortir.

— Et si vous vous trompiez ? »

Elle posa la main sur son épaule : « Et si vous regardiez le bon côté des choses, pour changer ? Dites-vous qu'à l'heure actuelle, vous pourriez n'être qu'une silhouette de cendres plaquée contre un mur. »

NOTE DE L'AUTEUR

Pour moi, l'aventure a commencé très tôt.

J'avais un an quand un jour, mon père est rentré à la maison en annonçant qu'il avait démissionné pour s'engager dans les rangs du FBI. Entre nous, ma mère elle-même ignorait son intérêt pour le Bureau. Pendant qu'il effectuait son stage de formation à Quantico, nous avons été hébergés par mes grands-parents maternels puis la famille s'est installée à Salt Lake City. Ensuite, nous n'avons plus cessé de passer d'une ville à l'autre.

Contrairement aux apparences, sa décision n'avait rien d'impulsif. Mon père a grandi dans une petite ville cotonnière du sud-est du Missouri et son premier contact avec le Bureau remonte à 1953. J'étais adolescent lorsque sa propre mère m'en a fait le récit. À la suite d'une attaque de banque, le FBI avait dépêché un enquêteur chargé d'interroger le patron du supermarché local. Mon père, alors âgé de douze ans, était en train d'y faire des courses. Il s'est caché derrière un rayon pour écouter. En rentrant chez lui, il a raconté son aventure – en précisant que l'homme était « vraiment bien sapé et causait comme un prince ». Il ajouta que lui aussi ferait un jour partie des G-men. Ma grand-mère s'est contentée de sourire.

Quand on grandit dans une telle famille, d'abord on ne s'ennuie jamais mais surtout on se sent quelque peu stimulé. Bien sûr, j'avais du mal à trouver mes repères puisqu'on n'arrêtait pas de déménager. Et puis il y avait cette atmosphère de secret. Je pense que ma vocation de romancier vient de là. Je passais mon temps à imaginer les paroles échangées lors des conversations confidentielles que je surprenais parfois. Dans ce métier, on a tendance à ne pas appeler un chat un chat, habitude qui se transforme vite en déformation professionnelle. Quand il m'arrive d'aider mon père à déplacer une échelle, par exemple, cet inconvénient apparaît au grand jour. L'échelle vacille sur sa base et mon père se met à hurler : « À gauche ! À droite ! Pas autant, pour l'amour du ciel ! » Aujourd'hui qu'il est à la retraite, j'ai très envie de lui demander de m'indiquer la destination finale de l'échelle avant même de la redresser. Mais je n'y crois pas trop.

Tout n'a pas toujours été rose mais je ne regrette rien. Combien de gosses ont la chance de dîner avec un homme que la loi interdit de photographier ? Ou de boire une bière avec un agent du SAS ? Ou de discuter de l'Irlande du Nord avec le chef de la Gendarmerie Royale d'Ulster ? Et puis, un beau jour, je rentrais de mon job d'été quand j'ai appris que nous recevions à dîner un certain courtier en assurance cherchant des conseils auprès du FBI pour écrire son troisième roman. Ce monsieur eut la gentillesse de nous envoyer ensuite un exemplaire de son livre publié par la maison d'édition Naval Institute Press sous le titre suivant, *À la poursuite d'Octobre rouge*.

Combien de gens ont-ils vu la soirée de leur remise de diplôme entrer dans les livres d'histoire ? C'était en 1988. Nous étions tous au restaurant à Londres où mon père était attaché juridique. Au moment des hors-d'œuvre, un représentant de l'ambassade a fait irruption pour nous annoncer qu'un avion de la Pan Am s'était écrasé sur une petite ville nommée Lockerbie. Je n'ai plus revu mon père pendant des mois.

Dans cette ambiance d'espionnite aiguë, comment ne pas devenir accro aux romans d'aventure ? Le premier dont je me souviens est *Shogun*, que je garde encore en mémoire parce que j'étais censé rédiger une note de lecture, en classe de quatrième. Je n'étais pas seulement un fervent admirateur de ce type de littérature, j'étais aussi critique. Les auteurs qui commettaient des erreurs factuelles ou ne rendaient pas des portraits réalistes de leurs personnages m'irritaient au plus haut point. Cette exigence me poussa à privilégier les maîtres du genre – des gens comme Jack Higgins, John Le Carré et Robert Ludlum.

Je ressens donc comme un immense honneur le fait que mon onzième roman entre dans la série Covert-One. J'espère que vous avez apprécié ce livre autant que j'ai aimé l'écrire.

Robert Ludlum dans Le Livre de Poche

DERNIÈRES PARUTIONS

La Trilogie de Jason Bourne

Un homme sans passé, amnésique à la suite d'un terrible accident, est traqué par des tueurs impitoyables. Pourquoi ? Une seule indication : un morceau de film incrusté sous sa peau et qui semble être le numéro d'un compte bancaire à Zurich… au nom de Jason Bourne. Cette trilogie comprend : *La Mémoire dans la peau*, *La Mort dans la peau* et *La Vengeance dans la peau*.

La Stratégie Bancroft n° 31959

Après une opération qui tourne mal, Todd Belknap part au Liban, où un de ses amis a été enlevé. Dans le même temps, Andrea Bancroft, une analyste d'études de fonds spéculatifs, est contactée par un cousin qui veut lui léguer six millions de dollars ; en contrepartie de quoi elle doit siéger à la Fondation Bancroft.

La Trahison dans la peau n° 32081

Lorsque Jason Bourne est informé que son ami Martin Lindros, directeur adjoint de la CIA, qui enquêtait en Ethiopie sur des activités nucléaires suspectes, a été enlevé, il décide de tout faire pour le retrouver.

Le Danger dans la peau n° 32463

Jason Bourne a repris la vie tranquille de David Webb, professeur de linguistique à Georgetown. Mais lorsque son ami Dominic Specter est kidnappé sous ses yeux, il n'hésite pas à se lancer sur les traces de Légion noire, un ancien bataillon SS reconverti dans le terrorisme, qui s'apprête à frapper sur le sol américain.

Le Mensonge dans la peau n° 32726

Entre Jason Bourne et Leonid Arkadine, le combat se poursuit et devient plus féroce encore... Gravement blessé au cours d'une embuscade, Bourne fait croire à sa mort et disparaît sans laisser de traces. Lorsqu'il refait surface, c'est sous une autre identité, et bien décidé à découvrir qui veut sa mort.

La Poursuite dans la peau n° 32853

De retour d'Indonésie où il a échappé de peu à la mort, Bourne tente de résoudre une nouvelle énigme, celle d'étranges anneaux aux inscriptions codées. Son rival, Arkadine, a quant à lui une autre pièce du puzzle entre les mains : un ordinateur volé, convoité par la CIA.

De Robert Ludlum :

Aux Éditions Grasset

Série « Réseau Bouclier » :

OPÉRATION HADÈS, avec Gayle Lynds.
OBJECTIF PARIS, avec Gayle Lynds.
LA VENDETTA LAZARE, avec Patrice Larkin.
LE PACTE CASSANDRE, avec Philip Shelby.
LE CODE ALTMAN, avec Gayle Lynds.
LE VECTEUR MOSCOU, avec Patrice Larkin.
LE DANGER ARCTIQUE, avec James Cobb.

LE COMPLOT DES MATARÈSE.
LA TRAHISON PROMÉTHÉE.
LE PROTOCOLE SIGMA.
LA DIRECTIVE JANSON.
LA STRATÉGIE BANCROFT.

Aux Éditions Robert Laffont

LA MÉMOIRE DANS LA PEAU.
LA MOSAÏQUE PARSIFAL.
LE CERCLE BLEU DES MATARÈSE.
LE WEEK-END OSTERMAN.
LA PROGRESSION AQUITAINE.
L'HÉRITAGE SCARLATTI.
LE PACTE HOLCROFT.

LA MORT DANS LA PEAU.
UNE INVITATION POUR MATLOCK.
LE DUEL DES GÉMEAUX.
L'AGENDA ICARE.
L'ÉCHANGE RHINEMANN.
LA VENGEANCE DANS LA PEAU.
LE MANUSCRIT CHANCELLOR.
SUR LA ROUTE D'OMAHA.
L'ILLUSION SCORPIO.
LES VEILLEURS DE L'APOCALYPSE.
LA CONSPIRATION TREVAYNE.
LE SECRET HALIDON.
SUR LA ROUTE DE GANDOLFO.

De Eric van Lustbader :

Série « Jason Bourne » *(d'après Robert Ludlum)* :

LA PEUR DANS LA PEAU.
LA TRAHISON DANS LA PEAU.
LE DANGER DANS LA PEAU.
LE MENSONGE DANS LA PEAU.
LA POURSUITE DANS LA PEAU.

PAPIER À BASE DE FIBRES CERTIFIÉES

Le Livre de Poche s'engage pour l'environnement en réduisant l'empreinte carbone de ses livres. Celle de cet exemplaire est de :
600 g éq. CO_2
Rendez-vous sur www.livredepoche-durable.fr

Composition réalisée par FACOMPO (Lisieux)

Achevé d'imprimer en septembre 2013, en France sur Presse Offset par
Maury Imprimeur – 45330 Malesherbes
N° d'imprimeur : 184249
Dépôt légal 1re publication : octobre 2013
LIBRAIRIE GÉNÉRALE FRANÇAISE – 31, rue de Fleurus – 75278 Paris Cedex 06

31/7604/7